HEYNE BÜCHER

SCIENCE FICTION

Herausgegeben
von Wolfgang Jeschke

HANS DOMINIK
JUBILÄUMS-EDITION

Nach den Originaltexten herausgegeben
von Holger Miehlke

BAND 4

DER BRAND DER CHEOPSPYRAMIDE

Roman

WILHELM HEYNE VERLAG
MÜNCHEN

HEYNE SCIENCE FICTION & FANTASY
Band 06/8114

Redaktion: Wolfgang Jeschke

Printed in Germany 1998
Umschlagbild: Dieter Rottermund
Umschlaggestaltung: Atelier Ingrid Schütz, München
Technische Betreuung: M. Spinola
Satz: Schaber Satz- und Datentechnik, Wels
Druck und Bindung: Ebner Ulm

ISBN 3-453-13372-2

Danksagung

Ohne die Mitarbeit und Hilfe einiger Personen wäre diese Ausgabe nie zustande gekommen. Mein Dank gilt allen voran meiner Frau Mechthild Berief, die nicht nur die schriftliche Erstellung meiner eigenen Ausarbeitungen übernahm, sondern auch bei der Revision des Romantextes wertvolle Anregungen und Entscheidungshilfen einbrachte; sodann Studiendirektor Bernd Arlinghaus, Dortmund, für das Gegenlesen sämtlicher Texte und manchen wichtigen Hinweis; Wolfgang Jeschke, München, dem Spiritus rector der Dominik-Jubiläums-Edition; Dr. Ernst Rätz, Köln, für die Beantwortung vieler technischer Fragen; Thorsten Schmidt vom Institut für Publizistik und Kommunikationswissenschaften der Westfälischen Wilhelms-Universität, Münster, für das Zur-Verfügung-Stellen der Originalzeitschriften; Studiendirektor i. R. Dieter Burkert, Dortmund, für die Beantwortung mancher kniffliger sprachlicher Fragen; Christoph und Irmgard Willsch, Dortmund, für die Hilfe am PC. Ferner: Anke von Kügelgen, Dozentin für Islamwissenschaft, Ruhruniversität Bochum; Dr. phil. Manfred Tietz, Professor für Hispanistik, Ruhruniversität Bochum; Kirsten Eickhoff, Dortmund; Dr. Sibylle Göller vom Ueberreuter/Tosa-Verlag, Wien; Antiquar Ekkehard Bartsch, Bad Segeberg; Bernhard Kosciuszko, Köln; Mirjam Miehlke, Dortmund; Ernst Schreckenberg, Dortmund; Dr. Peter Jäckel, Berlin; Wilhelm Berief, Beckum; Frau Verleger vom Bertelsmann-Verlag, Gütersloh; Antiquar Wolfgang Huste, Dortmund; Manfred Berthold, Frankfurt/Oder; Sabine Mensen, Gisela Frerichs sowie Natalie Seeliger vom Wilhelm Heyne Verlag, München;

und last not least: Peter H. Jansen, Berlin, dem Enkel Hans Dominiks, und seiner Frau Jutta, die mir in großzügigster Weise den Zugang zum gesamten erhaltenen Nachlaß des Autors ermöglicht haben.

HOLGER MIEHLKE, Herausgeber

Oft wurde er ›der deutsche Jules Verne‹ genannt; sein literarisches Vorbild war der Romancier Alexandre Dumas d. Ä. (›Der Graf von Monte Christo‹, ›Die drei Musketiere‹); sich selbst bezeichnete er als den ›Chef der I-am-I-Company‹: Hans Joachim Dominik, geboren am 15. November 1872 in Zwickau, Ingenieur und Schriftsteller; Bestsellerautor der zwanziger bis vierziger Jahre mit einer Gesamtauflage von über 2,3 Millionen Büchern zu Lebzeiten.

Obwohl *zwischen Manuskripten und bedrucktem Papier aufgewachsen* - sein Vater Emil Dominik (1844-96) hatte auf vielerlei Weise mit Büchern und Zeitschriften zu tun (u. a. war er der Verleger Theodor Fontanes); sein Großvater Theodor Mügge (1802-61) war seinerzeit ein bekannter Schriftsteller -, regen sich bei Hans Dominik *sehr zeitig [...] Sinn und Liebe für alles Technische.* Die Lieblingsbeschäftigungen des Sechsjährigen sind *modellieren, bauen und den Maurern stundenlang bei der Arbeit zuschauen.* Als Jugendlicher lernt er neben dem Besuch des altsprachlichen Gymnasiums in seiner Freizeit Bienenzucht, Tischlerhandwerk und - Englisch, *das ich für den künftigen Ingenieursberuf unter allen Umständen brauchte.*

Nach dem 1893 bestandenen Abitur studiert er an der Technischen Hochschule zu Berlin-Charlottenburg Maschinenbau mit Schwerpunkt Eisenbahntechnik, später auch Elektrotechnik, bekommt Einblicke in Modelltischlerei, Werkzeugmacherei, Schmiede, Dreherei, Wagenbau, Gießerei, Lokomotivreparaturen; führt bei Kontrollfahrten 1500-PS-Schnelloks; schiebt 1894 in die Ausbildung eine Schiffsfahrt als Maschinist auf dem 10 000-Tonner ›Prussia‹ ein (Hamburg-New York-Hamburg).

Schon während der letzten Schuljahre schreibt er *populär-technische Aufsätze* für die Zeitschriften seines Vaters, und im folgenden entwickelt sich in singulärer Weise ein Leben als Ingenieur und Schriftsteller.

In eine Zeit hineingeboren, in der sich die Selbstverständlichkeiten unserer heutigen Alltagswelt entwickeln, ist Dominik mehr als einmal mit Pionierleistungen a k t i v daran beteiligt (innovative Kugellagerpatente, 1904; Mitentwicklung der Einschienenbahn, 1909; ferngesteuerte, kabellose Morseschreiber, 1917; Mitentwicklung von Radioempfangsgeräten und der Vox-Diktiermaschine, beides 1923) - wird andererseits zu d e m Sprachrohr der neuen Zeit: ab 1895 beginnt er neben seinen Industrieanstellungen mit dem Publizieren Aberhunderter, wahrscheinlich mehrerer Tausend Essays, in denen er in allgemeinverständlicher Weise den Lesern von Zeitschriften und Zeitungen die Neuerungen der Technik nahebringt.

Auch seinen Arbeitgebern bleibt das außergewöhnliche Schreibtalent nicht verborgen: sie versetzen ihn ins *literarische Büro*, um ihn *Erläuterungsberichte*, die *die besonderen Vorzüge der angebotenen* Produkte *ins rechte Licht* setzen sollen, erstellen zu lassen.

Jedesmal verläßt er dieses - was Aufstiegsmöglichkeiten anbelangt - *tote Gleis*, um bei einer anderen Firma wieder Ingenieursarbeit zu leisten, doch dort ergeht es ihm nicht anders. *Wie ein Fluch verfolgte mich der Umstand, daß ich ein klares und flüssiges Deutsch schrieb. Ingenieure, die das konnten, müssen damals doch wohl selten gewesen sein,* heißt es in der von den Nationalsozialisten zur Veröffentlichung nicht freigegebenen 1. Fassung seiner Lebenserinnerungen, aus der auch die anderen (kursiv gesetzten) Zitate dieses Geleitwortes stammen. Und etwas später: *Wenn ich doch nicht projektieren und bauen darf, wenn ich mein Leben lang nur dichten und singen soll, will ich es wenigstens nicht anonym tun, sondern für mich selber unter meinem eigenen Namen.*

So macht er sich 1901 als freier Schriftsteller selbständig (*Um den Stoff für meine Aufsätze brauchte ich mich nicht zu sorgen. Nicht umsonst hatte ich ja Jahre hindurch mitten in der Technik gestanden, kannte das Neueste und wußte um Dinge, von denen man sich in den Zeitungsredaktionen in jenen Jahren noch nichts träumen ließ.*), hält engsten Kontakt zu den großen Firmen seiner Zeit (Siemens, AEG, Daimler, Benz, Krupp, Singer, Körting usw.) und hat bald einen solchen Ruf, daß er zur Erstellung von Industriebroschüren und Werkbeschreibungen herangezogen wird, was ihm auch außergewöhnliche Einblicke in zukünftige Projekte gewährt.

Er gründet eigene Zeitschriften; übernimmt diverse Schriftleitungen; ist als Berichterstatter beim ersten Überseefunkkontakt mit Sayville bei New York (1914) und bei der Elektrifizierung Irlands durch die Siemens-Schuckert-Werke (1928) dabei; wird von bekannten Persönlichkeiten bei der Abfassung ihrer Lebenserinnerungen hinzugezogen.

Aber auch der I n g e n i e u r Dominik ist in all diesen Jahren nicht untätig. Er erlebt in seiner ersten Industrieanstellung bei der AEG die Umstellung von Gleichstrom auf Drehstrom (1895); ist als Monteur bei der Elektrifizierung von Bergbauschachtanlagen (1895) und als Ingenieur beim Bau von Elektrizitätswerken tätig (1898); macht 1897 eine einjährige Amerikareise, wo er in Saginaw Gleichstrommotoren konstruiert und den amerikanischen way of life and work kennenlernt; arbeitet an Neukonstruktionen von Lampen für Leuchtfontänen und Lichttherapie (1899); ist 1903 Dozent an der Berliner Lessing-Hochschule; ist 1907 ein Hauptorganisator der Berliner Erfinderausstellung und besorgt *die ›Clous‹* (farbige Photographie, Fernphotographie, elektrische Fernschreiber, Versuche mit flüssiger Luft); entwirft im 1. Weltkrieg einen *Strahlenzieler*, der auch während der Dunkelheit einen sicheren Torpedoschuß auf feindliche Ziele gewährleisten soll, aber nicht zum Einsatz kommt; ist 1919/20 technischer Dramaturg in der Filmindustrie; entwirft 1923 Maschinen zur synthetischen Herstellung von Diamanten.

Durch diese Zweigleisigkeit ist der rastlos Schaffende, der ab 1900 vierundzwanzig Jahre lang keinen Urlaub macht und nicht selten sechzehn Stunden am Tag tätig ist, stets umfassend mit nahezu allen technischen Neuheiten und Projekten vertraut.

Quasi nur nebenher entstehen einige belletristische Werke: ›Technische Märchen‹ (1902), vereinzelte Zukunftserzählungen für den Union-Verlag, Stuttgart (1907–34), zwölf Romane über technische Gegenwartsthemen für den Carl-Duncker-Verlag (1910–16), darunter drei heute nicht uninteressante Romane über Geschehnisse im 1. Weltkrieg und sein autobiographischer Schlüsselroman ›Hochströme‹ über die Arbeit bei Siemens & Halske in den Jahren 1900/01.

1921 bringt das bisherige ›Nebenher‹ eine Wende in sein Leben: der Durchbruch als Romanautor gelingt. *Seit dem Kriegsende wälzte ich die Idee, die ungeheuren Zukunftsmöglichkeiten, welche die neuen naturwissenschaftlichen Erkenntnisse in geradezu phantastischem Ausmaß eröffneten, in Form eines Romans zu verarbeiten […] Die Erzählung, die dabei zustande kommen würde, mußte […] grundverschieden von allem sonst in Romanen Üblichen werden.* Genau das reizt den Generaldirektor des Scherl-Verlags, Dr. Ludwig Klitzsch, der dem veränderten Lesebedürfnis nach dem Weltkrieg Rechnung tragen möchte.

So konzipiert Dominik in knapp sechs Monaten ›Die

Macht der Drei‹ als Fortsetzungsroman für die Zeitschrift ›Die Woche‹ und hat damit so beachtlichen Erfolg, daß er in den nächsten 19 Jahren 15 weitere ›technische Zukunftsromane‹ schreibt, die ihn bis heute zum **nach wie vor meistgelesenen Science Fiction-Autor deutscher Sprache** machen.

Stets in Zeitschriften bzw. Zeitungen vorausgewertet, erscheinen 13 von ihnen als grüne Leinenbände mit Goldprägung im Scherl-Verlag, die anderen drei im Verlag Koehler & Amelang (später: v. Hase & Koehler). [Sie bilden eine Trilogie um Professor Eggerth, mit der Dominik dem Dessauer Flugzeugkonstrukteur Hugo Junkers ein literarisches Denkmal setzte.]

Auf der Basis seines Wissensstandes als Ingenieur und Schriftsteller der Industrie entwirft Dominik Zukunftsvisionen von solcher Wahrscheinlichkeit, daß er bald das Attribut ›Prophet der Technik‹ erhält, denn vieles Vorhergesagte trifft noch zu seinen Lebzeiten ein.

Doch nicht nur in die nahe Zukunft ist sein Blick gerichtet. Viele Visionen sind heute - unter dem Gesichtspunkt der Wahrscheinlichkeit ihrer Verwirklichung betrachtet - kaum weniger kühn als in ihrer Entstehungszeit: sowohl die telenergetische Konzentration zur Auslösung der Raumenergie wie auch das Dynotherm zur Beherrschung des Wetters, sowohl unsichtbar machende Strahlen wie auch das elektrische Senden und Empfangen von Gedanken, sowohl die Urzeugung wie auch die Fähigkeit, versunkene Erdteile aus den Tiefen des Ozeans zu heben, sowohl die Bildung von ›Land aus Feuer und Wasser‹ wie auch das Errichten eines 15 km tiefen Schachtes in den Untiefen des Weltmeeres sind bis heute Utopie geblieben. Und selbst jene Werke, deren damalige Fiktionen (künstlicher Kautschuk, wirtschaftliche Nutzung der Atomenergie, Flug zum Mond) längst Wirklichkeit wurden, sind spannende Romane mit vielen überraschenden

Wendungen geblieben, denen das Flair des ›historischen Science Fiction-Romans‹ keinen Abbruch zu tun vermag.

Zwei Schaffensphasen lassen sich erkennen. In der ersten Periode (1921–32) entstehen die komplexeren, ambitionierteren und aus heutiger Sicht wohl bedeutenderen Romane. Hier entwirft Dominik im allgemeinen monumentale Zukunftsgemälde, in denen mit schon vorhandenen Erfindungen Weltkrisen gemeistert werden müssen. In der zweiten Periode (1933–40) schreibt er einfachere, geradlinigere und zu seinen Lebzeiten erfolgreichere Romane, in denen wir quasi den forschenden Ingenieuren über die Schulter schauen können und die Entstehung neuer Technologien erleben.

Bei seiner Erschaffung möglicher zukünftiger Realitäten hat der Autor auch manche der damaligen politischen Spannungsherde aufgegriffen und so treffsicher in Wespennester gestochen, daß er im August 1941 mit der nationalsozialistischen Zensur konfrontiert wird: sein Roman von 1934, ›Das stählerne Geheimnis‹, wird bis auf weiteres verboten.

Nach dem Tod Dominiks (am 9. Dezember 1945 in Berlin) werden seine politischen Visionen - im nunmehr besetzten Deutschland - erneut zum Stein des Anstoßes.

Im Osten verboten (und bis zum Ende der DDR nicht wieder aufgelegt), werden seine Werke im Westen sorgsam umgearbeitet. Politisch entschärft, in der technischen Fiktion modernisiert, stilistisch vielfach verändert und oftmals gekürzt treten sie - überwiegend vom Gebr.-Weiß-Verlag herausgegeben - einen zweiten Siegeszug an, bis der Verkauf des Verlags die Hardcover-Ausgabe Anfang der achtziger Jahre vom Markt verschwinden läßt.

In Taschenbuchform ab 1968 in der Reihe ›Heyne Science Fiction Classics‹ herausgegeben, erleben Dominiks Romane - erneut durchgesehen und jetzt vielfach erheblich gekürzt - mehrere Auflagen, sind jedoch heute zum Teil vergriffen.

Zum 125. Geburtstag des Autors (15. November 1997) beginnt nun derselbe Wilhelm Heyne Verlag, in dessen Fassungen die Hauptwerke Dominiks fast 20 Jahre lang davor bewahrt wurden, in Vergessenheit zu geraten, eine 20bändige Edition der **Originaltexte**.

Die Freigabe des literarischen Nachlasses durch die Erben und akribische Forschungsarbeit in Bibliotheken, Antiquariaten und Archiven machen nicht nur eine ungekürzte und unzensierte Ausgabe möglich - es wurden auch **die nur in den Zeitschriftenfassungen enthaltenen Passagen wieder eingefügt**, so daß **erstmalig** überhaupt **die integralen Romantexte** vorgelegt werden können.

Die behutsame Modernisierung veralteter Wendungen (die Originalformulierungen werden in Band 21, dem Materialienband, detailliert aufgelistet), die Hinzufügung von Fußnoten und Anmerkungen zur Erhellung mancher politischer und historischer Hintergründe machen den Originaltext auch für Jugendliche wieder attraktiv; Sammlern wird durch Ausstattung und Anhang **vieles sonst Unerreichbare** geboten.

Um Hans Dominik, der gegen Ende seines Lebens neben Karl May zu den Lieblingsschriftstellern der Jugendlichen gehörte und auch in den fünfziger bis siebziger Jahren noch einen Namen als Autor spannender Romane hatte (Verlagswerbung: »Wer einen liest - liest alle!«), ist es in letzter Zeit ziemlich ruhig geworden.

Möge die vorliegende Dominik-Edition, die nicht nur seine 16 ›Klassiker‹, sondern auch den Rauschgiftroman ›Moderne Piraten‹, den Schlüsselroman ›Hochströme‹, seinen literarischen Erstling ›Technische Märchen‹ und eine Sammlung seiner (Zukunfts-)Erzählungen bringt, mit ihren unverfälscht brisanten, integralen und zum Teil lange unauffindbar gewesenen Originaltexten den Autor Hans Dominik, einen ungewohnte Wege gehenden und in seiner Zeit einzigartig fachkompetenten Meister der Spannungsliteratur, wieder einem breiten Lesepublikum erschließen!

Holger Mühlke

Ende des 20. Jahrhunderts. Die islamischen Staaten besinnen sich auf die Kräfte ihrer eigenen Religion, befreien sich von Fremdeinflüssen und erstarken. Da veranlaßt ein führender Staatschef die Besetzung europäischer Gebiete. Europas Reaktion ist zögerlich, es befindet sich gerade erst im Prozeß des Zusammenwachsens, zuviel Uneinigkeit herrscht unter den Abgeordneten der verschiedenen Länder.

Der arabische Staatschef nutzt die Zeit, versucht sich in den Besitz einer Atombombe zu bringen. Was wird aus Europa, wenn ihm das gelingt, wenn er sie nachbauen kann, wenn er plötzlich verkündet, daß zwölf europäische Metropolen von der Vernichtung bedroht sind, sofern man seine Landnahmen nicht akzeptiert?

Ein Stoff für einen Roman der Gegenwart - und doch wurde er schon vor über 70 Jahren zu Papier gebracht: ›Der Brand der Cheopspyramide‹. Nie wieder ist Dominik mit einer seiner politischen Visionen der Wirklichkeit so nahe gekommen.

Natürlich hat er nicht die reale Weltgeschichte literarisch vorweggenommen. Er hat auf eigene Weise das Werden islamischer Großreiche und ihr Übergreifen nach Europa geschildert.

Zum alles entscheidenden Faktor bei dieser Auseinandersetzung wird bei Freund und Feind die Beherrschung der Atomenergie für den Kampfeinsatz. Doch als Dominik den Roman 1925 entwirft, befindet man sich noch in den Pioniertagen der Kernforschung, ist in jeder Hinsicht auf Spekulationen angewiesen (die erste Kernspaltung gelingt erst 1938!).

So schafft Dominik eine Handlung von gewohnter

Komplexität, entwirft mit der Figur der Jolanthe seine wohl brillanteste Frauengestalt, wagt erste Darstellungen, wie entfesselte Atomenergie wirken könnte, und schreibt den ungewöhnlichsten und poesievollsten Schluß aller seiner Romane: nicht den Siegern gehören die letzten beiden Kapitel, sondern den Verlierern und ihrer Verklärung zum Mythos.

Der vorliegende Band bietet nicht nur einen erstmals seit 50 Jahren ungekürzten und unzensierten Text; er enthält auch den wiederentdeckten Dominik-Essay ›Der technische Zukunftsroman‹ und Materialien aus dem Nachlaß, darunter Auszüge aus einem unveröffentlichten Romanfragment und Briefausschnitte zum Thema ›Verfilmungen Dominikscher Romane‹.

DER BRAND DER CHEOPSPYRAMIDE

Roman

Von der großen Uhr her drei helle Schläge. Ein Viertel vor elf... die Londoner Börse eröffnet. Die Makler für Kohlenwerte und Kraftwerkshares* traten auf ihren gewohnten Plätzen zusammen, fingen an, ihre Orders zu vergleichen und die ersten Kurse festzusetzen.

Nichts Besonderes. Der Markt versprach nicht anders zu werden als an den vorangegangenen Tagen.

Plötzlich an einer Stelle ein Makler mit großen Verkaufsaufträgen in Kraftwerk- und Kohlenwerten... unmittelbar danach an einer anderen Stelle ein zweiter... dem folgend ein dritter. Und dann mit einem Schlag bei allen Maklern ein riesenhaftes Angebot an diesen Papieren. Eine ungeheure Aufregung im Raum. Tausend Stimmen durcheinander... Ein Börsenmanöver? Baisse!** Ein Coup von nie dagewesenen Ausmaßen?!

Baisse? Auf den ersten Blick schien es so... Hausse?*** Vielleicht die im Hintergrund?... Von wem ging das Manöver aus?

Rätsel. Alle möglichen Vermutungen wurden laut, keiner, der etwas Bestimmtes zu wissen schien.

Die Kurse der Kraftwerk- und Kohlenwerte fingen an zu sinken... Sanken immer mehr, je stärker die weiteren Verkaufsorders drückten. Die Makler standen in dem Gedränge der Börsenbesucher wie in einem Strudel. Anderthalb Millionen Shares waren schon umgesetzt, die Kurse teils bis zu 40 Prozent gewichen.

---

* share (engl.): Aktie, Anteilschein

** hier: Börsenmanöver, um starkes Fallen der Kurse zu erreichen

*** hier: Börsenmanöver, um starkes Steigen der Kurse zu erreichen

Da plötzlich begann bei einem Makler ... dann bei einem zweiten ... bei einem dritten der Kursstand sich zu halten, zu heben. Im Nu war es in den weiten Börsensälen bekannt.

»Eine Hausse! Nichts anderes steckt dahinter!« Einer hatte es geschrien.

Die Kurse stiegen, stiegen immer weiter. Telegramme kamen von den anderen Börsenplätzen, von Berlin, Paris, Petersburg. Überall die gleichen Erscheinungen.

Jetzt wurden den Maklern die Verkaufsorders fast aus den Händen gerissen. Sensation! Der alte Kursstand wieder erreicht. Ein Taumel hatte die Börsenbesucher ergriffen. Höher, immer höher gingen die Kurse.

1 Uhr 43: »Elias Montgomery gestorben!« Ein Schrei aus dem Telegraphenzimmer ...

Sekundenlange Stille ... die Stille vor dem Sturm. Dann brach das Unwetter los. Wie auf ein gegebenes Zeichen stürmte alles auf die Makler zu. Verkaufen! ... Verkaufen!

Eingekeilt in die sich wütend drängenden Massen die Makler ... unfähig, sich zu rühren, die Orders entgegenzunehmen. Der weite Raum ein Anblick, als ob diese Tausenden plötzlich in Tobsucht verfallen seien. Man schrie auf die Makler ein, zerrte, stieß sie. Jeder wollte der erste sein, der seine Orders an den Mann brachte. Heiser, mit verzweifeltem Angstgeheul brüllte alles durcheinander. Die Hintenstehenden, die nicht zu den Maklern durchdringen konnten, schwangen in wahnsinniger Wut ihre Verkaufszettel in der Luft ... Eine Katastrophe, wie sie die Londoner Börse seit ihrem Bestehen noch nicht erlebt ...

Wieder drei Schläge der großen Uhr. Börsenschluß. Das Schreien und Toben war schwächer geworden. Nur hier und da noch ein Angebot. Fluchtartig hatten die meisten die Börse verlassen. Kaum einer, der nicht Tausende oder alles verloren hatte.

Elias Montgomery gestorben! In den Straßen aller Hauptstädte der Welt schrien die Verkäufer die Extrablätter aus, brüllten die Lautsprecher von den Dächern der Zeitungspaläste und Hotels die Worte wieder und immer wieder in die Ohren der Passantenmassen. Überall bildeten sich Gruppen, die in lebhaftester Unterhaltung das Ereignis besprachen.

Elias Montgomery gestorben! Von Mund zu Mund gingen die drei Worte. Der Name ... kaum ein Bewohner der zivilisierten Welt, der ihn nicht kannte. Schon zu seinen Lebzeiten ein Sagenkreis um ihn. Elias Montgomery, der große Erfinder, dem es gelungen, das Problem der Atomenergie zu lösen.

Die Atomenergie - jene riesenhafte, über alle Vorstellungen gewaltige Energiequelle, schon seit Jahrzehnten das höchste Ziel der Erfinder in allen Kulturstaaten der Welt: Elias Montgomery hatte das Problem gelöst, mußte es gelöst haben. Schon seit Jahren waren die Beweise dafür unbestreitbar. Freilich, er selbst hatte niemals das geringste über seine Erfindung veröffentlicht oder auch nur im Gespräch mit anderen offenbart. Erst als Vorkommnisse geheimnisvollster Art sich häuften, deren Erklärung jeder menschlichen Erkenntnis spottete, als sich Erscheinungen wiederholten, die nur mit der Atomenergie zu erklären waren, gewann der Verdacht feste Gestalt, daß die Lösung dieser Rätsel in Montgomery Hall, jenem alten, noch aus der Normannenzeit stammenden Schloß im schottischen Hochmoor, zu suchen sei.

Doch Elias Montgomery blieb mit seiner Erfindung im dunklen. Er wünschte weder Störungen noch Besuche. Er umgab sein Haus mit einem System raffiniertester und wirkungsvollster Sicherungen. Elektrische Wechselspannungen zwischen scheinbar harmlosen Pfosten und Bäumen, die auf jeden, der die Lücke passierte, einen tödlichen Blitz warfen. Später noch, als überzudringliche

Amerikaner sich nicht scheuten, von oben her einzudringen ... sich aus stillstehenden Helikoptern mit Spähkörben in die Höfe des Schlosses niederzulassen versuchten, auch in der Höhe ein hochgeladenes Netz, das tötende Funken auf jedes Luftfahrzeug warf.

Ein vollkommenes Sicherungssystem, durch welches das Geheimnis unbedingt gewahrt wurde. Und nun war es doch einem gelungen, gegen den Willen des Erfinders einzudringen. Der Knochenmann war gekommen und hatte ihm die Hand auf die Schulter gelegt. Hatte ihn mitten aus der Arbeit an jenem Apparat, der das Geheimnis barg, hinweggerissen.

Als sicher galt, daß er das Geheimnis bis zu seinem letzten Atemzug für sich bewahrt hatte. Mitten in seiner Arbeit war er verschieden, ganz plötzlich, vom Herzschlag dahingerafft. Am Arbeitstisch, die Hände noch an dem Wunderapparat, hatte man den Toten gefunden. Sonst, man traute es ihm wohl zu, hätte er vielleicht beim Herannahen des Todes noch im letzten Augenblick den Apparat, mit dem er die Wunder vollbrachte, zerstört ... die Erfindung mit ins Grab genommen.

Jetzt! ... Der Meister tot ... sein Werk unversehrt erhalten ... der Augenblick gekommen, es in den Dienst der Welt zu stellen. Die Periode des Kohlenzeitalters vorüber! Alle Energiequellen, die die Menschheit bisher kannte, jämmerlich klein, verschwindend gegen die neue Energiequelle, die der Zertrümmerung der Atome entsprang. Die Reaktion an allen Börsen der Welt gab den anschaulichsten Beweis dafür. Alle Kohlenwerte, die Aktien aller Kraftwerke so gut wie wertlos.

Wieder war es wie damals, als die ersten Gerüchte von Montgomerys Entdeckung in die Welt drangen, als die Politiker und Volkswirtschaftler die Köpfe zusammensteckten ... berieten, wie dem Chaos zu begegnen sei, das bei der Umstellung auf die neue Energie entstehen mußte.

Wirtschaftskrisen schwerster Art, Krisen, wie sie die Menschheit bisher kaum je erlebt, waren zu erwarten. Und ... bedeutete die Erfindung nicht auch gleichzeitig eine fürchterliche Waffe, die in gewissenloser Hand schrecklichstes Unheil über die Menschheit bringen konnte?

Damals schon, gleich nach dem ersten Bekanntwerden von Montgomerys Entdeckung, waren in den Parlamenten Stimmen laut geworden, die den Erfinder unter staatliche Aufsicht stellen wollten. Schien doch das Problem, die Erfindung anzuwenden, noch viel schwieriger als das, die Erfindung zu machen.

Jetzt, beim Tode des Erfinders, tauchten alle diese Fragen und Ideen wieder von neuem auf. Und von Tag zu Tag spannte sich die Erwartung. Von Tag zu Tag hoffte man auf die Nachricht aus Montgomery Hall:

»Die Kräfte des geheimnisvollen Apparates sind erkannt, es ist gelungen, ihn in Tätigkeit zu setzen.« Doch die Tage verrannen, und keiner brachte die Nachricht.

Wohl hörte man, daß es gelungen sei, das Sicherungssystem auszuschalten, in das Gebäude einzudringen und die Arbeitsstätte des Verstorbenen zu versiegeln. Wohl hörte man, daß eine Kommission der hervorragendsten englischen Physiker mit der Hinterlassenschaft des Erfinders beschäftigt sei. Aber die Nachricht, die man mit steigender Ungeduld erwartete, blieb aus.

Es war ein Paradoxon stärkster Art. Da stand der Apparat, und keiner Hand war es gegeben, ihn zu bedienen. Es schien der letzte Trumpf dieses ironischen Spötters und Menschenverächters zu sein, daß er der Welt sein Werk unversehrt hinterließ, und daß es doch ebenso war, als hätte er es vor seinem Tode vernichtet.

Die Presse wurde mit Zuschriften überschüttet, sollte Erklärungen darüber geben, wie das möglich sei. Sie wußte nichts anderes, als ihre Leser zur Geduld zu mahnen.

Und je weiter die Zeit vorschritt, desto geringer wurde die Hoffnung, desto mehr zerrannen die Träume, die sich an das große Problem der Atomenergie knüpften. Eine neue Welt sollte sie bringen... ein Paradies auf Erden, den Beginn eines neuen Zeitalters. Das Ende der Kohlenzeit... neues Leben, neue Lebensmöglichkeiten, den Beginn einer neuen Wirtschaft. Möglichkeiten, die das Auge blendeten, Möglichkeiten, die die kühnste Phantasie übertrafen, bot ja der Besitz dieser Energie. Doch wenn nicht ein Wunder geschah, war die Erfindung Montgomerys für die Menschheit verloren.

Unbegreiflich, unverständlich... unsinnig nannten die einen die Handlungsweise des toten Erfinders. Wie konnte er das einmal Erreichte, das durch Glück und Geschick Gefundene wieder in Vergessenheit geraten und der Menschheit verlorengehen lassen?

Er erschrak vor den Folgen seines Werkes, sagten die anderen. Alle Kohlengräber der Welt brotlos! Alle Kohlenzechen, alle Kraftwerke der Welt wertlos! Vielleicht durch die mit der Atomenergie so eng verbundene Umwandlung der Metalle eine allgemeine Goldinflation schlimmster Art?

Fragen und Möglichkeiten, die auch die Optimisten nachdenklich stimmen konnten. Man entsann sich der prophetischen Worte, die Lord Ramsay* vor beinahe 100 Jahren gesprochen hatte: »Hoffentlich ist die Menschheit weise genug, wenn ihr diese Erfindung einmal gelingt.« Man begann die Gründe zu begreifen, wenigstens zu ahnen, die Elias Montgomery zur Geheimhaltung seiner Entdeckung veranlaßt hatten.

Aber der Apparat war nun einmal da. Man wußte, daß er gearbeitet hatte, und unablässig versuchte man, ihn in Betrieb zu setzen. Einmal mußte es gelingen. Über

---

* Sir William Ramsay (1852-1916), britischer Chemiker; erhielt 1904 den Nobelpreis für Chemie

den Gebrauch der Erfindung ließ sich immer noch reden, wenn das geglückt war.

* * *

Am Osterley Park in London das geschmackvolle Cottage* der Baronesse Jolanthe von Karsküll. Die Teestunde ging ihrem Ende zu, und schon begannen hier und da Teilnehmer der Gesellschaft sich zum Aufbruch zu rüsten. Hier wie überall in ganz London war der Zauberkasten Elias Montgomerys Hauptgegenstand des Gespräches.

Ein Bedienter schob die Portiere zurück: »Seine Lordschaft, Sir Arthur Permbroke!«

Jolanthe von Karsküll erhob sich und ging am Arm der Lady Permbroke dem Eintretenden entgegen, empfing und erwiderte freundschaftlich seine Begrüßung, blickte ihn fragend an, während er seine Gemahlin begrüßte.

»Meine Damen, ich will Sie nicht länger in Ungewißheit lassen. Ich kann Ihnen die angenehme Nachricht bringen, daß es mir gelungen ist, auch für Sie, gnädigste Baronin, die Erlaubnis zum Besuch von Montgomery Hall zu erlangen.«

Ein Aufleuchten der Befriedigung lief über die Züge der Baronesse.

»Oh, Sie haben die Erlaubnis, Sir Arthur? Meinen herzlichsten Dank!«

»Ich habe sie. Es war nicht einfach, sie zu bekommen, doch jetzt habe ich sie. Aber sehen Sie, mit welchen Formalitäten!« Er zog ein amtliches, siegelgeschmücktes Schreiben aus der Tasche und las mit halblauter Stimme: »*Die Baronin Jolanthe von Karsküll, 28 Jahre alt, Tochter des verstorbenen russischen Obersten Alexander Baron von Karsküll und seiner Ehefrau Sinaide, der gebore-*

* Häuschen, kleine Villa

nen Fürstin Iraklis, russische Staatsangehörige, zur Zeit wohnhaft in London, Osterley Park 12, erhält hiermit die Erlaubnis, Montgomery Hall in Begleitung von Sir Arthur Permbroke am 15. Juni zu besuchen.

Sie sehen, Baronin, wie formal man hier vorgeht. Selbst Damen gelten als verdächtig, dürfen den Zauberkasten nur unter Wahrung aller Vorsichtsmaßregeln besichtigen. Auch der Umstand, daß ich die Ehre habe, Sie schon von Moskau her seit meiner Tätigkeit bei der dortigen Botschaft genau zu kennen, wäre allein noch nicht hinreichend für die Erteilung der Erlaubnis gewesen. Mußte ich doch auch für meine Gattin einen solchen Passierschein ausstellen lassen.«

Wiederum griff Lord Permbroke in die Tasche, und Jolanthe von Karsküll überflog ein zweites, dem ihrigen ganz ähnliches Dokument: *Lady Ellen Permbroke, Gemahlin des Lord Arthur Permbroke, right honourable* usw.

»Ich sehe, Sir Arthur, es ist nicht einfach gewesen, die Erlaubnis zu erhalten. Desto mehr freue ich mich auf diesen Besuch. Außerordentlich gespannt bin ich auch auf den Erfolg, den Professor Syndham mit seinen neuen Arbeiten haben wird. Ich hörte, daß der Professor schon wieder seit acht Tagen in Montgomery Hall sitzt. Er soll sich recht hoffnungsvoll ausgesprochen haben. Ich bin geneigt, diese Hoffnung zu teilen. Ist er doch einer unserer fähigsten Gelehrten . . .«

Lord Permbroke schüttelte den Kopf.

»Ich muß Sie leider enttäuschen, Baronin. Nach den letzten vertraulichen Nachrichten scheint auch Professor Syndham mit seiner Kunst am Ende zu sein. Es ist schon so weit gekommen, daß man all diese Versuche geheimhält, um die Öffentlichkeit nicht noch mehr aufzuregen und zu enttäuschen. Mißerfolge, Mißerfolge und immer wieder Mißerfolge . . . eine einzige lange Reihe von Mißerfolgen sind all diese Versuche unserer klügsten Köpfe, das Rätsel von Montgomery Hall zu lösen.«

»Aber wie ist das möglich, Sir Arthur, daß es keinem gelingen will, das Erbe Montgomerys ...?«

»Wie es möglich ist, Baronin ... ich weiß es nicht. Fast möchte ich mich der Ansicht einiger Gelehrter zuneigen, die behaupten, dieser hinterlassene Apparat sei überhaupt nicht der, mit dem Montgomery die erstaunlichen Wirkungen erzielt hat.«

Ein Schatten flog über die Züge der Baronin.

»Sollte das wirklich möglich sein, Sir Arthur?«

Lord Permbroke zuckte die Achseln. »Noch kann ich mich der Ansicht nicht anschließen, daß Elias Montgomery doch noch Zeit fand, seine Erfindung vor seinem Tode zu vernichten, und uns nur einen Vexierapparat* zurückließ. Aber schließlich ... unsere englischen Physiker haben stets einen guten Ruf in der Welt gehabt. Ich finde keine Erklärung dafür, wenn sie jetzt den Apparat nicht in Betrieb zu setzen vermögen, mit dem schon so lange erfolgreich gearbeitet wurde.«

»Sir Arthur! Das wäre aber doch ...«

»Es wäre ein schwerer Schlag für Großbritannien, Baronin. Nach meiner Meinung bleibt uns nur noch die ultima ratio**, andere europäische Gelehrte zur Lösung des Rätsels heranzuziehen. Ich denke in erster Linie an die Physiker der Riggers-Werke in Deutschland, die seit Jahren auf dem gleichen Gebiet arbeiten. Wäre es auch nur zu dem Zweck, um festzustellen, ob wir wirklich den Apparat Montgomerys vor uns haben oder nur ein Vexierstück, das dieser ... dieser Sonderling uns hinterlassen hat.«

»Ich kann mir denken, Sir Arthur, daß die englische Regierung sich zu einem solchen Schritt nur sehr ungern entschließen würde. Bedeutet er doch zum mindesten für die englischen Physiker das Eingeständnis einer

---

* Nachbildung, Attrappe

** das letzte Mittel

schweren Schlappe. Ganz abgesehen von anderen Gründen, die gegen einen solchen Weg sprächen.«

Lady Permbroke, die der Unterredung bisher schweigend gefolgt war, mischte sich jetzt ins Gespräch.

»Und ich kann nicht einsehen, weshalb man diesen Weg nicht schon längst beschritten hat. Bei der ungeheuren Wichtigkeit, die der Besitz der Erfindung für Europa, ich betone: nicht nur für England, sondern für ganz Europa hat, dürfte es doch einerlei sein, wer das Geheimnis löst, ein Engländer oder ein Deutscher.

Aber da haben wir wieder einmal das jämmerliche Schauspiel der europäischen Uneinigkeit, der Eifersüchteleien kleinlicher Köpfe. Der Gedanke, daß es sich heut bei den politischen Weltkonstellationen nicht mehr um England oder Deutschland oder irgendeinen anderen Teil des europäischen Staatenbundes dreht, sondern nur noch um Europa auf der einen, die anderen Weltteile auf der anderen Seite ... der Gedanke ist leider immer noch so vielen fremd geblieben. Selbst die letzte, größte Schmach, die Besetzung Spaniens bis zu den Pyrenäen durch das mauretanische Reich, hat es nicht vermocht, diesen Staatenklüngel zu sprengen, die europäischen Staatsmänner zu europäischem Denken zu erziehen!«

Lord Permbroke lächelte, aber es war ein bitteres Lächeln.

»Du bist wieder bei deinem geliebten Thema, Ellen. Aber so recht du auch hast, eher wird die Themse aufwärts fließen, als daß die Mitglieder des europäischen Staatenbundes europäisch denken lernen und ihre Interessen auf das eine gemeinsame Interesse der Erhaltung und Festigung Europas vereinigen.«

Die Worte Lord Permbrokes waren nicht geeignet, den Eifer der Lady zu dämpfen. Noch lebhafter fuhr sie fort:

»Es ist ein Jammer, Arthur! Hier das uneinige, in sich

zerrissene Europa und dort als unmittelbare Nachbarn in Afrika und Asien die drei mächtigen islamitischen Reiche. Mit welcher Freude hat man seinerzeit die ersten Schritte zur Einigung Europas begrüßt! Welche Hoffnungen setzte man auf die Gründung des europäischen Zollverbandes, der alle Industrien Europas zu einem einzigen mächtigen Block verschmelzen sollte! Was erwartete man dann alles von einem europäischen Staatenbund!

Und jetzt...? Seit fünf Jahren ist Spanien in maurischer Hand. Seit beinahe fünf Jahren sitzen die Diplomaten Europas und Mauretaniens in Rom zusammen. Sitzen und verhandeln... doch nur um eine Phrase, eine Formel zu finden, die den bestehenden Zustand sanktioniert, ohne der Ehre Europas allzuviel zu vergeben.

Das Schicksal bot uns eine Chance. Die Erfindung Montgomerys umfaßt auch die Mittel, Spanien vom mauretanischen Joch zu erlösen. Anstatt alle Kräfte Europas heranzuziehen, anstatt mit allen nur erdenklichen Mitteln das Geheimnis des Toten schnellstens zu lösen, verschließen wir seinen Apparat hinter Panzermauern. Wachen eifersüchtig darüber, daß ihn nur ja niemand sieht, der ihn vielleicht in Betrieb setzen könnte... Darüber verstreichen Wochen und Monate... und die Welt lacht über das schwache Europa!«

Jolanthe von Karsküll war den temperamentvollen Ausführungen der Freundin schweigend gefolgt. Nur ein leichtes Nicken des blonden Hauptes drückte bisweilen ihre Zustimmung aus. Jetzt sprach sie:

»Sie haben recht, Lady Ellen. Nur allzu recht. Europa, das alte, morsche Europa spielt dem afrikanischen Kalifenreich gegenüber keine gute Rolle. Bisweilen überkommen mich Zweifel an seiner Zukunft. Dann muß ich mich fragen, ob seine Rolle als führender Weltteil nach einer dreitausendjährigen Geschichte nicht vielleicht ihrem Ende entgegengeht, ob nicht andere, jüngere, kräftigere Reiche an seine Stelle treten sollten.«

Lady Ellen fuhr auf.

»Nein, Jolanthe, nein und nochmals nein! Noch liegt die Führung der Welt bei den Europäern. Als eine Gabe des Schicksals betrachte ich diese Erfindung des Toten. Aber wehe uns, wenn wir die Gabe nicht zu nutzen wissen!«

Lord Permbroke näherte sich seiner Gattin.

»Es wird spät, Ellen. Wir müssen gehen. Diese Fragen, die dich … die uns alle bewegen, werden wir heute abend nicht mehr beantworten können.«

Er wandte sich an Jolanthe. »Gnädigste Baronin, wir treffen uns am kommenden Mittwoch morgen auf dem Flugplatz in Wembley.«

Die letzten der Gesellschaft waren gegangen. Jolanthe von Karsküll stand am Fenster und beobachtete die Abfahrt ihrer Gäste. Sie sah den Kraftwagen mit Lord und Lady Permbroke fortfahren. Ihre Blicke folgten dem Gefährt, bis es entschwand. Dann trat sie in den Raum zurück. Ein tiefer Atemzug … wie eine Befreiung.

»Der erste Schritt!«

* * *

Ein rasender Nordoststurm jagte über die niedersächsische Heide, riß an den Zweigen der Bäume und rüttelte an den Mauern und Dächern der zerstreuten Gehöfte. In tiefem Dunkel das alte Heidedorf, nur in dem einsamen Haus dort neben dem Erlenkamp noch Licht. Weithin fiel sein warmer Schein durch die klappernden Läden in die Dunkelheit.

Ein Wanderer, der dem Dorfe zuschritt, warf einen scheuen Blick dorthin, schien froh, als er daran vorbei war. In Verruf war das Haus gekommen, seit d e r darin hauste. Ein blühender Hof einst, der Ellernhof, ein reiches Anwesen mit weiten Feldern und Wiesen. Bis auf die Frankenzeit führten die Eiseneckers vom Ellernhof ihren Ursprung zurück. Als Meier* Karls des Großen sollten sie einst hierher in die Heide gekommen sein. Viele Jahrhunderte hindurch hatte das Geschlecht auf dem Ellernhof geblüht, hatte Kriegsstürme und schlimme Zeiten glücklich überstanden.

Doch als der vorletzte Besitzer starb, weilte sein Sohn in der Ferne, in Ländern, die man hier in der Heide kaum dem Namen nach kannte. Fremde Hände verwalteten den Hof ... verwalteten ihn schlecht, bis eines Tages der Sohn zurückkam. Aber auch dann wurde es nicht besser. Der Letzte aus dem Geschlechte der Eiseneckers war kein Heidebauer mehr. Ein geheimnisvolles ... unheimliches Werk schien der da zu betreiben. Ein Werk, bei dem der Ellernhof zugrunde ging. Einen Acker nach dem anderen, eine Wiese nach der anderen verkaufte er, bis ihm schließlich nur noch der Hof blieb. Leer die Ställe, verrottet das Inventar, verfallen das Haus. Unheimlich das Ganze. Jahre waren darüber verstrichen.

An einem mit Retorten bedeckten Tisch saß in dem einzigen erleuchteten Raum ein Mann. Die hohe Gestalt weit vorgebeugt über einen roh gearbeiteten hölzernen Kasten, zu dem zahlreiche Drähte führten. Ein ungepflegter Bart wucherte um das Kinn des Einsamen. Seit vielen Monaten schien keine Schere an sein Haupthaar gekommen zu sein. Mit zitternden Händen löste er die Schrauben des Deckelverschlusses. Weit geöffnet strahlten seine Augen in übernatürlichem Glanz, starrten auf den Kasten, harrten, was er enthüllen würde. Jetzt schoben seine Finger den Deckel zurück. Frei lag der Inhalt vor seinen Blicken, und ein Schrei entfuhr seinen Lippen. Die hagere hohe Gestalt taumelte empor, wankte zurück.

---

* Verwalter eines Fronhofes, eines Gutes

»Gold! Gold!« Er schrie es. Mit einem Sprung war er wieder am Tisch, griff nach dem gleißenden Stück, hob es empor und sah, wie die Strahlen der Lampe sich darin in gelbem Schimmer brachen und spiegelten. Und dann, als ob die Last des Goldes ihn erdrücke, brach er zusammen, den schimmernden Klumpen krampfhaft an die Brust gepreßt.

So lag er, bis das Licht der Morgensonne in den Raum drang, bis die Sonnenstrahlen, glänzend und schimmernd von dem Metall zurückgeworfen, ihn zwangen, die Augen zu öffnen. Schwerfällig richtete er sich empor, sah den Metallklumpen, wollte ihn mit einer gleichgültigen Fußbewegung zur Seite stoßen. Der rückte nicht. Er beugte sich, hob den schweren Brocken auf und warf ihn in eine Ecke zu allerhand zerbrochenem Gerät und Gerümpel. Schritt dann zum Arbeitstisch. Seine Hände umfaßten den schmucklosen Kasten, hoben ihn hoch, drückten ihn mit einer unbegreiflichen Inbrunst an sich. Wiegend, als hätte er das köstlichste Kleinod im Arm, trug er ihn durch den Raum.

Triumph jeder Schritt, jeder Blick, jede Geste!

So ging er in den Nebenraum. Hier standen noch die Speisen vom gestrigen Abend. Heißhungrig stürzte er sich darauf. Erst jetzt kam ihm zum Bewußtsein, daß er seit vielen Stunden keinen Bissen genossen hatte. Gierig aß er das schlecht zubereitete Mahl. Dann sprang er auf. In einem gesprungenen, erblindeten Spiegel betrachtete er sich selbst. Schäbig ... verwildert ... abgemagert!

Er lachte laut: »Ohne Kunst aufs beste verkleidet!«

Aus einem Album zog er eine Photographie, hielt sie gegen das Licht, betrachtete die Züge, die sie darstellte.

Wie alt war das Bild? ... Vier Jahre ... Wie hatten die vier Jahre ihn verändert ... Vier Jahre, in denen er Tag und Nacht nur auf ein einziges Ziel hingearbeitet.

Gold? ... Das Gold dort in der Ecke? ...

Nein! Einem höheren ... einem unendlich viel höheren Ziel strebte er nach. Einem Ziel, welches das Gold wertlos machen, der Menschheit anderen, viel reicheren Segen bringen mußte. Einem Ziel, das ihm wie eine reife Frucht in den Schoß fallen mußte, nachdem das Gold nun da war.

Ein Zeitungsblatt lag neben der kärglichen Mahlzeit auf dem rohen Eichentisch. Der Anzeiger der nächsten Kreisstadt.

Seine Augen überflogen die Zeilen. Nachrichten aus London ... Elias Montgomery gestorben. Alle Versuche der englischen Gelehrten, den hinterlassenen Apparat in Betrieb zu setzen, bisher ergebnislos ... wahrscheinlich für immer hoffnungslos.

Seine Augen hingen an den Worten. Immer wieder überflog er die wenigen Zeilen. Dann lachte er laut.

Wär's möglich? Montgomerys Erbe ... keiner, der es zu heben vermochte? Er drehte das Blatt um, sah nach dem Datum. Es war schon über eine Woche alt.

Die Welt! Europa! Was hatten die dazu gesagt ... die Riggers-Werke ... Harder, der Generaldirektor der Werke ... er?

In heftiger Erregung durchmaß er das Zimmer.

Montgomery! Elias Montgomery! Der Mann, der das Problem der Atomenergie gelöst. Der die Energie beherrschte ... und sie der Welt verbarg ... vorenthielt.

Weil er nicht die Kraft besaß, die Aufgabe zu lösen – die schwerere, die größere –, das Errungene der Welt zu geben, ohne die Wirtschaft aus den Fugen zu reißen, statt des Paradieses ein Chaos zu stiften.

Das allein der Grund. Deshalb Elias Montgomery ein Sonderling! Er verstand ihn wohl. Er ...! Seine Blicke gingen zu der kleinen hölzernen Truhe. Er schritt darauf zu. Verschränkte die Arme, starrte lange darauf. Segen und Fluch ...

Die Arme fielen nieder. Der Körper sank in sich zusammen, die Schultern krümmten sich.

»Segen allein? Last, ungeheure! Der trug sie nicht! ... Ich ...?« Beim Klang der Worte ging es wie ein Ruck durch die Gestalt. Der Körper reckte sich ... den Kopf zurückgeworfen, das Auge wie in weite Fernen gerichtet, die Lippen zusammengepreßt, Energie, Kraft in jedem Muskel ...

»Ich will's versuchen!«

Die alte Wirtschafterin trat ein. Hielt ihm ein amtliches Schriftstück hin. Er las ... und lachte ... lachte aus vollem Halse.

Da stand geschrieben, daß der Ellernhof am nächsten Mittwoch zur Versteigerung kommen würde.

Er schrie das alte, halb taube Weib an: »Ich muß verreisen!« Bedeutete ihr, einen Handkoffer vom Boden zu holen, irgendwo sonst zu suchen, riß selbst die Tür eines wackligen Schrankes auf, der seine karge Garderobe enthielt.

Da hing eine Hose ... ein prüfender Blick darauf ... Nein! ... Unmöglich, weg damit! Die war ja noch schlechter als die, die er jetzt trug ... Ein heller Rock ... ein weißer Rock, mit dem er früher - lange war es her - zum Tennisspiel gegangen war ... Da eine schwarze Hose, die er früher einmal beim Examen getragen ... Schwarze Hose ... weißer Rock ... nein! Unmöglich! Aber der Schrank war leer ... halt! ... Da noch eine grüne Joppe ... noch vom Vater her ... sie war ihm reichlich weit, aber das mußte gehen.

Er packte ein paar Habseligkeiten in den Koffer. Prüfend wog er den Goldbarren ... zehn Kilo ... genug, um die Schuld zu bezahlen ... und genug blieb noch für die nächste Zeit darüber hinaus übrig.

So verließ Friedrich Eisenecker zum erstenmal nach vier Jahren sein Haus. Am nächsten Tag war er zurückgekehrt. So verändert, daß ihn die alte Wirtschafterin kaum wiedererkannte. Bart und Haar gestutzt, mit einem guten neuen Anzug bekleidet. Er nickte der Alten ein Willkommen zu, drückte ihr einen Zettel in die Hand... die Versteigerung des Ellernhofes aufgehoben... die Schuld bezahlt...

Während die Alte noch auf den Zettel starrte, saß er schon längst wieder oben bei seinen Retorten und Apparaten. War auch seine Aufgabe in der Hauptsache gelöst, galt's doch noch, die letzte Hand an seine Erfindung zu legen, das Werk zu vollenden. Nicht viel war's und keine schwere Arbeit mehr. Wenige Wochen nur.

Und dann war auch das getan. An Stelle des rohen ungefügen Kastens stand eine zierliche kleine Kassette auf dem Arbeitstisch. Bequem und leicht mitzuführen.

Jetzt fort! Morgen schon wollte er hinaus... hinaus in die Welt.

Die Nacht... Feuerlärm schrillte durch das stille Heidedorf. Noch bevor die freiwilligen Helfer sich sammelten, bevor sie die lecke Feuerspritze in Tätigkeit setzen konnten, brannte der ganze Ellernhof in hellen Flammen.

Sein Besitzer stand dabei... ruhig, unbewegt und sah mit unveränderter Miene, wie das alte väterliche Heim in Asche sank.

Mit Staunen... mit Mißtrauen blickten die Dörfler auf ihn. Schon lange war er ihnen unheimlich, jetzt wurde er ihnen rätselhaft. Sie wußten, daß er nicht versichert war... nicht mehr die Mittel gehabt hatte, die Versicherung zu bezahlen. Sollte ihn die Not so abgestumpft haben, daß er das Unglück nicht mehr empfand? Das Unglück, das hier mit wabernder Lohe seine letzte Habe verzehrte...

* * *

Als ihre Gäste sie verlassen hatten, trat Jolanthe von Karsküll in ihr Boudoir, drückte auf einen Klingelknopf und klingelte in bestimmten Intervallen. Ihre alte Dienerin erschien. Europäisch oder nicht europäisch? Etwas Fremdländisches lag in ihren Zügen, aber nur ein sehr genauer Kenner der asiatischen Rassen hätte wohl den Typus der Georgierin darin zu entdecken vermocht.

»Zobeide, ich wünsche ungestört zu sein, bis ich dich wieder rufen lasse.«

Die Alte verneigte sich stumm und verschwand. Jolanthe von Karsküll schloß die Tür hinter ihr und schob den Riegel vor.

Das villenartige Wohnhaus der Baronin stand auf drei Seiten frei in einem ziemlich ausgedehnten Garten. Nur mit der einen Seite lehnte es sich an das Nachbargebäude. Jolanthe von Karsküll nahm den Hörer von einem Tischapparat, sprach ein paar Worte hinein und legte ihn wieder auf. Dann trat sie an einen großen in die Wand eingebauten Spiegelschrank und öffnete die Tür. Der Schrank war dicht mit Kleidungsstücken gefüllt. Doch auf einen Knopfdruck schwangen die Messingstangen mit den Kleidern zur Seite, und die Hinterwand lag frei. Ein Druck auf einen anderen, kaum sichtbaren Knopf, und die hintere Schrankwand rollte sich jalousieartig auf.

Die Wand dahinter war hohl. Eine zweite Holzwand wurde dort sichtbar. Auch diese öffnete sich.

Eine Hand streckte sich ihr entgegen und geleitete sie in den Raum. Es war das Privatkabinett des maurischen Botschafters Midhat Pascha.

»Zu Ihren Diensten, gnädigste Baronin. Ich bin entzückt, Sie hier zu sehen.«

Der Botschafter beugte sich über ihre Hand und führte Jolanthe zu einem Sessel.

»Ihr Besuch ... ich lese in Ihren Mienen ...«

»Ja, Exzellenz, ich freue mich, Ihnen einen weiteren Erfolg melden zu können. Am Mittwoch früh fahre ich mit dem Ablösungsschiff nach Montgomery Hall.«

»Prächtig, meine gnädigste Baronin!« Midhat Pascha war aufgesprungen und schüttelte ihr die Hand.

»Ich brenne darauf, die Nachricht nach Fes melden zu können. Unser Herr, der Kalif, drängt in einer Weise, die mir schlaflose Nächte macht. Meine Stellung hier - ich gestehe es offen - hängt vom Gelingen unseres Planes ab. Deshalb auch meinen herzlichsten persönlichen Dank, gnädigste Baronin. Nun, da unser erster Schritt so gut glückte, habe ich die feste Zuversicht, daß uns auch das Ganze gelingen wird.«

»So ganz vermag ich die Hoffnung Euer Exzellenz nicht zu teilen. Ich weiß nicht, ob meine geringen physikalischen Kenntnisse genügen werden, die raffinierte Art des Sicherungssystems zu begreifen, so daß ich unseren Mann instruieren kann. Ich habe mich zwar in der letzten Woche Tag und Nacht mit dieser mir ziemlich fremden Materie beschäftigt, aber ...«

»Keine Zweifel, gnädigste Baronin! Die bewundernswerten Proben Ihrer Intelligenz während der letzten ...«

»Keine Schmeicheleien, Exzellenz. Sie wissen, ich hasse das. Bin ich ein Weib wie ...«

Der Botschafter fiel ihr in die Rede.

»Es waren die Worte, die unser Herr, der Kalif, selber gebrauchte, Baronin, als er mir in seinem letzten Brief befahl, die Angelegenheit zu beschleunigen.«

Eine leichte Röte huschte über das Antlitz Jolanthes. Der feste Zug um ihren Mund wurde weich, ein Schimmer der Freude blitzte in ihren Augen.

»Sie haben recht, Exzellenz. Es muß gelingen. Chalil Rifaat alias Malcolm muß mein physikalisches Kauderwelsch verstehen! Er ist ein fähiger Kopf, der sicherlich auch in jeder anderen Position Großes leisten würde.«

»Chalil Rifaat ist ein treuer Diener seiner scherifischen Majestät ... wie Sie, Baronin, wie ich. Die Zeit wird kommen, wo unser Herr belohnen wird ... ihn ... und auch Sie, Baronin ... Kein anderer, keine andere im Reiche Abdurrahmans, die sich solcher Huld erfreuen wie Sie ...«

Stärker brannte die Glut auf den Wangen Jolanthes. Abwehrend hob sie die Hände.

»Lassen Sie, Exzellenz! Kommen wir zu etwas anderem. Die Börsenengagements* Edhem Paschas, unseres Finanzministers, dürften allmählich gelöst sein. Ein Coup von solchem Umfang ist wohl in der Geschichte der Londoner Börse noch nicht dagewesen. Der Gewinn für den maurischen Staatsschatz ...«

»Die Kassen Edhem Paschas schwimmen im Golde. Unser Staatsschatz hat sich innerhalb einer Stunde vervielfältigt. Ein Erfolg, den selbst der größte Optimist kaum erwarten durfte. Die Börse ist und bleibt unberechenbar. Der Schrei dieses Narren: ›Eine Hausse! Nichts anderes steckt dahinter!‹ brachte das Unerwartete, selbst in kühnen Träumen nicht zu Erhoffende, daß die Kurse trotz unseres riesenhaften Angebotes stiegen, bis über den ersten Stand hinaus stiegen. Dadurch erst wurde die Deroute** hinterher so ungeheuer.«

»Und man ahnt immer noch nicht, von wem das Manöver ausging?«

»Nein, Baronin! Die Engagements waren trotz der kurzen Zeit so geschickt untergebracht, daß niemand den geringsten Verdacht schöpfen konnte, auch kaum jemals schöpfen wird.«

»Hat der Tod Saids nicht Anlaß zu weiteren Nachforschungen gegeben?«

»Nein! Seine Leiche ist bis zur völligen Unkenntlichkeit verbrannt. Schade, sehr schade um den Mann.«

»Haben Sie selbst, Exzellenz, sich jetzt ein klares Bild über die Vorgänge jener letzten bedeutungsvollen Tage machen können?«

»Ich denke: ja! Sie wissen, es war uns verhältnismäßig leicht gelungen, Said unter dem Namen Sniders als tech-

* Kauf- bzw. Verkaufsverpflichtungen

** Kurssturz

nischen Hilfsarbeiter letzten Grades in Montgomery Hall unterzubringen. Monatelang warteten wir vergeblich auf Nachricht von ihm. Auf die Nachricht, daß es ihm gelungen sei, Elias Montgomery die Erfindung abzusehen, den Apparat selbst nachzukonstruieren.

Jetzt, da sich die besten englischen Physiker in wochenlangen Versuchen vergeblich bemüht haben, das Geheimnis Montgomerys zu ergründen, kommt mir unser eigener Plan naiv vor. Said war wohl ein guter Techniker, aber seine physikalischen Kenntnisse lassen sich mit denen der englischen Gelehrten nicht vergleichen. War es ein Fehler, so ist er jedenfalls zu entschuldigen. Die Auswahl bei uns ist naturgemäß nicht groß. Die weiteren Ereignisse müssen sich folgendermaßen abgespielt haben:

Durch einen Zufall kam Said an jenem Tage zuerst in das Laboratorium Montgomerys. Er sah den Erfinder tot neben dem Apparat liegen. Nun bewies er einen hohen Grad von Umsicht. Ohne den Bewohnern des Schlosses Nachricht von dem Tode des Erfinders zu geben, telegraphierte er mir das Ereignis sofort in unserem Geheimcode. Ich gab es schnellstens in die Heimat weiter und wies darauf hin, daß Said bestimmt hoffe, den Tod des Erfinders bis in die Börsenstunden hinein geheimhalten zu können. Edhem Pascha faßte den Wink richtig auf und entrierte* jenes berühmte, selbst für die Londoner Börse außergewöhnliche Manöver.«

»So ging der Gedanke dazu von Ihnen aus, Exzellenz? Ich gratuliere. Die Idee war glänzend.«

Der Botschafter zuckte die Achseln.

»Mag sein, Baronin. Diese Vermehrung des Staatsschatzes ist ein bedeutendes Aktivum für den Kalifen. Seine nächste Depesche erkannte das auch an, wies aber gleichzeitig darauf hin, daß der Besitz des Apparates

* entrieren: einleiten, einfädeln

selbst durch hundert solcher Börsentransaktionen nicht aufgewogen werden könne.«

»Darüber besteht wohl kein Zweifel, Exzellenz. Aber wie erklären Sie sich weiter den Tod Saids?«

»Es gibt nur eine Erklärung, Baronin. Bei der allgemeinen Verwirrung, die nach dem Bekanntwerden von Montgomerys Tod im Schloß ausbrach, hatte Said unzweifelhaft die Absicht, den Apparat kurzerhand fortzunehmen ... damit aus Montgomery Hall zu fliehen. Dazu mußte er zuerst die Sicherungsanlagen wirkungslos machen. Den Versuch, dies zu tun, hat er mit seinem Leben bezahlt.«

»Ihre Worte machen mich besorgt, Exzellenz. Was Said nicht gelang, der monatelang in Montgomery Hall gelebt hat, wie sollte es mir und Chalil Rifaat gelingen?«

»Es wird gelingen, Baronin! Schon einfach deshalb, weil Sie dabei sind. Nein, nein, gnädigste Baronin, es ist so! Das ist keine Schmeichelei. Ich stelle zum Beweis für meine Worte die Frage: Ist uns schon jemals ein Unternehmen fehlgeschlagen, bei dem Ihre kleine Hand im Spiele war? ... Sie schweigen, Baronin ... und doch sagt mir die Sprache Ihrer Augen, daß Sie mir recht geben.«

»Und der Kalif ... ist der Kalif Abdurrahman derselben Meinung?«

Der Botschafter machte eine bejahende Verbeugung. Jolanthe von Karsküll hatte sich erhoben. Einen Augenblick stand sie stumm, die junonische Gestalt hoch aufgereckt, das Auge wie verloren in weite Fernen gerichtet. Dann, als habe sie Mühe, sich in die Wirklichkeit zurückzufinden, sprach sie langsam ... stockend ... mit Unterbrechungen:

»Wenn es gelingt, Exzellenz ... wenn uns der letzte große Wurf gelingt ... wäre es möglich ... ginge es, daß ... ich selbst den Preis dieses Kampfes ... die Beute dieses Unternehmens unserem Herrn ...?«

»Unmöglich!« Der Botschafter hob beschwörend die

Hände empor. »Unmöglich, Baronin. Ihr Verschwinden nach solch einem Ereignis ... es wäre möglich, daß der Schimmer eines Verdachtes ... Nein! ... Das darf nicht sein! Auf keinen Fall! Es tut mir sehr leid, Ihnen diese Bitte abschlagen zu müssen, wenn ich auch ...«

»Sie haben recht, Exzellenz. Mein Wunsch war töricht. Ich begreife selbst nicht ... Auf Wiedersehen denn.«

Der Botschafter drückte seine Lippen auf ihre Rechte und geleitete sie zu der offenen Wand. Noch einmal eine tiefe Verneigung des Mauren. Das Knacken einer Feder, das Rauschen eines Verschlusses. Jolanthe von Karsküll stand wieder allein in ihrem Boudoir.

* * *

Eine Sitzung in den Riggers-Werken zu Berlin. Generaldirektor Harder hatte alle Herren telegraphisch hierherbestellt, die auf der kleinen Nordseeinsel Warnum dort draußen am großen Problem der Atomenergie arbeiteten. Da saßen sie um den großen Konferenztisch herum, die geschicktesten Physiker, die klügsten Köpfe der Riggers-Werke, die sich seit einem Jahrzehnt mit dem weltbewegenden Problem der Atomenergie herumschlugen. Gesichter, in die unablässiges Forschen und Spüren, in die durchsonnene Tage und durchwachte Nächte, in die so viele Enttäuschungen ihre unverlöschlichen Runen eingegraben hatten.

Schon damals, als die Nachrichten von den ersten Erfolgen Montgomerys nach Deutschland drangen, waren die Sitzungen der Riggers-Werke in recht erregten Formen verlaufen. Da gab es oft mutlose Stimmen in der Versammlung, die fragten, wozu überhaupt noch einen Draht schalten, eine Klemme festschrauben, wenn ein anderer das Problem schon gelöst hatte. Bedurfte es doch einer ganz besonderen Hingabe, auf dem einmal beschrittenen Wege weiterzugehen, weiterzuarbeiten und ein Ziel zu erstreben, das jener Engländer schon erreicht hatte. Die Kunde vom Tode Montgomerys, die Nachricht, daß seine Erben die Erbschaft nicht zu heben vermochten, war hier mit einem Gefühl der Erleichterung aufgenommen worden. Jetzt hatten die Riggers-Werke auf dem Gebiet der Atomenergie wieder die Spitze. Jetzt konnten sie vielleicht als die ersten das Ziel erreichen, das der übrigen Welt unerreichbar war.

Schon seit einer Stunde waren sie versammelt und erwarteten mit immer noch steigender Spannung das Erscheinen ihres Generaldirektors. Jetzt riß der Diener die Tür auf. Harder trat ein. Mit einem kurzen Nicken begrüßte er die Versammelten und nahm am Konferenztisch Platz.

»Meine Herren, in Erwartung einer wichtigen Nachricht habe ich mich verspätet. Bitte entschuldigen Sie das! Meine Zeit ist jetzt so stark in Anspruch genommen, daß ich nicht selbst nach Warnum kommen konnte, sondern Sie hierherbitten mußte.

Es handelt sich in diesen Tagen in erster Linie um unsere Stellung zu der englischen Erfindung und ... zu der englischen Regierung ...«

Gespannt blickten die hier Versammelten auf ihren Chef. Da war es ja wieder. Jenes Thema, das sich in dem einen Namen Montgomery zusammenfassen ließ und das ihnen allen schon so viele Tage voller Aufregungen, so viele Stunden inneren Zweifels gebracht hatte. Der Generaldirektor sprach weiter.

»Sie wissen, daß die deutsche Presse es der englischen Regierung seit dem Tode Montgomerys sehr nahegelegt hat, Physiker der Riggers-Werke zum Studium und zur Inbetriebsetzung des Apparates heranzuziehen. Ich kann Ihnen weiter sagen, daß auch unsere Regierung mit einem derartigen Schritt an die englische Regierung herangetreten ist. Heute morgen kam die Antwort: Nein!

Meine Herren, die Gründe dafür sind durchsichtig

genug. England steht auf dem Standpunkt, daß der Apparat Montgomerys nur durch englische Physiker in Betrieb gesetzt werden darf. Es betrachtet jede fremde Mitarbeit als eine Schmälerung englischen Erfinderruhmes. Nach dem bisher Erlebten bin ich überzeugt, daß die europäische Presse, wenigstens die des Festlandes, den englischen Standpunkt auf das schärfste bekämpfen wird. Die Antwort der englischen Regierung wird im Laufe des heutigen Tages bekanntgegeben, und wir werden danach mit einer Hochflut von Pressestimmen gegen die Eigenbrötelei der Einzelstaaten des europäischen Staatenbundes zu rechnen haben.

Natürlich, meine Herren, in meiner Eigenschaft als Leiter der Riggers-Werke bedauere ich diese englische Entscheidung durchaus nicht ...«

Fragende Blicke aus der Versammlung richteten sich auf den Generaldirektor. Der fuhr fort:

»Ich halte es für durchaus möglich, ja für wahrscheinlich, daß es uns gelingen könnte, den Apparat Montgomerys in Tätigkeit zu setzen. Was hätten wir damit erreicht?«

Die Faust Harders fiel schwer auf den Tisch.

»Wir hätten das Werk unseres gefährlichsten Konkurrenten zu glücklichem Ende gebracht. Wir hätten die Früchte unserer eigenen jahrelangen Arbeiten vernichtet. Die Lösung des Problems bliebe dann für immer ein Erfolg der britischen Naturwissenschaft. Insofern ist es nur vorteilhaft für unser Werk, daß England selbst die Zusammenarbeit ablehnt.«

Zustimmung sprach aus den Mienen und Blicken der Versammelten.

Harder fuhr fort:

»Meine Herren, das Schicksal schenkt uns noch einmal eine Frist. Aber wir wissen nicht, wie lang sie sein wird, was morgen oder übermorgen schon geschehen kann. Wir müssen unsere Arbeiten so forcieren, besonders die magnetischen Felder so verstärken, daß wir die von der Theorie verlangte Größe von 5 Millionen Gauß schnellstens erreichen.«

Er sah, wie der eine oder andere aus der Versammlung den Kopf schüttelte.

»Dieser Gang der Versuche mag manchem von Ihnen riskant erscheinen. Aber es muß gewagt werden. In spätestens vier Wochen müssen wir unser Ziel erreichen, falls uns ... nicht schon früher der Erfolg beschieden sein sollte ...«

Erstaunte Blicke richteten sich auf den Sprecher. Was meinte er mit diesen rätselhaften Worten?

»Jawohl, meine Herren, falls uns der Erfolg nicht schon früher in den Schoß fällt. Ich hege ernstliche Zweifel, ob Montgomery die von der Theorie verlangte magnetische Feldstärke überhaupt erreicht hat. Ich halte es nicht für ausgeschlossen, daß wir die Atomenergie schon durch eine ganz geringe Verstärkung unserer jetzigen Versuchsanordnungen frei machen können.

Darum nochmals, meine Herren, jetzt rücksichtslos und mit allen Mitteln an das Problem heran! Es handelt sich darum, daß wir es vor den Engländern lösen. In vier Wochen muß das Ziel erreicht sein ...«

Wieder ging eine Bewegung durch die am Konferenztisch Versammelten. Aber der herrische Blick des Generaldirektors, seine befehlsgewohnte Stimme erstickten jeden Widerspruch im Keime.

Harder schloß. »Ich fahre auf einige Zeit nach Biarritz, werde aber in vier Wochen wieder zurück sein. Während meiner Abwesenheit vertritt mich Herr Direktor Larsen für die Arbeiten auf Warnum. Wenden Sie sich in allen Zweifelsfällen an ihn.«

Ein kurzes Kopfnicken. Der Diener schloß die Tür hinter dem Generaldirektor.

* * *

Mette Harder war im Garten bei den Blumen beschäftigt. Langsam schritt sie durch das Rosenparterre, das sich wie ein einziger üppiger Flor um die Villa am Bismarckdamm legte. Hier und dort blieb sie stehen, trennte mit geschicktem Schnitt eine erblühte Rose vom Strauch und legte die Blume zu den anderen in ein Körbchen. In ihre Beschäftigung vertieft, hatte sie das Anschlagen der Hausglocke überhört. Jetzt ließ ein Stimmengewirr sie aufhorchen.

Der Gärtner sprach mit einem Fremden, der an der Pforte stand.

»Der Herr Generaldirektor sind nicht hier. Sie müssen später wiederkommen.«

»Ausgeschlossen, lieber Mann. Meine Sache hat Eile. Ich muß den Herrn Generaldirektor schnellstens sprechen. Wann wird er denn kommen?«

Die energische Weise des Besuchers schüchterte den Gärtner ein. Verlegen kraulte er sich hinter dem linken Ohr.

»Der Herr Generaldirektor werden ... ich weiß nicht, wann der Herr Generaldirektor hier sein werden.«

»Ich muß ihn aber sprechen. Es ist sehr wichtig. Er hat mich hierherbestellt. Ich werde also hier warten.«

Mette Harder horchte auf und näherte sich dem Gartentor. Als der Fremde sie erblickte, trat er auf sie zu. Er war mit nachlässiger Eleganz gekleidet, die schlanke, sehnige Gestalt, das gebräunte Gesicht verrieten den Sportsmann.

»Ich habe das Vergnügen, Fräulein Mette Harder begrüßen zu dürfen? ... Mein Name ist Iversen ... Malte von Iversen. Beachten Sie den schönen Vornamen Malte, bitte! Gewesener Leutnant, gewesener Kaufmann, halb gewesener Rittergutsbesitzer. Die Klitsche ist verpachtet. Jetziger Hauptberuf Sportsmann.«

Mette starrte den Fremden halb unwillig, halb besorgt an. Was wollte der Mensch?

»Ich habe die Ehre, durch ein Dutzend Nadelöhre mit Ihnen, gnädigstes Fräulein Mette, verwandt zu sein. Onkel, Vetter, Neffe, wie man will. In ähnlichen Fällen schwer definierbarer verwandtschaftlicher Beziehungen wähle ich den Titel nach dem vermutlichen Datum der betreffenden Taufscheine. Wenn ich Sie jetzt, gnädigstes Fräulein Mette, gegen alle Gesetze der Galanterie als Base begrüße, so nur deshalb, weil es mir zu schwer fällt, mich in die Onkelwürde einzufühlen.«

Mette reichte dem Besucher mit einem kühlen Lächeln die Hand. Die saloppe Art seines Wesens mißfiel ihr. Sie war nicht gewohnt, daß ihr die Herren der Gesellschaft anders als mit der ausgesuchtesten Hochachtung begegneten.

»Ich begrüße Sie, Herr von Iversen. Sie wollen meinen Vater sprechen. Der Diener wird Sie nach oben führen. Mein Vater muß gleich zurückkommen.«

»Bitte tausendmal um Verzeihung, meine gnädigste Base, wenn ich es vorziehe, hier in der Gesellschaft der schönsten Rosen den Herrn Onkel zu erwarten.«

Er machte eine überkorrekte Verbeugung vor Mette, um über den Sinn seiner Worte keinen Zweifel aufkommen zu lassen.

»Stubenluft ist nur im Notfall für mich akzeptabel.«

Unbekümmert, ob es Mette genehm oder nicht, ging er an ihrer Seite durch die Anlagen. Und je länger er neben ihr ging, desto mehr schwand bei ihr das Gefühl des Mißbehagens. Die zwanglose Selbstverständlichkeit, mit der er unaufhörlich Fragen stellte und Mette zwang, an der Unterhaltung teilzunehmen, sein liebenswürdiges Plaudertalent, ließen ihre Zurückhaltung mehr und mehr schwinden. Sie überhörte völlig das Herankommen des Wagens, der ihren Vater zurückbrachte.

Als Harder, vom Diener gewiesen, sie im Garten aufsuchte, staunte er, das helle Lachen Mettes durch die Büsche klingen zu hören. Seit jenen Tagen von Warnum glaubte er Mette niemals so lachen gehört zu haben. Als er näherkommend den Besucher erkannte, wich der frohe Ausdruck seiner Mienen. Es war ihm offensichtlich nicht angenehm, Mette in Gesellschaft Iversens zu sehen.

»Ah, mein teuerster Onkel! Ich begrüße Sie, Herr Generaldirektor! Es war mir ein außerordentliches Vergnügen, in Gesellschaft von Base Mette die Schönheit Ihres Gartens bewundern zu dürfen.«

Harder reichte Iversen die Hand.

»So nehmen Sie es mir nicht übel, wenn ich Sie warten ließ?«

»Im Gegenteil, verehrtester Herr Generaldirektor. Ich muß es fast bedauern …«

»… daß ich nicht länger auf mich warten ließ, Herr von Iversen?«

»So ungefähr, Herr Generaldirektor«, lachte Iversen. »Ich vergaß Zeit und Raum, sogar den Auftrag …«

Ein deutlicher Augenwink Harders ließ ihn verstummen.

»Verzeih, Mette! Eine dringende geschäftliche Angelegenheit zwingt mich, Herrn von Iversen deiner Gesellschaft zu entziehen. Vielleicht, daß später …«

»Auf Wiedersehen, Herr Vetter Malte. Es war mir ein Vergnügen, die verwandtschaftlichen Beziehungen mit Ihnen aufzunehmen.«

Während die Herren sich in das Haus begaben, ordnete Mette die Rosen, die sie gesammelt hatte, zu einem Strauß. Ging dann auch ins Haus zur Bibliothek, sie in eine Vase zu stellen.

Da hörte sie die Tür zum Nebenzimmer aufgehen und den Vater mit dem Besucher eintreten.

Sie wollte die Bibliothek wieder verlassen, als sie plötzlich wie angewurzelt stehenblieb.

Der Name, den ihr Vater soeben gerufen, nein, geschrien hatte … Eisenecker! … Der Klang ließ sie erbeben. Es zuckte in ihren Mienen. Wie von einem inneren Zwang getrieben, näherte sie sich der Portiere, die das Nebenzimmer von der Bibliothek trennte.

Ihr Vater schritt erregt auf und ab. Immer wieder murmelten seine Lippen den Namen.

»So hat mich meine Vermutung nicht getrogen, Herr von Iversen! Eisenecker ist es ... er hat den Barren verkauft ... kein anderer konnte es sein.«

»Und es war für mich sehr angenehm, daß Sie mir diese Spur gaben, Herr Harder. Sonst wäre es mir schwergefallen, oder es hätte jedenfalls länger gedauert, den Herrn als den Verkäufer des Goldbarrens festzustellen.«

»Warum, Herr von Iversen?«

»Der Mann, der den Goldklumpen verkaufte, war äußerlich ein ganz anderer als der, dessen Photographie Sie mir gaben.«

»Wieso? Hatte er sich verkleidet?«

»Keineswegs. Er kam nach Hannover, so, wie er war.«

»Ich verstehe Sie nicht, Herr von Iversen.«

»Oh, sehr einfach, Herr Harder. Der Eisenecker von vor vier Jahren hat nicht die geringste Ähnlichkeit mit dem von heute oder vielmehr mit dem von neulich.«

»Was soll das heißen?«

»Nun, Eisenecker hat die letzten Jahre unter dürftigsten Verhältnissen gelebt und dabei Tag und Nacht gearbeitet. Sie selbst würden ihn nicht wiedererkannt haben.«

»So, so. Haben Sie sonst noch irgend etwas anderes von Bedeutung ermittelt?«

»Jawohl, Herr Generaldirektor. Es dürfte Sie zweifellos interessieren, daß Herr Eisenecker im Begriff steht, Europa zu verlassen. Er hat auf dem übermorgen abgehenden Flugschiff nach Amerika einen Platz belegt. Ich bin deshalb sofort hierhergekommen. Wollen Sie ihn weiter im Auge behalten, so muß sofort telegraphisch ein zweiter Platz auf dem Schiff gebucht werden.«

»Selbstverständlich, Herr von Iversen. Natürlich müssen Sie ihn dauernd überwachen. Wir dürfen den Mann nicht aus den Augen lassen. Das Interesse der Riggers-Werke erfordert es.«

Malte von Iversen tat nachdenklich ein paar Züge aus seiner Zigarre. Erstaunt betrachtete er den Generaldirektor. Die Erregung, die aus dessen ganzem Wesen sprach, war ihm nicht verständlich.

»Ihr ganzer Auftrag ginge also dahin, Herr Harder, daß ich Eisenecker auf den Fersen bleibe, wohin er sich auch wendet, und Ihnen von seinem Tun und Treiben Bericht gebe.«

»Jawohl, Herr von Iversen.«

»Hm ...«

»Sie meinen, Herr von Iversen?«

»Hm ... ich meine, daß ich dazu keine Lust habe.«

»Keine Lust? ... Jede von Ihnen unterzeichnete Kostenrechnung wird an unserer Kasse honoriert*.«

Iversen machte eine abwehrende Handbewegung. In seiner Stimme lag eine leichte Schärfe, als er dem Generaldirektor antwortete.

»Geld? Herr Harder! Ich weiß nicht ... Ich glaubte, Sie würden mich besser kennen. Meinen Sie wirklich, ich hätte Lust, zur Abwechslung Privatdetektiv gegen Honorarzahlung zu werden?

Ich habe die Nachforschungen nach der Herkunft des Goldbarrens und nach Eisenecker angestellt, weil ich sah, daß Sie an der Sache großes Interesse hatten ... kurz gesagt, um Ihnen einen Gefallen zu tun. Die Sache ist erledigt. Sollten Sie jedoch die Absicht haben, diesen Herrn Eisenecker weiterhin auf Schritt und Tritt verfolgen zu lassen, so wäre es doch gegeben, Sie nähmen dazu einen Berufenen, einen Privatdetektiv. Eventuell die Polizei, wenn etwa Herr Eisenecker sich gegen das Strafgesetzbuch vergangen hat.

* hier: beglichen, bezahlt

Mein Interesse an der Angelegenheit - verzeihen Sie, Herr Generaldirektor, - ist nicht groß genug, um mich der Unbequemlichkeit einer solchen Aufgabe zu unterziehen.«

Der Generaldirektor war aufgesprungen und ging auf und ab.

Iversen betrachtete ihn verstohlen.

›Hm! Es fällt ihm anscheinend schwer, seine Karten aufzudecken... scheint ein kleiner Haken dahinterzustecken bei dem interessanten Fall... na, geben wir ihm eine kleine Aufmunterung!‹

»Wirklich, Herr Generaldirektor! Es tut mir leid, daß ich Ihnen meine Hilfe abschlagen muß. Es weckt zu wenig Interesse. Hätte Eisenecker etwa einen Harderschen Familienschmuck geraubt... dann vielleicht...«

»Interesse!« Der Generaldirektor blieb mit einem Ruck vor Iversen stehen. »Der Fall weckt kein Interesse, Herr von Iversen, der Fall Eisenecker interessiert Sie nicht? Ich wüßte bei Gott keinen interessanteren. Wenn Sie wüßten, welche unendliche Wichtigkeit der Fall Eisenecker für mich... für die Riggers-Werke hat, so würden Sie...«

»Das bezweifle ich nicht, Herr Generaldirektor, möchte aber doch nochmals anheimstellen, einen Privatdetektiv mit der Aufgabe zu betrauen.«

Harder wandte sich ab.

»Gewiß, Herr von Iversen! Sie mögen von Ihrem Standpunkt aus recht haben. Aber ich habe ein Interesse daran, daß gerade Sie die Aufgabe übernehmen.«

Er blieb vor Iversen stehen und sah ihn an. Der zuckte abweisend die Achseln.

»Gut, Herr von Iversen, ich sehe, es muß sein. Es ist vielleicht das beste, wenn ich Ihnen volle Aufklärung gebe. Wenn Sie alles wissen... Hören Sie also! Der bewußte Barren ist chemisch reines Gold.«

»Was wollen Sie damit sagen, Herr Harder?«

»Ich will damit sagen, daß dieses an sich vollwertige Gold nicht in der Natur gefunden wurde, sondern ein Laboratoriumsprodukt des Herrn Eisenecker ist.«

»Donnerwetter!« Iversen war aufgesprungen und sah den Generaldirektor mit offenem Munde an. Es war ihm unmöglich, seine gewöhnliche Selbstbeherrschung zu bewahren. »Eisenecker ist also in der Lage, Gold zu machen? Gold, soviel er will?«

Harder nickte.

»Alle Wetter ... alle Wetter!« Iversen schlug sich mit der Rechten auf den Schenkel. »Der Fall fängt an, mich zu interessieren. Der jahrhundertealte Traum der Alchimisten wäre also in Erfüllung gegangen?«

»Gewiß, Herr von Iversen. Allerdings auf einem Wege, an den keiner von denen auch nur im entferntesten gedacht hat. Aber das ist nebensächlich ...«

»Was? Nebensächlich? Das soll nebensächlich sein, Herr Harder? Eisenecker wäre also theoretisch der reichste Mann der Welt? Unausdenkbar die Folgen, wenn Eisenecker ...«

»Herr Eisenecker denkt nicht daran, sich zum reichsten Mann der Welt zu machen und sich etwa ein massivgoldenes Haus zu bauen.«

»Ja aber, Herr Generaldirektor ...«, stotterte Iversen.

»Gewiß, Eisenecker wird sich für seine persönlichen Bedürfnisse den nötigen Vorrat Gold herstellen. Aber nur, um geldlich unabhängig zu sein. Sein Ziel ist ein ganz anderes.«

Harder machte eine Pause. Unruhig schritt er im Zimmer hin und her. Dann plötzlich blieb er mit einem Ruck vor Iversen stehen.

»Das Problem der Atomenergie ist Ihnen, Herr von Iversen, wohl als das aktuellste Problem der Gegenwart genügend bekannt.«

Iversen nickte.

»Hören Sie weiter. Montgomery hatte es gelöst. Darüber ist kein Zweifel möglich. Wir arbeiten in Warnum seit Jahren daran - alles, was ich Ihnen sage, alles unter strengster Diskretion! - und sind nicht mehr allzu weit vom Ziel entfernt. Noch an manchen anderen Stellen in der Welt wird daran gearbeitet, doch dürften all diese Versuche noch in den Kinderschuhen stecken.

Aber ...«, Harder stockte, als würge er an den Worten, »es gibt noch einen zweiten Menschen, außer Montgomery, der das Problem gelöst hat ... und das ist Eisenecker.«

»Ah! ...« Iversen war in den Sessel zurückgesunken. »Dieser, beinahe hätte ich gesagt, Hungerleider im Besitz von Erfindungen, die ihn zum Herrn ... zum Beherrscher der Welt machen? Unmöglich!«

»Es ist so! Ich will mich nicht auf lange wissenschaftliche Erklärungen einlassen. Ich, der Generaldirektor der Riggers-Werke, gebe Ihnen die Versicherung, daß es so ist.

Doch weiter! Friedrich Eisenecker war jahrelang Mitarbeiter der Riggers-Werke. Vor vier Jahren schied er aus persönlichen Gründen aus. Seitdem habe ich ihn aus den Augen verloren. Hätte vielleicht nie wieder an ihn gedacht, wenn nicht folgendes geschehen wäre:

Wir brauchen für unser hiesiges chemisches Laboratorium dauernd Gold, da es bestimmte Arbeiten auf dem Gebiet der organischen Goldsalzverbindungen durchführt. Vor zehn Tagen wurde dieser Barren hier wie stets von der Diskontobank bezogen und dem Laboratorium übergeben. Die erste Untersuchung ergab, daß der Barren aus chemisch reinem Gold bestand. Schon das machte unsere Chemiker stutzig. Meistens pflegt das Barrengold mit einem geringen Prozentsatz Kupfer oder Silber legiert zu sein.

Noch größer aber wurde das Staunen, als das Atomgewicht dieses Goldes von demjenigen des üblichen Handelsgoldes eine sehr merkliche Abweichung zeigte.

Ich brauche Ihnen wohl kaum zu sagen, daß das für den Wert und die Echtheit des Goldes keinerlei Bedeutung hat, daß es aber gerade die Wissenschaftler, die sich mit der Atomtheorie und der Zerlegung der Atome beschäftigen, auf das äußerste frappieren mußte.

Der Vorfall wurde mir sofort gemeldet. Die Versuche wurden wiederholt und bestätigten die erste Feststellung. Mein nächster Weg ging zu der Bank, von der wir den Goldbarren bezogen hatten. Goldbarren sind keine allzu häufige Handelsware, und sehr schnell konnte festgestellt werden, daß der Barren vor 46 Tagen bei der Mitteldeutschen Diskontobank in Hannover verkauft worden war. Ich betraute Sie mit der Ermittlung des Verkäufers.

Nun, Herr von Iversen, wir haben viele Jahre hindurch Millionen in die Aufgabe gesteckt, das Problem der Atomenergie zu ergründen. Eisenecker hat lange bei den Versuchen mitgearbeitet. Ich nehme es als sicher an, daß er sich die bei uns gesammelten Erfahrungen bei seinen eigenen Arbeiten in weitgehendstem Maße zunutze gemacht hat ... daß er seine vertraglichen Abmachungen uns gegenüber verletzt hat. Er hat zwar, das habe ich nebenher feststellen können, bisher kein Patent angemeldet, aber es ist doch zu erwarten, daß er dies tun wird. Da heißt es eben für mich, die Interessen der Riggers-Werke unbedingt zu wahren. Daher mein Auftrag an Sie, alle Schritte Eiseneckers aufs schärfste zu überwachen. Sind Sie jetzt, nach meinen Mitteilungen, dazu bereit?«

Iversen blies nachdenklich den Rauch seiner Zigarre in die Luft.

»Noch eine Frage, Herr Generaldirektor. Ich bin zwar absoluter Laie auf diesem Gebiet. Aber es ist doch nie die Rede davon gewesen, daß Elias Montgomery in der Lage war, Gold zu machen. Sollte Eisenecker nicht vielleicht doch einen anderen Weg eingeschlagen haben als Montgomery ... und als die Riggers-Werke?«

Iversen sah Harder fragend an. Ein Schatten der Betroffenheit zuckte blitzschnell über das Gesicht des Generaldirektors. Er räusperte sich kurz.

»Es ist kaum möglich, Herr von Iversen, Ihnen - Sie sagen ja selbst, daß Sie Laie sind - eine bündige wissenschaftliche Erklärung zu geben. Es möge Ihnen genügen, daß gerade auf physikalischem Gebiet eine ganze Anzahl bedeutender Erfindungen so nebenher gemacht worden sind, während man ein ganz anderes Ziel im Auge hatte. So ist es hier auch mit Eisenecker gewesen.«

»Gut, Herr Generaldirektor, jetzt bin ich bereit, Ihren Auftrag anzunehmen.«

In Begleitung des Generaldirektors verließ Malte von Iversen den Raum.

* * *

Mit klopfendem Herzen hatte Mette der Unterredung gelauscht. Jetzt ging sie mit müden Schritten zu einer Ruhebank und vergrub ihr Gesicht in die Kissen. Die Wunde, im Laufe der Jahre verharscht, blutete von neuem. Als fühle sie körperlichen Schmerz, preßte sie die Hand auf das pochende Herz. Wirre Erinnerungen durchkreuzten ihre Sinne ... war's nicht doch Feigheit gewesen ... die letzte dumpfe Regung der Alltagsseele, die vor dem Äußersten zurückschreckt?

Ihre Gedanken flogen zurück, eine lange Zeitspanne, bis zu jenem Sommer vor vier Jahren, dem einzigen Sommer des Glücks in ihrem Leben.

Vor vier Jahren war's, auf Warnum, dem Eiland da draußen in der Nordsee. Die neuen Anlagen der Riggers-Werke dort gingen der Vollendung entgegen. Ihr Vater, dem es zu langsam ging, blieb fast den ganzen Sommer auf der Insel, um den Bau zu beschleunigen und die Erfolge der ersten Versuche zu sehen. Sie wohnte mit ihm in dem einfachen Direktionsgebäude.

Hier lockte die See. Schwimmen … Segeln ihre Leidenschaft von jeher. Schrankenlos gab sie sich ihr hin. Ein starker Sturm. Mit Müh und Not hatte sie den rettenden Strand erreicht. Da verbot ihr der Vater, allein, nur von dem kleinen Fischerjungen begleitet, auszufahren. Ein junger Physiker des Laboratoriums, in allen Segelkünsten erfahren, sollte sie auf größeren Fahrten stets begleiten.

»Erst sehen!« hatte sie lachend dem Vater geantwortet.

Am nächsten Morgen war ihr Eisenecker vorgestellt worden. Die hohe kräftige Gestalt in elegantem Segeldress. Unter der blauen Seemannsmütze der schmale Kopf, das scharfgeschnittene Gesicht, die klaren stahlblauen Augen.

Dieser Kraftmensch mit den eleganten Umgangsformen des Weltmannes … das war einer von den Laboratoriumswürmern, wie sie die dort beschäftigten Herren scherzhaft nannte? Weit eher hätte sie ihn für einen Seeoffizier gehalten, für den Nachkommen irgendeines berühmten mittelalterlichen Seehelden.

Sekundenlang hatte sie die Augen zur Seite gewandt, kaum fähig, ihre Überraschung zu verbergen. Fast befangen war sie neben ihm her zur Anlegestelle geschritten. Und dann waren sie gefahren …

Der Wind war schwach geworden. Das Steuer festgemacht, hatten sie sich von der leichten Brise treiben lassen. Er hatte ihr von seinen Reisen und Arbeiten in fremden Erdteilen erzählt. In lebhafter Unterhaltung waren die Morgenstunden wie im Nu vergangen …

Und der Sommer war verstrichen - - - - - - - - - -

Die letzte Fahrt. Schon beim Absegeln hatte der Himmel ein drohendes Gesicht gezeigt. Doch keiner dachte an Umkehren. Noch ehe sie die Insel ganz aus dem Blick verloren, war das Unwetter losgebrochen. Der Sturm kam von der offenen See. Unmöglich, dagegen Richtung Warnum anzukreuzen. Einzige Zuflucht Barsum, das in der Windrichtung lag. In wilder Sturmfahrt waren sie auf den Strand zugeschossen. Mit eherner Ruhe hatte Eisenecker das kleine Fahrzeug durch die Brandung gebracht, es auf dem Rücken einer großen Woge auf den Strand gesetzt. Ehe die nächste kam, hatte er Mette aus dem Boot gerissen und in schnellem Lauf ein Stück landeinwärts getragen.

Da stand er keuchend. Sie wollte sich aus seinen Armen lösen. Er hielt sie fest, riß sie an sich. Sie hatte sich seinem herrischen Ansturm willenlos hingegeben, hatte sich in seiner Umklammerung zurückgebogen, als er sie küßte, und alles um sich herum vergessen ...

Sie waren zur nächsten Fischerhütte gegangen, hatten sich am Feuer trocknen lassen.

Kaum, daß das Wetter nachließ, waren sie ins Freie getreten. Als sie allein waren, als er sie wieder an sich ziehen wollte, hatte sie ihn sanft abgedrängt. Und dann hatte Mette mit leiser Stimme, fast ohne Aufregung, gesprochen.

Von dem anderen da unten im Süden, der ihr Wort hatte ... Jugendfreund ... Herzenswunsch der beiderseitigen Eltern ... am Sterbebett der Mutter hatte sie ihm zum Verlöbnis die Hand gereicht ... seit Monaten war er im Süden, reiste von einem Sanatorium zum anderen, Heilung zu suchen.

Eisenecker war stehengeblieben, hatte sie angestarrt, als müsse er sich überzeugen, daß es wirklich sie war, die diese Worte sprach. Einen kurzen Augenblick hatte er die blitzartige und stechende Empfindung, daß er fliehen ... daß er, ohne einen weiteren Blick auf Mette zu tun, davonstürzen müsse. Dann hatte er sich zu ihr umgewandt, die geballten Fäuste gegen sie erhoben, als wollte er sie niederschlagen. Ein unbändiges Feuer loderte aus seinen Augen.

»Ein Spielzeug war ich dir! ... Ein Spielzeug deiner Laune, das man wegwirft, wenn es einem nicht mehr paßt! Das, das war ich dir!«

Mette hatte sich an ihn geklammert und den Kopf an seine Schulter gelegt, ihm ihre Seelenpein verraten, ihn hineinschauen lassen in ihr zuckendes, ringendes Herz.

Da kam er wieder zur Besinnung. Qual und Wut wichen aus seinen Mienen. Fest drückte er die Zitternde an sich. Liebkosend glitt seine Hand über ihr feuchtes Haar.

»Mette, warum sollen wir uns opfern? Für wen? Du liebst den anderen nicht ... kannst ihn nicht lieben. Und doch willst du ...«

»Er liebt mich mit der eigensinnigen Leidenschaft des Schwerkranken. Nähme ich mein Wort zurück, er würde sterben ...«

Stumm, mit fahlem Gesicht war er von ihr zurückgewichen.

»Wenn ich gehe, ist alles aus.«

»Friedrich!«

»Feige, grausam bist du!«

»Friedrich, bist du bei Sinnen? Ich habe dich lieber als jeden anderen Menschen auf der Welt! Schon seit jenem ersten Tage, an dem wir zusammen ausfuhren ...«

»Geh, ich glaube dir nicht!«

Da schrie sie in ihrer Seelennot laut auf, warf die Arme um ihn, preßte ihn mit aller Gewalt fest an sich.

»Ich habe dich lieb bis in den Tod, du ... du ... Doch an ihn muß ich denken, an ihn, der mir vertraut; kann das Bild des Kranken nicht aus meiner Seele bannen. Seinen Tod auf dem Gewissen - keine frohe Stunde würde ich an deiner Seite verleben.«

Nach Warnum zurück. Mette erkrankte schwer. Ein schlimmes Fieber warf sie nieder. In wirren Träumen rang sich immer wieder der Name Eisenecker von ihren blutleeren Lippen.

Harder, in heftigster Erregung, stellte Eisenecker zur Rede. Der verschwieg ihm nichts. Offenbarte ihm rückhaltlos alles.

Harder verfiel in eine maßlose Aufregung. Halb sinnlos vor Schmerz und Wut zieh er Eisenecker in brutalem Tone der stärksten Undankbarkeit, verbot ihm sein Haus, versagte ihm jeden Verkehr mit Mette, kündigte ihm sofort die Stellung bei den Riggers-Werken.

Eisenecker war gegangen. Nie wieder war Kunde von ihm zu ihr gedrungen …

Jener einzige Sommer des Glücks in ihrem Leben!

Sie stöhnte leise. Für sie gab es keine Brücke mehr zum Glück. Und eines vertiefte noch ihr Leid: daß sie zweifeln mußte, ob er sie je so geliebt wie sie ihn.

Hatte er sie so wenig verstehen können? Immer, wenn sie an ihn dachte, stand jene letzte Fahrt vor ihrer Seele. Immer noch hörte sie die furchtbaren Worte der Wut, die er damals gesprochen.

Ihr Herz zuckte, ihre Hand machte wirre Bewegungen, als könnte sie das alles fortstoßen … Und dann begannen wieder die Erinnerungen an die seligen, frohen Stunden auf dem Meere alles Trübe zu verscheuchen.

Ruhiger wurden ihre Gedanken. Kehrten von den Erinnerungen einer glücklichen Vergangenheit zur Gegenwart zurück.

Was hatte sie eben gehört? Ihr Vater gegen Eisenecker! Was hatte er getan, wollte er tun? Des Vaters schwerer Verdacht gegen ihn … wo war hier Recht und Unrecht …?

* * *

Ein glühend heißer Junitag hatte sich geneigt. Die volle Mondscheibe stieg von Osten her über die Bogentürme der Alhambra, stieg höher und höher, bis ihre Strahlen voll in die Höfe des alten maurischen Königsschlosses fielen.

Die Nacht des 17. Juni zog herauf. Zum fünften Male jährte sich die Eroberung der Iberischen Halbinsel durch die maurischen Waffen.

Am Brunnen im Löwenhof im Glanze der elektrischen Lampen eine festliche Tafel. Da saßen sie, die Großen des maurischen Reiches. In dem bunten Gewimmel der vielfarbigen Uniformen hier und da der schwarze Rock des Staatsmannes, des Gelehrten. Fast alle Rassen des maurischen Völkergemisches waren vertreten. In der Mehrzahl die hohen, schlanken Gestalten der Berboaraber. Neben Negertypen auch helle, ganz europäisch anmutende Gesichter.

Den Vorsitz an der Tafel führte Prinz Ahmed Fuad, der Bruder des Kalifen, dessen Statthalter in Spanien er war. Ihm zur Seite Fürst Iraklis, der Gouverneur von Madrid, vor fünf Jahren Führer der maurischen Vorhut. An der Spitze seiner Truppen war er damals in einem einzigen, beispiellos kühnen Vorsturm bis zu den Pyrenäen durchgedrungen. Hatte sofort die wichtigsten Pässe besetzt und in zähem, erbittertem Kampf die von Norden her anrückenden französischen Hilfstruppen zurückgeworfen.

Der ganze maurisch-spanische Krieg eine lange Kette kühner Heldentaten. Ceuta, der letzte europäische Besitz in Nordafrika! Durch die weittragenden Geschütze der spanischen Küste geschützt, hatte es immer wieder den maurischen Angriffen getrotzt. Bis der Tag kam, an dem die Gegner ähnliche Geschütze besaßen, an dem nach furchtbaren Land- und Luftkämpfen die weiße Flagge auf den Befestigungswerken Ceutas wehte.

Das Gespräch kreiste um die Kämpfe und brachte die Erinnerung an vergangene Taten. Der Fürst ließ die Bilder jener Tage wieder aufleben.

»Heute vor fünf Jahren ... die Sonne war im Atlantik versunken. Zu beiden Seiten der Straße von Gibraltar flammten die riesigen Scheinwerfer auf, erhellten glänzend die nächtliche See, ließen in ihren Lichtkegeln die fürchterlichen Bilder wieder erscheinen, die der verzweifelte dreitägige Kampf um die Meerenge auf afrikanischer und europäischer Seite gezeugt hatte.

Bis zum letzten hatten sich die im Norden gewehrt. Erst um die Mittagsstunde des dritten Tages waren sie von der Übermacht des Südens zurückgeworfen worden. Bis weit ins spanische Hinterland hinein tobte der Kampf. Jetzt, in der Nacht des 17. Juni, begann sich die mächtige Luftflotte des maurischen Reiches in Bewegung zu setzen. Wie von Zauberhand geleitet fuhren sie hinüber und herüber, und kein feindliches Flugschiff, das ihrer Fahrt noch Abbruch tat. Als der Morgen des 18. kam, da standen die maurischen Krieger zu Hunderttausenden auf dem ersehnten Boden Spaniens. Vorwärts … vorwärts, immer vorwärts. Kein Feind, der sie noch aufhielt.

Und wieder eine Woche später. Hier im Löwenhofe der Alhambra war's …«

Während er lebhaft und immer lebhafter sprach, hatte der Fürst sich erhoben, deutete mit der Rechten auf den Mondschatten, den die Säulenhalle auf den steingetäfelten Boden warf.

»Dort stand unser Herr. Dort stand der Kalif, als meine Boten ihm die Nachricht brachten: Die Pyrenäenpässe fest in unserer Hand. Keine feindliche Armee mehr auf spanischem Boden, die unseren Tapferen noch standhielte. Spanien liegt zu deinen Füßen.«

Das Surren eines Propellers unterbrach die Erinnerungen des Generals. Ein Schraubenflieger, ein Helikopter, senkte sich aus mondlichter Höhe in einen der Höfe der Alhambra.

»Dort stand Abdurrahman, unser Kalif, unser Herr, als meine Boten ihm den Sieg meldeten«, fuhr der Fürst in seiner Erzählung fort, doch er stockte erneut.

Aus dem Schattendunkel des Säulenganges trat eine hagere hohe Gestalt. Über dem schmalen gebräunten Gesicht hob sich eine auffallend helle Stirn. Das rötlichblonde Haar war kurz geschnitten. War er 50 … war er erst 30 Jahre alt? Auch ein aufmerksamer Beobachter hätte es kaum sagen können. Das war Abdurrahman, der Kalif des neuen großen Maurenreiches. In schnellem Fluge hatte ihn der Helikopter aus seinem afrikanischen Reich über das mondschimmernde Meer hierhergebracht.

Der Herrscher wollte nicht fehlen beim Erinnerungsfest... beim Siegesfest seiner Getreuen, die ihn jetzt jubelnd umringten. Ein Wink von seiner Hand, und die elektrischen Lampen erloschen. Nur noch im hellen Lichte des Mondes lag der alte Hof, lag die schimmernde Tafel.

»Das Gestirn Allahs - gepriesen sei sein Name -, es allein soll uns leuchten.« Ein zweiter Wink, und die Teilnehmer der Tafelrunde kehrten zu ihren Plätzen zurück.

Der Kalif hatte sich am Ende der Tafel niedergelassen. Während die Gäste weiterplauderten, winkte er Abd-ul-Hafis, den Professor von der Universität Cordoba, an seine Seite, ließ sich mitten im Trubel der Tafel einen Vortrag von ihm halten. Einen Vortrag über die Frage, die jetzt alle Gelehrten der Welt bewegte, die Frage der Atomenergie. Unterbrach den Vortrag:

»Warum, Abd-ul-Hafis, warum sind wir nicht ebensoweit auf diesem Gebiete gekommen wie die Europäer?«

Abd-ul-Hafis verbeugte sich.

»Herr, wir sind erst seit fünf Jahren hier in Spanien. Lange Kämpfe, ein schwerer Krieg liegen hinter uns. Es waren nicht Geld und Zeit für diese Dinge übrig. Die in Europa arbeiten schon seit Jahrzehnten an dem Problem und haben ihr Geheimnis so sorgfältig gehütet, daß kein Spion es zu entschleiern vermochte.

Überdies, Herr, Spione, wie sie gewöhnlich verwendet werden, versagen in diesem Falle. Es müßten wissenschaftlich gebildete... hochgebildete Männer sein, die diese Spionage erfolgreich betreiben könnten. Solche aber werden nur schwer, werden vielleicht niemals Eintritt in die europäischen Werke finden.«

Der Kalif fragte: »Wäre überhaupt einer unserer Gelehrten imstande, das Arbeiten der Apparate und die Lösung des Problems voll zu verstehen, wenn er in eins der europäischen Werke käme?«

»Ganz gewiß, Herr. Unsere Gelehrten sind klug genug, das Verfahren zu begreifen und die Versuche zu verstehen, wenn sie ihnen nur beiwohnen könnten.«

»Aber«, warf der Kalif ein, »wie kommt es dann, daß die englischen Gelehrten das Erbe von Elias Montgomery nicht verstehen, daß sie sein Geheimnis nicht ergründen, seinen Apparat nicht in Tätigkeit zu setzen vermögen?«

Abd-ul-Hafis schien nachzudenken. Er zögerte, bevor er die Antwort fand.

»Vielleicht, Herr, vielleicht hat es seine Gründe darin, daß die englischen Gelehrten sich mehr und mehr von dem Problem zurückzogen, als die plötzlichen und überraschenden Erfolge Montgomerys bekannt wurden. Die Engländer sind praktische Leute. Sie hielten es vielleicht für überflüssig, noch einem Ziele nachzustreben, das ein anderer schon erreichte.«

Der Kalif nickte zustimmend. »So könnte es wohl sein, Abd-ul-Hafis. Es könnte wohl sein, daß es an der Beschaffenheit dieser Gelehrten läge.«

»Das ist meine Meinung, Herr, das wollte ich damit sagen. Ich möchte annehmen, daß andere - beispielsweise die deutschen Gelehrten der Riggers-Werke, die sich schon lange mit dem Problem beschäftigen - den Apparat Montgomerys früher oder später in Betrieb setzen würden, wenn ihnen nur Gelegenheit gegeben wäre, Versuche damit anzustellen.«

Geraume Zeit schwieg der Kalif nachdenklich. Dann sprach er weiter. Leiser, gedämpfter als bisher.

»Glaubst du, Abd-ul-Hafis, daß der eine oder andere Gelehrte meines Reiches imstande wäre, die Aufgabe zu lösen, wenn er den Apparat von Montgomery in seinem Besitz hätte?«

Einen kurzen Moment zögerte der Gefragte mit der Antwort. Dann sprach er:

»Herr, du verlangst die volle Wahrheit von mir. Ich würde freveln, wollte ich es wagen, sie dir vorzuenthalten. Ich sage sie frei und offen. Im Bereiche deiner scherifischen Macht gibt es wohl niemand, der das vermöchte. Wohl aber in Ägypten. Die Gelehrten an der Universität Kairo ... in erster Linie Ibn Ezer, der Große. Seine Leistungen haben das größte Aufsehen in der Welt erregt.«

»Ibn Ezer ...« Der Kalif murmelte den Namen mehrmals vor sich hin. »Ibn Ezer würde es verstehen ... können ... aber - sage mir die reine Wahrheit, Abd-ul-Hafis - wie lange würde Ibn Ezer brauchen, das Geheimnis zu ergründen?«

»Diese Frage meines Herrn vermag ich nicht zu beantworten. Ich weiß es nicht. Auch Ibn Ezer selbst wird darauf keine Antwort geben können. Es kann Wochen dauern ... vielleicht Monate ... vielleicht Jahre ... wer kann das sagen?«

»Jahre?« Der Kalif schüttelte das Haupt. »Zu groß die Frist ... zu groß ...

Ali Bei!«

Am anderen Ende der Tafel erhob sich eine hohe Gestalt. Die Uniform ließ erkennen, daß der Gerufene zum engeren Gefolge des Kalifen gehörte. Gleichzeitig mit ihm stand Abdurrahman auf, trat in den Schatten der Brunnenmauer, sprach lange mit ihm. Dann gingen beide in die erleuchtete Halle hinein.

Eine Viertelstunde später tönte Propellersausen durch die Luft. Ali Bei war auf dem Flug nach Ägypten.

Abdurrahman kehrte in den Kreis seiner Getreuen zurück, das Gedächtnisfest des Sieges mit ihnen zu feiern.

* * *

Die *Sutherland,* das große Schottlandschiff, lag startbereit in der Halle zu Wembley. Wohl über eine Länge von 200 Metern streckte sich der mächtige Rumpf aus schimmerndem Leichtmetall. Lord Permbroke schritt nervös auf dem federnden Gummipflaster neben dem Schiff auf und ab. Zum zehnten Male zog er das Chronometer aus der Tasche, warf einen zerstreuten Blick darauf, um es danach wieder in die Tasche zurückgleiten zu lassen. Jetzt blieb er neben dem Laufsteg zum Schiff stehen.

»Ich begreife unsere Freundin nicht, Ellen. Noch zehn Minuten bis zum Start. In fünf Minuten werden die Laufstege eingezogen. Sie wird zu spät kommen, und sie war doch so begierig auf diesen Ausflug.«

Bevor Lady Ellen antworten konnte, kam ein eleganter Kraftwagen durch die große Hallenpforte, fuhr in schnellem Tempo die mittlere Straße entlang und hielt unmittelbar neben dem Laufsteg.

Jolanthe von Karsküll sprang aus dem Wagen, begrüßte Lady Ellen und Sir Arthur, entschuldigte die Verspätung mit einem unvorhergesehenen Aufenthalt auf dem Wege hierher.

»Alle Passagiere an Bord! Alle Fremden von Bord!« dröhnte die Stimme eines Offiziers der *Sutherland* durch die Halle. An der Seite von Lady Ellen ging die Baronin Jolanthe über den Steg. Lord Permbroke folgte. Unmittelbar hinter ihnen wurden die Laufbrücken fortgezogen und die metallenen Pforten hermetisch verschlossen.

Dumpfes Dröhnen aus den Maschinenräumen. Ein Erzittern des ganzen gewaltigen Schiffsrumpfes. Die *Sutherland* war im Fluge und stieg dabei unaufhörlich. Längst hatte das Schiff die dicken über London lagernden Wolkenbänke durchstoßen und schoß im hellen Sonnenglanz nordwärts. Immer noch stieg es dabei bis hinauf in jene Höhen, in denen es keine Stürme und Regengüsse mehr gibt, in denen die dünne und immer unbewegte Luft den Höhenflugschiffen eine ideale Straße bietet.

Jolanthe von Karsküll saß mit Lord und Lady Permbroke im Parlourroom* an der Backbordseite der *Sutherland*. Zu sehen war für die Passagiere bei solchem Höhenflug kaum etwas. Weit im Westen blitzte hin und wieder ein Schimmer des Atlantiks auf. Sonst nur Wolken und immer wieder Wolken. Da blieb während der Stunde der Fahrt wohl Zeit für die Unterhaltung. Bald war das Gespräch in vollem Gange, drehte sich zuerst um Elias Montgomery, den toten Erfinder, und um das Vexierstück, das er ganz England hinterlassen. Dann flogen die Erinnerungen zurück nach Moskau, wo sie sich zuerst kennenlernten, wo zuerst jene Freundschaft zwischen Jolanthe und Lady Emily, der Schwägerin Lord Permbrokes, entstand, die weiter zur Freundschaft mit den Permbrokes führte.

»Es war auch in Moskau schön, Sir Arthur, aber noch besser gefällt es mir hier in England. Geht alles, wie ich hoffe, dann bringe ich nächstens auch meine Schwester Modeste nach London mit.«

Lady Ellen griff den Faden auf.

»Ihre jüngere Schwester, Jolanthe ... Ihre Stiefschwester, wenn ich nicht irre. Damals war sie noch nicht mündig. Der Vormund hielt sie auf den livländischen** Gütern ihres Vaters in sicherer Obhut ...«

Jolanthe lachte.

»In sehr sicherer Obhut, Lady Ellen. Unser gemeinsamer Vormund, der alte Baron von Keddern, ist noch ein Mann der alten Schule. Er hielt es für seine Pflicht, seine Mündel zu bewachen wie ... wie ... sagen wir, wie eine Henne ihre Küken bewacht. Und da ihm das bei mir so glänzend mißlungen war, führte er es bei meiner Schwe-

---

* Salon

** Livland: Gebiet in Estland und Lettland

ster mit doppelter Gewissenhaftigkeit durch. Ihre schönsten Jugendjahre mußte sie auf dem einsamen Tirsenhof verbringen. Da hatte ich's im Hause meines Großvaters, des Fürsten Iraklis, doch angenehmer.«

Lord Permbroke mischte sich dazwischen.

»Aber eigentlich, eigentlich hätte Ihr Vormund doch auch Sie damals zu sich nehmen, nach Livland bringen müssen.«

»Eigentlich, Sir Arthur, gewiß! Er hatte auch die besten Absichten dazu. Hat es öfter als einmal versucht. Aber meine Großeltern sträubten sich, und ich wollte es noch viel weniger. Bedenken Sie doch, meine rechte Mutter war lange tot. Ich hatte kaum noch eine Erinnerung an sie. Eine ganz flüchtige nur noch an meinen Vater …«

Jolanthe strich mit der Hand über die Stirn, als ob sie trübe Gedanken verjagen wollte.

»… Mein armer Vater. Bald hierhin, bald dorthin trieb ihn die Pflicht durch das weite Rußland. Bis er endlich den Dienst quittierte, sich auf seine Güter zurückzog und zum zweiten Male heiratete. Meine Stiefschwester war eben erst ein Jahr alt, als er sich mit der Gattin auf den Weg machte, mich heimzuholen … Und dann die Katastrophe, der Sturm auf dem Schwarzen Meer …«

»Es war ein tragisches Schicksal, das Ihnen am gleichen Tage den Vater und die neue Mutter raubte.«

»Ja, Schicksal, Sir Arthur! Man hat von der Besatzung und den Passagieren jenes Schiffes niemals wieder etwas gehört. Nur Trümmer wurden an den Strand geworfen.« Wieder fuhr sie mit der Hand über die Stirn. »Lassen wir das. Es ist vorbei. Das alles liegt hinter uns.« Jolanthe zwang sich zu einem Lächeln. »Nie werde ich das erstaunte Gesicht des alten Herrn von Keddern vergessen, als ich plötzlich vor ihm stand und mich ihm als sein inzwischen mündig gewordenes Mündel präsentierte … und doch, Sir Arthur, als ich dann auf dem Tirsenhof, dem alten Stammgut unserer Familie, stand, als ich meine junge Schwester zum ersten Male in die Arme schloß, da begannen die Bilder des Kaukasus zu verblassen. Ich spürte es an tausend Dingen, daß ich hier doch in der rechten Heimat war ... und bald wurde ich auch heimisch.

Zuerst freilich kamen sie mir recht frostig entgegen, die lieben Nachbarn von Jurgensburg und Ogershoff. Aber bald schwand die Zurückhaltung, und schon nach einem Monat war es so, als hätte ich immer auf dem Tirsenhof gelebt.«

Lord Permbroke lächelte.

»Aber der Tirsenhof hat Sie trotzdem nicht lange festhalten können, Baronin.«

»Nein, Sir Arthur, vorläufig noch nicht. Später ... vielleicht einmal. Wer weiß?

Solange man noch jung ist, nicht zu lange an derselben Stelle!« Bei diesen Worten erhob sie sich von ihrem Sessel. »Man wird steif und lahm, Sir Arthur, wenn man zu lange an derselben Stelle hockt. Ich merke es hier schon, obwohl die Sessel recht bequem sind.«

In scherzhafter Übertreibung dehnte und reckte sie die Glieder. »Lassen Sie uns die letzte Viertelstunde zu einer Promenade durch das Schiff benutzen.«

Gemächlich schlenderten sie das breite Promenadendeck entlang, das sich rechts und links von dem großen Mittelsaal über die ganze Länge des Schiffes hinzog. Es war nicht unbelebt. Offiziere der mit der *Sutherland* anfliegenden neuen Wachtruppe, Mitglieder der englischen Regierung und ihre Damen. Lord Permbroke mußte hier und dort stehenbleiben, grüßen, ein paar Worte wechseln.

»Immer noch Wolken, Sir Arthur, kein Blick auf den Erdboden möglich?«

»Wir werden ihn gleich zu sehen bekommen, Baronin. Das Schiff steht vor der Landung.«

Das Klirren der Maschinentelegraphen drang durch den Raum. Der Bug der *Sutherland* neigte sich leicht nach unten, und in schrägem Fluge schoß das Schiff abwärts. Der Sonnenschein verschwand, und die trübe Stimmung eines schottischen Nebeltages breitete sich aus. Schon wurden die altersgrauen Mauern von Montgomery Hall sichtbar. Jetzt noch klein wie ein Spielzeug, doch nun schnell groß und immer größer werdend. Immer langsamer sank das Schiff. Tief und immer tiefer, bis es auf dem Boden des großen Schloßhofes leicht aufsetzte.

Die Pforten der *Sutherland* öffneten sich, Treppen wurden herangeschoben, die Passagiere verließen das Schiff.

Zuerst die Truppen, die hierhergebracht wurden, um die alte Wachmannschaft abzulösen. 30 Mann mit ihren Offizieren. Erlesene Mannschaften. Erst vor 24 Stunden waren sie nach einem geheimen Schlüssel aus verschiedenen Truppenteilen herausgezogen und zu einer neuen Wachmannschaft zusammengestellt worden. Man wollte durch diese Maßnahme jede Möglichkeit ausschließen, daß etwa von irgendeiner interessierten Stelle her bestimmte Personen in die Wachmannschaft hineingeschoben wurden, wollte dadurch jeden Anschlag, jedes möglicherweise geplante Komplott gegen Montgomery Hall im Keime ersticken.

Die neue Wachmannschaft formierte sich und marschierte unter der Führung ihrer Offiziere zu dem Teil des Schlosses, in dem sich die Räume für die Wache befanden.

Lord Permbroke war Lady Ellen und Jolanthe von Karsküll beim Verlassen des Schiffes behilflich.

Nun standen sie auf dem Schloßhof, gingen zum Portal und traten in die Räume des alten Normannenbaues ein. Lange gewölbte Korridore. Eine mächtige Halle im Erdgeschoß. Größere Fenster nach dem Hofe zu. Kleinere, mehr an Schießscharten als an Fenster erinnernde Öffnungen nach außen hin.

»Man meint, mehr in einer Festung als in einem Schlosse zu sein«, sagte Lady Ellen.

»In der Tat, Ellen«, pflichtete Lord Permbroke bei, »unser verstorbener Freund wählte ja gerade deshalb diesen abgelegenen Bau für seine Versuche. Hier konnte er sich von aller Welt abschließen, mit einfachen Mitteln gegen jeden Angriff verteidigen. Er übernahm unverändert, was die normannischen Baumeister vor 800 Jahren errichtet hatten, und fügte von sich aus noch etwas hinzu, wodurch die alte Burg auch für moderne Mittel völlig unangreifbar wurde.«

»Sie sprachen von den wunderbaren Sicherungen, Sir Arthur«, sagte Jolanthe. »Ich gestehe, daß ich darauf fast noch neugieriger bin als auf den Apparat selbst. Man erzählt sich Wunderdinge davon.«

»Ich werde Ihnen die Anlage zeigen, Baronin. Nur ... es ist eigentlich nichts daran zu sehen. Sicherlich ist Ihnen gar nichts aufgefallen, als wir durch das große Portal hineinkamen.«

»Nein, Sir Arthur, aber vergessen Sie auch nicht, daß ich von der Technik und der Physik absolut nichts verstehe.«

»Auch ein Physiker hätte kaum etwas Auffallendes bemerkt, Baronin. Ein matter, kaum sichtbarer Metallstreifen an jedem der beiden Türpfosten. Wir konnten unangefochten hindurch, weil die Sicherungen abgestellt sind. Wären sie es nicht, so würde in dem Augenblick, in dem ein Mensch sich zwischen den Pfosten befindet, ein tödlicher Funke zwischen diesen überspringen und den Eindringling erschlagen.«

Jolanthe blieb stehen und strich mit der Rechten über die matt glänzenden Metallstreifen.

»Das ist interessant, Sir Arthur. Aber ich glaube, nicht ganz ungefährlich. Wenn man nun einmal vergißt, eine dieser Sicherungen abzustellen. Ich hörte, daß solche Sicherungsanlagen sich nur allzu leicht gegen den eigenen Besitzer kehren ... und zwar um so leichter, je vollkommener sie zu sein scheinen.«

»Ihr Einwurf ist nicht unbegründet, Baronin. Montgomery sah diese Gefahr voraus und begegnete ihr auf eine meisterhafte Weise. Die Ein- und Ausschaltungen der vielen Sicherungsanlagen des Schlosses - es sind mehrere hundert solcher Hochspannungssicherungen - sind in einem einzigen Hebel zusammengefaßt, der sich im Schlafzimmer des Verstorbenen befindet. Mit einer einzigen Handbewegung konnte Montgomery alle diese Sicherungen aus- oder einschalten. Er vermied dadurch die Gefahr, daß etwa die eine oder andere übersehen wurde. Auch in dieser Anlage offenbart sich das technische Genie des toten Erfinders.«

»Dann, Sir Arthur«, warf Jolanthe von Karsküll ein, »wäre es doch für irgendeinen Bewohner des Schlosses ein leichtes, aus dem Gebäude herauszukommen, indem er heimlich den Universalschalthebel umlegt und dadurch sämtliche Sicherungen ausschaltet.«

Lord Permbroke lächelte. »Nein, Baronin, so einfach ist die Sache nicht. Montgomery wußte sich noch besser zu schützen. Die Tür zu seinem Schlafzimmer ist mit unzähligen Nagelköpfen verziert. In einem dieser Köpfe hatte er eine besondere magnetische Sicherung angebracht. In dem siebenten Türnagel der vierten Reihe. Wir hätten das Geheimnis niemals gefunden. Glücklicherweise hatte Montgomery es zu Lebzeiten seinem alten Kammerdiener anvertraut. Erst wenn man einen Magneten an diesen Kopf bringt, wird eine besondere Sperrung des Türschlosses aufgehoben. Erst dann kann man schließen und in das Schlafzimmer hineingelangen.«

»Das ist interessant, Sir Arthur. Aber wenn man dies Geheimnis nicht wüßte, wenn man - es wäre doch vielleicht nach dem Tode des Erfinders das Nächstliegende gewesen – wenn man diese Tür mit Gewalt aufgebrochen hätte, so wäre man doch auch in das Zimmer gekommen.«

»Nein, Baronin, man wäre schon bei dem Versuch, die Tür zu zerstören, von der Hochspannung erschlagen worden. Erst durch diesen unscheinbaren Nagelkopf wird die Sondersicherung der Schlafzimmertür ausgeschaltet.«

Jolanthe von Karsküll biß sich auf die Lippen.

»Ich sehe, Sir Arthur, Elias Montgomery wußte sich wirklich gegen unerwarteten Besuch zu schützen.«

»Er wußte es in der Tat, Baronin. Selbst dann noch, wenn irgend jemand doch in das Schlafzimmer eindrang, wenn er etwa die fast meterstarken Wände durchbrach, war er immer noch nicht am Ziel. Er hätte den Schalthebel vergebens gesucht. Oh, Montgomery war ein Genie. Er wußte sich zu schützen.«

Während Lord Permbroke seine Erklärungen gab, waren sie weitergegangen. Ein hoher Raum jetzt. Eichenbalken von mächtigen Abmessungen trugen die Decke. Durch Butzenscheiben fiel das Licht in allen Farben des Regenbogens in das Innere. Lange Tische, mit Hunderten von Apparaten bedeckt, zeugten hier von der Lebensarbeit des toten Schloßherrn.

In der Mitte des Raumes auf einem besonderen Tisch: der Apparat. Da stand er, der Wunderkasten, der jetzt die ganze Welt in Aufruhr versetzte. Ein Kasten, wohl sechs Fuß lang, drei Fuß breit und ebenso hoch. Seine Wände wurden von schimmernden Spiegelglasscheiben gebildet, die an den Kanten durch starke Bronzeleisten zusammengefügt waren. Das geschliffene Glas reflektierte zum Teil die Bilder der Umgebung. Man mußte nahe herantreten, um den Inhalt des Kastens genau zu erkennen. Ein Gewirr von Spulen und Kondensatoren, Schaltern und Maschinen. Völlig rätselhaft für den Laien, unenträtselbar bis jetzt auch für die Gelehrten.

Als Lord Permbroke dicht an den Apparat herantrat, erhob sich ein Greis, der auf einem Schemel regungslos davor gehockt hatte. Seine Züge drückten tiefste Mutlosigkeit aus. Nur langsam glätteten sich die tiefen Falten auf seiner Stirn, während er mit Lord Permbroke einen Händedruck wechselte. Und Sir Arthur unterließ jede Frage. Ein Blick auf dieses entmutigte Antlitz bewies ihm zur Genüge, daß auch Professor Syndham mit diesem verzauberten Kasten nicht zu Ende kam, daß all seine Versuche fehlgeschlagen waren. Mit müden Schritten verließ Professor Syndham den Raum.

Jolanthe von Karsküll stand vor dem Apparat. »Wie der Sarg Schneewittchens!« kam es von ihren Lippen.

Lord Permbroke ließ ihr geraume Zeit, ehe er zum Weitergehen mahnte. »Was fesselt Sie an dem unnützen Kasten, Baronin? Wir wollen das alte Schloß besichtigen. Es wird Sie sicherlich mehr interessieren.«

Noch immer stand Jolanthe wie hypnotisiert vor dem Kasten.

»Das also ist der berühmte Apparat, mit dem Montgomery die Atomenergie beherrschte? ... um den sich jetzt alle Welt den Kopf zerbricht?«

»Er ist es, Baronin ... wenn er es ist. Wir wissen bis heute noch nicht sicher, ob er es ist oder ob Montgomery einen Vexierapparat hinterließ, um die ganze Welt damit zu narren. Ich würde das letztere glauben, wenn nicht der Tod so ganz unvermutet und so plötzlich über Montgomery gekommen wäre.«

»Sie meinen also, Sir Arthur, es ist doch der richtige Apparat, den wir hier vor uns sehen?«

»Ich muß es meinen, Baronin. Aber warum widersteht er dann allen unseren Bemühungen?«

»Warum? ... Ja, warum?« flüsterte Jolanthe, und mit ihr taten Tausende, ja Hunderttausende in England, in Europa die gleiche Frage.

Aus dem Laboratorium schritten sie durch einen

hohen Kreuzgang und stiegen die steinerne Wendeltreppe zu den oberen Stockwerken empor. Auch hier alles in altem normannischem Stile. Große Säle, enge Kammern. Endlich eine schwere Eichentür, aus starken Bohlen gefügt, mit gewaltigen Bändern aus geschmiedetem Eisen beschlagen, mit Nagelköpfen verziert. Sie war verschlossen. Lord Permbroke hatte den Schlüssel dazu bei sich. Umständlich schob er dies Meisterstück hochmittelalterlicher Schmiedekunst in die Schlüsselöffnung hinein.

»Sehen Sie, Baronin, durch keine Macht der Welt ließe der Schlüssel sich jetzt drehen. Man würde eher den Bart abbrechen.«

Er zog einen kleinen Magneten aus der Tasche und setzte ihn auf den siebenten Kopf der vierten Reihe. Gleichzeitig drehte er mit der anderen Hand den Schlüssel leicht herum. Die Tür bewegte sich in ihren Angeln und schlug auf.

»Aber so ... so geht es.«

Sie standen im Gemach, dem Schlafgemach des toten Erfinders. Bescheiden, fast dürftig die Ausstattung. Ein einfaches eisernes Feldbett, ein bescheidener Waschtisch. Alte, wurmzerfressene Eichenschränke. Ein mächtiger alter Kamin. Auf den groben Hausteinquadern der Wände zahlreiche elektrische Leitungen. Jolanthe blickte sich in dem Gemach um.

»Interessant! In der Tat interessant, Sir Arthur, aber ...«

»Aber Sie vermissen den Schalter, von dem wir sprachen?«

Bei diesen Worten näherte sich Lord Permbroke einem in Form eines Armes an der Wand befindlichen Beleuchtungskörper. Es war eine alte Kunstschmiedearbeit, ein Rankenwerk mit Tannenzapfen.

»Versuchen Sie, Baronin, diesen untersten Zapfen zu bewegen.«

Jolanthe trat hinzu und bemühte sich vergeblich. Fest

und unverrückbar schien auch dieser Zapfen mit dem Schmiedestück verbunden zu sein.

»Das ist unmöglich, Sir Arthur.«

»Aber es wird möglich, Baronin.«

Wieder trat der kleine Magnet in Tätigkeit. Lord Permbroke brachte ihn an den Zapfenstiel, und sofort gab der Zapfen unter Jolanthes Händen nach. Leicht ließ er sich zur Seite biegen. Im selben Augenblick ein leises Knarren in der Quaderwand neben dem Bett. Einer der Quader sprang wie eine Tür nach außen auf, und da wurde in dem Hohlraum in der Wand ein einziger Schalthebel sichtbar.

»Sehen Sie, Baronin, erst jetzt sind wir am Ziel. Dort ist der Nerv, der alle Sicherungen betätigt. Jetzt steht der Hebel waagerecht, steht von der Wand ab. Legt man ihn nach oben um, dann sind alle Sicherungen in Tätigkeit. Kein lebendiges Wesen kann dann in das Schloß hinein oder aus ihm heraus.«

Jolanthe von Karsküll ließ ihre Blicke zwischen dem Wandarm und dem Schalter hin- und herwandern.

»Ich bin eigentlich etwas enttäuscht, Sir Arthur. Ich glaubte, man müßte ein hervorragender Physiker sein, um die Sicherungen bedienen zu können. Nun ist das alles so einfach … das müßte doch jeder Laie auch können.«

»Gewiß, Baronin! Jeder Laie kann es, wenn er das alles weiß, was wir jetzt wissen. Aber zu Lebzeiten Montgomerys wußten es nur der Schloßherr selbst und sein Diener.«

Mit diesen Worten drückte Lord Permbroke gegen den Quader. Leicht drehte er sich wieder in seine frühere Stellung zurück. Ein Schloß schnappte. Verschwunden war der Schalter, nur die glatte Wand - ohne jedes Merkmal - war zu sehen.

Beim Verlassen des Zimmers fast das gleiche. Ohne jede Schwierigkeit ließ die Tür sich jetzt schließen. Kein Magnet brauchte dabei in Tätigkeit zu treten.

Die Besichtigung des Schlosses ging ihrem Ende zu. Sie waren auf den Schloßhof hinausgetreten, wo die *Sutherland* lag, als Jolanthe sich auf etwas zu besinnen schien.

»Meine Tasche ... ich habe sie im Parlourroom liegen lassen. Einen Augenblick bitte.«

Noch bevor Lord Permbroke ihr seine Dienste anbieten konnte, war sie über die Treppe in das Schiff geeilt. Der Lord benutzte den unfreiwilligen Aufenthalt, um seiner Gattin die altertümlichen Steinbildnereien im Schloßhof zu zeigen. Uralte Steinmetzarbeiten. Hochrelief in einer naiven und allen Gesetzen der Perspektive Hohn sprechenden Anordnung. Szenen aus der Geschichte jenes sagenhaften Königs Malcolm, der zuerst normannisches Recht und normannische Art in Schottland einführte. Er war noch beim Erklären, als Jolanthe schon zurückkam, die Tasche am Arm. Lord Permbroke warf einen Blick auf die Uhr.

»Es ist bald Zeit zum Abfahren.« Er sah sich nach dem Flugschiff um, auf dem schon die ersten Vorbereitungen zur Fahrt getroffen wurden. Da! Ein Matrose kam taumelnd die Schiffstreppe herab. Schritt schwankend wie ein Betrunkener über den Hof dem Revier der Schloßwache zu. Glasig sein Blick. Wie fiebergerötet seine Haut.

Der Lord winkte einen Offizier heran.

»Was ist mit dem Mann?«

»Ein Fieberanfall, Euer Lordschaft. Wahrscheinlich Malaria. Der Mann war früher Seemann.«

»Hm.«

Lord Permbroke stand einen Augenblick zweifelnd. Dann, als hätte er einen Entschluß gefaßt:

»Entschuldigen die Damen einen Augenblick. Ich will nach dem Mann sehen. Wäre möglich, daß er hierbleiben muß. Es wären dann einige kleine Formalitäten zu erledigen ... Immerhin ein überzähliger, ein nicht vorgesehener Insasse von Montgomery Hall.«

Schon riefen die Sirenen der *Sutherland* die Passagiere wieder an Bord. Schon marschierten die abgelösten Wachmannschaften über die Laufbrücken in den Schiffsrumpf, und auch für Lord Permbroke und seine Damen wurde es Zeit, an Bord zu gehen.

Lady Permbroke und Jolanthe von Karsküll standen wartend auf dem Schloßhof. Sir Arthur blieb lange aus.

Jolanthe von Karsküll stampfte ungeduldig mit dem Fuß auf den Boden.

»Diese Formalitäten! ... Wie überflüssig!«

Da kam der Erwartete zurück.

»Leider ist es nicht möglich, den kranken Matrosen auf der *Sutherland* mitzunehmen. Der Arzt hatte des außerordentlich hohen Fiebers wegen zu starke Bedenken.«

Noch wenige Minuten, und die *Sutherland* wurde von ihren Hubschraubern senkrecht in die Höhe genommen. Im dämmernden Abend blieb Montgomery Hall tief hinter dem enteilenden Schiff liegen.

* * *

Die *Potomac*, das große Transatlantikschiff, war auf dem Fluge nach Amerika. Es war ein Sonderflug zu den Niagarafällen anläßlich jenes gewaltigen, von William Jefferson vorgeschlagenen Experimentes, das seit mehreren Wochen alle Welt in Atem hielt. Des Nachmittags um drei Uhr hatte die *Potomac* den Hamburger Flughafen verlassen. Nach einer Flugzeit von genau vierundzwanzig Stunden sollte sie fahrplanmäßig am folgenden Tage morgens um neun Uhr bei den Fällen landen. Die Zeitdifferenz von sechs Stunden zwischen Hamburg und den Niagarafällen kam ihr bei dem Westflug zugute, so daß sich für die Reise eine scheinbare Flugzeit von nur achtzehn Stunden ergab.

Unabhängig von Land und Wasser, von Wind, Wetter

und Eis folgte die *Potomac* dem kürzesten Kurs, der über Nordschottland und Südgrönland führt und die Niagarafälle von Kanada her anschneidet. Das Schiff war überfüllt, jede Kabine, jeder Platz, jeder Stuhl besetzt. Während die *Potomac*, schon in dreißig Kilometer Höhe, über Nordschottland dahinschoß, waren die Stewards immer noch eifrig beschäftigt, neue Sessel und Liegestühle aus den Vorratsräumen herbeizuholen.

So erhielt Malte von Iversen endlich im Speisesaal der *Potomac* eine Sitzgelegenheit, auf der er seine Glieder strecken konnte. Er war gerade noch zurechtgekommen, um mit einem letzten gewaltigen Satz an Bord zu springen, als man bereits die Laufplanken der *Potomac* einziehen wollte.

Jetzt saß er, streckte und verschnaufte sich. Die nächsten vierundzwanzig Stunden gehörten ihm. Hier konnte ihm Eisenecker nicht entkommen.

Aber bei dieser Völkerwanderung zu den Niagarafällen, von der die Überfüllung der *Potomac* einen kleinen Vorgeschmack gab, würde es ihm nicht leicht sein, seinen Mann in der unübersehbaren Menge an den Fällen selbst im Auge zu behalten.

Indes, vier Augen sehen mehr als zwei, und zehn Augen sehen noch mehr. Darauf hatte Iversen seinen Plan gebaut und sich telegraphisch mit amerikanischen Detektiven ins Einvernehmen gesetzt. Ein unbemerktes Verschwinden sollte dem Beschatteten bis zur Unmöglichkeit erschwert werden.

Auch hier im Speisesaal der *Potomac* bildete das bevorstehende Experiment William Jeffersons an allen Tischen den Hauptgegenstand der Unterhaltung. In allen Sprachen Europas wurde darüber debattiert und stellenweise recht absprechend geurteilt. Seit Monaten hatten ja bereits die Zeitungen darüber berichtet und die Möglichkeiten eines Erfolges erörtert. Manche Blätter hatten das Ganze als eine richtige Yankee-Idee bezeichnet.

Diese groteske Idee, die 35 Millionen Pferdestärken der Niagarafälle konzentriert auf ein Becken mit 100 Kilogramm Quecksilber wirken zu lassen. Einige Gelehrte hatten sogar von einer hemdsärmeligen amerikanischen Physik gesprochen, wie man in früheren Zeiten wohl ähnlich von der amerikanischen Diplomatie zu sprechen pflegte. Die Mehrzahl der europäischen Zeitungsstimmen hatte auf das Problematische des ganzen Versuches hingewiesen.

Aber die Wirtschaft und besonders die Börse war nervös geworden, wurde immer nervöser, je näher der Tag des Experimentes heranrückte. Von Tag zu Tag gaben die Kurse der Gold- und Energiewerte nach. Der schwarze Donnerstag, der Todestag Montgomerys, war noch nicht vergessen.

Iversen hatte einen Platz in einer Ecke des Saales bekommen, von dem aus er den ganzen großen Raum gut übersehen konnte. Während er dort saß, hier und da Gesprächsbrocken über das Thema William Jefferson auffing und einzelne Passagiere musterte, trat Eisenecker ein. An einem Tisch in der Mitte des Saales fand er Platz und ließ sich das Schiffsdiner servieren. Von seinem Winkel aus konnte Iversen das Gesicht des Mannes in aller Ruhe studieren, und er tat es gründlich. Geübt, in den Physiognomien der Menschen zu lesen, verfolgte er jeden Zug dieses Gesichtes. Er studierte dies Antlitz wie ein Buch.

Verbarg sich da nicht etwas, das den äußeren Schein Lügen strafte? Welche geheimen Pläne woben hinter dieser breiten, kantigen Stirn? Welches Ziel hatten diese leuchtenden, willensharten Augen?

Der ganze Mensch war ihm ein Rätsel. Warum nutzte er nicht unverzüglich seine Erfindungen aus?

Die Atomenergie ... Sollte die Erkenntnis der Macht, die sie ihrem Beherrscher in die Hand gab, sollte diese Erkenntnis solche rätselhaften Wandlungen hervorrufen? Schon die bizarre Weise, in der Elias Montgomery sein Leben umgestellt hatte, nachdem ihm die Entdeckung gelungen, gab der Welt reichlichen Grund zum Kopfzerbrechen. Hier schien sich der Fall, wenn auch in anderer Weise, zu wiederholen. Auch dieser hier schwieg über seine Entdeckung. Zwar vergrub er sich nicht in seinem Haus, schloß sich nicht hermetisch von jedem Verkehr ab, aber im Endergebnis war sein Tun das gleiche. Er floh in die Welt.

Flucht ... ja Flucht war's, die Eisenecker in die Ferne trieb! Flucht vor den quälenden Zweifeln, die ihm Herz und Sinn beschwerten. Die Erkenntnis der ungeheuren Tragweite dessen, was ein günstiges Geschick ihm nach mühevoller Arbeit in den Schoß geworfen, wuchtete wie eine ungeheure Last auf seiner Seele. Mit allen Kräften des Geistes und des Körpers rang er dagegen, um nicht niederzubrechen.

Durch ein einfaches Versehen waren in seinem Vaterhaus Energiemengen von unbeabsichtigter Größe frei geworden, der alte Ellernhof war bis auf die Grundmauern niedergebrannt. In diesem Augenblick war ihm die gefährliche Größe seiner Entdeckung klar vor Augen getreten. Gleichgültig, ohne Bedauern hatte er zugesehen, wie das jahrhundertealte Gebäude ein Raub der Flammen wurde.

Ein Wink des Schicksals war ihm diese Feuersbrunst, die ihm das Obdach raubte, die ihn aus enger Einsamkeit hinaus in fremde Welten trieb. Neue Kräfte sammeln im Getriebe der Welt! Neue Kräfte, um das Errungene so auszubauen, so zu verwerten, daß es Segen für die Menschheit wurde. Nicht ein blutiger Sieg, bei dem unzählige Existenzen die Opfer der gewaltigen Umstellung werden mußten.

Eine neue, ganz große Aufgabe. Sie mußte gelöst sein, bevor er Europa, der Welt die neue Energiequelle in die Hand gab.

Wohin sich wenden? Amerika …? Seine Industrie die bestentwickelte, zugleich die am straffsten organisierte der Welt. Hier die neue Energiequelle zur Anwendung gebracht! Hier mußten die Folgen am deutlichsten zu sehen sein. Hier hatten sich auch bereits ernste Köpfe mit dem Problem beschäftigt, wie einem so umwälzenden Ereignis wie der Entdeckung der Atomenergie am besten zu begegnen sei.

Der Versuch Jeffersons, die Riesenenergie der Niagarafälle auf ein wenig Quecksilber loszulassen … er lächelte bei dem Gedanken daran … ein erheiterndes Zwischenspiel, das auf ihn wirken sollte wie der Besuch einer guten Komödie.

Der Kaffee wurde serviert. Mechanisch folgte Eisenecker dem Beispiel der meisten anderen Gäste und griff nach dem Radiohörer, der neben jedem Sitz hing. Neueste Nachrichten aus der Welt … Vier Jahre hatte er einsam auf dem Ellernhof gehaust, in seine Arbeit vertieft, abgeschnitten von jedem Verkehr. Was vier Jahre hindurch in der Welt geschah, war ihm fremd geblieben. Es würde einige Zeit benötigen, die Lücke wieder auszufüllen. Wahllos ließ er den Einstellhebel über die Metallscheibe gleiten.

Kairo: Attentat auf die ägyptische Staatsbank. In der heutigen Sitzung des ägyptischen Parlamentes machte der Innenminister folgende Mitteilung:

Von einer weitverzweigten internationalen Bande ist ein Attentat auf unsere Staatsbank versucht worden. Man hat von einem gegenüberliegenden Gebäude aus unter der Straße her mit der Aushebung eines unterirdischen Ganges begonnen. Die ägyptische Polizei, die schon seit langem unterrichtet war, griff heute mit schnellem Schlag zu und konnte mehrere Mitglieder der Bande verhaften.

Doch nun kommt das Außergewöhnliche, woran unsere Hörer vielleicht zweifeln werden. Es war nicht beabsichtigt, den Bankschatz zu rauben. Man wollte ihn nur vernichten.

Es war beabsichtigt, hundert Zentner der brisantesten Sprengstoffe unter die Bankkeller zu bringen, um das ganze Bankgebäude, das ganze Stadtviertel von Grund auf in die Luft zu sprengen. Über die Täter schweigt sich die Polizei vorläufig noch aus.

Der Minister teilte dem Parlament darauf den folgenden, jedenfalls nicht gewöhnlichen Entschluß des Gesamtministeriums mit, den Bankschatz bis auf weiteres in den Totenkammern der Cheopspyramide unterzubringen. Das vollkommen freie und übersichtliche Gelände um die Pyramide herum wird in einem Umkreis von drei Kilometern gesperrt werden. Um die Sicherung durchzuführen, beabsichtigt die Regierung zunächst, einen Militärkordon um die Pyramiden zu legen. Später soll der Schutz noch durch elektrische Sicherungen verstärkt werden. Diese Nachricht wird bei denen, die in diesem Jahr einen Besuch Ägyptens und der Pyramiden vorhaben, sehr gemischte Gefühle auslösen. Viele werden den Besuch sicherlich unterlassen, da die Pyramiden ein Hauptziel für die Touristen sind.

Eisenecker rückte den Hebel weiter: Bern, Sitzung des europäischen Staatsrates. Rede des deutschen Delegierten über die europäisch-maurischen Verhandlungen in Rom.

Die Brauen des Hörenden schoben sich halb unwillig, halb drohend zusammen. Die Schmach noch immer nicht getilgt! Noch immer der Feind auf europäischem Boden! Seine Gedanken flogen zu der spanischen Halbinsel, flogen zurück durch die Jahre. Zurück zu der Zeit, als er im Auftrag der Riggers-Werke dort die großen Kraftwerke in Segovia, in Zamora und bei La Roda baute. Ein Name besonders ging ihm durch den Sinn. Gonzales ... Pionierhauptmann damals in Segovia ...

Er hörte nichts mehr von dem, was aus dem Radiohörer klang. All seine Gedanken und Erinnerungen weilten bei dem Hauptmann Antonio Gonzales. Damals in Segovia war der zu ihm gekommen, sich Rat wegen einer technischen Erfindung zu holen. Eisenecker war erstaunt gewesen, in dem einfachen Soldaten einen glänzenden Techniker kennenzulernen. Aus der Bekanntschaft war schnell eine Freundschaft geworden … Wo mochte Gonzales jetzt leben? … Wenn er noch am Leben war. War er vielleicht in den maurischen Kämpfen gefallen?

Ein Schüttern ging durch den Rumpf der *Potomac* und unterbrach seine Gedanken. Das Schiff hatte während der letzten Stunden das Eismeer zwischen Island und Grönland überflogen und mußte sich jetzt etwa in der Höhe von Christianland* befinden. Schon seit einiger Zeit schien es Eisenecker, als ob der Lauf der Maschinen unregelmäßiger geworden sei. Jetzt konnte kein Zweifel mehr sein. Die Maschinen setzten aus. Man hatte es zweifellos mit einer Betriebsstörung zu tun.

Von allen Seiten klangen jetzt aufgeregte Stimmen durch den Raum. Überall war man auf das Versagen der Maschinen aufmerksam geworden und suchte die Gründe dafür zu erfahren. Widersprechende Nachrichten zuerst: ein Defekt an der Kühlung … ein Undichtwerden des Gasraumes … heißgelaufene Lager …

Die *Potomac* ging im Gleitflug nach unten. Jetzt standen die Maschinen für die Horizontalpropeller ganz still. Tiefer und tiefer ging es hinab. Die Wolken wurden durchstoßen. Die Erde wurde sichtbar. Die *Potomac* befand sich über dem grönländischen Inlandeis … Fast stoßfrei setzte sie jetzt auf einer glatten Gletscherfläche auf.

Es war eine Notlandung. Schon begann die Schiffsstation zu senden und Hilfe herbeizurufen: ein Tenderschiff vom nächstgelegenen Stützpunkt in Reykjavik mit Monteuren, Werkzeugen und vor allen Dingen mit neuem Betriebsstoff. Denn das war ja ganz unzweifelhaft die Ursache der Notlandung. Eisenecker erkannte den

---

* eigentlich: König-Christian IX.-Land; liegt im Südosten Grönlands

Grund, als er aus einem der Heckfenster die lange, breite, schwarzschimmernde Spur sah, die das ausfließende Teeröl auf dem Eise hinterlassen hatte. Nur ein Tankdefekt konnte es gewesen sein, der vorzeitig die Betriebsstoffe der *Potomac* erschöpfte und sie hier zum Niedergehen zwang.

Da lag das Schiff in der eisigen Einöde. Hilfe war bereits zugesagt, aber es würden Stunden vergehen, bevor sie dasein konnte. Es wäre nicht schlimm gewesen, wenn man Brennstoff gehabt hätte. So aber fehlte jede Beheizung der *Potomac* durch Auspuffgase oder heißes Wasser von den Maschinen her. Schon begann die grönländische Kälte sich auch im Schiffsinnern fühlbar zu machen. Die Reisenden waren nur mit leichter Sommerkleidung versehen. Alle möglichen Decken und Hüllen aus den Beständen der *Potomac* wurden zusammengesucht und mußten zum Schutz gegen die Kälte dienen.

Trotz alledem wäre es immer noch ein lustiger Mummenschanz gewesen, wenn nicht das Unwetter hinzugekommen wäre. Von Minute zu Minute verstärkte sich die Gewalt des eisigen Sturmes, der von Norden her über die Gletscher hinraste. Aus dem Sturm wurde ein Schneesturm. Immer dichter füllte sich die Luft mit feinen Eiskristallen. Schon war die Hügelkette, die kaum einen Kilometer vom Landungsplatz der *Potomac* entfernt den Gletscher im Norden säumte, durch den dichten Schleier der wirbelnden eisigen Schneemassen nicht mehr zu erkennen. Wie aufprallender Hagel fast hörte es sich im Schiffsinnern an, wenn der Sturm in immer neuen wütenden Stößen den Schnee gegen die eisernen Flanken der *Potomac* schleuderte.

Immer schneidender, immer eisiger die Kälte im Schiffsraum. Schon drängten sich Gruppen von Passagieren eng aneinander, verkrochen sich zusammen unter Kissen und Decken, um dem schweren Frost besser Widerstand leisten zu können.

Eine andere ernste Gefahr dabei im Hintergrunde. Es war fraglich, ob das Hilfsschiff bei diesem Unwetter landen konnte, ob es die *Potomac* in diesem Schneesturm überhaupt finden würde.

Etwa zwei Stunden waren seit der Notlandung verstrichen. Was erst ein verhältnismäßig harmloser Zwischenfall zu sein schien, drohte nun eine Katastrophe zu werden. Zu allem Überfluß brach jetzt auch die kurze nordische Nacht an. Immer dichter legte sich die Dämmerung über das vereiste Land, während der Nordsturm mit ungebrochener Kraft die stiebenden Schneemassen vor sich herjagte.

Mittschiffs hatte man inzwischen eine Luke geöffnet und den Laufsteg ausgelegt. Die Maschinisten waren hinausgegangen, um den Defekt zu untersuchen und womöglich auszubessern. Elektrische Scheinwerfer beleuchteten die Arbeitsstätte. Phantastisch brach sich ihr Licht in den unablässig niederwirbelnden Schneemassen. Das Kreischen von Bohrern und Sägen wurde hörbar. Schwere Hammerschläge ließen den Rumpf der *Potomac* erdröhnen. Die Ausbesserungsarbeiten kamen in Gang. Aber was konnte es helfen, wenn nicht rechtzeitig das rettende Tenderschiff kam und neue Kraft und Wärme in diese Eiswüste brachte?

Iversen hatte sich, so gut es gehen wollte, in einen dicken Smyrnateppich eingewickelt. Trotzdem zitterte er vor Frost. Mechanisch schaute er durch das Fenster den Maschinisten bei ihrer Arbeit zu. Sah verwundert schärfer hin. Stand dort nicht ein Passagier bei den Maschinisten? War das nicht die Gestalt Eiseneckers, die dort im Scheinwerferlicht sichtbar wurde?

Da sah er ihn auch schon wieder eintreten, sah ihn zu seinem Gepäck gehen und sich damit beschäftigen.

Malte von Iversen hielt es für geboten, sich möglichst wärmefest in seinem Smyrnateppich zu verkriechen, denn die Kälte wurde schlimmer und schlimmer.

Eisenecker sah, daß die Komödie im Begriff stand, sich zur Tragödie zu wandeln. Verstummt die Scherze über den Mummenschanz. Verklungen das Lachen über die wunderlichen, grotesken Bilder, die einzelne da in ihren Verkleidungen boten.

Wie lange würde es noch dauern, bis das Hilfsschiff kam? Selbst bei günstigster Fahrt mußte es noch Stunden dauern. Stunden, in denen vielleicht schon manchen der Passagiere der eisige Tod weggerafft... Und kam es gar, ohnmächtig, gegen den wahnsinnigen Sturm, der über die Eisfläche brauste, anzukämpfen, erst am nächsten Morgen - keinen einzigen Überlebenden der *Potomac* mehr... einen Sarg würde es finden. -

Weit draußen auf dem Eise. Eisenecker war's, der dort gegen den Sturm ankämpfte, Schritt für Schritt vordrang, die Taschenlampe in der einen, den Kompaß in der anderen Hand. Oft mußte er stehenbleiben, Atem schöpfen, neue Kraft sammeln.

Immer wieder warf der Sturm ihn zu Boden. Er nahm die Lampe zwischen die Zähne. Keuchend kroch er, geblendet von den Schneeflocken, vorwärts. Immer wieder drohten die Kräfte ihn zu verlassen. Eine tiefe Schneewehe. Er stürzte hinein. Die Lampe entglitt ihm. Die starren Hände tasteten nach ihr, fanden sie nicht... das Ende?...

Mit letzter Kraftanstrengung warf er sich zur Seite, den Rücken gegen eine Schneewand gelehnt. Hier traf ihn der Sturm weniger.

Eine unendliche Müdigkeit... unendliche Ruhe überkam ihn... Ah! Wie tat das wohl, hier zu liegen. Die Augen fielen ihm zu. Schlafen... schlafen... Ruhe!

So lag er, und wie im Fluge glitt sein Leben, alles was er getan, an ihm vorüber...

Barsum!... Der Tag, der die Wende bedeutete. Wie ein krankes Tier hatte er sich nach jenem Furchtbaren in seine Höhle, in das fast vergessene Vaterhaus zurückgezogen. Hatte gewartet, sich in Sorge und Liebe um Mette Harder verzehrend, daß irgendein Lebenszeichen zu ihm dränge. Ein halbes Jahr verstrich darüber. Da las er in der Zeitung von der offiziellen Verlobung Mettes mit dem anderen. In tage- und nächtelangem Kampf hatte er mit sich gerungen, hatte geglaubt, zugrunde gehen zu müssen. Sinnlos jede Lebensstunde ohne Mette an seiner Seite.

Der Herbst war ins Land gegangen. Eine Schar Zugvögel, in langer Kette über seinem Kopf nach Süden steuernd ... ihnen nach! Reisen! In die weite Welt! ... Vergessen suchen!

Schon hatte er mit einem letzten Blick Abschied nehmen wollen vom Vaterhaus. Da war ihm der alte Wahlspruch der Eiseneckers, der oben im Querbalken des Tores tief eingehauen stand, in die Augen gefallen:

Holt fast und kolt Isen!

Er hatte ihn gelesen, wieder und wieder, bis sich unbewußt seine Lippen öffneten, er die harten Worte laut vor sich hinsprach, sie schrie.

Da war es ihm klargeworden: Halt fest! Gib's ihnen!

Und dann war er an das große Werk gegangen ... das Werk, das ihn - gelang es - zum Herrn der Welt machen mußte. Tag und Nacht, Jahr um Jahr hatte er gearbeitet. Das jahrhundertealte Besitztum der Eiseneckers war dabei zugrunde gegangen. Schon das Dach über seinem Haupte bedroht. Da war der gleißende Klumpen aus dem Kasten gesprungen, der Bote des Sieges ...

Der Kasten! ...

Seine Hand fuhr zur Seite. War's denn möglich? Hier lag er, den Tod erwartend, und der Retter hing ihm zur Seite!

Holt fast!

Die Hand klammerte sich um den kleinen Kasten. Er fühlte, wie die Schrauben und Spangen nachgaben. Sein Werk ... Zepter und Krone! Herr über die Menschen ...

über die Natur! Die Hand, die den Kasten umspannte ... eine wohlige Wärme daran zuerst ... immer stärker werdend. Schon zuckte die Hand zurück. Unbeabsichtigter Zufall! Es arbeitete darin.

Mit einem Sprung war er hoch. Kinderspiel! Ein König, der nicht wußte, wie weit seine Macht ging. Da lag die Lampe. Er ergriff sie, schaltete sie ein. Mit neuer Kraft warf er sich dem Sturm entgegen. Drang weiter, weiter vor, bis er das Ziel erreicht ... eine Felsenwand. Zum Teil Granit, zum Teil Basalt. Durch den älteren und längst erstarrten Granit mußte sich viel später wohl ein glühender Basaltstrom in vulkanischem Ausbruch seinen Weg gebahnt haben. War dann auch erstarrt und hatte bei der Abkühlung eine weite und tiefe Höhle gebildet.

Eisenecker trat in die Höhle, schritt weiter und weiter in sie hinein, bis er das Ende erreicht hatte. Mit der Taschenlampe leuchtete er um sich. Seine Blicke musterten die Wände, den ganzen Höhlenbau.

»Ein guter, solider Stollen. Zum mindesten so gut wie der des Herrn Jefferson. Wie geschaffen für den Versuch!«

Er ergriff den Kasten, setzte ihn durch einen Fingerdruck in Betrieb und stellte ihn in einer Felsspalte nieder. Die Taschenlampe in der vorgestreckten Rechten haltend, strebte er eilig dem Ausgang zu.

Daß er nicht zu schnell ging, zeigte der warme Luftstrom, der plötzlich hinter ihm herfegte, stärker und wärmer wurde, ihn heiß umspülte, ihn mit Gewalt aus dem Höhlenmund ins Freie warf.

Da lag er ... stand er. Der Schnee um den Höhlenmund taute schnell weg. Das massive Gletschereis hier geriet ins Schmelzen. Schon bildeten sich Wasserlachen, wo eben noch klingender Frost das Eis gebannt.

Er stand und lauschte, bis ein Dröhnen wie der Klang einer schwachen Detonation aus dem Höhlenmund herausdrang.

»Gut so!« Er lächelte dabei. »Den Apparat findet keiner mehr, wenn sie später einmal in der Höhle suchen sollten. Energie nur an seiner Stelle ... keiner, der sie sehen ... messen kann.«

Zurück zur *Potomac*! Der warme Sturm, der ihn trieb, brachte ihn schnell zum Schiff. Da lag es. Tot? ... Schon ein Sarg? Durch den Montageraum kroch er hinein.

Ein Bild des Grauens. Wo noch Leben? Wo Tod? Zu Haufen zusammengedrängt, in starrer Ruhe die Insassen des Schiffes ... kein Laut ... keine Stimme. Friedhofsstille ...

Er sprang zum Kabinenfenster, riß es auf, daß sie eindrang, die Retterin ... die warme, linde Luft.

Er stand und schaute. Und dann begann es sich zu regen. Stimmen wurden laut. Rettung? Hilfe? Was ist?

Der Kapitän der *Potomac* sprang auf die Füße, schaute wirr um sich. Schritt taumelnd zu einer Luke. Seine Hände umkrampften den Rahmen des Fensters. In tiefen Atemzügen sog er den warmen, lebenspendenden Hauch in die Brust ein. Einmal ... zweimal ... dann erinnerte er sich seiner Pflicht. Laut klang seine Kommandostimme durch das Schiff. Und als wenn sie Tote zum Leben zurückgerufen, begann es sich zu regen. Einer nach dem anderen. Die Besatzung sammelte sich um ihn.

»Was ist? Wo sind wir?« klang's wirr aus dem Haufen.

»Das Hilfsschiff? Ist es da? ... Nein! ... Nichts ist da! ... Wetterumschlag! ...«

»Zu den Passagieren«, kommandierte der Kapitän.

Eine Viertelstunde nach der anderen verstrich. Lange ... lange schienen alle Bemühungen bei einzelnen der Passagiere vergeblich zu sein. Schließlich war es doch getan ... geglückt. Alle ins Leben zurückgebracht.

Und dann drang alles nach außen ... heraus aus dem Schiff. Statt des eisigen Schneegestöbers ein leichter warmer Regen. Sie beachteten nicht, daß er sie durchnäßte. Froh jauchzend boten sie sich dem Wunder dar.

Unfaßbar! ... Unerklärlich! Wie war das möglich?

Das herannahende Tenderschiff erlöste die Harrenden, brachte neue Gedanken. Der Schaden war schnell repariert, schnell wurden die Tanks wieder aufgefüllt. Dann rief die Sirene alles an Bord. Die Laufstege wurden eingezogen, die Luken geschlossen. Die Schiffe stiegen auf. Nach Osten, nach Reykjavik, setzte der Tender seinen Kurs, nach Westen, nach Kanada, die *Potomac*.

Verlassen blieb die eisige Einöde zurück. Noch waren die weiten Eis- und Schneeflächen in Sicht, da schossen Feuerströme fontänenartig aus dem Gestein des Basaltberges. Vermischt mit riesigen Dampfsäulen erhitzten Wassers.

»Ein Erdbeben! Ein Vulkanausbruch!« Viele hundert Stimmen schrien es gleichzeitig. Nur so konnte es sein.

Malte von Iversen stand in der Nähe Eiseneckers. Seine Blicke sogen sich an dessen Mienen fest. Ein unbestimmter Argwohn in ihm. Der da - Eisenecker. Dessen Mienen ruhig, unbeweglich! Nur einmal, als der Ruf: Ein Erdbeben! erklang, glaubte er ein belustigtes Lächeln über dessen Züge huschen zu sehen. Aber es konnte dafür vielleicht auch eine andere Erklärung geben.

Iversen grübelte und kombinierte. Er war einer der letzten gewesen, die die Mannschaft ins Leben zurückbrachte. Kostbare Zeit war verstrichen, in der er jenen nicht beobachten konnte.

Und er fragte und fragte. Den und den. Die Besatzung ... die Offiziere ... den Kommandanten ...

»Herr Eisenecker? ... Hm! Jawohl! Gewiß ... ich erinnere mich. Er war einer der ersten ... wohl gar der erste ...«

Malte von Iversen sann lange, kombinierte hin und her ... verwarf alle Kombinationen ... gab dem Generaldirektor Harder telegraphischen Bericht von dem, was geschehen.

* * *

Wochenend an den Niagarafällen! Alle Gasthöfe überfüllt. Unmöglich, die Massen in den engen Mauern zu beherbergen ... und immer noch neue, die zu Wasser, zu Lande und zu Luft herbeiströmten. In selbstgebauten Zelten, oft aus den unmöglichsten Dingen errichtet, lagerten Tausende und Abertausende in Erwartung jenes Momentes, von dem man in den Staaten, ja in der ganzen Welt schon seit Wochen sprach. Sie erwarteten jenen Augenblick, in dem Punkt 12 Uhr mittags alle Wasserkräfte des Niagara mit ihren 35 Millionen Pferdestärken auf jenen Versuch Jeffersons konzentriert werden sollten. Auf jenen wunderbaren Versuch, von dessen Erfolg für das Wirtschaftsleben der ganzen Welt so unendlich viel abhängen konnte ... wenn er gelang.

Das südliche, amerikanische Ufer der Fälle war seit einer Woche gänzlich abgesperrt. Dort hatte man in den massiven Fels der hohen Ufermauern unterhalb der Fälle einen Stollen gesprengt, der den Versuchsraum bilden sollte. Auf dem anderen, dem kanadischen Ufer, staute sich die neugierige Menge. Staute sich und starrte, obwohl kaum etwas zu sehen war. Nur der betonierte Stolleneingang, in den ein paar meterstarke Kabel hineinführten.

Um 12 Uhr sollte das Experiment stattfinden. Jetzt war es 11 Uhr. Schon begannen die in Flugzeugen Kommenden, sich möglichst gute Plätze in der Luft zu sichern. Etagenweise stand die ungeheure Menge der Flugzeuge im Äther über den Flußufern aufgebaut.

Die Fälle selbst donnerten jetzt am Sonntag mit kaum geschwächter Kraft in die Tiefe, wie sie schon vor Hunderten und Tausenden von Jahren niedergestürzt waren. Unendliche Wassermassen, die über die Felskante fielen und Gischt und Nebel 100 Meter hoch warfen. Denn so war es ja jetzt geregelt. Wenn am Sonnabend die großen Kraftwerke den größten Teil ihres Betriebes stillegten, wenn nur noch ein Teil der Energie für Beleuchtungs- und Verkehrszwecke gebraucht wurde, dann schloß sich allmählich eine der Kanalschleusen nach der anderen, und die Wassermassen, deren Energie im Augenblick nicht mehr benötigt wurde, durften sich in freiem Sturze im alten Bett austoben. Ein majestätisches Schauspiel für die Besucher, die jeden Sonntag zu den Fällen kamen. Ein Schauspiel, das jedesmal bis zum Montagmorgen währte, an dem sich die Schleusen wieder öffneten und die Wassermassen zu den riesigen Turbinen leiteten.

Heute trat diese Veränderung schon am Sonntag um 11 Uhr vormittags ein. Eine Schleuse nach der anderen wurde geöffnet, ein Kraftwerk nach dem anderen nahm den Betrieb an dem sonst so heilig gehaltenen Sonntag voll auf, um seinen Beitrag an Energie für das Experiment liefern zu können. Schwächer und schwächer wurden die Wassermassen, die noch über die Felskante stürzten. Nur noch ein leises Rieseln schwacher Rinnsale. Jetzt war der amerikanische Fall fast völlig trocken, jetzt auch der Horsehoe-Fall auf der kanadischen Seite. Die Ziegeninsel in der Mitte, Goat Island, trockenen Fußes von beiden Ufern her erreichbar. Alle Kraft der Fälle arbeitete in den Werken, bereit, im entscheidenden Augenblick durch eine einzige Schalterbewegung in jenen in den massiven Fels eingesprengten Experimentierraum geleitet zu werden. Eine druckfeste Wanne dort tief im Felsen, gefüllt mit zwei Zentnern reinen Quecksilbers. Um 12 Uhr würden sich 35 Millionen Pferdestärken auf dieses Quecksilber stürzen, würden es - wie die amerikanischen Physiker erwarteten - zertrümmern ... in Gold ... in Helium ... in Nichts. Selbst wenn das Experiment nicht in seiner ganzen Größe gelang, wenn die Atomenergie des Quecksilbers noch nicht freigesetzt werden konnte, so erwartete man doch mit Sicherheit die Zerlegung und Umwandlung des Quecksilbers in einfachere Elemente.

* * *

Ein Mann in den besten Jahren, einfach gekleidet, vielleicht ein Arbeiter aus den Kraftwerken, suchte sich durch die dichtgedrängten Menschenmassen am kanadischen Ufer nach vorn zu schieben. Was ganz unmöglich schien, nach und nach war's ihm gelungen, sich bis zu den vordersten Reihen durchzudrängen. In nächster Nähe eines hochgewachsenen blonden Mannes hielt er plötzlich an. Betrachtete ihn Minuten hindurch mit größter Aufmerksamkeit. Murmelte dann zu den Umstehenden etwas von Unwohlsein und begann sich nun hastig nach rückwärts durch die Massen zu drängen.

Jetzt blieb er wieder stehen. Stand in der Nähe eines anderen, mit äußerster Eleganz gekleideten Herrn unbestimmten Alters. Machte dem, für die Umstehenden gar nicht bemerkbar, ein Zeichen mit den Fingern, und sofort begann auch dieser andere seinen Platz zu verlassen, sich aus dem Gedränge nach hinten hin zurückzuarbeiten, wo der Platz freier war, mehr Bewegungsmöglichkeit bot. Dort blieb der Elegante stehen, holte ein Taschentuch aus der Brusttasche und breitete es umständlich aus. Es war ein weißes, großes Tuch mit einem gezackten, blauen Rand. Er wischte sich damit den Schweiß von der Stirn und legte es genauso umständlich wieder zusammen, wie er es entfaltet hatte. Dann, als ob ihm das noch nicht genug sei, zog er ein rotseidenes Tuch heraus, mit dem er sich Luft zufächelte, während er sich immer mehr vom Ufer entfernte. Und schließlich, als wäre ihm die Hitze ganz unerträglich geworden, entfaltete er ein neues weißes Tuch und führte auch das ans Gesicht. Dann sprang er in einen der hier stehenden Kraftwagen und fuhr in Richtung Stadt davon.

Im selben Augenblick begann sich einer der in der obersten Flugschiffreihe stehenden Helikopter aus dem Verband zu lösen, flog über den Fluß und nahm ebenfalls Kurs auf die Stadt.

Der Apparat Iversens arbeitete. Seine Spürhunde hingen an Eiseneckers Fersen und würden ihn auch hier in dieser Riesenmenge bestimmt nicht aus den Augen verlieren.

* * *

Je näher die Mittagsstunde kam, desto höher stieg die Erregung der vieltausendköpfigen Menge. Sinnlos schoben die Massen immer weiter nach vorn. Auch das umfangreiche Polizeiaufgebot vermochte nicht mehr, die befohlene Ordnung aufrechtzuerhalten. Schon gab es Verwundete und Ohnmächtige in dem gefährlichen Gedränge. Die Sanitätsmannschaften hatten alle Hände voll zu tun. Immer gewaltiger der Lärm, immer wilder die Stimmung.

Da endlich 12 Uhr! ... Ein Kanonenschuß krachte ... sekundenlange Stille folgte. Alles starrte wie hypnotisiert auf das gegenüberliegende Ufer.

Ein leichtes Dröhnen und Brausen drang durch die Luft. Ein Zittern ging durch den Erdboden. Dann ein befreiender Aufschrei aus vielen hunderttausend Kehlen.

Bravo! ... Hurra! ... Händeklatschen ... die Massen kamen in Bewegung. Ihr Johlen und Schreien wetteiferte mit dem immer stärker werdenden Dröhnen in den Felsen des anderen Ufers.

Doch stärker und stärker wurde das Dröhnen, wurde zum Donnern ... und dann ein häßlicher markdurchdringender Klang. Ähnlich etwa, wie wenn das eiserne Rad eines schweren Wagens auf der Straße einen Ziegelstein zermalmt. Aber vieltausendfach stärker, millionenfach kreischender. Ein Klang, bei dem es den Hunderttausenden auf dem jenseitigen Ufer kalt über den Rücken rann.

Die Menge stand starr, stierte in höchster Spannung auf das gegenüberliegende Ufer, auf jene Stelle, wo die meterstarken Kabel in den Fels eintraten. Starrte und sah, was geschah.

Die ganze gewaltige Felswand dort drüben geriet in Bewegung, schwankte wie im Erdbeben und klaffte in immer größer werdenden Rissen auseinander. Leichter Dampf schoß aus den Spalten. Wassermassen folgten. Immer mächtiger, immer gewaltiger brachen sie aus der Felswand. In breitem Schwall sprudelten sie aus den Klüften, stürzten schäumend und donnernd in die Tiefe.

Was war das? War eine verborgene Wasserader angeschlagen? Nein! ... Wie ein Lauffeuer ging es durch die Tausenden.

Eine Katastrophe hatte sich ereignet, eine Katastrophe für die Kraftanlagen. Die riesige Energie, tief im Felsen auf einen einzigen Punkt konzentriert, hatte sich gewaltsam Luft gemacht. Sie hatte die Eingeweide der Felswand zerstört, zerbrochen, zermalmt. Die Turbinenschächte, die von den oberen Stromschnellen her das Kraftwasser zu den Werken führten, waren aufgebrochen und verschüttet, alle Kraftanlagen tot ... unbrauchbar.

Die Menge sah es und jubelte sinnlos beim Bilde dieser Zerstörung. Was kam es noch weiter auf die Kraftwerke an! Das Experiment mußte ja gelungen sein ... mußte ganz sicher geglückt sein. Und dann, im Besitz der neuen Energie, der Atomenergie ... was brauchte man da noch die Wasserkraftwerke des Niagara?

Und wenn es etwa nicht vollständig gelungen war, wenn die Atomenergie noch nicht entfesselt war ... das zum mindesten mußte doch geglückt sein: die Umwandlung des Quecksilbers in Gold. Und mit dem Gold, damit konnte man ja leichtlich neue, bessere Turbinenschächte bauen, wenn man die Kraftwerke vorläufig doch noch brauchen sollte.

Die große Menge war bei diesem Schauspiel jedenfalls auf ihre Kosten gekommen und machte ihrer Begeisterung in unendlichem Toben und Lärmen Luft.

Das Experiment William Jeffersons war zu Ende. War es wirklich gelungen? Erst nach Tagen, vielleicht nach

Wochen würde man darüber etwas wissen können. Erst dann, wenn die entfesselten Wassermassen wieder abgelenkt, der Zutritt zu dem Versuchsstollen wieder frei sein würde. Vielleicht dann, wenn die tobenden Fluten den ganzen Apparat nicht etwa mitgerissen und alle Ergebnisse fortgeschwemmt hatten. Jetzt wußte man noch nichts darüber. Aber schon jetzt war es für jeden Fachmann klar, daß es viele Millionen und lange Arbeit kosten würde, um die verhängnisvollen Folgen dieses Experimentes zu beseitigen und den alten Zustand der Kraftwerke wiederherzustellen.

* * *

Abendgesellschaft im Königsschloß von Madrid. Schimmernde Uniformen hoher Offiziere mischten sich mit dem schwarzen Kleid der obersten Beamten und Diplomaten. Wie ein bunter Flor dazwischen die vielfarbigen glänzenden Toiletten der Damen.

Der neue Hof, die ganze neue Gesellschaft, die sich um diesen Hof scharte - darunter wohl einige schiffbrüchige Existenzen der alten Gesellschaft - alles war versammelt. Obwohl offensichtlich eine gewisse Auswahl unter den farbigen Vertretern getroffen war, sah man doch so ziemlich alle Typen des nordafrikanischen Völkergemisches. Hier der stolze gelassene Maure, dort der schlanke rassige Berber. Neben dem eleganten Tunesier der blonde, blauäugige Rifkabyle*. Dazwischen die Kreuzungen aller dieser Rassen, auch Mischlinge aus europäischem und afrikanischem Blut.

Unter den Damen die gleichen Erscheinungen. Die entblößten Nacken und Arme blitzend von kostbarem Schmuck, übergossen vom Sonnenglanz der elektrischen Lampen.

---

* Rifkabylen: Berberstämme im nordafrikanischen Rifgebirge

An der Seite der Fürstin Iraklis, welche für die fehlende Hausherrin die Honneurs machte*, Prinz Ahmed Fuad, der Bruder des Kalifen. Das Antlitz schwach gebräunt, unter den schweren Lidern ein paar dunkle Augen. In ungezwungener Haltung begrüßte er jeden Gast mit ausgesuchter Liebenswürdigkeit.

Jetzt verweilte er lange bei einem hohen Offizier, dem der linke Ärmel leer an der Uniform hing. Das war Fürst Murad Iraklis, der berühmte Führer der maurischen Vorhut. Sein Haar schon stark ergraut, doch straff die Haltung, ungebeugt die Gestalt. Das ebenmäßig geschnittene Gesicht, die helle Hautfarbe ließen ihn durchaus als Europäer erscheinen. Fürst Iraklis war Georgier, der Kaukasus seine Heimat. Doch nach einem Zwist mit Soliman el Gazi, dem Kalifen des neuen asiatischen Reiches, war der Feuerkopf außer Landes gegangen, war der Paladin** des maurischen Kalifen geworden.

An seiner Seite ein junges blondes Mädchen. Nordländischer Typ unverkennbar. Bewundernd blickten die blauen strahlenden Augen auf das glänzende Bild dieser Gesellschaft ... und doch wäre ein gewisser müder, abgespannter Ausdruck in den feinen Zügen dem aufmerksamen Beobachter kaum entgangen. Es war Modeste von Karsküll, die Schwester der Baronin Jolanthe. Die schöne Russin, wie sie in der Madrider Gesellschaft genannt wurde.

Erst seit kurzem weilte sie hier. So überraschend und verwirrend war alles gekommen. Vor wenigen Wochen noch in Livland auf dem einsamen Tirsenhof. Und dann plötzlich diese Reise nach Spanien, hier die Einführung in die Gesellschaft und bei Hofe.

Jolanthe hatte sie von dort geholt. Wollte sie der Ein-

* Honneurs machen: Gäste willkommen heißen

** hier: Berater eines Landesherrn

samkeit entreißen, ihr die Schönheiten Europas zeigen.

Das Reiseziel? Alle Hauptstädte Europas standen auf dem Programm. Der Tod des alten Fürsten Iraklis warf es über den Haufen.

Ein gewaltiger Besitz hatte seinen Herrn verloren. Zwar ging der bedeutendste Teil davon an den Fürsten Murad, aber große Liegenschaften fielen auch an Jolanthe. Eine Auseinandersetzung war notwendig. So ging sie nach Spanien, und so kam Modeste von Karsküll nach Madrid. Herzlich hier die Aufnahme der Schwestern im Hause des Gouverneurs.

Aber dann - Modeste hatte die Gründe dafür nicht recht verstehen können -, dann mußte Jolanthe plötzlich in einer wichtigen Angelegenheit nach London fahren. Auf kurze Zeit nur, hieß es. Täglich wurde sie jetzt zurückerwartet. Inzwischen boten die Verwandten alles auf, um Modeste den Aufenthalt so angenehm wie möglich zu machen, ihr durch Zerstreuungen und Unterhaltungen aller Art über die Trennung hinwegzuhelfen.

Prinz Ahmed Fuad, der Regent, kam des öfteren in das Haus des Gouverneurs. Hier sah er Modeste das erstemal. Tief war der Eindruck, den Modestes taufrische Jugend, in blonder Schönheit blühend, auf den maurischen Fürsten machte. Tief die Leidenschaft, die das Blut des reifen Mannes entflammte. Immer häufiger wurden die Besuche des Prinzen, so häufig bald, daß ihre Ursache dem Fürstenpaar nicht länger verborgen bleiben konnte. Auch in der Gesellschaft huldigte der Prinz der jungen Baronin in solcher Weise, daß es vielen auffiel.

Modeste, betäubt und berauscht von dem glänzenden Leben dieser Hofkreise, in das sie so plötzlich getreten war, ließ sich seine Huldigungen ahnungslos gefallen. Die vornehme, unaufdringliche Art, in der Prinz Ahmed sie mit den Beweisen seiner Ergebenheit umgab, schmeichelte ihr.

Erst allmählich gelang es ihr, den klaren Blick wiederzugewinnen. Mit Erschrecken hatte sie wahrgenommen, daß die Worte und Blicke des Prinzen mehr bedeuteten als die üblichen Huldigungen des galanten Kavaliers. Was sollte sie tun? Sich der Fürstin Iraklis anvertrauen, diese um Rat fragen? Sie ließ den Gedanken bald wieder fallen.

So ganz anders stand sie ja der Familie des Gouverneurs gegenüber als Jolanthe, die durch enge Blutsverwandtschaft mit dem Fürsten Iraklis verbunden war. Ihr wollte es nicht gelingen, ein wärmeres Gefühl für die Fürstin aufzubringen. Zu vieles schied sie innerlich von der Frau, die auf seiten der Gegner des europäischen Vaterlandes stand.

Gegner des Vaterlandes? Modeste begann in diesen Wochen, da Jolanthe in London weilte, über die Verhältnisse nachzudenken. Fürst Murad, der rechte Oheim Jolanthes, der Eroberer Spaniens, das Schwert des Kalifen. Jolanthe, die Schwester - fühlte die noch für das europäische Vaterland, oder stand ihr Herz auf der Seite der maurischen Eroberer?

Modeste erschrak bei dem Gedanken. Sie fühlte, daß sie hier allein stand, ihre Sache allein auskämpfen mußte. Bis die Schwester wiederkam, bis sie dies Land verlassen, nach Europa zurückkehren konnte. Zurück, wenn es sein mußte, selbst in die enge Stille des Tirsenhofes.

Sie nahm sich vor, sich dem Prinzen gegenüber so reserviert wie möglich zu verhalten, seine Nähe, so gut es ging, überhaupt zu meiden. Und erreichte damit doch nur das Gegenteil. Mehr denn je bemühte er sich jetzt um sie und zeichnete sie vor aller Welt in einer Weise aus, daß kein Zweifel an seinen Gefühlen bestehen konnte. Jetzt wieder, als der Prinz so auffällig lange bei ihr verweilte, glaubte sie zu spüren, wie die Blicke der Gesellschaft auf ihr brannten, glaubte das Geflüster zu hören, das von Mund zu Mund durch den Saal ging.

Da brandeten die Wellen der Musik durch den weiten Raum. Eine tiefe Verbeugung des Prinzen. Er reichte Modeste den Arm und eröffnete mit ihr den Ball. Röte und Blässe wechselten in ihren Zügen. Schwankend ging sie an seiner Seite. Fast körperlich glaubte sie jetzt die Blicke der Gäste zu fühlen. Diese Auszeichnung vor den Augen der Hofgesellschaft ... Kaum, daß sie die Kräfte fand, die freundlichen Worte, die der Prinz zu ihr sprach, zu erwidern.

Erlöst atmete sie auf, als der Tanz beendet war und der Prinz sie zu dem Fürstenpaar zurückführte. Wie hilfesuchend wollte sie sich an den Arm der Fürstin hängen, doch die erhobene Hand fiel zurück, als sie das strahlende, vielsagende Lächeln in deren Mienen sah. Hier war es vergeblich, Beistand zu suchen. Alleinsein der einzige Wunsch.

Mit unsicheren, zitternden Gliedern gelang es ihr, sich aus dem Gedränge der Gäste zu entfernen. In einer Ecke des großen Wintergartens sank sie erschöpft auf eine Bank nieder. Die Stille, die kühle Luft hier beruhigten sie. Allmählich gelang es ihr, ihre Selbstbeherrschung wiederzugewinnen. Sie wollte sich erheben, in den Saal zurückkehren, da stand der Prinz vor ihr.

»Verzeihung, Baronin ... Ihr Entfernen ... Sie fühlen sich nicht wohl? ... Ich bin besorgt.« Er blickte in ein farbloses Antlitz, das sich abzuwenden versuchte. Wie abwehrend hob Modeste die Hand. Der Prinz ergriff sie, hielt sie fest.

»Baronin ... Modeste, ich glaubte Ihr Vertrauen zu besitzen ... ich fühle, daß Ihre Freundlichkeit gegen mich geringer ... habe ich Sie gekränkt?«

»Nein, Königliche Hoheit haben mich nicht gekränkt ... ich wüßte auch nicht, daß ich mich irgendwie geändert hätte.«

»O doch! Sie sind ganz anders in der letzten Zeit geworden. Die schöne Freundschaft, die Sie mir am Anfang unserer Bekanntschaft gönnten, die mich so sehr beglückte, ist verschwunden ... Habe ich das verschuldet?«

Der Prinz stockte. Modeste fühlte den zitternden Unterton seiner Stimme, fühlte, wie er immer fester ihre Hand umklammerte.

»Modeste ...?« Drängend, werbend klang der Name ihr ins Ohr. Mit aller Kraft versuchte sie den Bann zu brechen, in den die Stimme sie zu zwingen drohte. Nach einer Pause kam ihre Antwort.

»Was wünschen Königliche Hoheit?«

Ihre Stimme klang fest. Das scharf hervorgehobene ›Königliche Hoheit‹ im Gegensatz zu seiner vertraulichen Anrede brachte ihn ein wenig zu sich.

Mit einer raschen Bewegung machte Modeste ihre Hand frei.

»Verzeihung, Baronin ... wenn ich irrte, wenn ich glaubte ...«

Noch einmal suchte er ihre Hand zu erfassen. Sie barg sie hinter sich, wandte sich wie zur Flucht.

Er vertrat ihr den Weg.

»Noch eine Frage, noch die letzte, Baronin ...«

»Königliche Hoheit!« Die Stimme seines Adjutanten klang vom Eingang her. Ahmed Fuad zuckte zusammen. Mit drohender Miene wandte er sich um. Der Adjutant kam auf ihn zugeschritten.

»Was ist?!« Die Stimme des Prinzen klang heiser vor Zorn.

»Das Telegramm aus England, Königliche Hoheit!«

In der Stimme des Offiziers klang etwas, das den Prinzen aufhorchen ließ.

»Das Telegramm?«

»Jawohl, Königliche Hoheit. Ich glaubte die Nachricht unverzüglich ...«

»Gewiß! ... Natürlich ... Sie sind vollkommen entschuldigt. Rufen Sie den Fürsten Iraklis sofort in mein

Arbeitszimmer. Die Gesellschaft ... entschuldigen Sie dort mein Fernbleiben, gnädigste Baronin. Die Staatsgeschäfte zwingen mich, dem schönen Fest den Rücken zu kehren.«

Er reichte Modeste den Arm und führte sie zum Ballsaal zurück. Am Eingang beugte er sich über ihre Hand. Sein Blick suchte ihr Gesicht, es war abgewandt.

»Die Frage, Baronin ... später werde ich sie ...«

Noch ehe er den Satz vollendet, war Modeste von seiner Seite verschwunden. Er verfolgte sie mit den Blicken, sah sie im Gewühl der Gäste zur Fürstin Iraklis eilen. Der Adjutant riß ihn aus seinem Sinnen.

»Das Telegramm aus England, Königliche Hoheit.«

* * *

Fürst Iraklis saß dem Prinzen gegenüber. Die chiffrierte Depesche lag auf dem Tisch zwischen ihnen. Obwohl niemand außer ihnen in dem großen Raum war, sprachen sie nur flüsternd miteinander, als fürchteten sie, daß die Wände Ohren hätten. Beide befanden sich, es war unverkennbar, in starker Erregung. Aber ihre freudigen Mienen verrieten, daß die Nachricht nicht nur wichtig, daß sie auch gut sein mußte.

Der Prinz sprach.

»Und wem verdanken wir diesen wichtigen Erfolg? Einzig und allein Ihrer Nichte, Fürst. Ohne sie wäre es wohl niemals gelungen.«

»Ich bin beglückt, Königliche Hoheit, daß es ein Mitglied meiner Familie war, dem unsere Sache das zu verdanken hat.«

»Sie dürfen stolz darauf sein, Fürst Murad. Der bewundernswürdige Geist Jolanthes ... Sie hat schon manche Probe gegeben, doch das hier ist das Beste, was sie je geleistet. Die Art und Weise, wie sie alles vorbereitet ... die kühne und glückliche Ausführung dann ... es verdient uneingeschränkteste Bewunderung und Anerkennung. Mein Bruder, der Kalif, wird mit den Beweisen seiner Huld nicht zurückhalten ... soweit es möglich ist, ohne Jolanthes Verhältnis zu uns zu decouvrieren*.«

»Es ist meine ständige Sorge, Königliche Hoheit, daß eines Tages die Mission Jolanthes bekannt würde. Die Folgen für sie wären unausdenkbar.«

»Das muß in jedem Fall vermieden werden!«

»Ich habe ihr schon mehrfach Vorhaltungen gemacht. Sie zu größerer Vorsicht gemahnt. Sie lacht mich aus. Ich kenne Jolanthe aus ihrer frühesten Kindheit. Sie war stets ein streitbarer, schwer zu bändigender Charakter. Tollkühn, waghalsig, jedem Sport zugeneigt, der Gefahren in sich barg. Sie bedauerte es immer, nicht als Mann auf die Welt gekommen zu sein. Stundenlang konnte sie von den großen Taten schwärmen, die sie dann vollbringen würde. Als der letzte Krieg gegen die Russen ausbrach, war sie eines Tages aus meinem Hause verschwunden.«

Der Prinz nickte.

»Ich hörte davon. Sie soll es fertiggebracht haben, als Freiwillige ... nein, als Freiwilliger in das Heer Solimans einzutreten.«

»Sie hat es in der Tat fertiggebracht, Königliche Hoheit. Wir mußten lange Zeit suchen, bis es uns gelang, sie zu finden. Soliman el Gazi ließ sie sich vorstellen. Sie fiel ihm zu Füßen und bat, im Heer bleiben zu dürfen. Er schlug es ihr natürlich ab. Als sie auf ihrer Bitte beharrte, machte ein Adjutant scherzend den Vorschlag, sie möchte doch die russischen Kriegspläne aus Moskau holen und uns bringen.

Ich sehe noch, wie Jolanthe aufhorchte, überlegte, dann plötzlich, als habe sie einen Entschluß gefaßt, aufsprang und davonlief. Die anderen lachten. Ich, der ich

* zu erkennen geben, aufdecken

Jolanthe kannte, äußerte Bedenken. Doch Königliche Hoheit kennen ja die Geschichte von früher her.«

»Ich hörte davon sprechen ... andeutungsweise.«

Der Prinz schüttelte nachdenklich den Kopf.

»Es ist nicht gut für uns ... gefährlich für Jolanthe, wenn diese Geschichten zu vielen bekannt werden. Ich hörte nur, daß sie auch hier das Unmögliche möglich machte.«

»So war es in der Tat, Königliche Hoheit. Vier Wochen nach jener Szene stieß ein Flugzeug im türkischen Hauptquartier nieder. Jolanthe trat heraus. Sie hatte es selbst gesteuert, verlangte, zum Sultan geführt zu werden. Zufälligerweise war es derselbe Adjutant von damals, der sie empfing und lächelnd nach den Kriegsplänen fragte.

Statt der Antwort legte sie ein umfangreiches Paket auf den Tisch. Man glaubte immer noch an einen Scherz. Man öffnete es, und es waren die Abschriften der russischen Pläne. Wie sie das zuwege gebracht hat? Man muß es aus ihrem eigenen Munde hören. Wenn sie wiederkommt ...«

»Wann denken Sie, daß wir Jolanthe wieder hier haben werden?«

»Das hängt von unserem Londoner Botschafter ab. Er allein kann die Situation klar beurteilen.«

»Sie wird ihre Schwester Modeste später mit nach London nehmen?«

»Sie hatte die Absicht, Königliche Hoheit.«

Ein Schatten lief über das Gesicht des Prinzen.

»Ich würde das sehr bedauern ...«

»Gestatten mir Königliche Hoheit gnädigst ein offenes Wort?«

»Bitte, Fürst Iraklis, sprechen Sie.«

»Die Auszeichnung, mit der Königliche Hoheit Modeste von Karsküll begegnen ... so ehrend sie auch ist, ist doch geeignet, in den Augen der Gesellschaft ...«

Der Prinz richtete sich hoch auf.

»Die Gesellschaft? Wer wagt es, Modeste ...?«

»Ich bitte, Königliche Hoheit! Niemand wagt es ... doch dürfte es genügen, die Gesichter der einzelnen zu beobachten, um zu wissen, wie man darüber denkt.«

Der Prinz war aufgesprungen und schritt erregt auf und ab.

»Die Gesellschaft!« Ein bitteres Lachen begleitete die Worte. »Ja, ja, die Gesellschaft. Ich hätte sie besser kennen sollen. Nichts ist dieser sensationslüsternen Menge heilig. Nichts bleibt von ihren unlauteren Gedanken verschont ...«

Ein Zug zweifelnder Freude glitt über sein Gesicht. Sollte es das gewesen sein, was Modeste so verwandelte? Sollte die Furcht vor dem Urteil der Menge, der Meinung ihrer Umgebung die Ursache sein? Daher vielleicht der Zwiespalt ihrer Gefühle, daß sie über die Lauterkeit seiner Pläne in Unklarheit geraten?

Er trat an den Fürsten heran und legte ihm leicht die Hand auf die Schulter.

»Sie selbst, mein Fürst, haben, ich bin dessen gewiß, niemals geglaubt, daß ich aus anderen als rein freundschaftlichen Gefühlen heraus den Verkehr mit Ihrer Familie gepflegt habe. Schon meine hohe Achtung vor Ihnen dürfte Ihnen Gewähr geben, daß es mir fern liegt, der Ehre Ihres Hauses zu nahe zu treten ...«

Der Prinz stockte, als würde es ihm schwer, die Worte zu finden, sprach dann langsam weiter.

»Ich selbst habe es eine Zeitlang nicht vermocht, mir über meine Gefühle klare Rechenschaft zu geben. Die verschiedenen Verhältnisse ... politische Erwägungen ... Sie verstehen.

Jetzt bin ich mir vollständig im klaren. Hören Sie! Ich habe bei meinem Bruder, als dem Oberhaupt der Familie, angefragt, wie er sich zu meiner Heirat mit Modeste stellen würde.«

Fürst Iraklis war aufgestanden und beugte sich tief über die Hand, die der Prinz ihm entgegenstreckte.

»Ich verhehle Ihnen nicht, Fürst Iraklis, daß es, von der Seite des Kalifen aus gesehen, Gründe gibt, die dagegen sprechen. Ich hoffe jedoch, daß er sich meinen Darlegungen nicht verschließen und meiner Bitte ein gnädiges Ohr schenken wird. Bliebe nur das Wichtigste: wie wird Modeste meinen Antrag aufnehmen?«

»Ich hoffe, Königliche Hoheit, daß meine Nichte die hohe Ehre genügend zu schätzen weiß.«

»Mein lieber Fürst, ich weiß es nicht. Ja, ich muß sagen, daß ich über Modestes Gefühle gegen mich in Unklarheit und Zweifeln bin.

Es wäre mir sehr angenehm, wenn Jolanthe recht bald nach Madrid käme. Ihr Einfluß, ihr diplomatisches Geschick würden mir die Bahn ebnen. Mein Vertrauen zu ihr ist unbegrenzt.«

»Königliche Hoheit, ich glaube kaum, daß Jolanthe vor einer Woche nach Madrid kommen wird. Ich werde mit allen Mitteln versuchen, ihre Rückkehr zu beschleunigen. Man könnte die Erbschaftsangelegenheiten benutzen ... ihr vielleicht sogar durch das englische Auswärtige Amt Nachricht zukommen lassen, die ihre Reise hierher als unbedingt nötig und eilig erscheinen läßt. Ich will versuchen, es auf diesem Wege zu erreichen.«

* * *

Der englische Staatsrat war versammelt. Der Ministerpräsident kam zum Schluß seiner Ausführungen.

»Die Hoffnung, daß es Professor Syndham gelingen würde, den Apparat in Betrieb zu setzen, hat sich nicht erfüllt. Es war unsere letzte Hoffnung. Ich halte es danach für ausgeschlossen, sich noch länger dem Drängen aller europäischen Bundesstaaten zu widersetzen ...«

Murren, halblaute Zwischenrufe in der Versammlung. »Unmöglich ... unerhört ... eine Blamage der englischen Wissenschaft vor ganz Europa ...«

Der Minister wartete, bis der Lärm wieder abebbte, sprach dann weiter.

»Ich verstehe Ihren Widerspruch. Aber für die außen- und innenpolitische Lage Europas ist die schnelle Lösung des Montgomeryschen Rätsels von unendlicher Wichtigkeit. Eine weitere Verzögerung könnte bedeutsame Wendungen bringen, über deren Charakter ich mich wohl nicht näher auszulassen brauche.«

Wieder zwangen lebhafte Zwischenrufe den Redner, eine Pause zu machen. Mit erhobener Stimme fuhr er danach fort:

»Das britische Ministerium hat daher einstimmig beschlossen, der europäischen Bundesregierung ihre Bereitwilligkeit zu erklären, den Apparat Montgomerys durch andere, von den Regierungen in Vorschlag zu bringende Physiker untersuchen zu lassen. Es kämen da natürlich in erster Linie die deutschen Sachverständigen der Riggers-Werke in Betracht. Ich hoffe, daß der Staatsrat zu diesem Vorschlag des Ministeriums sein Einverständnis geben wird.«

Eine überaus lebhafte Debatte begann. Stundenlang stritt man in heftigem Für und Wider.

Eine ungeheure Blamage für England! Ein vernichtendes Armutszeugnis für die englische Wissenschaft! Immer wieder kam der Ruf aus dem Munde der Redner. Je weiter die Zeit vorrückte, desto unsicherer wurde der Erfolg einer Abstimmung.

Noch einmal erhob sich der Ministerpräsident, um die Argumente der Gegner zu widerlegen. Kaum hatte er seine Rede begonnen, als ihm durch einen Sekretär eine Depesche überbracht wurde. Er hielt kurz inne und überflog die wenigen Worte.

Was war das? Was war von solcher Wichtigkeit, daß man ihn damit in seiner Rede störte?

Die ganze Versammlung starrte auf den Präsidenten, der … ja, was war mit ihm? Irgendeine persönliche Angelegenheit? Das Gesicht des Ministers war so weiß wie das Blatt in seiner zitternden Hand. Seine Lippen bewegten sich tonlos. Mechanisch tupfte er mit dem Taschentuch über die Stirn, als sei es ihm zu heiß. Immer wieder irrten seine Augen verstört über die Depesche.

Eine peinliche Pause. Was hatte er, was stand in der Depesche?

Endlich! Der Präsident gab sich einen Ruck.

»Meine Herren!« Seine Stimme stotterte, als hätte er sie noch nicht in der Gewalt. »Meine Herren ... eine Mystifikation* ... die Nachricht hier ... aus Montgomery Hall. Der Apparat ... er ist ... er soll verschwunden ... gestohlen sein! Ich kann es nicht ...«

Die Wirkung dieser Worte war, als hätte der Blitz in die Versammlung geschlagen. Sie saßen alle starr, schauten mit schreckensbleichen Gesichtern auf den Minister.

Dann ... ein Aufruhr, allgemeiner Tumult. Sie sprangen von ihren Sitzen, stürzten auf den Präsidenten zu, umringten ihn, bestürmten ihn mit Fragen ...

Einer riß ihm die Depesche aus der Hand. Zehn Hände streckten sich danach, um sie ihm zu entreißen. Doch der sprang auf einen Stuhl, entfaltete das Papier und las mit lauter Stimme:

»Montgomery Hall, den 18. Juni, 10 Uhr vormittags.

Leutnant Steffenson und MacIvor öffneten um 9.30 Uhr das Laboratorium. Die Tür ordnungsgemäß verschlossen und gesichert. Im Laboratorium alles in Ordnung. Der Apparat Montgomerys verschwunden. Sämtliche Sicherungen des Schlosses revidiert. Alle eingestellt, in Ordnung. Unmöglich, daß der Apparat aus dem Schloß entfernt worden ist. Alle Räume des Schlosses durchsucht, nichts gefunden. Die Nachforschungen werden fortgesetzt.

Leutnant Steffenson, MacIvor.«

---

* Täuschung, Irreführung

Der Ministerpräsident hatte seine Fassung wiedergewonnen.

»Meine Herren!« Seine Stimme schallte laut durch das Getöse und den Wirrwarr im Saale. »Meine Herren, wollen Sie sich auf Ihre Plätze begeben! Die Angelegenheit erfordert, daß wir mit größter Ruhe und Überlegung die Schritte beraten, die zu tun sind. Vorerst verpflichte ich Sie alle zur strengsten Verschwiegenheit. Die Öffentlichkeit darf nichts erfahren, bevor der Tatbestand nicht völlig klargestellt ist.

Zur Sache selbst beantrage ich, daß eine sofort zu wählende Kommission sich im Flugschiff nach Montgomery Hall begibt. Scotland Yard stellt dazu drei ausgewählte Detektive. Die Professoren Syndham und Farland werden aufgefordert, sich anzuschließen. Keiner jedoch erfährt den Zweck der Fahrt vor dem Betreten des Schlosses.«

Der Antrag wurde ohne Debatte angenommen. Unverzüglich wurde zu seiner Ausführung geschritten. –

Dreimal vierundzwanzig Stunden später. Alle Lautsprecher der Welt schrien es der Menschheit in die Ohren:

»Montgomerys Apparat aus Montgomery Hall verschwunden!«

Die Welt hielt den Atem an. Es war schwer zu sagen, welche Nachricht stärker in ihrer äußerlichen Wirkung: die von Montgomerys Tode oder die vom Verschwinden des Apparates. Rätselhaft war das Vorkommnis. Immer unlösbarer wurde das Rätsel, je mehr man nach einer Erklärung suchte, je länger die Untersuchung sich hinzog.

Die englische Regierung hatte einen schweren Stand. Die Zentralregierung, die Regierungen der Einzelstaaten, die gesamte Presse luden ihr die Verantwortung auf. Das englische Kabinett trat, dem allseitigen Druck weichend, zurück.

* * *

Der europäische Staatsrat trat zu einer Sondersitzung zusammen. Nur einen Punkt hatte die Tagesordnung: den Diebstahl des englischen Apparates.

Hier sprach man nicht mehr von einem Verschwinden. Man setzte ohne weiteres voraus, daß der Apparat von interessierter Seite entwendet worden sei ... trotz aller Sicherungen und trotz aller Wachen gestohlen worden sei. Es regnete Vorwürfe gegen die englischen Vertreter und die englische Regierung, die die Erfindung für sich behalten wollte. Nach einer heftigen Rede des französischen Delegierten erhielt der deutsche Vertreter das Wort. Auch er machte der englischen Regierung den Vorwurf der Fahrlässigkeit. Sicherungen und Schutzmaßregeln, die einen Diebstahl nicht unmöglich machten, seien eben keine ausreichenden Maßnahmen. Ausgeschlossen sei es, daß etwa ein europäischer Staat an dem Diebstahl beteiligt sein könne. Zweifellos sei der Apparat von einer Europa feindlichen Seite entwendet worden. Unausdenkbar seien die Folgen, wenn es dieser Stelle auch noch gelänge, den Apparat in Tätigkeit zu setzen. Der Redner fuhr fort:

»Die Hoffnung Europas klammerte sich an diesen Apparat. Bot er doch die Möglichkeit, dem Kontinent das alte Übergewicht wieder zu verschaffen. Jetzt ist nicht nur das Übergewicht, sondern auch das Gleichgewicht dahin. Dieser Apparat, diese Riesenenergie ... es war das einzige, was uns helfen konnte. Es versprach uns neue Lebensmöglichkeiten, Gelegenheit, unseren Menschenüberfluß unterzubringen. Es hätte uns auch die Möglichkeit gegeben, einen neuen Waffengang gegen die Eindringlinge in Spanien mit der Aussicht auf besseren Erfolg zu versuchen, die Iberische Halbinsel für Europa zurückzugewinnen.

Meine Herren, stellen Sie sich vor, der Apparat wäre in maurischen Händen. Der Gedanke wäre nicht auszudenken. Unsere an sich schon übermächtigen Feinde im Besitz des Apparates – es wäre das Ende Europas!«

Gewaltig war der Eindruck dieser Rede auf die Versammlung. In aller Schärfe war hier ausgesprochen, welche fürchterliche Gefahr der Besitz des englischen Apparates für ganz Europa bedeutete. Der englische Vertreter nahm das Wort, um die Erregung zu dämpfen. Er gab zur Entschuldigung seiner Regierung eine genaue amtliche Darstellung der Verhältnisse und Sicherheitsmaßnahmen in Montgomery Hall. Er verwies auf die bisher freilich leider negativen Ergebnisse der britischen Polizei, und er schloß mit britischem Hochmut: »Mag ihn gestohlen haben, wer will, in Betrieb wird den Apparat niemand setzen können. Was der Blüte unserer englischen Wissenschaft nicht gelang, wird auch keinem anderen gelingen.«

Ein Murren ging bei diesen Worten durch die Versammlung. Noch einmal nahm der deutsche Vertreter das Wort.

»Ich kann die Ansicht meines englischen Kollegen nicht teilen. Die deutsche Regierung hat es als einen Affront empfunden, daß man ihr Anerbieten, deutsche Gelehrte zur Mitarbeit heranzuziehen, glatt ablehnte. Ich spreche ja kein Geheimnis aus, wenn ich sage, daß auch bei uns auf dem gleichen Gebiet gearbeitet wird. Die Versuche der Riggers-Werke sind noch weit vom Abschluß entfernt. Man hat bei uns erst bedeutend später mit diesen Arbeiten begonnen. Aber trotzdem hätte es, wenn nicht die Courtoisie*, so doch das Interesse Europas erfordert, daß man zumindest einige Physiker der Riggers-Werke zur Lösung der Aufgabe mit herangezogen hätte. Ich will nicht behaupten, daß die englischen Physiker den deutschen Gelehrten nachstehen. Aber ich glaube, daß eine Lösung des Problems mit vereinten Kräften wahrscheinlicher gewesen wäre,

* hier soviel wie: das Einhalten üblicher Spielregeln zwischen den Bündnisstaaten

und ich kann England den Vorwurf nicht ersparen, daß es durch sein Verhalten diese Möglichkeit vereitelt hat.

Dieser gestohlene Apparat ist jedenfalls zu Lebzeiten Montgomerys in Betrieb gewesen. Die Möglichkeit, ihn wieder in Betrieb zu setzen, besteht. Wehe unserem armen Europa, wenn das von feindlicher Hand geschieht.«

Die Sitzung des Staatsrates ging ihrem Ende zu. Blitzartig hatte sie die schwere Gefahr erhellt, die ganz Europa aus der gegenwärtigen Situation erwachsen konnte, wahrscheinlich erwachsen mußte. Wirksame Mittel zur Abhilfe konnten auch die in diesem Rat versammelten Staatsmänner nicht schaffen. Von Tag zu Tag steigerte sich die allgemeine Nervosität. Auch im großen Publikum begann ein Rätselraten. Wer konnte den Apparat haben? Wer hatte das größte Interesse daran, ihn in seinen Besitz zu bringen?

Kein europäischer Staat! Das wurde allgemein angenommen.

Aber wer sonst? ... Amerika? Die Vereinigten Staaten von Amerika? Kamen die ernsthaft für den Diebstahl in Betracht? Man erinnerte sich, daß ja jenes gewaltige Experiment Jeffersons erst am 18. Juni stattfand, während der englische Apparat schon einen Tag früher entwendet wurde ... Da war es wenig wahrscheinlich, daß Amerika seine Hand dabei im Spiel hatte.

Das japanische Inselreich? Nach früheren Erfahrungen und Vorkommnissen war man geneigt, ihm auf dem Gebiete der Spionage und selbst der Eskamotage* mancherlei zuzutrauen. Aber es fehlte an jeder Spur eines Beweises. Bisher hatte Japan äußerlich wenigstens noch nicht das geringste Interesse an dem großen Problem der Atomenergie gezeigt.

---

* Verschwindenlassen eines Gegenstandes durch (Zauber-)Tricks

Blieben drittens und letztens die neuen islamitischen Reiche in Nordafrika und Asien. Das mauretanische Reich Abdurrahmans, das ägyptische Kalifat und das große islamitische Reich in Asien, welches die Länder vom Suez-Kanal bis nach Turkestan* umfaßte. Die hätten alle drei wohl Grund gehabt, sich des Apparates zu bemächtigen, um in dessen Besitz desto kräftiger und feindlicher gegen Europa aufzutreten. Aber auch hier führte kein Weg vom Verdacht bis zum Beweis.

Das Rätselraten ging weiter. Alarmierende Nachrichten durchliefen die Presse der ganzen Welt. Bald hier, bald dort vermutete man den verschwundenen Apparat. Detaillierte Berichte über seine an diesem und jenem Orte der Welt beobachteten Wirkungen schwirrten durch die Spalten der Weltpresse. Besonders findige Berichterstatter wollten Leute gesprochen haben, die den gläsernen Kasten Montgomerys sogar gesehen hatten.

Aber immer wieder war es blinder Alarm. Die Wirkungen, die man dem Apparat zuschrieb, stellten sich stets als ganz natürliche Vorkommnisse, als Seebeben, Vulkanausbrüche oder Wirbelstürme heraus, die man auch schon vor Montgomerys Erfindung beobachten konnte.

Die Wochen verstrichen darüber, und immer dichter, immer undurchdringlicher wurde der mysteriöse Schleier, der über dieser Affäre lag. Im Gedächtnis der großen Menge begann das Ereignis zu verblassen, von anderen, neuen Geschehnissen verdrängt zu werden.

Zwei Männer aber lebten in Europa, die es nicht vergaßen. Der Generaldirektor Harder, der jetzt sein Versuchswerk auf der Nordseeinsel Warnum mit Sicherungen spickte und verschanzte, zehnmal so undurchdring-

---

* Gebiet östlich des Kaspischen Meeres

lich und zehnmal so todbringend wie die von Montgomery Hall ...

Und außerdem Friedrich Eisenecker.

* * *

Der 18. Juni ... ein Schicksalstag für Europa und für Amerika. Noch fieberte Europa in der Aufregung über das Rätsel von Montgomery Hall, als die amerikanische Regierung schon eine Armee von Arbeitern an die Fälle warf, um wiederherzustellen, was die entfesselte Energie dort zerstört hatte. Eine schwere und gefährliche Arbeit, da ja die Kraftwerke stillagen, die Energie für den Betrieb der Baumaschinen und die Beleuchtung der Baustelle behelfsmäßig erzeugt werden mußte.

Aber schon in der Nacht vom 18. auf den 19. Juni begannen sich dort die Trommeln der ersten Betonmischer zu drehen und den Baustoff zu liefern, mit dem man das geborstene Gebirge wieder flicken und verkitten konnte.

Acht Tage und Nächte heißer unermüdlicher Arbeit. Acht Tage und acht Nächte, in denen die amerikanische Presse sich in Vermutungen und Prophezeiungen überbot.

Europa ... das altersschwache Europa, was hatte es denn geleistet? Nichts! ... Wenigstens nichts Greifbares. Montgomerys Apparat verschwunden! Die Riggers-Werke immer noch im Stadium der Vorversuche.

Von Amerika mußte das Heil kommen. Nur hier war es zu erwarten. Im Stollen Jeffersons, dort in der Felswand an den Fällen, da würde man die Lösung des Problems finden.

Und nun war es soweit. Jetzt endlich waren die zerklüfteten Felsen geflickt und gestützt. Jetzt konnte man es wagen, in den Stollen einzudringen. Eine kleine, sorgfältigst in Washington zusammengestellte Kommission aus Regierungsbeamten und Physikern. Sie alle eidlich zur absoluten Verschwiegenheit verpflichtet.

Die schimmernde Juninacht lag über dem Strom. Meilenweit dröhnte der Donner der frei herabstürzenden Wassermassen durch das Land, als die Kommission beim Licht der Scheinwerfer in den Stollen eindrang. Ein schmaler gewundener Felsgang, so niedrig, daß sie sich bücken mußten, als sie ihn durchschritten. Rauh und rissig die Felswände. Und dann, nach einem Weg von 100 Metern, am Ende des Ganges die eigentliche Arbeitskammer, in der die riesige Energie gewütet hatte. Glasig waren die Felswände hier zusammengeschmolzen. Gelblich-golden schimmerte das Gestein unter den Strahlen der kräftigen Scheinwerfer. Es blendete und verwirrte die Augen und Sinne derer, die es betrachteten.

Was war das? ... Gold? ... War es doch geglückt? War es Jefferson doch gelungen, wenigstens das Quecksilber in Gold zu zerschlagen? Hatte der unter dem Übermaß an Energie entweichende Golddampf sich hier auf den schmelzenden Felswänden niedergeschlagen und diese Märchengrotte geschaffen? Mit Gewalt rissen die Männer der Kommission sich von dem zauberhaften Eindruck dieses Bildes los. Mit den unbestechlichen Mitteln der Wissenschaft prüften sie das schimmernde Mineral.

Das Gold war Truggold. Unter der übermächtigen Gewalt der entströmenden Energie erglühend und verdampfend, hatte sich das Kupfer des Apparates mit dem Schwefel des Felsens zu jenem goldgleißenden Mineral verbunden, das schon so manche Goldgräber narrte und trog.

Das stand nun fest. Aber wo war das Quecksilber geblieben? Wie hatte die Riesenkraft der Fälle darauf gewirkt? Sie forschten und suchten weiter, und ein Zufall war ihnen günstig. Dort in einem Winkel der Felskammer, wo der Boden eine Tasche bildete, fanden sich Überreste des flüssigen Metalls. Wenig nur. Aber das wenige unverändertes reines Quecksilber. In der Gluthitze, die der Strom hier erzeugte, war es verdampft. Als der Fels zerriß, als die Wasser hier einbrachen und Kühlung brachten, hatte der Quecksilberdampf sich wieder niedergeschlagen. Unverändert, unverwandelt trotz der Höllenenergie, die hier tobte.

Aber es war kaum der zehnte Teil jener Quecksilbermengen, die Jefferson in den Stollen gebracht hatte. Wo war der Rest geblieben? War er dampfförmig durch die Risse des sich spaltenden Gebirges entwichen? Hatten die einbrechenden Wassermassen ihn mit hinweggespült? ... Oder war der Versuch hier doch gelungen? Waren etwa doch die Atome dieser fehlenden Quecksilbermenge in leichtere Metalle zerschlagen worden? Steckten sie doch vielleicht dort in dem Truggold der Wände?

Die Kommission konnte die Antwort auf diese Fragen nicht geben. Sie mußte sich pflichtgemäß an das halten, was nachweislich vorhanden war. Und so lautete ihr Urteil: *Der Versuch Jeffersons hat keinen Erfolg gehabt. Auf dem Weg, den er vorschlug, ist die Atomenergie nicht zu gewinnen.*

Eine Woche noch gelang es der amerikanischen Regierung, dies Gutachten geheimzuhalten. Dann gelangte es auf unkontrollierbaren Wegen zur Kenntnis der Öffentlichkeit und wirkte sich an den Börsen der ganzen Welt aus. Die Kurse der Kraftwerk- und Kohlenwerte, seit Wochen wankend und nachgebend, wurden plötzlich fest und gingen sprunghaft in die Höhe. Nur noch ein kurzes Zwischenspiel schien vielen jetzt das ganze Problem der Atomenergie gewesen zu sein. Ein Intermezzo freilich, bei dem an den Börsen Milliarden verloren und gewonnen worden waren.

* * *

Eine bescheidene Wohnung in der Calle del Prado* in Madrid, in der Antonio Gonzales, pensionierter Oberst

---

* Calle (sprich »kaje«): Straße; Prado: spanisches Nationalmuseum

der ehemaligen spanischen Armee, seine Tage verbrachte. Heute war Friedrich Eisenecker bei ihm, war plötzlich und überraschend aufgetaucht, war als alter Freund herzlich empfangen worden. Der dunkle Wein von Alicante stand zwischen ihnen und ließ alte Erinnerungen lebendig werden. Don Antonio sprach.

»Da lagen wir unter den zerschossenen Kanonen, dezimiert von dem feindlichen Feuer, das großenteils aus europäischen Geschützen kam. Oh, die Toren, die nie die Stunde begreifen! Wie hat unsere Regierung gewarnt, gebeten und immer wieder gewarnt!

Beim Stab der dritten Division der Hauptarmee lagen wir bei Cordoba. Der Donner der weittragenden Geschütze, die fürchterlichen Luftkämpfe ... bis endlich unsere eigene Luftflotte vernichtet, wir wehrlos den feindlichen Fliegergeschwadern ausgesetzt waren, die Tod und Verderben auf uns niedersandten.

Und während das alles geschah, berieten sie noch in den europäischen Kabinetten, wer den Oberbefehl über die Truppen führen sollte, die sich in Frankreich zu sammeln begannen. Während sie noch debattierten und feilschten, da kam, was ich fürchtete, und was bei uns doch kaum einer geglaubt hatte: es wiederholte sich der Tag von 711. Da kamen sie über die Meerenge herübergezogen - unter dem Wasser, auf dem Wasser, durch die Luft. Wie Heuschreckenschwärme ergossen sich ihre Scharen über unser Land.

Immer noch berieten die in Europa, und als sie endlich mit ihren Beratungen fertig waren, da stand schon der Feind an den Pyrenäenpässen und sperrte der Hilfe jeden Weg. Der Guerillakrieg in den Bergen! Gewiß, unser stolzes Volk wollte sich nicht so widerstandslos ergeben. Aber die Zeiten hatten sich geändert. Was früher einmal unmöglich war, dem machten die maurischen Flugzeuggeschwader bald den Garaus.«

»Mein lieber alter Freund, wir lasen davon in den

europäischen Zeitungen. Lasen zwischen den Zeilen, daß Europa sich scheute, den Kampf bis aufs Messer mit der gewaltig gewachsenen maurischen Macht aufzunehmen.«

»Mit der maurischen Macht? Die war's nicht allein, Señor Eisenecker. Sie fürchteten ... sie wußten in Europa, daß die islamitischen Reiche verbündet waren. Sie wußten, daß sie gleichzeitig Nordafrika und den vierten Teil Asiens gegen sich haben würden. Darum wich Europa vor der drohenden Geste Abdurrahmans zurück. Darum liegt unser Vaterland heut noch in Knechtschaft. Eine Schmach für uns, eine Schmach für Europa.«

Der Oberst schwieg. Eisenecker blickte sinnend auf sein Glas, in dem ein verlorener Sonnenstrahl sich blutrot brach. Seine Augen hingen an dem Purpurschein, als habe er eine Vision. Langsam und stockend begann er zu sprechen.

»Es wird nicht so bleiben, Don Antonio. Ich sehe ... ich sehe den Tag, an dem die Massen wieder nach Süden zurückfluten. Einen Tag, an dem die maurische Herrschaft dahinschmilzt wie Märzenschnee. Einen Tag, an dem die Sonne Spaniens wieder hell leuchtet ... Auf den Tag, Don Antonio!«

Er hob sein Glas und trank dem Freunde zu. Der tat Bescheid.

»Ich trinke mit! Mag der Tag kommen! Bald kommen, daß wir ihn noch erleben.«

»Der Tag wird kommen, Don Antonio ... Bis dahin ... muß die maurische Herrschaft ertragen werden. Die Geschichte der letzten hundert Jahre zeigt Beispiele viel schlimmerer, viel drückenderer Okkupationen. Noch heute spricht man im deutschen Rheinland mit Grauen von jenen längst vergangenen Zeiten, da dort französische Besatzungen hausten. Noch heute denken die deutschen Einwohner von Südtirol mit Abscheu an die Vergewaltigungsversuche der Italiener. Damit verglichen, scheint mir die Maurenherrschaft fast milde zu sein.

Wer nicht scharf hinsieht, merkt kaum etwas von der Besetzung des Landes. Die Verwaltung liegt in den Händen Ihres alten Beamtenapparates. Spanische Richter urteilen nach spanischem Recht und in spanischer Sprache. Das Volk geht seinem Erwerb wie früher nach …«

»Das ist es ja, Señor Eisenecker. Das ist ja das Schlimme. Dieser kluge Abdurrahman vermeidet alles, was auch nur den Anschein einer Unterdrückung erwecken könnte. Unsere religiösen Einrichtungen und Sitten, unsere bürgerlichen Gebräuche, Spiele und Feste, alles wie früher! Jeder kann unbehindert seinen Geschäften nachgehen. Auch die Steuern nicht höher als früher, nur mit dem Unterschied, daß sie jetzt in maurische Kassen fließen. Strengste Manneszucht der Truppen. Größte Zurückhaltung des Militärs im öffentlichen Leben. Das ist ja die teuflisch schlaue Politik des Kalifen, alles zu vermeiden, was Unzufriedenheit erregen könnte.

Das Volk in seiner Masse spürt kaum etwas von dem Wechsel der Gewalt, von dem Wandel der Dinge. Den Fremden, die aus Europa in unser Land kommen wollen, werden nicht die geringsten Schwierigkeiten gemacht. Sie finden Gelegenheit, alles mit eigenen Augen zu betrachten. Wenn sie objektiv sind, müssen sie zugeben, daß die wirtschaftliche Lage des Landes in keiner Weise schlechter geworden ist. Die maurischen Eroberer vermeiden alles, was etwa das Interesse der übrigen Welt an den so sehr veränderten Zuständen erregen könnte.

Gelegentlich ein paar Unruhen … das kommt wohl vor, wird aber immer schnell und mit größter Energie unterdrückt, dringt kaum in die Öffentlichkeit … «

Ein Lärm von der Straße her unterbrach den Oberst, ließ auch Eisenecker aufhorchen und ans Fenster treten. Ein Gebrüll wie von Betrunkenen. Das Geheul der Volksmasse. Jetzt ein Schuß … jetzt der Gleichschritt heranmarschierender Truppen. War es eine dieser Unruhen, von denen Antonio Gonzales soeben gesprochen hatte?

* * *

Iversen hatte Eisenecker nicht aus den Augen verloren. Von den Niagarafällen war er ihm nach Frankreich und Spanien gefolgt, hängte sich auch hier in Madrid an seine Fersen. Jetzt stand er abwartend in der Calle del Prado, vertrieb sich die Zeit, indem er Beobachtungen machte, und amüsierte sich über zwei Betrunkene.

Ein spanischer Polizist versuchte die beiden Opfer des Alkohols von der Straße zu bringen und wurde mit ihnen nicht fertig. In seiner Verlegenheit rief er eine gerade vorbeimarschierende maurische Wache um Hilfe an, und im Augenblick verwandelte sich die Szene. Das Vorgehen des Polizisten, Fremde gegen seine Landsleute aufzubieten, erregte allgemeinen Unwillen. In wenigen Minuten waren die maurischen Soldaten von schreienden, gestikulierenden und drohenden Gruppen umringt. Und nun nahm die Angelegenheit eine dramatische Wendung, denn irgendwo fiel aus der Menge ein Schuß und wirkte wie ein Alarmsignal. Sofort eilten aus den Seitenstraßen andere Truppen herbei und riegelten den Platz ab. Ehe Iversen die Entwicklung der Dinge noch recht begriffen hatte, fühlte er eine schwere Hand auf seiner Schulter, und der barsche Befehl: »Zur Wache!« drang an sein Ohr. Das gesamte am Tatort befindliche Publikum, wohl an die 30 Personen, mußte, von den Truppen eskortiert, den Weg zur Polizeiwache antreten.

Es war höhere Gewalt. Jeder Widerstand unmöglich. Das sah Iversen wohl ein und fügte sich in das Unvermeidliche. Was sollte ihm auch schließlich passieren? Seine Papiere waren ja in bester Ordnung, sein Paß enthielt einen besonderen empfehlenden Vermerk des maurischen Generalkonsuls in Berlin.

Der Weg zur Wache war etwa zehn Minuten weit. Der Zufall brachte Iversen dabei an die Seite einer jungen hellblonden Dame, und mit wachsendem Interesse musterte er die Gestalt seiner Leidensgenossin. Ganz offensichtlich keine Spanierin. Zweifellos germanisches Blut. Engländerin? Skandinavierin? ... Oder vielleicht auch Deutsche? Iversen überlegte noch, wie er die Herkunft seiner Begleiterin ermitteln könne, als aus der Reihe der hinter ihm Gehenden, mehr im Scherz als im Ernst gemeint, eine Bemerkung fiel: »Wer jetzt keinen Paß hat, dem geht es schlecht.« Ein Lächeln flog über Iversens Züge. Selbstzufrieden strich er mit der Hand über die Brusttasche, in der er seinen Paß wußte. Ganz anders die junge Dame. In sichtlicher Aufregung begann sie in ihrer Handtasche zu suchen, während deutsche Worte von ihren Lippen fielen. »O Gott, mein Paß, wo ist denn nur mein Paß geblieben?«

Also doch eine Deutsche! Iversen hielt es für geboten, sich ins Mittel zu legen.

»Nur Ruhe, meine Gnädigste. Wenn Sie Ihren Paß bei sich hatten, so muß er auch jetzt noch da sein. Sehen Sie Ihre Tasche nur in Ruhe durch. Ah, was sage ich, da ist er ja schon!«

Erleichtert atmete die Dame auf. Abgebrochen kam es von ihren Lippen:

»Gott sei Dank, daß er da ist ... Das hätte doch unangenehm werden können ...«

Sie beherrschte das Deutsche zwar fließend, sprach es aber mit dem etwas harten Akzent der Balten.

»Seien Sie unbesorgt, meine Gnädigste. Der Zwischenfall ist für uns alle nicht angenehm. Aber schließlich wird es mit einer kurzen Prüfung unserer Papiere sein Bewenden haben. In einer halben Stunde werden sich die Besitzer von ordnungsgemäßen Pässen zweifellos wieder im Genuß voller Freiheit befinden ... «

Unverwandt ruhten die Blicke Iversens dabei auf den

Zügen seiner Begleiterin. Er hätte gern noch weiter gesprochen, wenn der Zug nicht inzwischen bei der Wache angekommen wäre.

Hier ging es schnell voran. Kurze Kommandos: »Alle Personen ohne Pässe in diesen Raum! Alle Personen mit Pässen in dies Zimmer!«

Der Polizeikommissar ... Iversen konnte nicht recht klug aus ihm werden ... war er ein Spanier, ein Spaniole* oder ein Maure? Er drängte sich vor, hielt dem Beamten seinen Paß vor die Nase und deutete mit dem Finger auf den Vermerk.

»Hier mein Paß, Herr Kommissar. Hier eine besondere Empfehlung Ihres Generalkonsuls in Berlin.« Der Kommissar warf kaum einen Blick darauf.

»Warten Sie, Señor! Erst die Damen!«

Damit wandte er sich der blonden Begleiterin Iversens zu und nahm deren Paß in Empfang.

»O Señora, entschuldigen Sie bitte ... verzeihen Sie bitte! Ein peinlicher Mißgriff ... Die Beamten wußten nicht ...« Mit vielen Verbeugungen gab der Kommissar der Dame ihren Paß zurück, begleitete sie selbst unter nochmaligen Entschuldigungen aus der Wache. Kam dann zurück, die Ausweise der übrigen zu prüfen, und war wieder genauso barsch und kurz angebunden wie vorher.

»Hier mein Paß, Herr Kommissar. Ich habe eine besondere Empfehlung Ihres Generalkonsuls.«

»Interessiert mich nicht. Tragen Sie eine Waffe bei sich?«

»Nein, Herr Kommissar.«

Ein kurzes Betasten der Kleidung Iversens, ob nicht doch irgendwo eine verborgene Waffe steckte.

---

* Spaniolen: Bezeichnung für die Nachkommen der Juden, die schon zwei Monate nach Abschluß der Rückeroberung Spaniens durch christliche Heere 1492 per Dekret des Landes verwiesen wurden und sich zum großen Teil in Nordafrika ansiedelten.

»Gut, Sie können gehen.«

»Freut mich. Danke! Beinahe hätte ich gesagt: auf Wiedersehen.«

Er verließ die Wache und schlenderte nachdenklich durch die Straßen. Diese blonde Dame ... sie ging ihm nicht aus dem Kopf. Wer war sie? Was für einen Paß ... was für einen ganz besonderen Ausweis mußte sie besitzen?

Unablässig spann sein Gehirn immer neue Gedankenreihen, während er automatisch weiterschritt. Den breiten Paseo* del Prado entlang am Jardin Botanico** vorbei, und da ... da schritt sie ja vor ihm, die, mit der seine Gedanken sich unablässig beschäftigten. Vorsichtig und unauffällig folgte er der vor ihm Schreitenden, gelangte schließlich an der Estacion del Mediodia*** vorüber in einen villenartigen Vorort und sah sie dort in einem Eckhaus verschwinden.

Das Schild an der Tür ... wohl ein maurischer Name. Kein Anhalt von Bedeutung. Vergeblich versuchte er immer neue Kombinationen. Ist sie etwa deutsche Erzieherin in einem maurischen Hause? ... Das wäre kein Grund für die auffallende Höflichkeit dieses Polizeikommissars ... oder ... ist sie vielleicht die Geliebte eines maurischen Großen? Das würde das Benehmen des Polizeimannes eher erklären. Aber aus anderen Gründen - Iversen war sich über deren Art selber nicht klar - verwarf er diese zweite Hypothese schon in dem Augenblick, in dem er sie aufgestellt hatte.

Grübelnd und sinnend schritt er um das Eckhaus herum und betrachtete die Einzelheiten des Gebäudes. Hier in dieser Nebenstraße noch ein zweiter, kleinerer Eingang, anscheinend nur für die Dienerschaft bestimmt. Schon war er im Begriff, die Nachforschungen

---

* Promenade

** Botanischer Garten

*** bedeutende Madrider Bahnstation

aufzugeben, schritt wieder der Straßenecke zu, als eine Autohupe ihn aufblicken ließ. Ein Kraftwagen fuhr an ihm vorbei und hielt vor jenem kleineren Eingang.

Er drehte sich interessiert um. Ein Auto, das vor dem Eingang für Dienstboten hielt... Das mußte er sich näher besehen. Näher, aber unauffällig.

Ein böiger Wind wehte ihm entgegen, gab ihm Gelegenheit, einen Trick anzuwenden. War es der Wind oder war es Iversens Hand? Jedenfalls flog sein Hut ihm fort und rollte auf den Kraftwagen zu. Er eilte ihm nach. Aber er tat es absichtlich ungeschickt, denn er wollte ihn erst hinter dem Kraftwagen erreichen.

In diesem Augenblick öffnete sich der Wagenschlag. Dem Gefährt entstieg eine hochgewachsene blonde Dame, ein Gegenstück... fast ein Ebenbild jener anderen, die Iversen vor kurzem in das Haus gehen sah. Sie trat auf den Bürgersteig und hielt den heranwirbelnden Hut mit dem Schirm auf, so daß Iversen ihn bequem aufnehmen konnte. Mit einer tiefen Verbeugung bedankte er sich für diese Gefälligkeit, musterte gleichzeitig mit Blitzesschnelle alle Einzelheiten seines Gegenübers. Die Kleider von spanischem Schnitt. Eine Mantilla um die Schultern. Und doch keine Spanierin. Das blonde Haar sprach zu deutlich dagegen.

Während er seinen Hut abstaubte, hörte er sie dem Chauffeur eine kurze Weisung geben: »Kommen Sie um 8 Uhr wieder!« Sah, wie sie ein Schlüsselchen aus der Tasche zog, den kleinen Eingang selbst öffnete und im Inneren des Hauses verschwand.

Alle Wetter! Ein blondes Kapital! Was waren das für Leute? Wer waren die Bewohner dieses Hauses? Das mußte doch herauszubekommen sein! Er trat in einen nahegelegenen Laden und schlug das Adreßbuch auf. Ein spanischer Graf als Eigentümer. Aber am Hause selbst stand doch ein maurischer Name... Ah so! Das Adreßbuch war schon drei Jahre alt.

Er fragte den Ladeninhaber selbst. Der konnte nur mangelhaft Auskunft geben.

»Das Haus ist das Kavaliershaus* des anstoßenden Palacio Ameira, jetzt Palacio Iraklis. Gegenwärtig wohnen zwei Ausländerinnen darin.« Das war alles, was der Mann wußte. Iversen mußte es auf andere Weise in Erfahrung bringen.

* * *

Jolanthe saß dem Fürsten Iraklis gegenüber an der anderen Ecke des Kamins.

»Wenn man dich hört, Jolanthe, könnte man denken, du seist dir der Größe deines Erfolges nicht ganz bewußt.«

»Nun, was war es denn groß, nachdem ich durch Lord Permbroke selbst auf die einfachste Weise hinter das Geheimnis der Sicherungen gekommen war? Chalil Rifaat war auf seinem Posten. Als ich zum Flugschiff zurückging, meine vergessene Tasche zu holen, half er mir eifrig beim Suchen. Wir waren ganz allein. Ich konnte ihm das System der Sicherungen gut und deutlich erklären.

Den Kranken spielte er virtuos. Mit den Reizmitteln, die er versteckt bei sich trug, hielt er sich ständig in hohem Fieber.

Das Schwierigste, nachts zur verabredeten Stunde unbemerkt das Lazarett zu verlassen und in Montgomerys Räume zu dringen, gelang ihm glänzend. Er schaltete die Sicherungen aus, so daß euer Helikopter seinen Spähkorb in den hinteren Schloßhof hinablassen konnte. Er legte Montgomerys Apparat hinein. Der Korb wurde hochgezogen.

Chalil Rifaat eilte zurück, schaltete die Sicherungen

---

* kleines, an ein Schloß grenzendes Haus, in dem früher die Hofleute wohnten

wieder ein und legte sich in sein Bett im Lazarett. Die einfachste Sache der Welt!«

Der Fürst lächelte. »Einfach? Du nennst einfach, was für jeden anderen eine harte Nuß ... wahrscheinlich überhaupt unmöglich gewesen wäre. Selbst der Kalif zweifelte manchmal an der Möglichkeit. Er wird dir selbst seinen Dank aussprechen.«

»Der Kalif?«

»Ja gewiß. Er wird in diesen Tagen erwartet.«

»So werde ich Gelegenheit haben, ihn zu sehen?«

»Unbedingt, Jolanthe. Er will das kostbare Beutestück selbst sehen, ehe es ...«

Das Eintreten der Fürstin und Modestes unterbrach ihn. Er erhob sich und räumte seinen Platz der Fürstin.

»Ich werde vielleicht schon heute Genaueres über die Ankunft unseres Herrn erfahren. Ich gehe jetzt zum Prinzen, um Bericht zu erstatten.«

»Könnten wir ihn nicht heute abend bei uns sehen?« fragte die Fürstin. »Er wird vielleicht auch gern Näheres von Jolanthe selbst erfahren wollen.«

Der Fürst zögerte, unschlüssig, mit einem Blick auf Modeste.

»Ich weiß nicht ...«

»Ein andermal, vielleicht morgen«, unterbrach ihn Jolanthe.

Kaum hatte sich die Tür hinter dem Fürsten geschlossen, verließ auch die Fürstin den Raum. Eine Zeitlang herrschte Schweigen.

»Willst du nicht hier am Kamin Platz nehmen, Modeste?«

»Gewiß, Jolanthe! Es drängt mich, mit dir über unsere Abreise zu sprechen. Ich habe deine Ankunft mit Ungeduld erwartet.«

»Ich bin erstaunt, Modeste. So schnell bist du des schönen Madrids überdrüssig geworden? Ich glaubte, nach dem eintönigen, einsamen Leben auf dem Tirsenhof würde es dir hier ganz besonders zusagen. Was mißfällt dir an dem Aufenthalt hier?«

»Mißfallen? ... Der Ausdruck ist vielleicht etwas zu stark, Jolanthe. Ich möchte eher sagen, ich fühle mich nicht wohl hier. Mag sein, daß es der schroffe Wechsel zwischen dem Tirsenhof mit seinen kleinen harmlosen Freuden und der großen Weltstadt hier ist. Zweifellos trägt auch dazu bei, daß ich das Gefühl nicht los werde, mich hier auf feindlichem Boden zu befinden.«

»Spanien feindlicher Boden? Modeste, ich verstehe nicht ... «

»Gewiß, Jolanthe! Natürlich meine ich nicht die spanische Bevölkerung, ich meine die Herren des Landes, die Mauren.«

»Ah, sieh da, die kleine Patriotin! Fühlst du so ganz als Paneuropäerin?« Jolanthe lachte hell auf. »Doch im Ernst, Modeste ... du brauchst mich nicht so erstaunt anzusehen ... ich glaube genügend Einblick in die spanischen Verhältnisse gewonnen zu haben, um zu behaupten, daß die große Masse sich schon stark mit den neuen Gegebenheiten abgefunden hat. Weshalb willst du spanischer sein als die Spanier?«

»Du willst oder kannst mich nicht verstehen, Jolanthe. Aber glaube mir, es dürfte nicht viele Spanier geben, die nicht den Tag herbeisehnen, an dem die maurische Fremdherrschaft fällt.«

»Und du selbst an erster Stelle!« Jolanthe stieß ein hartes ironisches Lachen aus. »Ha, wenn das Prinz Ahmed wüßte!«

»Prinz Ahmed?« Modeste wandte ihr Gesicht ab. Vergebens suchte sie die aufsteigende Röte zu verbergen. »Du berührst damit eine Sache, Jolanthe, die mich seit einiger Zeit stark beunruhigt.«

»Ah! Was ist das? Modeste?! ... Wohl gar ein süßes Geheimnis?«

»Jolanthe, ich bitte dich, scherze nicht mit Dingen, die wenig geeignet dazu sind. Höre mich erst an.«

»Bitte, Modeste, ich bin aufs äußerste gespannt.«

»Prinz Ahmed steht, wie du weißt, dem Fürsten sehr nahe und kommt oft in dessen Haus. Sein liebenswürdiges Wesen, seine einfache schlichte Art machten ihn mir zu einem - ich sage es offen - gern gesehenen Gesellschafter. Später ...« Modeste stockte in peinlicher Verlegenheit.

»Nun, später ... änderte er sein Benehmen, oder was meinst du?«

»Ja, du sagst es. Ich verstand zunächst nicht und glaubte, mich zu irren. Aber bald zeigten mir die Blicke der anderen, daß ich recht gesehen.«

»Und was war es? Was sahst du?«

Modeste zögerte, als koste es sie Überwindung zu sprechen.

»Der Prinz wurde in einer Weise vertraulich, daß es ... Es war klar, daß er sich um meine Gunst bemühte.«

»Ah, endlich! ... Und was weiter?«

Modeste starrte die Schwester fragend an.

»Jolanthe, ich verstehe dich nicht. Du scheinst die Sache als Bagatelle zu behandeln.«

»Keineswegs, meine Liebe! Was du sagst, ist von größter Wichtigkeit und erfüllt mich mit stolzer Freude. Du, Modeste von Karsküll ... Gemahlin des Prinzen Ahmed! Schon die Aussicht ... ich muß dich beglückwünschen.«

Jolanthe war aufgestanden und zu ihrer Schwester getreten. Ihr Arm legte sich schwer um den Nacken Modestes.

»Und du? Was tatest du?«

»Ich übte die größte Zurückhaltung, suchte ihm zu verstehen zu geben, daß seine Bemühungen umsonst, sein Werben aussichtslos ...«

»Was? Das tatest du? ... Unmöglich!« Jolanthes Hand grub sich so fest in die Schulter Modestes, daß diese vor Schmerz zusammenzuckte.

»Jolanthe! Was ist mit dir?« Modeste war aufgesprungen und schaute die Schwester fragend an. »Du bist erregt über ...?«

»Über dein unglaubliches Verhalten. Gewiß, das bin ich. Du ... du wärest imstande, einen Antrag des Prinzen Ahmed Fuad, des Bruders des Kalifen, zurückzuweisen? Bist du dir auch nur im entferntesten über die Tragweite deines Handelns klar?«

Modeste hatte sich wieder am Kamin niedergesetzt. Ihre Stimme klang kühl und gelassen.

»Ich bin mir darüber klar, daß ich keine Liebe für den Prinzen empfinde ... und daß Motive anderer Art mein Handeln niemals beeinflussen können.«

»Modeste! Du bist nicht bei Sinnen! Du willst die Hand des Prinzen zurückweisen? Die Hand, die vielleicht später einmal das Zepter des maurischen Reiches führen wird? Der Kalif ist ehelos ... möglich, daß er es bleibt! Prinz Ahmed als nächster Agnat* der präsumtive** Thronerbe. Das alles sollte dir gleichgültig sein?«

»Jolanthe ... du hast selbst früher so oft gesagt, daß unsere Naturen völlig verschieden sind. Du hast wenig von dem Blute der Karskülls in dir. Du artest mehr nach dem Geschlecht deiner Mutter. Für dich mag die Aussicht, Prinzessin Fuad zu werden, verlockend sein. Bei dir mögen alle Gründe, die dagegen sprechen, zurücktreten. Ich denke anders!«

»Dein Denken und Fühlen geht wohl ... auf ... irgendeinen livländischen Landjunker? Vielleicht gar hat schon einer dieser Braven dein Herz gewonnen?«

»Dein Spott trifft mich nicht, Jolanthe. Ich bin nicht gebunden.«

»Um so besser! Dann hoffe ich bestimmt, daß du dich besinnst ... daß du nicht eine Chance von dir weist, die

* männlicher Blutsverwandter der männlichen Linie

** präsumtiv: vermutlich

sich dir in deinem ganzen Leben nie wieder bietet. Ganz abgesehen von seiner hohen Stellung - Prinz Ahmed vereinigt die höchsten Mannestugenden in sich.«

Jolanthe schaute eindringlich auf das schöne Mädchen, das zart und hoch vor ihr stand.

»Das leugne ich nicht! Aber ich liebe ihn nicht, werde ihn niemals lieben können.«

Ein harter Zug legte sich um die Lippen Jolanthes.

»Liebe! Immer wieder das Wort! Ich dachte, in diesem Falle wären derartige ... feinere seelische Essenzen überflüssig.«

»Genug, Jolanthe! Du verschwendest deine Worte! Es wird dir nicht gelingen, meine Gefühle zu beeinflussen. Es liegt mir unter diesen Umständen daran, Madrid recht bald zu verlassen. Du wirst es begreiflich finden ...«

Jolanthe warf den Kopf zurück.

»Dein Wunsch wird sehr bald in Erfüllung gehen. Ich sagte dir schon in Livland, daß unser Aufenthalt in Madrid nur vorübergehend sein würde. Wir werden jedoch nicht direkt nach England gehen, sondern für einige Zeit in Biarritz Station machen. Meine Nerven sind nicht ganz intakt. Ich erhoffe mir von dem wunderbaren Seeklima in Biarritz schnelle Erholung.«

»Sehr schön, Jolanthe! Ich freue mich darauf.«

»Doch denke nicht, daß ich damit meine Hoffnungen bezüglich des Prinzen aufgebe. Du bist jung ... sehr jung, hast noch die Ideale der Jugend. Mit der Zeit wirst du lernen, kühler über seelische Affektionen zu denken. Heute kommst du dir noch groß vor, wenn du solche idealistisch klingenden Aphorismen aussprichst ... du könntest nicht ohne Liebe heiraten!? ... morgen wirst du darüber lachen.«

* * *

Wenig befriedigt war Iversen in sein Hotel zurückgekehrt. Ein Blick auf die Schlüsseltafel in der Portierloge zeigte ihm, daß Eisenecker inzwischen zurückgekehrt und auf sein Zimmer gegangen war. Der war ihm also sicher. So ließ er sich in der Halle nieder, bestellte einen Whisky mit Soda und begann das Ergebnis seiner heutigen Beobachtungen zu überschlagen, seinen Bericht für den Generaldirektor Harder zu überlegen. Das eine schien außer Zweifel: Eisenecker unterhielt keine Beziehungen zu maurischen Behörden.

Sein Bericht... inhaltslos wie meist. Schon längst hatte er bereut, den Auftrag übernommen zu haben.

Was hatte Harder veranlaßt, ihn hinter Eisenecker herzuschicken? Die Angst, daß Eisenecker seine Erfindung unter Benutzung der Erfahrungen der Riggers-Werke gemacht habe und nun etwa das Resultat seiner Arbeiten zum Nachteil der Riggers-Werke anderen in die Hände gab.

Ja war er denn so sicher, daß Eiseneckers Erfindung überhaupt auf den Erfahrungen der Riggers-Werke basierte? So ganz wollte ihm das nicht einleuchten. Die Sache mit dem Gold ging ihm nicht aus dem Kopf. Es war doch auch in der Presse niemals die Rede davon gewesen, daß bei der Erschließung der Atomenergie nach dem Verfahren von Montgomery oder der Riggers-Werke Gold gewonnen werden konnte.

Er erinnerte sich immer wieder daran, wie Harder doch recht nervös wurde, als er eine diesbezügliche Frage stellte. Je länger er darüber nachgedacht, desto mehr war ihm das alles in verändertem Licht erschienen. Manchmal wollte es ihn dünken, daß die Pläne und Absichten Harders nicht so ganz lauter seien. Gekränkter Ehrgeiz, Neid, daß ein anderer ihm auf anderem Wege die Frucht jahrzehntelanger Arbeit weggenommen!

Jäh wurde er in seinem Nachdenken unterbrochen. Eine Hand legte sich auf seine Schulter.

Ein Herr in Zivil stand neben ihm, in der anderen

Hand das Iversen wohlbekannte Erkennungszeichen der politischen Polizei.

»Bitte folgen Sie mir recht unauffällig! Stören Sie die anderen Gäste nicht.«

Iversen spürte eine Art von Galgenhumor. Vor einer Stunde erst entlassen, jetzt zum zweitenmal verhaftet. Der Tag schien ja allerhand zu versprechen. Ingrimmig faßte er nach seinem Hut und folgte dem Beamten zur Wache. Zu derselben Wache, die er vor kurzem verlassen, zu demselben Kommissar, von dem er eben erst Abschied genommen hatte.

»Herr Kommissar, darf ich mir eine Frage erlauben?«

»Bitte sehr, Señor, fragen Sie.«

»Ich möchte gern wissen, warum man mich hier noch einmal auf dieselbe Wache schleppt, auf der ich mich bereits vor kaum einer Stunde ausreichend legitimiert habe.«

»Das geschieht darum, Herr von Iversen, weil sich inzwischen Dinge ereignet haben, die uns an den Angaben Ihres Passes zweifeln lassen. Nach Ihrem Paß und nach Ihrer Eintragung im Fremdenbuch Ihres Hotels sind Sie hierhergekommen, um für die deutsche Presse tätig zu sein. Das erscheint uns nicht mehr recht glaubhaft.«

»Und ich weiß nicht, Herr Kommissar, was Sie dazu berechtigt - nein, von Berechtigung kann gar keine Rede sein -, was Sie dazu veranlaßt, an meinen Angaben zu zweifeln.«

»Mancherlei, Herr von Iversen. Es gibt für einen Pressevertreter eine ganze Menge sehenswerter Dinge in Madrid. Gärten, Paläste, Theater, Museen und dergleichen. Aber es ist uns unverständlich, was ein Pressevertreter in einer abgelegenen Vorortstraße zu suchen hat . . .«

»Ist es etwa verboten, eine öffentliche Straße zu betreten, auch wenn sie zufällig still ist und in einem Vorort liegt?«

»Das nicht, Señor. Aber es erweckt eben Zweifel an der Richtigkeit Ihrer Angaben.«

»Das ist Schikane, Herr Kommissar. Niederträchtige Schikane! Ein schreiender Mißbrauch der Gewalt gegenüber einem harmlosen Reisenden.«

»Ihre Auffassung dieser Angelegenheit interessiert mich sehr wenig, Herr von Iversen. Jedenfalls muß ich Sie bis auf weiteres hier festhalten. Wollen Sie bitte Ihre sämtlichen Papiere und Wertsachen hier auf diesem Tisch deponieren.«

»Das ist Gewalt, Herr ... Ich protestiere dagegen! Ich verlange, daß man mir sofort Gelegenheit gibt, mit unserem Botschafter zu sprechen!«

»Diese Gelegenheit soll Ihnen selbstverständlich gegeben werden. Vorläufig ersuche ich Sie, meiner Weisung nachzukommen und Ihre Sachen dort zu deponieren. Ich würde es bedauern, wenn ich Gewalt anwenden müßte.«

Dabei drückte der Kommissar auf einen Knopf. Ein Schreiber und mehrere Polizisten traten in den Raum.

»Setzen Sie sich dorthin, Don José, und nehmen Sie ein genaues Verzeichnis der Papiere und Wertsachen dieses Herrn hier auf.«

Iversen zitterte vor verhaltener Wut. Einen Augenblick schoß es ihm durch den Sinn, daß das Manöver vielleicht von Eisenecker ausging, der sich seiner auf diese Weise entledigen wollte. Doch nein. Diesen Gedanken verwarf er bald wieder. So konnte sich seine Menschenkenntnis in ihm doch nicht getäuscht haben.

Er leistete dem Befehl Folge. Seine Papiere, seine Brieftasche ... Briefe von Harder an ihn, Eisenecker betreffend ... seine Uhr, seine Ringe ... alles wanderte auf den Tisch, und sorgsam notierte der Schreiber jedes Stück davon. Zusammen mit dem Protokoll schloß der Kommissar die Sachen umständlich in einem Safe ein.

»So, Herr von Iversen, wollen Sie jetzt diesem Herrn

da folgen!« Dabei deutete der Kommissar auf einen Polizisten.

»Was soll das, Herr Kommissar, was fällt Ihnen ein? ... Ich will mit dem Botschafter sprechen!«

»Später, Señor. Folgen Sie jetzt dem Beamten!«

Eine schwere Hand legte sich auf Iversens Schulter. Ein zweiter Polizeibeamter trat hinter ihn. Eine Minute später fiel die schwere eisenbeschlagene Tür einer Gefängniszelle hinter ihm ins Schloß.

Der schöne Trick mit dem Hut, den der Wind dem Auto Jolanthes von Karsküll zuwehte ... der Trick, auf den Iversen innerlich so stolz gewesen, war völlig danebengelungen.

Dem scharfen Blick Jolanthes war das Gemachte dieses Manövers nicht entgangen. Ein Verfolger?! Schon der Verdacht rechtfertigte peinlichste Untersuchung.

* * *

»Herein!« Eisenecker rief es vom Schreibtisch her und drehte sich um, als eine fremde Stimme an sein Ohr drang.

»Sind Sie Herr Friedrich Eisenecker?«

»Ja, was wollen Sie?«

Wieder das kurze Blinken der ominösen Erkennungsmarke.

»Ich bin von der politischen Polizei und möchte Ihren Paß einsehen.«

»Bitte sehr, bedienen Sie sich.«

»Gut, Señor! Ihr Paß ist in Ordnung. Trotzdem muß ich Sie bitten, mir für kurze Zeit auf die Polizeistation zu folgen.«

Ein flüchtiges Lächeln huschte über die Züge Eiseneckers.

»Es hätte wenig Zweck, der politischen Polizei eine Bitte abzuschlagen. Ich stehe zu Ihrer Verfügung, Señor.«

Sie standen vor dem Kommissar.

»Sie sind Herr Eisenecker aus Deutschland?«

»Jawohl, Herr Kommissar.«

»Bitte, wollen Sie Platz nehmen! Sie waren schon früher im Lande, Herr Eisenecker, noch vor dem Krieg?«

»Jawohl, Herr Kommissar.«

»Sie bauten damals hier das große Kraftwerk bei Segovia?«

»In der Tat, Herr Kommissar!«

»Sie machten heute einen längeren Besuch bei Oberst Antonio Gonzales?«

»Jawohl, Herr Kommissar. Oberst Gonzales stand damals als Hauptmann in Segovia. Ich bin seit langem mit ihm befreundet.«

»Gut, Herr Eisenecker, unsere Akten unterstützen Ihre Aussagen. Sie standen damals im Dienste der Riggers-Werke und haben diese Stellung wohl inzwischen aufgegeben?«

»In der Tat, Herr Kommissar. Ich tat es vor vier Jahren. Aber ich verstehe nicht recht, aus welchem Grunde ...«

»Sie werden es sehr bald verstehen, Herr Eisenecker. Bitte überlegen Sie sich recht genau, was Sie antworten wollen ... Glauben Sie, daß es Gründe geben könnte, welche die Direktion der Riggers-Werke veranlassen würden, einen Privatdetektiv hinter Ihnen herzuschicken?«

»Was? ... Was? Einen Privatdetektiv hinter mir ...? Die Riggers-Werke? Ist das wahr?«

»Es hat den Anschein!«

»Und welche Anhaltspunkte haben Sie dafür?«

»Darüber möchte ich zunächst einmal nichts sagen.«

»Gestatten Sie, daß ich einen Augenblick darüber nachdenke. Die Nachricht ist eine große Überraschung für mich.«

»Bitte!«

Eisenecker sann lange nach. Der Wechsel der Gedanken spiegelte sich in seinem Gesicht. Zuletzt ein Lächeln.

»Herr Kommissar. Von meinem Standpunkt aus gesehen gibt es keine Gründe für ein derartiges Vorgehen der Riggers-Werke.«

»Des Generaldirektors Harder, meinen Sie.«

»Gewiß, Herr Kommissar. Das bedeutet dasselbe. Der Generaldirektor Harder... Ja - vielleicht, daß er aus einem falschen Verdacht heraus... Das erscheint mir wiederum recht unwahrscheinlich... Aber immerhin... vom rein menschlichen Standpunkt aus wäre es begreiflich... Also glaube ich Ihre Frage dahin beantworten zu können: Ja! Es wäre möglich, daß Herr Generaldirektor Harder mir einen Privatdetektiv auf die Fersen gesetzt hat.«

»Näher wollen Sie sich nicht auslassen?«

»Nein!«

»Dann, Herr Eisenecker, bleibt nur noch übrig, Sie mit diesem Herrn zu konfrontieren.«

Dabei winkte der Kommissar einem Soldaten im Hintergrund. Die Tür öffnete sich, und von einem Sergeanten geführt, trat Iversen in den Raum. Beim Anblick Eiseneckers verhielt er den Schritt und starrte ihn verwundert an. Der Kommissar, der ihn scharf beobachtete, hieß ihn Platz nehmen.

»Herr von Iversen, kennen Sie diesen Herrn?«

»Jawohl, es ist Herr Friedrich Eisenecker.«

»Herr Eisenecker, kennen Sie den Herrn?«

»Nein, ich habe ihn nie gesehen. Jedoch erinnere ich mich des Namens. Es bestehen da, soviel ich weiß, verwandtschaftliche Beziehungen zwischen Harder und Iversen.«

»Hm!« Der Kommissar kraulte sich hinter dem Ohr und überlegte lange.

»Die Briefe!«

Sie wurden gebracht. Der Beamte durchlas sie mit der größten Sorgfalt. Entnahm dann einen und gab ihn Eisenecker. »Wollen Sie bitte lesen!«

Der warf dabei einen Blick auf Iversen, der mit hochrotem Kopf dasaß, augenscheinlich in größter Verlegenheit war. Eisenecker schob den Brief zurück.

»Ich habe keine Neigung, mich in fremde Korrespondenz zu mischen.«

»Wenn Sie nicht wollen ... Ich kann Ihnen jedoch versichern - und auch Ihnen, Herr von Iversen, - daß es sehr erwünscht wäre, wenn Herr Eisenecker diesen Brief läse. Vielleicht, daß dann gewisse schwere Verdachtsmomente gegen Herrn von Iversen entkräftet werden könnten.«

Eisenecker schaute zu Iversen hinüber. Auf dessen Gesicht war deutlich zu lesen, daß er in sichtlicher Bedrängnis war.

»Gestatten Sie, Herr von Iversen?« Eisenecker deutete dabei auf den Brief. »Ich möchte Ihnen helfen.«

Der kämpfte lange mit sich.

»Bitte!« Fast tonlos kam es von seinen Lippen. Eisenecker las den Brief. Gab ihn dann dem Kommissar zurück.

»Herr Kommissar, ich habe nach der Lektüre dieses Briefes nicht den geringsten Zweifel an der Identität dieses Herrn.«

Der Kommissar wiegte den Kopf.

»Es wäre sehr günstig für Sie, Herr von Iversen, wenn es so ist, wie Herr Eisenecker sagt.«

Einen Augenblick sah der Kommissar die beiden prüfend an.

»Noch einen Moment, Señores.« Er ging in den Nebenraum, wo sich der Hut Iversens befand, und maß mit einem Stahlband dessen Weite. Dann warf er einen Blick auf das Signalement* Iversens ... und nickte. Der Hut war in der Tat eine Nummer zu klein. Es war möglich,

* amtliche Personenbeschreibung

daß wirklich ein Windstoß ihn zur Erde geworfen hatte. Er kehrte in den großen Raum zurück.

»Herr von Iversen, Sie haben Glück gehabt. Wollen Sie Ihre Sachen wieder an sich nehmen. Señores, Sie sind beide entlassen. Die Angelegenheit, derenthalben wir Sie hierherbemühen mußten, ist aufgeklärt.«

Mit einer leichten Verbeugung verließ Eisenecker die Wache.

* * *

Vierzig Kilometer von der friesischen Küste entfernt liegt die kleine Insel Warnum in der Nordsee. Eigentlich nur eine große Hallig. In vergangenen Jahren die Heimat einiger weniger Fischer. Dann kamen die Riggers-Werke, kauften die Insel und verlegten dorthin ihre riesigen Laboratorien für das Studium der Atomenergie.

Seit jener Zeit war das Werk auf Warnum das Lieblingskind, aber auch das Schmerzenskind des Generaldirektors Harder.

»Ich fahre auf einige Zeit nach Biarritz.« Mit diesen Worten hatte er sich neulich in Berlin von den Physikern des Werkes verabschiedet. Wer von Berlin nach Biarritz will, der muß nach Süden fliegen. Warnum in der Nordsee liegt nicht an seinem Wege. Als aber die Privatjacht des Generaldirektors, die ihn und Mette nach Biarritz bringen sollte, am Bismarckdamm aufstieg und den Kiel nach Süden reckte, ergriff er das Bordtelephon und befahl dem Piloten, den Kurs über Warnum zu nehmen und dort zu landen.

Der Gedanke, daß nicht nur der eine, der Tote, das erreicht hatte, was dort immer noch vergeblich erstrebt wurde ... nein, weit mehr noch der andere, viel quälendere, daß nun auch der zweite, der Lebende, es besaß – der Gedanke raubte ihm die Ruhe bei Tag und den Schlaf bei Nacht. Der Gedanke trieb ihn noch einmal hierhin, bevor er zur Erholung nach Süden flog.

Leicht senkte sich der große graue Vogel auf die leise atmende See und schwamm, bis er dicht neben der Mole von Warnum lag. Taue wurden festgemacht und Planken herangeschoben.

Und dann stand Harder zwischen seinen Physikern und Ingenieuren, die ihn längst weit im Süden wähnten. In ihrer Begleitung schritt er durch die weiten Hallen, von Station zu Station, von Prüffeld zu Prüffeld. Hörte ihre Berichte, und immer düsterer wurde sein Blick, immer faltiger seine Stirn.

»Wie stark ist das Feld hier?«

Der Oberingenieur warf einen kurzen Blick auf den Zeiger eines Meßinstrumentes.

»4 Millionen Gauß, Herr Generaldirektor.«

»Zu wenig! ... Zu wenig!« Harder stieß es zwischen den Zähnen hervor. »Die Veränderungen? Was haben Sie beobachtet? Wie verhält sich das Eisen in diesem Feld?«

»Starke Atomveränderungen, Herr Generaldirektor. Chrom, Titan, Kalzium sicher nachgewiesen. Die Heliumlinien bei der Spektraluntersuchung unverkennbar ...«

»Das ist nicht genug, Herr Doktor. Das genügt mir nicht ... bei weitem nicht ... das muß ganz anders werden.«

»Herr Generaldirektor, wir haben trotz mancher - ich muß es offen aussprechen - recht schwerer Bedenken die Feldstärke in einem anderen Stand weitergetrieben. Dort drüben in Stand 16.«

»Wie weit? ... Wie stark ist das Feld?«

»4,2 Millionen Gauß, Herr Generaldirektor.«

»4,2 Millionen ... und die Erfolge?«

»Der Gehalt des behandelten Eisens an den von mir genannten Stoffen ist dort erheblich höher. Es ist außer Zweifel, daß in diesem stärkeren Feld mehr Eisenatome aufgebrochen werden. Wir hatten dort in chemisch reinem Eisen, nachdem es fünf Minuten im Felde war, einen Chromgehalt von fünfzehn Prozent.«

»Und dann? Und was weiter? Was war nach zehn und zwanzig Minuten? Bitte, Herr Doktor, halten Sie mit Ihrem Wissen nicht hinter dem Berg!«

»Der Chromgehalt nahm weiter zu, Herr Generaldirektor, aber nicht mehr so schnell wie in den ersten Minuten des Versuches.«

Harder schlug mit der Faust auf einen Werktisch, daß die Gläser und Retorten auf ihm durcheinanderfielen und in Splitter gingen. Die Adern seiner Stirn schwollen drohend an.

»Und das nennen Sie nach meinen Anordnungen handeln, Herr Doktor? Habe ich nicht ausdrücklich bei unserer letzten Zusammenkunft gesagt, daß wir schnell und zielbewußt weiterkommen müssen? Habe ich Ihnen damals nicht die Gründe auseinandergesetzt, weswegen das für uns unter allen Umständen notwendig ... geradezu eine Lebensfrage für die Riggers-Werke ist? ›Schnell und zielbewußt‹, habe ich gesagt, Herr Doktor. Hier ist weder von Schnelligkeit noch von einem Ziel etwas zu merken.«

Der Gescholtene schwieg. Er wußte aus langer Erfahrung, daß in diesem Zustand mit dem Generaldirektor nicht gut Kirschen essen war.

»Das ist Ihre größte Feldstärke, Herr Doktor?«

»So ist es, Herr Generaldirektor.«

Harder drehte sich kurz auf dem Absatz herum und ging in das Konferenzzimmer.

»Bitte, Herr Doktor, die anderen Herren auch hierher!«

In kurzer Zeit war der ganze Stab des Warnum-Werkes um den Generalgewaltigen versammelt. Mit finsteren Blicken musterte er die Versammelten. Sie senkten den eigenen Blick davor, denn sie sahen, daß das Barometer auf Sturm stand. Dann sprach er. Rauh und abgebrochen kamen die Worte von seinen Lippen.

»Meine Herren! Für das, was ich heute hier gesehen

habe, gibt es nur zwei mögliche Erklärungen: Unfähigkeit ... oder Feigheit.«

Ein dumpfes Murren ging durch die Runde.

»Jawohl, Feigheit, meine Herren, denn an einen solchen Grad von Unfähigkeit kann ich kaum glauben.«

Wieder wollten sie aufbegehren, und wieder traf sie ein Blick, der alles schweigen ließ.

»Ich sagte Ihnen bereits in Berlin, daß der theoretische Wert der Feldstärke bei 5 Millionen Gauß liegt. Sie haben hier die technischen Mittel, um diese Feldstärke zu erreichen. Warum wurde sie noch nicht erreicht? Bitte, Herr Doktor ...« Er wandte sich an den Oberingenieur. »Bitte, Herr Doktor, wollen Sie oder will einer der anderen Herren mir darauf eine klare Antwort geben?«

Ein drückendes Schweigen. Dann raffte sich der Oberingenieur zur Antwort zusammen.

»Sie sagten selbst, Herr Generaldirektor, bei unserer letzten Konferenz in Berlin, daß Montgomery die Atomenergie vielleicht schon mit schwächeren Feldern gewonnen hat. Deshalb ...«

»Ich sagte: vielleicht, Herr Doktor. Ich stellte es als eine entfernte Möglichkeit hin, daß sich das Ziel vielleicht schon früher erreichen ließe.

Wenn das aber nicht der Fall ist - und Sie sehen doch, daß es nicht der Fall war - dann mußten Sie eben die Feldstärken sofort erhöhen. Mit allen Mitteln erhöhen, bis die erwarteten Erscheinungen sich zeigten. Statt dessen tasten Sie ganz vorsichtig innerhalb sicherer Grenzen umher, in denen nichts passiert ... nach der Theorie ja auch nichts passieren kann. Aber natürlich, die Angst um das liebe Leben ... es könnte vielleicht schneller Energie entfesselt werden, als erwartet ... das veranlaßt die Herren, gegen meine klaren Anweisungen zu handeln.«

Harder hatte sich bei den letzten Worten erhoben. Hoch reckte sich seine Gestalt, seine beiden Fäuste stemmten sich auf den Konferenztisch. »Wir müssen kämpfen, meine Herren, wenn wir unser Ziel erreichen wollen. Solche Kämpfe sind nicht immer ungefährlich ...«

Ein Gedanke schoß ihm durch das Gehirn. Eine historische Erinnerung ... die Ansprache Friedrichs des Großen an seine Offiziere vor der Schlacht bei Leuthen.

»Meine Herren, ist etwa einer unter Ihnen, der sich scheut, diese Gefahren auf sich zu nehmen, der kann noch heut ohne jeden Tadel von mir seine Entlassung ... oder seine Versetzung in ein anderes Werk erhalten.«

Schweigen in der Runde. Es meldete sich niemand. Nach einer langen Minute fuhr Harder fort.

»Von denen aber, die hier bleiben ... an der großen Aufgabe weiterarbeiten wollen, von denen verlange ich, daß meine Anordnungen ohne jedes Zögern ... ohne jede Abweichung von den gegebenen Befehlen durchgeführt werden. Die Anordnung lautet: Die theoretische Feldstärke von 5 Millionen Gauß ist schnellstens zu erreichen! Mit dieser Feldstärke sind die Arbeiten weiterzuführen! Ihren umgehenden Bericht darüber, Herr Doktor, erwarte ich in Biarritz.«

Ein kurzer herrischer Abschiedsgruß an die Versammlung. Harder schritt über die Mole seinem Flugschiff zu.

Da stand Mette im hellen Schein der Vormittagssonne im leichten Jachtkostüm. Die Hand schützend über den Augen, blickte sie nach Osten, wo dicht an der Kimm* wie ein blauer Hauch die Düne von Barsum zu erkennen war. Weit zurück flogen ihre Gedanken bis zu jenem Sommer, zu jener Sturmfahrt nach Barsum, wo sich ihr Schicksal entschied.

Die Schritte ihres Vaters rissen sie aus dem Sinnen. Schweigend schritt sie an seiner Seite zum Flugschiff.

* * *

---

* von Himmel und Meer gebildete Horizontlinie

Fürst Iraklis stand vor dem Kalifen im Königsschloß zu Madrid.

»Mein Herr hat Hoffnung, daß Ibn Ezer Erfolg haben wird?«

Abdurrahman erhob sich und schritt ungeduldig hin und her.

»Die Hoffnung ist gering, Murad. Recht gering, leider. Ich ließ ihn nach Fes kommen und habe ihn gehört.

Natürlich ... ihn erfüllt ganz der Gelehrtenehrgeiz. Er wird sich die größte Mühe geben. Aber - und das ist das Schlimme - er sagte es offen: wenn nicht ein gütiges Geschick ihm zur Seite steht, wenn es ihm nicht gelingt, das Geheimnis Elias Montgomerys im ersten Angriff zu ergründen, dann wird er wahrscheinlich lange, lange Zeit brauchen.

Inzwischen ist zu befürchten, daß das Problem von anderer Seite, zum Beispiel in Deutschland, gelöst wird. Ein Teil des Erfolges wäre damit hinfällig.«

»Ich hoffe, mein Herr sieht zu schwarz. Mein Herz vertraut auf Ibn Ezer. Was er bisher geleistet hat, läßt mich auf ihn bauen.

Jedenfalls - den Vorteil hat der Streich für uns gehabt - haben wir die Möglichkeit, uns in absehbarer Zeit der Kräfte der Atomenergie zu bedienen, während Europa nur noch auf die Erfolge ... die unsicheren Erfolge der Riggers-Werke hoffen darf. Das Kräfteverhältnis hat sich damit doch sehr zu unseren Gunsten verschoben.«

Abdurrahman nickte zustimmend. Der Fürst fuhr fort:

»Wir mußten befürchten, daß es den europäischen Gelehrten, englischen und deutschen, doch in absehbarer Zeit gelingen würde, den Apparat Montgomerys in Tätigkeit zu setzen. Schon war ein englischer Regierungsantrag so gut wie beschlossen, die Gelehrten der Riggers-Werke heranzuziehen, ihnen die Lösung des Geheimnisses zu überlassen.«

Der Kalif unterbrach ihn.

»Ja, Murad, ich weiß! Midhat Pascha meldete es. Berichtete zu meiner großen Freude auch immer wieder, daß man in England noch nicht den leisesten Verdacht hat, daß der Apparat in unserer Hand ist. Das heißt, man vermutet, besonders in der Presse, auch uns unter den vielen Interessenten, aber außer diesen Mutmaßungen hat man nicht den geringsten greifbaren Beweis, daß wir da irgendwie im Spiele sind. Jolanthe von Karsküll hat wieder einmal gute Arbeit geleistet. Ich will sie sehen, ihr meinen Dank abstatten.«

Der Fürst warf einen Blick auf die Uhr.

»Meine Nichte dürfte zurückgekommen sein ... Darf ich ...?«

»Bitte, mein lieber Fürst!«

Einen Augenblick später trat Jolanthe ein. Das Auge des Kalifen ruhte mit ungeheuchelter Bewunderung auf der hohen, stolzen Gestalt, die in dem dunkel herabfließenden Gewand gleich einem Bild altvenezianischen Stils in dem geschnitzten Türrahmen erschien. Er eilte auf sie zu und beugte sich tief über ihre Hand.

»Wie soll ich Ihnen danken, gnädige Baronin?«

»Sire, Sie beschämen mich durch Ihre große Gnade, die ich kaum verdiene.«

»Baronin Jolanthe, Ihnen allein verdanken wir diesen Erfolg.« Der Kalif legte ihren Arm in den seinen und führte sie zu dem Sessel am Kamin. Sprach dann weiter. »Sie haben mir eine große ... eine ungeheure Last von der Seele genommen, Baronin. Seit dem Tod Elias Montgomerys mußte ich Europa wieder fürchten. Wären die englischen Gelehrten hinter das Geheimnis des Apparates gekommen - Europa hätte das wirtschaftliche Übergewicht gehabt. Das allein schon eine schwere Gefahr für uns, der zu begegnen unmöglich. Aber nicht nur das. Die Atomenergie wird bei weiterer Entwicklung auch eine furchtbare militärische Waffe werden. Diese Waffe in der Hand Europas, und die Tage unseres militärischen Übergewichts und unserer Herrschaft in Spanien wären gezählt. Oh, ich unterschätze die Größe des Dienstes nicht, den Sie unserer Sache ... den Sie mir erwiesen haben. Aber ich weiß nicht, wie ich Ihnen den schuldigen Dank dafür abstatten kann.«

Auf Jolanthes Wangen schien ein Widerschein des Kaminfeuers zu brennen. Mit rascher Hand schob sie den Kaminschirm zwischen sich und die Glut, ihr Antlitz damit beschattend.

»Ich danke Euer Majestät für die liebenswürdigen Worte ... Sie dürfen überzeugt sein, daß mir die Freude über den glücklichen Erfolg allein genügt, um mich für jede Mühe völlig zu entschädigen.«

Wieder flog es wie dunkle Glut über ihre Wangen, während sie die Worte sprach.

»Als ein geringes Zeichen meiner freundlichen Gesinnung, die ich für Sie, teuerste Baronin, im Herzen trage, will ich meine Einwilligung für eine Verbindung zwischen meinem Bruder, dem Prinzen Ahmed, und Ihrer Schwester Modeste geben.«

Ein heller Freudenschein glitt über das Gesicht Jolanthes.

»Sire, die Gnade, die so unverhofft ... «

Sekundenlang hatte die gewohnte Selbstbeherrschung sie verlassen. Mit Mühe unterdrückte sie einen Ausruf jubelnder Freude, vergaß ganz die Unterredung mit Modeste.

Abdurrahman versenkte seine Blicke in die Jolanthes.

»Ich hoffe durch diese verwandtschaftlichen Bande die so herzlichen, freundlichen Beziehungen unserer Familien noch enger zu knüpfen ... besonders Sie selbst, teuerste Baronin, noch stärker an mich zu fesseln ... Sie, die Sie mir so unentbehrlich sind.«

Vergeblich versuchte Jolanthe dem Blick des Kalifen zu begegnen, darin zu lesen ... ein flammendes Funkeln zwang sie, die Augen zu senken. Ihr Herz schlug in starken Schlägen.

»Die Mitteilung, die ich Ihnen soeben machte, Baronin Jolanthe, wollen Sie bitte als ganz vertraulich behandeln. Auch den Beteiligten gegenüber.«

Er ergriff ihre Hand und hielt sie fest in der seinen.

»Es trieb mich, wenigstens eines kleinen Teiles der Dankeslast mich zu entledigen, die mein Herz so stark beschwert. Ich will hoffen, wünschen, daß sich bald Gelegenheit finden wird, mein Herz noch stärker von der Schuld zu entlasten. Wenn das andere in Erfüllung gehen wird - der Traum, den Apparat Montgomerys in Tätigkeit zu sehen -, dann ...« Seine Blicke hingen fest an denen Jolanthes. Ein heißer Strom durchrann sie.

Ihre Hand zuckte. Sie entzog sie ihm.

»Hatte Ibn Ezer schon Gelegenheit, den Apparat zu sehen?«

»Noch nicht, Baronin. Er soll morgen den ersten Versuch daran machen.«

»Und wenn es ihm nicht gelingt, Sire, nicht sogleich gelingt?«

»Dann« - die Züge des Kalifen verfinsterten sich - »muß der Apparat nach Ägypten geschafft werden, wo Ibn Ezer alle Hilfsmittel zur Verfügung hat. Und dann ... dann kann es vielleicht viele Monate dauern, bis das Geheimnis gelöst wird. Wir müssen uns bescheiden. Können wir vorläufig die Kräfte des Apparates nicht bedienen, so ist doch auch Europa die Möglichkeit verschlossen, das Geheimnis durch die Physiker der Riggers-Werke zu lösen.«

»Sollte es nicht möglich sein, Sire, den einen oder anderen dieser Leute durch hohe Summen zu bestechen und sie zu gewinnen, für uns zu arbeiten?«

»Unmöglich! Diesen Deutschen ist mit Gold nicht beizukommen. Außerdem ... die Zahl der Leute, die das Verfahren wirklich beherrschen könnten, ist gering. In erster Linie der Oberingenieur auf Warnum und natürlich der Generaldirektor Harder.

Der weilt übrigens zur Zeit in Biarritz. Sie werden vielleicht Gelegenheit finden, ihn kennenzulernen, wenn Sie selbst demnächst nach Biarritz kommen.«

Jolanthe starrte sekundenlang in das verlöschende Kaminfeuer. Eine Idee war in ihr aufgezuckt. Als hätte sie die Gegenwart des Kalifen vergessen, warf sie sich in den Sessel zurück und schloß die Augen. Zitterndes Zucken der Gesichtsmuskeln verriet das angestrengte Nachdenken.

Abdurrahman starrte mit verhaltenem Atem auf die Gestalt Jolanthes, die wie von hypnotischem Schlaf befallen regungslos in dem Sessel lag ...

Endlich hob sich ihre Brust unter tiefen befreienden Atemstößen. Sie strich sich leicht mit den Händen über Stirn und Schläfen, ihre Augen öffneten sich, gingen suchend in die Runde, bis sie den Blick Abdurrahmans trafen. Ein stilles, leises Lächeln legte sich über ihr Gesicht. Langsam erhob sie sich, stand vor dem Kalifen.

»Ein Plan, Sire. Ein neuer Plan. Er wird vielleicht zunächst bizarr ... unmöglich erscheinen. Aber das Unmögliche hat mich bei großen Unternehmungen stets am meisten gereizt. Eine verzweifelte Situation erheischt verzweifelte Mittel.

Das Mittel, das zu versuchen ich vorschlage, ist - ich sage es offen - verzweifelt. Schlägt es fehl, dürften die Folgen nicht angenehm sein. Aber es wird nicht fehlschlagen, es wird gelingen, muß gelingen!«

Abdurrahman grub seine fieberhaft glänzenden Blicke in die ruhigen, entschlossenen Züge Jolanthes.

»Teuerste Baronin! Sie spannen meine Erwartungen aufs höchste. Ein Mittel? ... Sie wissen es? ... Doch ehe ich höre ... ich scheue, um einen Erfolg zu erzielen, vor nichts ... Ihre Person aber, Baronin Jolanthe, darf dabei nicht im geringsten gefährdet sein!«

Ein flüchtiges Rot schoß über Jolanthes Gesicht, ihre Blicke gingen ausweichend zur Seite.

»Die Besorgnis um meine Person, Sire, dürfte nach dem Plan, den ich mir erdacht, unnötig sein. Ich selbst werde ganz im Hintergrund bleiben.«

»Dann bitte ohne Umschweife, Baronin! Ich ertrage die Spannung nicht länger. Ihr Plan ist ...?«

»Ist ... das Geheimnis des Apparates durch den lösen zu lassen, dem es von allen Physikern der Welt am leichtesten gelingen würde ... durch ... Harder, den Generaldirektor der Riggers-Werke.«

Abdurrahman trat einen Schritt zurück, starrte Jolanthe ratlos an.

»Baronin ... Baronin Jolanthe, ich verstehe Sie nicht. Aber ich kann nicht annehmen, daß Sie scherzen. Ihre Idee ist so ungeheuerlich ... ich weiß nicht ...«

Der Kalif schritt schwer atmend im Gemach auf und nieder.

»Sire, darf ich bitten, mit mir zu dem Apparat zu gehen?«

Der Kalif nickte und folgte Jolanthe wortlos.

Im Bibliothekszimmer eine schwere Truhe maurischer Arbeit. Der Kalif öffnete sie, schlug den Deckel hoch. Da stand das Erbe Montgomerys. Der unscheinbare Kasten, in dem das Welträtsel der Atomenergie gelöst war.

Wie von einem inneren Drang getrieben, hob Abdurrahman den Deckel des Apparates. Seine Augen starrten wie gebannt auf das Gewirr der Drähte und Spulen. Seine Finger glitten zag, vorsichtig über die winzigen Hebel und Schrauben. Jolanthe folgte mit leisem befriedigtem Lächeln jeder Bewegung des Kalifen.

»Nun möchte ich meinen Plan kurz entwickeln, Sire. Harder ist in Biarritz. Ich werde seine Bekanntschaft machen. Wir werden zusammen Ausflüge unternehmen. Ein Ausflug geht in die Baskischen Berge. In dem immer noch unruhigen Grenzgebiet wird die Gesellschaft überfallen und auf spanisches Gebiet entführt. Derartige Überfälle mit dem Zweck, Lösegeld zu erpressen, sind dort schon mehrfach vorgekommen. Harder wird in schonendster Weise an einen sicheren Ort gebracht. Der Apparat ist, das muß die Voraussetzung für alles andere sein, von spanischen Patrioten entwendet, um mit seiner Hilfe Spanien zu befreien! Die erforderlichen Personen für die Rollen der spanischen Patrioten werden sich finden lassen. Das alles - ich habe die Einzelheiten noch nicht genügend durchdacht - doch das alles ist nicht schwierig.

Erst wenn das erreicht ist, beginnt die Schwierigkeit. Harder und der Apparat!

Trotzdem ... ich fühle es ... ich habe die Gewißheit, daß es gelingen wird. Der Apparat wird von den sogenannten spanischen Patrioten - es müssen sehr gewandte Leute sein, die auch einen guten Namen tragen - Harder in die Hand gegeben. Wie sich Harder auch sonst zu dem Bisherigen stellen mag - in dem Augenblick, wo er den Apparat Montgomerys in der Hand hat, vergißt er jedes Bedenken. Seine eigenen Arbeiten ... ich hörte, sie sind noch weit vom Abschluß entfernt. Sein Gelehrtenehrgeiz wird der Versuchung unterliegen.

Ich sehe ihn den Apparat flüchtig betrachten. Sehe ihn mit immer größer werdendem Interesse die Einzelheiten studieren, sehe ihn die Schrauben und Hebel bewegen ... sehe ihn sich mit allen seinen Kräften darauf stürzen, sein Geheimnis zu lösen, ihn in Tätigkeit zu setzen ... Und dann sehe ich ...«

Jolanthe hatte den Oberkörper weit nach vorn geneigt und sah dem Kalifen fest in die Augen.

»Weiter! Weiter!« drängte Abdurrahman. Erregung sprach aus seinen Zügen.

»... sehe ich den Tag kommen, wo das Geheimnis gelöst ist, der Apparat arbeitet. Wir im Besitz der Atomenergie! ... Die Welt uns untertan!«

»Jolanthe!« Abdurrahman rief es mit erstickter Stimme. Er beugte sich über ihre Hände, preßte seinen Mund darauf. Sie zuckte vom Kopf bis zu den Fußspitzen. Sie sah ihn mit weitgeöffneten, entrückten Augen an. Dann senkte sie die Augen nieder und blieb unbeweglich.

»Jolanthe! Wie soll ich dem Schicksal danken, das Sie mir gab? Sie müßten über Kräfte herrschen, die Ihnen gleichen. In Ihrer Nähe schwinden alle Sorgen. Keine Gefahr, kein Hindernis, das schreckt.

Sagen Sie mir, was ich für Sie tun kann!«

Er wollte sich wieder über ihre Hände beugen. Sie entriß sie ihm, trat zurück, stand da wie eine bleiche Flamme.

Mit einem heißen Blick umfing sie seine ganze Gestalt, zeigte ihm ihre unbegrenzte, flammende Leidenschaft. Sie stand da, fast körperlos, ganz tiefgeheimste Seele, ihr Innerstes unverhüllt seinen Blicken preisgegeben.

Ein Schauer ging durch die Glieder des Kalifen. Er wollte sprechen. Das Wort erstarb auf seinen Lippen. Er wollte zu ihr eilen und hatte nicht die Kraft, einen Schritt zu tun ...

Die Scheite im Kamin fielen prasselnd zusammen. Ein Funkenregen stob in das Gemach. Durch die plötzliche Unterbrechung der Stille, die wie das Ende einer Bezauberung war, aufgerüttelt, wandte er sich instinktiv ab.

»Kommen Sie! Wir wollen sofort das Erforderliche mit dem Fürsten besprechen.«

Schwer atmend kamen die Worte aus seinem Munde. Jolanthe lächelte mühsam. Ihr Herz klopfte gegen ihre erstarrte Brust wie ein Hammer. Dunkler Schatten umgab sie. Müden, schweren Schrittes folgte sie dem Voranschreitenden.

* * *

Ein sonniger Julimorgen in Biarritz. Auf dem breiten flachen Badestrand und den Uferpromenaden ein mondänes Leben und Treiben. Tief stahlblau das schwach bewegte Meer. Eine leichte Brise kam von der See her, trug Kühlung durch die geöffneten Fenster und spielte mit den Vorhängen des Hotelzimmers, in dem Harder am Schreibtisch saß. Vor ihm der letzte Bericht von Warnum.

Mit einer ärgerlichen Gebärde schob er ihn beiseite. Immer wieder das gleiche! Keiner von der Gesellschaft, der Mut hat. Dieses übervorsichtige, feige Herumtasten.

Fernsteuerung – der alte Vorschlag; wie überflüssig!

Er öffnete einen zweiten Brief mit dem Stempel Madrid. Von Iversen. Hm, nun, was würde der berichten? Wahrscheinlich ebenso inhaltslos wie die früheren Berichte auch. Was war mit Eisenecker, wozu dieses Herumfahren in der Welt? Der Mensch, die Erfindung ... er mußte sie vollendet haben. Das heißt, auch das Letzte, das Höchste erreicht haben. Sonst ... Er säße sicherlich noch in seiner Heide. Ah ... dieser Eisenecker und seine Arbeiten.

Der Barren Gold, ständig dessen gleißender Glanz vor seinen Augen. Der Barren! ... Wie ein Schlag von ungeheurer Wucht hatte ihn das getroffen. Wie ein Alp lastete es auf ihm. Zuerst glaubte er zusammenbrechen zu müssen. Schien doch alles, was er selbst, was seine Werke in jahrelanger Arbeit geleistet hatten, dadurch mit einem Schlage wertlos. Nur schwer hatte er sich wiederaufgerichtet, durchgerungen zu dem Entschluß, die Arbeiten in Warnum weiterzuführen.

Mit tausend Gründen hatte er sich immer wieder zu beweisen versucht, daß das Verfahren Eiseneckers auf denselben Grundlagen basierte wie die Arbeiten der Riggers-Werke und die Elias Montgomerys, daß auch er mit elektromagnetischen Feldern arbeitete. Montgomery ...! Das Schicksal seiner Erfindung ... Ein Unstern schien darüber zu schweben. Der Apparat war gestohlen, geraubt. Von wem? ... Wer hatte ihn? Aus welchem Grunde? Etwa um selbst damit zu arbeiten? Ausgeschlossen! Wo in der Welt gab es Physiker, die ... Ihm war keiner bekannt, der irgendwelche Aussichten gehabt hätte. Blieb also nur die Erklärung, daß der Zweck des Raubes war, England respektive Europa die Waffe aus der Hand zu schlagen ... Der Gefahr, die den Riggers-Werken von Montgomerys Apparat gedroht hatte, glaubte er enthoben zu sein ...

Aber Eisenecker ... Das Gold, dieser verfluchte Barren, er schien allerdings der Beweis dafür, daß Eisenecker auf anderem ... elektrostatischem Weg ans Ziel gekommen war. Und das wieder wollte und konnte Harder nicht zugeben. Schien es doch aller physikalischen Erkenntnis zu spotten.

Fast ein Menschenalter* hindurch hatte er alle Möglichkeiten studiert, alle Wege zu ergründen versucht, die zum letzten Ziel, zur Gewinnung der Atomenergie, führen konnten. Das elektrostatische Verfahren unmöglich. Auch noch später, als er längst auf dem Wege Elias Montgomerys schritt, hatte er doch immer wieder diese andere Möglichkeit erwogen ... immer wieder verworfen ... unmöglich! Der Weg war nach dem Stand der Wissenschaft für jeden ausgeschlossen. Vielleicht, daß spätere Generationen ihn einmal gehen könnten.

Der Barren ... der verfluchte Barren! Wo kam der her? Wie war er gewonnen worden? Wie ein unverrückbares, unüberschreitbares Hindernis störte dieser Goldklumpen immer wieder die Schlußkette seines mathematischen, streng logischen Denkens.

Der Boy überreichte ihm eine Karte. Harder warf einen Blick darauf. Wie? Wer? Malte von Iversen? Er sprang auf, schritt selbst zur Tür, öffnete.

---

* von Dominik häufig benutzte Redewendung für: eine Generation (also ca. 30 Jahre)

»Iversen, Sie hier? Eben noch las ich Ihren Bericht. Was ist? Sie haben Wichtiges zu melden, sicher, sonst undenkbar, daß Sie hier sind, Ihren Posten verlassen haben.«

Er schloß hinter Iversen die Tür.

»Setzen Sie sich, reden Sie!« Sein Blick hing erwartungsvoll an dem Besucher.

Iversen vermied es, Harder anzusehen. Dessen Stimmung war offensichtlich nicht die beste.

»Sie erwarten etwas Wichtiges, Herr Harder. Wichtig gewiß, allerdings anders, als Sie erwarten. Um es vorwegzunehmen, Eisenecker ist bekannt, daß ich ihn in Ihrem Auftrag seit seiner Abreise überwachte.«

»Ah, wie unangenehm! ... Ah, solche Ungeschicklichkeit! Wie war das möglich? Sie müssen die Schuld daran tragen, anders nicht denkbar. Wie konnte das passieren?«

»Gestatten Sie, daß ich dazu etwas weiter aushole. Gewiß, die Ursache bin ich, aber schuldlos.«

Iversen gab dem Generaldirektor eine Schilderung jener Vorkommnisse auf der Polizeiwache in Madrid.

»Sie sehen«, schloß er, »daß irgendein Verschulden meinerseits nicht vorliegt. Ein unerklärlicher, mir heute noch unbegreiflicher Zufall muß da mitgespielt haben.«

Der Generaldirektor stand auf, schritt zum Fenster. Es kochte in ihm. Auch das noch! Er stampfte mit dem Fuß auf. Unerträglich, was heute alles auf ihn einstürmte. Und dann, um seinem Ärger irgendwie Luft zu machen, wandte er sich um, ging auf Iversen zu.

»Ihre Offizierslaufbahn war zwar nur von kurzer Dauer. Aber immerhin, so viel müßten Sie wenigstens dabei gelernt haben, daß man seinen Posten nicht verläßt ohne Weisung des Auftraggebers. Es bestand doch für Sie die Möglichkeit, mir das per Code mitzuteilen und mir damit Gelegenheit zu geben, meine Dispositionen zu ändern, eventuell einen anderen auf den Posten zu stellen.«

Iversen erhob sich, ging langsam auf Harder zu. »Herr Harder, Herr Generaldirektor, ich dächte, Sie suchten sich einen anderen, um Ihre Mißstimmung auf den abzuladen. Ich bin mir dessen wohl bewußt, was ich tat, habe es auch reiflich bedacht. Wenn ich's tat, tat ich es in erster Linie Ihretwegen, in zweiter Linie Herrn Eiseneckers wegen und dann erst meiner Person wegen.«

Harder trat unwillkürlich einen Schritt zurück. »Sie? ... Meinetwegen ...?«

»Gewiß, Herr Harder. Ich will versuchen, Ihnen meine Beweggründe auseinanderzusetzen. Sie erinnern sich, daß ich zunächst nicht geneigt war, Ihren Auftrag anzunehmen. Sie sprachen dann von dem großen Interesse, das Sie und die Riggers-Werke daran hätten, über alle Schritte, alles Tun Eiseneckers unterrichtet zu sein, wobei im Hintergrund etwas dunkel angedeutet wurde, daß Eisenecker gegen die Vertragstreue verstoßen habe. Ich machte Ihnen schon damals mit meinem Laienverstand Einwände, die Sie aber als belanglos verwarfen. Ich glaubte Ihnen auch.«

»Und welche Gründe hätten Sie heute, mir nicht mehr zu glauben? Eiseneckers Gold? Dessen Herkunft? Wissen Sie etwa was Neues, was anderes darüber?«

Iversen zuckte die Achseln. »Auf welchem Wege er das geschaffen hat, weiß ich auch jetzt nicht.«

»Also, was wollen Sie dann? Welche Gründe hätten Sie?«

»Gründe ... Ich habe Friedrich Eisenecker kennengelernt.«

»Und was weiter?«

»Weiter nichts. Ich habe ihn gesehen, habe ihn sprechen hören, das hat mir genügt, um zu der Überzeugung zu gelangen: Eisenecker ist frei von Fehl. Der Mann die Riggers-Werke schädigen?« Er schüttelte mit dem Kopf.

Harder lachte höhnisch auf. »Ah, Sie unübertrefflicher Menschenkenner, Gedankenleser. Sie sahen ihn, hörten ihn, und alles, was ich sagte, war plötzlich wertlos.«

»Eine Frage, Herr Harder, offen und ehrlich. Von Ihrer Antwort wird es abhängen, ob ich mich schuldig bekenne. Sind Sie, Herr Generaldirektor Harder, ehrlich fest überzeugt davon, daß ...« Mit einer wütenden Gebärde unterbrach ihn Harder.

»Wie, Sie wagen es, an der Aufrichtigkeit meiner Erklärung zu zweifeln?!«

»Ich wage es, Herr Harder. Das Wort des Mannes, nicht das des Industriekapitäns, des Erfinders ... das Wort des Mannes will ich von Ihnen. Haben Sie wirklich Grund, Eisenecker zu mißtrauen? Ein Mann, ein Wort!«

Iversens Augen senkten sich fest in die des Generaldirektors. Der stand ... hielt den Blick nicht aus. Iversen drehte sich kurz um, schritt zur Tür.

»Ich weiß genug.« Er drückte sie auf, da trat ihm Mette entgegen.

»Ah, Herr von Iversen, welche Überraschung! Sie hier?« Der Gedanke an Eisenecker durchzuckte sie. War da irgend etwas Wichtiges, Schlimmes oder ... Gutes? Ihr Blick flog von Iversen zu ihrem Vater. Der stand noch da, in der Mitte des Gemaches, schwer atmend, totenblaß, die Hände zur Faust geballt.

»Was ist, Vater? Herr von Iversen, was ist?« Sie schloß die Tür, stürzte auf ihren Vater zu, umschlang ihn.

»Vater, was ist mit dir? Herr von Iversen, was ist hier vorgefallen? Vater, ich bitte dich, deine Aufregung, entsetzlich, beruhige dich, komm zu dir!«

Sie legte die Hände um seinen Kopf, strich ihm über die Stirn. Die war in Schweiß gebadet.

Iversen trat näher.

»Herr Generaldirektor, ich bitte Sie, verzeihen Sie mir. Die Ereignisse der letzten Tage ... Sie werden begreifen, daß die Situation für mich über die Maßen peinlich ... niederschmetternd für mich war. Dazu jetzt Ihre Vorwürfe ... Ich ließ mich hinreißen ... Verzeihen Sie, was geschehen. Ich selbst begreife, entschuldige, verstehe alles.«

Er ergriff die Hand Harders, die der ihm willenlos ließ.

»Geh, Mette, laß mich allein«, stoßweise kamen die Worte aus seinem Munde, »geh mit Iversen zum Strand, ich ... ich komme dann nach ... komme später.«

* * *

Vom Pic d'Orhy fällt der Pyrenäenstock schroff nach Norden hin ab. Jäh stürzen die Wildwasser hier in die Tiefe und liefern die Kraft für die Werke von Rallain und für die Eisengruben von Sainte-Marie-aux-Chaines. Etwas oberhalb der Gruben ein altes verfallenes Schlößchen im Zopfstil des Rokoko. ›Mon Repos‹* ließ sich noch mit Mühe aus den verblichenen und verwitterten Bronzelettern an der Fassade entziffern, die früher einmal im Schmuck reicher Vergoldung geglänzt hatten. Jahrzehnte hindurch hatte der Bau unbewohnt gestanden, bis Eisenecker ihn für ein Billiges erwarb. Ihm war diese weltabgeschiedene Lage gerade recht. Hier konnte er ungestört am Ausbau seiner Erfindung arbeiten. Die Unsicherheit in diesem Grenzgebiet schreckte ihn nicht. Die Lage, so dicht an der maurischen Grenze, war ihm im Gegenteil willkommen.

In dem in den Felsen eingehauenen Untergeschoß war eine kleine Werkstatt eingerichtet. An einer Werkbank Eisenecker, den Blick auf den Drehstahl gerichtet.

Die Wendeltreppe, die von oben herunterführte, kam der Diener herab, den ihm Gonzales beigegeben hatte. Ein alter schnauzbärtiger Sergeant der früheren spanischen Armee. Das grimme, von Narben durchsetzte Gesicht zu einer freudigen Grimasse verzogen.

---

* soviel wie: ›Meine Erholungsstätte‹

»Er ist gekommen, Señor!«

»Schon da?«

Eisenecker warf einen Hebel herum und folgte dem Alten nach oben.

»Ah, guten Abend, Don Antonio! Der Weg über die Berge ... gut verlaufen?«

Der Oberst deutete lächelnd auf seinen Hut, der an einem Haken hing.

»Das Loch darin! Sonst weiter nichts.«

Gonzales warf sich auf einen Stuhl und trank in langen Zügen einen Becher Alicantewein.

»Sie waren scharf hinter mir her. Ich mußte mich beeilen. Nun, einerlei! Der Zweck meiner Reise ... ich brauchte nicht weit zu gehen, um sie zusammenzuhaben ... die hundert Getreuen, die wir brauchen. Wollte auch nicht in die Ebene steigen. Die aus den Bergen sind härter, gewandter im Gebirgskampf. Die meisten davon waren schon bei den letzten Guerillas dabei! Sie alle harren, warten mit Ungeduld auf den Ruf. Keiner weiß natürlich etwas von den neuen Waffen. Es ist ihnen genug, daß sie wieder einmal einen Führer haben, der mit ihnen gegen den Feind zieht.

Ich selbst ... verzeihen Sie meine Ungeduld!

Der Tag! Ich kann es nicht erwarten, bis der Tag kommt, an dem der erste Blitz zuckt.«

Eisenecker lächelte.

»Ich verstehe Sie vollkommen, lieber Freund. Der Tag ... Ihr Tag ... er ist nicht mehr fern. Ich sehe schon das Morgenrot. Ihre Leute mögen sich rüsten!«

Der Oberst wollte sprechen. Da zuckte das elektrische Licht ein paarmal auf und erlosch. Sie saßen im Dunkeln.

»Was ist das, Don Frederego?«

»Voraussichtlich eine Störung im Kraftwerk. Ich werde meine Notbeleuchtung ein ...«

Ehe Eisenecker den Satz vollendet hatte, drang das dumpfe Grollen einer Explosion in den Raum.

»Was ist das, Don Frederego?«

Eisenecker hatte sich zum Schreibtisch getastet und einen Schalter bewegt. Eine Stehlampe flammte auf und erleuchtete den Raum. Sie lauschten.

* * *

Als ein reißender Bergstrom kommt der Oberlauf des Oloron vom Pic d'Orhy brausend herab, bis ihn 500 Meter über Rallain die großen eisernen Druckrohre des Kraftwerkes aufnehmen und die Wasser gebändigt hinab zu den Turbinen des Kraftwerkes führen. Während Eisenecker mit Gonzales im Gespräch saß, stand dort oben an den wirbelnden Wassern ein Mensch. Unmöglich, in der Dunkelheit sein Gesicht zu erkennen. Nur undeutlich leuchteten im Sternenlicht die weißschäumenden Wirbel, die das Wildwasser hier zum letzten Male aufwarf, bevor es in die Rohre einströmte.

Der Fremde hier bewegte den Arm, warf etwas, das klatschend auf das Wasser fiel, im nächsten Moment von den Wellen ergriffen und in das erste Rohr hineingerissen wurde. Er stand und lauschte. Eine Minute ... noch eine ... die dritte Minute.

Aus der Tiefe des Tales drang der Donner einer Explosion nach oben. Die erste Bombe hatte ihr Ziel erreicht. Vom Wasser mitgerissen, war sie mit elementarer Gewalt gegen die Schaufeln der ersten Turbine geschleudert worden, und die Aufschlagzündung hatte gewirkt.

Noch einmal ein Wurf und dann ein dritter. Auch die beiden anderen Rohre hatten die todbringende Sendung verschluckt und führten sie mit der Schnelligkeit des stürzenden Wassers den Maschinen des Kraftwerkes zu.

Der Fremde wartete den Erfolg nicht ab. Eilig schritt er einen schmalen Pfad bergauf. Trotz der Dunkelheit verfolgte er den halsbrecherischen Steg mit einer wunderbaren Sicherheit zur maurischen Grenze hin und war schon tief in den Bergen, als das Dröhnen der nächsten Explosion sein Ohr erreichte. Die Werke von Rallain wurden gemordet. Gemordet auch die sechstausend Mann der Belegschaft in Sainte-Marie ...?

* * *

Eisenecker stand neben der brennenden Lampe. Noch einmal ein fernes Donnern.

»Was ist das, Don Frederego?«

Eisenecker preßte die Lippen zusammen. Lauschte, bis das Grollen einer dritten Explosion an sein Ohr drang.

»Santa Maria, was ist das, Don Frederego?«

»Ich glaube, Don Antonio, das waren drei Explosionen, durch welche die drei Maschinensätze des Kraftwerkes von Rallain zerstört wurden.«

»Zerstört? Ein Unglücksfall? Ein Verbrechen?«

»Sie vergessen, Don Antonio, daß wir hier nah an der maurischen Grenze sitzen.«

»Ah! Sie meinen also, daß maurische Hand ...?«

»Ich nehme es an.«

»Wozu? Warum?«

Eisenecker hatte sich abgewandt. Die Frage brachte ihn zur Tat.

»Sainte-Marie-aux-Chaines!« Gonzales schrie es. »Die Belegschaft?! Dreitausend die Schicht! Sie ist verloren! Undenkbar eine solche Schandtat. Don Frederego!«

Er war auf Eisenecker losgestürzt.

»Sie? ... Was ...?«

»Ich will es versuchen!«

* * *

Drei schwere Explosionen im Kraftwerk von Rallain. Die drei großen Turbinen zerschmettert. Zerbrochen die eisernen Käfige, die das Wildwasser zwangen. Mit Gewalt brach das befreite Element sich Bahn. Schäumend und wirbelnd überschwemmte es im Augenblick alle Räume des Kraftwerkes.

Schon schrillte von den Eisengruben her das Telephon.

»Wo bleibt der Strom? Strom her! ... Kraft her!« Der Ingenieur schrie mehr, als daß er sprach.

»Unmöglich! ... Drei Explosionen ... alle Maschinensätze zerbrochen.«

»Strom her! In Gottes Namen Strom her ... unsere Maschinen stehen! Die ganze Belegschaft ist verloren!«

»Unmöglich ... wir können nicht. Gott helfe euch ...«

Der Hörer wollte dem zitternden Zecheningenieur aus der Hand sinken ... da ...

»Der Strom kommt!«

Es war eine andere ... eine ganz fremde Stimme, die dem Ingenieur in Sainte-Marie-aux-Chaines aus dem Apparat ans Ohr drang.

»Wer spricht dort? Wer ist da in der Leitung?«

»Ich gebe Strom für eine Stunde. Bringt die Belegschaft aus den Gruben.«

»Wer spricht dort? Wer ist dort in der Leitung?«

»Für eine Stunde nur, richtet euch danach!«

Die Stimme ließ sich nicht wieder hören. Nur verworrene Rufe von Rallain her.

Der Ingenieur in Sainte-Marie umklammerte den Hörer, als wollte er ihn zerbrechen.

Eben noch warf die flackernde Kerze der Notbeleuchtung unsichere Reflexe durch den Raum. Jetzt glühten die elektrischen Lampen wieder auf. Volle Helligkeit flutete durch das Zimmer. Jetzt brannten auch die großen Lampen auf dem Zechenhof wieder.

Narrten ihn seine Sinne? Trieb jemand sein Spiel mit ihm?

Er schrie noch mal in den Apparat.

Keine Antwort mehr. Er stand starr. Die Knie wankten

unter ihm. Unfähig, einen Entschluß zu fassen. Die Muschel des Apparates noch mechanisch gegen das Ohr gepreßt. Nur das Dröhnen rauschender Wassermassen, die dort in Rallain in die Zentrale des Kraftwerkes einbrachen. Ein Gurgeln ... ein Brausen ... dumpf und immer dumpfer. Mit grauenhafter Deutlichkeit vernahm er hier alle Einzelheiten der Katastrophe, die sich dort oben abspielte.

Jetzt erreichten die Wasser dort oben das Mikrophon. Überschwemmten es, verdarben es. Der Apparat lag tot und stumm.

Der Ingenieur preßte die Fäuste in die Augen. Er fürchtete, wahnsinnig zu werden ... schon zu sein. Das brennende Licht. Strom. Woher kam der?

»Eine Stunde!« hatte die unbekannte Stimme gesagt. »Ich gebe Strom für eine Stunde.«

Seine Augen hingen an dem großen Schalthebel.

Generalalarm?

»Ich gebe Strom für eine Stunde.« Als ob die Stimme nochmals ertönt wäre. Da riß er den Hebel herum. In der Sekunde flammten an hundert Stellen tief unten in den Gruben die roten Lampen auf, schrillten die Glocken, die alles Lebendige zu den Förderschalen riefen. Der Ingenieur sprang aus dem Raum. Dort ... kam dort nicht ein Mann auf den Hof gestürzt ... ein zweiter ... ein dritter nach ihm? Leute vom Kraftwerk, die hierhergestürzt kamen. Vom rasenden Lauf erschöpft, durch die Katastrophe erschüttert und verwirrt, kamen sie daher. Mit aufgerissenem Mund, mit erhobenen Händen taumelten sie auf den Ingenieur zu.

Was ist hier? Strom? Das Kraftwerk zerstört! Von den entfesselten Wassermassen überflutet! Alles in dunkler Nacht!

Hier Kraft?! ... Licht?! Ein unfaßbares Wunder.

Der Ingenieur lief zum nächsten Schacht. Da schnellte gerade die Förderschale empor. Ihren Türen entquoll die erste Gruppe der Belegschaft.

Rastlos arbeiteten die Maschinen. Schwer beladen kam Korb um Korb zutage. Schwarz quoll es aus den Schächten. Schwarz wimmelte es bald auf dem Zechenhof.

Immer größer die Menge hier, in wildem Aufruhr durcheinanderwogend, schreiend. Die Zeit verrann. Eine Viertelstunde nach der anderen. Der letzte Korb! Der letzte Mann der Belegschaft gerettet!

Wenige Minuten noch ... die Stunde war um! Finsternis ... tiefste Nacht. Sekundenlange Stille unter den Tausenden.

Ein gellender Schrei aus dem Munde des Ingenieurs durchbrach sie.

Wie vom Blitz getroffen, war er zusammengebrochen.

* * *

»Ich will es versuchen!« Mit diesen Worten war Eisenecker aufgesprungen und in den Nebenraum gegangen. Oberst Gonzales blickte ihm erstaunt nach. Was wollte der Deutsche? Er hörte ihn sprechen ... in das Telephon offenbar. Hörte einzelne Worte, konnte aber den Sinn nicht verstehen. Ein Lichtschein ließ ihn aufblicken. Es zuckte in den Lampen, und dann brannte das Licht wieder.

Eisenecker kam zurück.

»Also doch nur eine vorübergehende Störung im Kraftwerk, Don Frederego?«

»Nein, Don Antonio, das Kraftwerk von Rallain ist vollkommen zerstört!«

»Unmöglich, Don Frederego ... wie können dann die Lampen brennen?«

»Ich gab den Strom!«

* * *

Iversen hatte geendet. Mette, die neben ihm im Sande lag, richtete sich auf, reichte Iversen die Hand.

»Dank, Malte, tausend Dank.« Ungehemmt ließ sie die Tränen über ihre Wangen fließen. »Seit Monaten die erste frohe Stunde. Wenn Sie wüßten, wie schwer ich litt seit dem Tage, an dem ich unfreiwillig Zuhörerin Ihres Gesprächs mit meinem Vater war. Das ganze Verhalten meines Vaters ... wie gut und schön Sie es entschuldigen. Ich selbst vermag es nicht so, vermag nicht Ihre Gründe mir zu eigen zu machen. Und auch das, was Sie über Eisenecker sagten, wie Sie ihn verteidigten ...«

»Eisenecker ... Kennen Sie Friedrich Eisenecker?«

Mette wandte den Kopf zur Seite, schaute lange über die weite blaue Fläche.

»Ja ... ich kenne ihn, kenne Friedrich Eisenecker ... Es war zu der Zeit, als Warnum aufgebaut wurde, er dort tätig war ...«

Und dann erzählte sie ihm leise, tonlos die Geschichte jenes Sommers.

Sie hatte geendet.

»Mette«, er reichte ihr die Hand, drückte sie fest, »alles wird noch gut werden. Diese beiden Männer, jeder eine Herrscher-, eine Kraftnatur, nur erfüllt von dem Gedanken an ihre Arbeit, ihr Ziel, Gegner heute noch ... Einer, der die Segel streichen muß, einer, der Sieger sein wird ... Eisenecker wird es sein. Bei ihm der höhere Geist, die größere Kraft, er der stärkere Mann. Und du, du wirst dem Sieger folgen, wenn er kommen wird, dich zu holen. Du hast ihn nicht vergessen. Er! Ein Mann, in dessen Leben die Liebe nur einmal tritt, ein Mann, der nicht vergißt.« Er ergriff ihre Hand, küßte sie. »Wer könnte Mette Harder vergessen?«

»Ah, treffen wir Sie hier! Wir suchten Sie so lange schon am Strande.«

Iversen schaute empor. Zwei Damen vor ihm. Mit Mühe unterdrückte er einen Ausruf des Erstaunens. Die beiden blonden Damen aus dem Villenvorort von Madrid. Mit einem Sprung war er hoch, half Mette auf.

Nur mit halbem Ohr hörte er die vorstellenden Worte Mettes. Seine Augen hingen an der jüngeren der beiden. Modeste von Karsküll, so hieß sie also?

Jolanthes Blick ruhte lange und forschend auf ihm. Kaum, daß sie auf das Geplauder Mettes achtete, die neben ihr herschritt. Sie richtete ihre Aufmerksamkeit auf das lebhafte Gespräch, das zwischen Iversen und Modeste sich entsponnen hatte.

»Und Sie erkannten mich auch wieder, gnädigste Baronin?«

»O gewiß, Herr von Iversen. Halfen Sie mir doch so freundlich, meinen Paß zu suchen. Sie wurden natürlich auch bald entlassen?«

»Gewiß.« Es schwebte Iversen auf der Zunge, seine nochmalige Verhaftung zu erzählen, doch irgend etwas hieß ihn schweigen.

Da kam es von Jolanthes Lippen:

»Ah, Sie waren auch in diesen Tagen in Madrid?«

»Jawohl, meine gnädigste Baronin, und hatte dort das Vergnügen, mit Ihrem gnädigen Fräulein Schwester auf der Straße verhaftet und zur Polizeiwache gebracht zu werden.«

»Weshalb Sie natürlich Madrid in schlechter Erinnerung haben, Herr von Iversen.«

»Nun ja«, erwiderte er lächelnd, »angenehm war meine Situation gerade nicht.«

»Nun, Sie konnten sich doch legitimieren, Sie hatten doch Ihren Paß.«

»Gewiß, aber … hm …«

»War er nicht in Ordnung, oder … Als was reisten Sie?«

»Ich war … Ich hatte einen Auftrag für ein großes deutsches Blatt, ein paar Zeitungsberichte über Madrid zu bringen und die dortigen Verhältnisse.«

»Ah, Sie sind Korrespondent, Journalist.«

»Hm, nur mal so bei Gelegenheit, nicht gerade von

Beruf. Beruf ... Mette, du weißt ja, ich versuchte mich in so allerlei Berufen schon.«

In lebhafter Unterhaltung erreichten sie die Strandbrücke. Hier trennten sich ihre Wege.

Beim Abschied. Jolanthe fragte:

»Sie bleiben wohl längere Zeit hier, Herr von Iversen? Werden Sie unseren Ausflug auch mitmachen?«

»Was für einen Ausflug, gnädige Baronin?«

»Ah, Sie wissen von nichts ... Wir alle wollten morgen einen Ausflug in die baskischen Berge machen zu dem berühmten Schäfer Arriava.«

»Schäfer Arriava? Nie gehört! Was ist mit dem?«

»Nun, der Mann ist doch bekannt durch seine prophetische Gabe.«

Iversen zuckte die Achseln und verzog den Mund.

»Gnädigste Baronin, sind Sie auch sicher, daß seine Prophezeiungen nicht post festum* kommen?«

»O nein, Sie irren, Herr von Iversen. Der Mann, das steht fest, hat des öfteren anderen gegenüber von der Zukunft gesprochen, die sich ihm in Träumen offenbart.«

»Und die Träume sind auch richtig in Erfüllung gegangen?! Das noch am Ende des 20. Jahrhunderts!«

»Lachen Sie nicht zu früh, Herr von Iversen. Vielleicht, daß Ihre Ungläubigkeit schneller bekehrt wird, als Sie denken.«

»Selbstverständlich möglich ... Ich werde mitkommen. Wäre es auch nur, um einen schönen Stoff für einen Zeitungsbericht zu haben.«

* * *

Am 8. Juli brachten die europäischen Zeitungen an hervorragender Stelle die folgende Nachricht:

---

* im nachhinein

Bern, den 7. Juli. Heute vormittag um 11.30 Uhr begab sich der maurische Geschäftsträger zum Minister des Äußeren und übergab ihm die nachstehende Note:

»Die Regierung Seiner scherifischen Majestät lehnt es ab, der Einladung zu einer neuen Versammlung der römischen Konferenz Folge zu leisten. Nach dem bisherigen Verlauf dieser Verhandlungen kann die Regierung Seiner scherifischen Majestät nicht zu der Überzeugung gelangen, daß die Wiederaufnahme zu einem glücklichen Resultat führt.

Sie kann sich der Ansicht nicht verschließen, daß auf europäischer Seite der ernsthafte Wille fehlt, den Verhandlungen einen Abschluß zu geben, der die völlige Wiederherstellung freundschaftlicher Beziehungen zwischen den beteiligten Staaten gestattet.«

Die offizielle Telegraphenagentur meldete hierzu eine Stunde später:

»Die Erklärung Mauretaniens kommt der europäischen Staatsregierung völlig überraschend. Die europäische Regierung wird nicht verfehlen, bei der mauretanischen Regierung Aufklärung zu fordern. Es erscheint der europäischen Staatsregierung undenkbar, daß die mauretanische Regierung damit die ständige Besetzung Nordspaniens oder gar die Annexion aussprechen will.«

Kurz vor Redaktionsschluß ging folgendes Manuskript der Telegraphenagentur ein:

»Die Notiz eines hiesigen Mittagsblattes, daß die so plötzlich veränderte Sprache der scherifischen Regierung aller Wahrscheinlichkeit nach darauf zurückzuführen sei, daß der englische Apparat von maurischer Seite geraubt wurde und sich im Besitz der maurischen Regierung befindet, dürfte jeder Grundlage entbehren.«

Am nächsten Tag ein neues Telegramm der offiziellen Agentur:

Die gestrige Abendmeldung der Agentur ist leider durch einen Übertragungsfehler entstellt worden. Die Erklärung der Agentur lautet natürlich:

»Die Behauptung, daß der englische Apparat in maurischer Hand sei, entbehrt jeder Grundlage.«

* * *

Der starke Kraftwagen Harders rollte die Landstraße entlang, die von Bayonne aus dem Lauf der Nive folgt. In hundert Windungen und Krümmungen eilt der reißende Bergstrom zu Tale, bis er dicht bei Biarritz das Meer erreicht. Bald zu seiner Rechten, bald zu seiner Linken, ihn oft auf kühnen Brückenbogen überschreitend, dringt die Straße in das Gebiet der Hochpyrenäen ein. Majestätische Berge zu beiden Seiten des Weges. Die Gipfel schon stellenweise mit ewigem Schnee bedeckt. Tief unten im Tal, grünglasig schimmernd, die wirbelnden Wasser der Nive. Über dem Ganzen der Azurhimmel Südfrankreichs. Bezaubernd die Landschaft, verlockend die Fahrt.

Im breiten Fond des Wagens Mette Harder, zu ihrer Rechten Modeste von Karsküll. Auf den Vordersitzen Harder und Iversen.

Enger wurde jetzt das Tal. Steiler und schroffer traten die Gebirge zusammen, in schäumenden Kaskaden stürzten die Wasser der Nive über gewaltige Felsblöcke.

Iversen warf einen Blick auf die Uhr.

»Noch etwa zehn Minuten, Herr Harder, dann dürften wir am Ziel sein. Ich bin neugierig, was der Wundermann uns erzählen wird.«

Harder kräuselte spöttisch die Lippen.

»Dieser Besuch ist eine Laune meiner Tochter, Herr von Iversen. Noch genauer gesagt, eine Idee der älteren Baronin von Karsküll. Die Baronin machte zuerst den Vorschlag. Sie erzählte so viel von dem Wundermann, bis auch Mette ihn durchaus kennenlernen wollte. Und als sie mich dann endlich breitgeschlagen hatten, als der Ausflug beschlossen war und der Wagen vor der Tür stand, hielt ein wichtiges Telegramm die Baronin in Biarritz zurück. Erbschaftsangelegenheiten, wenn ich richtig verstand. Die beiden anderen Damen wollten den Ausflug nicht aufgeben. Meinetwegen! Ich für meine Person habe für diese modernen Propheten und Wundertäter sehr wenig übrig.«

Iversen zog ein Zeitungsblatt hervor.

»Es kann doch ganz interessant werden, Herr Harder. Haben Sie den letzten Aufsatz im ›Miroir de Bayonne‹ gesehen?«

Er faltete das Blatt auseinander und deutete auf eine fettgedruckte Überschrift: *Arriava, der wunderbare Seher von Saint-Jean-le-Miracle.*

Harder lachte.

»Warum schreiben sie nicht lieber: der wunderbare Schäfer. Ich habe es mir in Biarritz sagen lassen. Es ist ein alter verschrumpfter Baske, der hier oben in der Nähe von Saint-Jean seine Schafe hütet und daneben den Leuten allerlei unkontrollierbare Sachen erzählt.«

Iversen gab seiner abweichenden Meinung Ausdruck.

»Ich glaube, Herr Harder, so einfach läßt sich die Sache doch nicht abtun. Der Aufsatz hier führt eine Reihe von Fällen an, in denen die Prophezeiungen des Mannes ganz merkwürdig eingetroffen sind.«

»Mir fehlt der Sinn für solche Dinge, Iversen. Das Zweite Gesicht - in meiner westfälischen Heimat spukt das schon immer.«

Er machte eine abweisende Handbewegung. Iversen lachte.

»Warten wir es ab, Herr Harder. Vielleicht gelingt es dem Sieur* Arriva, Sie zu bekehren.«

Nach einer letzten steilen Serpentine erreichte der Wagen Saint-Jean und hielt auf einem kleinen Platz zwischen den wenigen Häusern des Fleckens.

---

* (franz.; sprich »sjör«) Herr

Ein Einheimischer wies ihnen den Weg, einen schmalen steinigen Fußpfad den Berghang hinan. Sie mußten hintereinandergehen, sorgfältig auf den Weg achten, um nicht fehlzutreten. Dazu die Hitze des Julitages. Öfter als einmal blieb Harder stehen und trocknete sich die Stirn. Jetzt endlich war das Ziel erreicht. Eine ärmliche Hütte, roh aus aufeinandergeschichteten Feldsteinen errichtet. Ein fließender Brunnen daneben, der seinen Strahl in eine steinerne Tränke fallen ließ. Weidende Schafe an den Hängen. Ein Hund, der sie umsprang.

Auf der Bank vor der Hütte ein steinalter Mann. Bastsandalen an den Füßen, die Unterschenkel mit Fellen und Riemen umschnürt, den breiten baskischen Hut auf dem Kopf, einen verwitterten, ausgeblichenen Mantel trotz der Sommerhitze um die Schultern.

Iversen trat näher und grüßte in französischer Sprache. Regungslos, wie geistesabwesend blieb der Alte sitzen. Nur ein paar unverständliche baskische Worte kamen von seinen Lippen. Harder zuckte die Achseln.

»Unsere Expedition läßt sich nicht sehr aussichtsvoll an, Iversen.«

Noch bevor Iversen antworten konnte, trat ein jüngerer Mann aus der Hütte. Auch er in der Hirtentracht der Basken. Der sprach ein erträgliches, wenn auch mit zahlreichen baskischen Worten gemischtes Französisch.

»Sie wünschen zu hören, was Arriava Ihnen zu sagen hat? Sie müssen einzeln an ihn herantreten, ihm in die Augen sehen ...«

Wer sollte der erste sein, der es unternahm? Ein Streit erhob sich in der Gesellschaft. Keiner wollte. Iversen versuchte ihn zu schlichten.

»Die Damen zuerst! Bitte, gnädige Baronin, bitte, gnädiges Fräulein, wer von Ihnen möchte den Anfang machen?«

Auch hier noch ein kurzer Streit, bis Modeste von Karsküll entschlossen vortrat. Sie versuchte den Alten anzuschauen und sah in leere, glanzlose Augen, die wesenlos über sie hinwegblickten. Wohl eine Minute stand sie, dann begannen die Lippen des Greises sich zu bewegen. Baskische Worte. Der Jüngere daneben übertrug sie in das Französische.

»Ein Großer ... ein Mächtiger ... dunkel sein Gesicht. Er begehrt dich. Du fliehst ihn. Er läßt dich nicht. Hüte dich, wenn dein Weg sich wieder mit dem seinen kreuzt.

Gefahren werden dich umgeben. Dann wird der kommen, der dich aus den Flammen löst. Ihm wirst du folgen ...«

Der Alte schwieg. Vergebens wartete Modeste von Karsküll, vergebens warteten die anderen auf ein weiteres Wort.

Harder lachte leise in seinen Bart.

»Jungen Mädchen die Myrthe zu versprechen ... dazu bedarf es keiner besonderen Sehergabe. Bitte, Mette, laß dir die Gelegenheit nicht entgehen. Laß dir auch den Myrthenkranz versprechen.«

Mette Harder trat vor den Alten hin, sah ihn an und blickte auch in diese toten Augen.

Die Antwort kam schnell und war kurz.

»... eine blühende Myrthe ...«

»Bravo! Gut gemacht, alter Schäfer!« Harder lachte es heraus.

Mette hängte sich an den Vater, eine helle Röte auf ihren Wangen.

»Nun du, Vater! Jetzt mußt du! Du bist der nächste.«

Mit leichtem Zwang schob Mette ihren Vater vor den Alten hin. Einmal in diese Stellung gedrängt, versuchte Harder, dem Schäfer in die Augen zu sehen. Jetzt eben noch glanzlos leer, jetzt wieder ein kurzes Blitzen darin.

»Ich sehe ein Feuer. Ein großes Feuer auf dem Meer. Es brennt ... es kocht ... es verschwindet ...«

Langsam, Wort für Wort, wiederholte der Jüngere

französisch, was der Alte in baskischen Lauten sprach. Harder war erblaßt.

»Weiter! Weiter ... Continuez!« Er stieß es hervor. Der Alte sprach langsam weiter, der Jüngere verdolmetschte.

»Ein anderes Feuer, ein großes Feuer im Süden.«

Vergebens wartete Harder auf mehr. Der Alte schien zu Ende zu sein.

Als letzter blieb Iversen. Der trat jetzt vor, tat wie die anderen, blickte den Alten an. Aber der hatte die Augen geschlossen. Sah Iversen nicht mehr, sprach wie im Traume weiter.

»Ich sehe ... ich sehe Krieger von den Bergen steigen ... ich sehe Flucht ... Flucht nach Süden ... sie fliehen ... sie fliehen über das Meer ...«

Er wollte noch weitersprechen. Da, ein furchtbares Krachen, dem langrollender Donner folgte. Alle waren zusammengefahren.

Was war das? Ein Gewitter? Kein Wölkchen am Horizont. Stahlblau der Himmel. Eine atmosphärische Entladung oder eine Explosion? ... Eine Sprengung?

* * *

Eisenecker und Gonzales schritten der Grenze zu.

»Hoffentlich ist die Luft rein, Don Antonio. Ich fürchte ... Ihre häufigen Besuche bei mir ... einmal werden Sie den Grenzwächtern doch in die Hände fallen.«

»Keine Angst! Ein Hirt zeigte mir einen neuen Pfad. Zwar etwas halsbrecherisch, aber unbedingt sicher. Doch wie wäre es jetzt?« Er sah sich um. »Wir sind weit genug von ›Mon Repos‹ und bewohnter Gegend entfernt. Die Probe, die Sie mir versprachen!«

»Ich bin bereit! Ein Ziel!« Er schaute sich um. »Wo wäre eins?«

Der Oberst suchte mit einem Feldstecher die Gebirgshänge ab.

»Da! Dort! Die Felswand! Sie liegt in vollem Sonnenlicht. Eine Bergziege weidet daran ... Dort! ... Zu weit! Unmöglich, ein Geschoß zielsicher dort hinzutragen.«

Eisenecker nahm den Feldstecher, sah zur Wand hinüber. Ließ das Glas sinken.

»Zu weit? Können Sie immer noch nicht verstehen, Don Antonio, daß dieses Wort für meine Waffe nicht gilt? Nehmen Sie das Glas, sehen Sie dorthin!«

Er selbst nahm ein Militärgewehr von der Schulter, lud es mit einer Patrone, die sich äußerlich in nichts von der üblichen Munition unterschied.

»Jetzt passen Sie auf!« Er legte an.

»Nun, was wollen Sie tun?« Gonzales trat neben ihn. »Die Ziege ist für das bloße Auge unerkennbar! Selbst im Glas nur ein winziger Punkt.«

»Winzig? Eine Fläche von hundertsechzigtausend Quadratmetern? Die ungefähre Mitte davon! Das genügt.«

Er legte das Gewehr an, zielte lange, schoß. Der kurze blecherne Ton des Mündungsknalles. Sekunden verstrichen ... Da blitzte es dort drüben an der Felswand auf. Sekundenlang stand sie in bläulichem Feuer.

»Die Ziege! Sie stürzt!« Gonzales schrie es, das Glas an die Augen gepreßt. »Schon unten am Hang! Da! Sie prallt auf! Stürzt in den Abgrund!«

Er wollte sich zu Eisenecker wenden, als ein krachender Donner ihn zusammenfahren ließ. Es war derselbe Donner, der die Besucher vor der Hütte des Schäfers Arriava so jäh erschreckte.

* * *

»Da drüben an der Felswand!« Iversen deutete zu dem Berghang im Süden. »Da drüben war's! Ich sah plötzlich einen bläulichen Schimmer darübergebreitet. Zuckte wie ein Blitz ... nach allen Seiten!«

Harder wandte sich an den jungen Hirten.

»Ist dort eine Grube? Ein Steinbruch? ... Wird dort gesprengt?«

Der schüttelte verständnislos den Kopf.

»Nichts! Da drüben ist unzugängliches Gebirge, wo keines Menschen Fuß hinkommt.«

Harder schüttelte den Kopf.

»Sonderbar das Ganze!« Dann, als wollte er sich von allem Grübeln frei machen:

»Kommt! Wir wollen weiter. Noch ein ziemliches Stück zur Kapelle von Saint-Jean.«

Sie mußten den schmalen Weg wieder ein Stück hinabsteigen, um einen breiteren Seitenweg zu erreichen, der zur Kapelle Saint-Jean-le-Miracle führte. Dort konnten sie nebeneinandergehen, und Iversen nahm die Unterhaltung wieder auf.

»Wie hat Ihnen der Wundermann gefallen, Herr Harder?«

Harder fuhr sich ein paarmal über die Stirn, bevor er die Antwort fand.

»Was weiß der alte Mann von der Insel Warnum? ... Was kann er von Warnum wissen? ... Nur Warnum kann er meinen ... wenn seine Worte überhaupt einen Sinn haben.«

Iversen zuckte die Achseln.

»Es gibt Dinge zwischen Himmel und Erde, Herr Harder, von denen ...«

»Keine abgegriffenen Zitate, Herr von Iversen! Geben Sie mir eine Erklärung für das, was wir eben hörten.«

»Wenn man es erklären könnte, Herr Harder, wäre es nicht mehr so wunderbar.«

»Es muß sich erklären lassen, Iversen. Versuchen Sie, eine Erklärung zu geben.«

»Unmöglich, Herr Harder. Wenn ich es versuche ... es werden doch immer wieder Worte ... Umschreibungen ... Das Zweite Gesicht ... es findet sich öfter in der baskischen Bevölkerung. Man sagt, sie sehen weit über Raum und Zeit hinweg, sehen entfernte und zukünftige Dinge in voller Klarheit. Aber erklären ... erklären, Herr Harder, kann man diese wunderbare Gabe nicht.«

Mit Gewalt mußte Harder den Eindruck abschütteln, den die Worte des Alten auf ihn gemacht hatten.

»Unerklärlich ... jedenfalls unkontrollierbar. Also warten wir ab, ob die Zukunft den Worten des alten Mannes recht gibt. Hoffentlich verläuft der zweite Teil unseres Programms in angenehmerer Form.«

Iversen war ein paar Schritte zurückgeblieben, ging jetzt neben Modeste von Karsküll. Sah, daß auch sie blaß und erregt war.

»Gnädige Baronin, waren Sie mit Ihrer Prophezeiung zufrieden?«

Eine Minute verging, bevor Modeste antwortete.

»Es ist wunderbar, Herr von Iversen ... nein, nicht wunderbar, es ist furchtbar. Wie kann der Alte das alles wissen?«

»Was ist mit Ihnen, was haben Sie, Modeste?« Mette Harder stellte die Frage. »Ihr Orakel, nehmen Sie es so ernst? Es scheint ja fast, als ob der Alte richtig orakelt hat. Sieh mal einer an!«

Modeste wandte die Augen von Mette zur Seite. Da traf ihr Blick den Iversens, der wie in stummer Frage auf ihren Zügen haftete. Eine dunkle Röte schoß ihr ins Gesicht.

»Ach, es ist ja nur Scherz, Mette! Lassen wir das alles!«

Während sie so sprachen, war Harder mit schnelleren Schritten vorgegangen. Seine Gedanken gingen zwischen dem Schäfer und Warnum hin und her. Wie ein Zwang lag es auf ihm. Vergeblich suchte er sich davon frei zu machen. Nur Warnum konnte mit der brennenden Insel gemeint sein.

Er erbebte bei dem Gedanken, daß die dort, folgend

seinem Gebot, mit allen Mitteln zum Ziele strebend ... die Feldstärken steigernd ... zur Katastrophe? ... Zweihundert Menschenleben verloren ...

Ein eisiger Schauer durchrann ihn. Fernsteuerung ... dieses Wort - immer wieder kam es von seinen Lippen ... Fernsteuerung! Dann wäre wenigstens kein Menschenleben gefährdet. Noch heute sollte der Befehl abgehen.

Der Weg führte jetzt über ein fast ebenes Gelände. In der Nähe wurde die kleine Kapelle sichtbar, die das Ziel dieses Ausflugs bildete. Ein schmächtiger, altersgrauer Bau. Iversen suchte die gedrückte Stimmung zu verscheuchen, die der Besuch bei Arriava wenigstens bei zwei Mitgliedern der kleinen Gesellschaft hervorgerufen hatte. Er begann von der Geschichte der Kapelle zu erzählen.

»Die Überlieferung berichtet, daß schon römische Baumeister der Provinz Gallien die Grundmauern dazu errichtet haben. In den Stürmen der Völkerwanderung, in den jahrhundertelangen Kämpfen zwischen Goten, Franken und Mauren sind öfter als einmal Brand und Zerstörung darüber gekommen. Doch immer wieder haben fromme Hände den kleinen Bau hier dicht an der Grenze zwischen Spanien und Frankreich von neuem errichtet. Ein uraltes Marienbild sollen diese Mauern bergen, das wie durch ein Wunder alle Zerstörungen der ewigen Grenzkriege überstanden hat. Ein Gnadenbild, zu dem jetzt noch die Bevölkerung aus Frankreich und auch von der spanischen Seite her Wallfahrten macht.«

Er sprach, erzählte, wurde warm bei seiner Erzählung und merkte, daß auch die Stimmung seiner Zuhörer sich wieder zu heben begann.

Da plötzlich: Rauhe Rufe ... der barsche Befehl, stehenzubleiben. Im Augenblick strömte es hinter Klippen und Bäumen der Umgebung hervor. Sechs Männer, der Tracht nach Basken ... baskische Räuber!

Harder stand still ... ›Wie dumm! Wie unvorsichtig

Schutzumschlag der Leinenausgabe im Verlag Scherl, Berlin

Schutzumschlag der deutschen Nachkriegsausgabe im Gebrüder Weiß Verlag, Berlin

Schutzumschlag der österreichischen Nachkriegsausgabe im Verlag ›Welsermühl‹, Wels

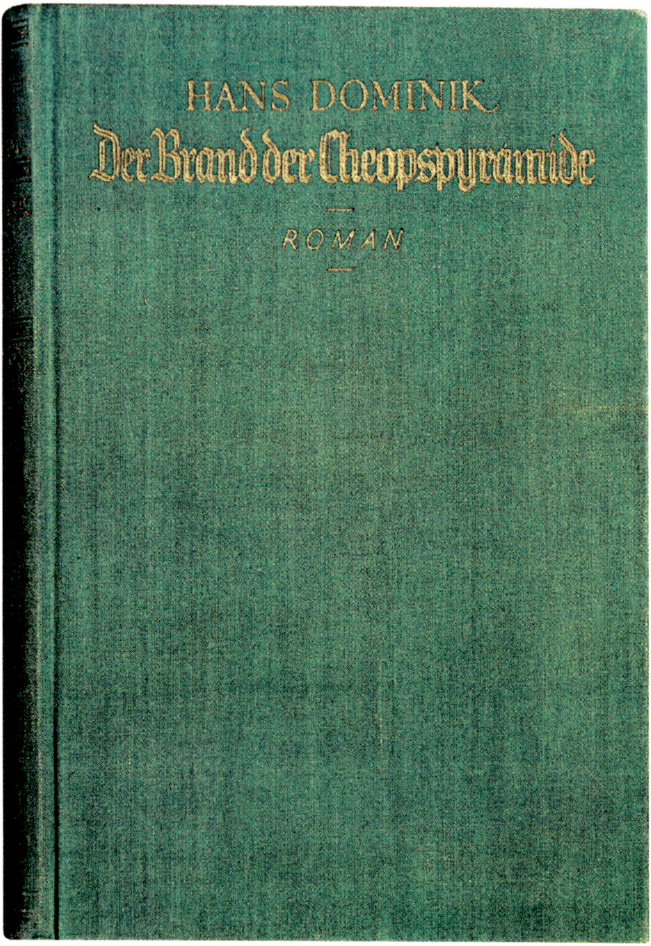

Leineneinband der Dominik-Ausgabe im Verlag Scherl (gehobene Ausstattung)

Leineneinband der Dominik-Ausgabe im Verlag Scherl (Standardausstattung)

Schmuckblatt (Karikatur von 1942) zum Roman
›Der Brand der Cheopspyramide‹ vom Verlag Scherl, Berlin

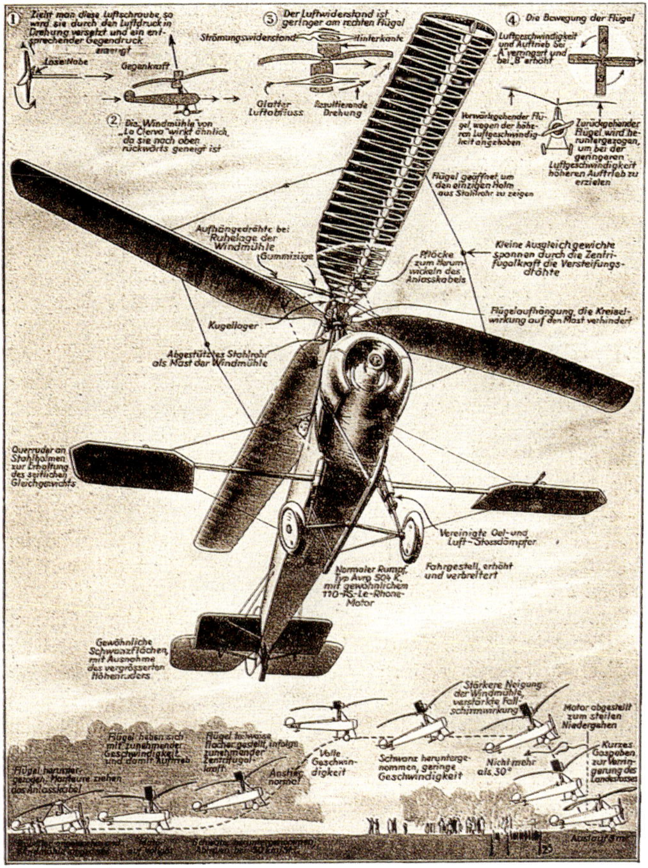

Der Schraubenflieger (Autogiro) von Don Juan de la Cierva (Abbildung in ›Das neue Universum‹, 47. Jahrgang, 1926)

Der Ellernhof brennt ab (1421)

Besichtigung von Montgomerys Apparat (45)

Ausbesserungsarbeiten an der Potomac *(77)*

Harder und seine Ingenieure im Warnumer Laboratorium (205)

Das Attentat auf die Werke von Rallain (237)

Eisenecker rettet Harder und seine Begleiter (301)

Die atomare Explosion auf Warnum (333)

Jolanthe bei Ibn Ezer; im Hintergrund Abd-ul-Hafis (429)

Die Cheopspyramide brennt (589)

dumm von uns!‹ Unablässig ging ihm dieser Gedanke durchs Gehirn. Hatte man nicht in den Zeitungen in Biarritz genug von der Unsicherheit an der französisch-maurischen Grenze gelesen? Wurde da nicht ständig von Räubereien und Überfällen berichtet? Wie konnte er sich nur zu einem Ausflug in diese unsichere Gegend verleiten lassen! Schwer fiel es ihm jetzt auf die Seele.

Doch es blieb nicht viel Zeit zum Nachdenken. Die Basken hatten die kleine Gruppe jetzt umzingelt. Ihr Anführer forderte sie auf, ihnen ohne Widerstand in die Berge zu folgen.

Was tun? Die Banditen bis an die Zähne bewaffnet, die Touristen ohne jede Waffe. Jeder Widerstand gegen die Übermacht zwecklos.

Der Anführer trat vor Harder hin.

»Sie sind der Generaldirektor Harder aus Deutschland?«

»Jawohl! Der bin ich! Und wer sind Sie? Was wollen Sie von uns?«

»Nun, das wird sich finden! Vorläufig sind Sie unsere Gefangenen.«

Harder wollte aufbegehren. Der Anführer ließ ihn nicht zu Wort kommen.

»Keine unnützen Fragen! Sie werden nicht beantwortet werden. Folgen Sie uns! Nichts weiter!«

Der Trupp setzte sich in Bewegung. Die beiden Frauen bestürzt und verwirrt. Harder seinen Leichtsinn verwünschend, Iversen zähneknirschend.

Der sah jetzt, wie einer der Banditen Modeste von Karsküll am Arm packte, um sie schneller vorwärtszuziehen. Hörte, wie ihr bei der groben Berührung ein Schmerzensschrei entfuhr …

Wie ein Tiger sprang er den Banditen an, hob ihn hoch und schleuderte ihn auf den Felsboden.

Im nächsten Augenblick fielen die anderen über ihn her. Der Anführer setzte schon die Mündung seiner

Waffe auf Iversens Brust, da warf sich Modeste mit einem Schrei dazwischen.

»Schont ihn! Gnade!«

Der Anführer sah Modeste einen Augenblick prüfend an.

»Es ist gut!« Zu seinen Genossen gewandt: »Führt ihn weiter!«

Dichter schloß sich der Trupp um die vier Gefangenen.

So schnell wie möglich ging der Marsch weiter, einen Pfad hinauf in das Gebirge. Immer enger und düsterer wurde die schmale Kluft. Kein Sonnenstrahl verirrte sich hierhin. Zur Linken in der Tiefe ein tosender Bergbach, zur Rechten, wie Kulissen hintereinandergeschoben, hohe Felsklippen. Feucht und schlüpfrig der Pfad in kühler Dämmerung.

Je weiter der Marsch, desto langsamer der Schritt der Frauen. Stundenlang schon waren sie unterwegs. Mette am Arm ihres Vaters, Modeste an den Iversens gehängt. Der Anführer merkte, daß es bald nicht mehr weiterging. An einem Seitenpfad blieb er stehen, überlegte einen Augenblick.

Er sah die beiden Frauen, bleich, zitternd, völlig erschöpft.

»Zur Hütte Josés! Hier den Pfad hinauf! Nur noch ein kurzer Weg, meine Damen. Eine knappe Viertelstunde, dann werden Sie Gelegenheit haben, sich auszuruhen.«

Endlich war die Hütte erreicht. Sie war leer. Es war anscheinend ein altes Zollhaus, das aber nicht mehr benutzt wurde. Der Anführer stieß die Tür auf. Zwei Räume zu ebener Erde. Sonst nichts. Darin ein Tisch, ein paar morsche Bänke als einzige Ausstattung.

»Wir werden hier über Nacht bleiben. Ich würde Ihnen gern einige Bequemlichkeiten zur Verfügung stellen, wenn ich sie nur hätte. Ich selbst werde mit meinen Leuten draußen kampieren.«

»Und Essen und Trinken?« Iversen fuhr ihm in den Weg. »Sie sehen, die Damen sind völlig erschöpft.«

»Wird sofort besorgt werden«, antwortete der Anführer in beinahe höflichem Ton. Er ging hinaus und kam auch bald mit einem anderen wieder, der ein Abendessen auf den Tisch stellte. Kalte Küche, aber mit auffälliger Sorgfalt zubereitet und zusammengestellt. Ein Krug frischen Quellwassers dazu.

* * *

Fürst Iraklis stand vor dem Kalifen.

»Ich komme soeben von Ibn Ezer.«

»Ich sehe es an Ihrer Miene, auch ihm ist es nicht gelungen, im ersten Ansturm den Apparat zu bezwingen. Ich habe es auch nicht erwartet.«

»Und doch ist die Meldung, die ich zu bringen habe, nicht ungünstig. Er hofft in absehbarer Zeit wenigstens hinter das Geheimnis Montgomerys zu kommen.«

Der Kalif sprang auf.

»... absehbarer Zeit ... Wochen ... Monate ... Unerträglich dieses Warten auf unbestimmte Zeit! Harder! Jolanthes Plan die einzige Rettung, so abenteuerlich auch das ganze Unternehmen ist. Wäre es nicht Jolanthes Gedanke, ich würde mich kaum darauf eingelassen haben. Und doch wieder, wenn man den Plan scharf durchdenkt ... vieles, was für den Erfolg spricht. Zumal Jolanthe selbst alles bis aufs kleinste geordnet hat.«

Eine Uhr schlug die sechste Stunde.

»Könnte schon Nachricht dasein?« fragte er den Fürsten.

»Es wäre möglich. Ich will selbst gehen.«

Abdurrahman lehnte sich zurück, schloß die Augen.

Jolanthe! Welch ein Weib! Tag und Nacht seine Gedanken bei ihr seit jenem Abend im Madrider Schloß.

Schon seit der Zeit, da er sie zuerst gesehen, sie für

ihn zu arbeiten begann, hatte sie sein ganzes Interesse gehabt. Ihre ungewöhnlichen Leistungen! Die Leidenschaft, mit der sie das gefährliche Spiel spielte. Maßloser Ehrgeiz, Machthunger, Freude am Außergewöhnlichen. Alles Eigenschaften eines Mannes, der den Drang zu großen Taten in sich spürt. Nichts Weibliches schien in ihr zu sein. Kein Herz, das für Liebe empfänglich.

Es war ja auch unmöglich, wo sie alle Gefühle und Gedanken auf ihre Aufgaben konzentrieren mußte. Und wie sehr war sie von der Natur begnadet, Männerherzen zu entflammen. Alles schien doch in ihr vereinigt, was den Reiz des Weibes ausmacht.

Und dann ... der Abend im Madrider Schloß. Niemals würde er das vergessen, was er da sah. Wie sie vor ihm den innersten Schrein ihres Herzens geöffnet, ihre geheimsten Gedanken entblößt; dagestanden, ganz Liebe, ganz Leidenschaft. Wie sein Herz an ihrer Glut sich entzündet, daß er alles vergaß um sich her.

Nur der eine Gedanke: dieses wahrhaft königliche Weib zu sich heranzuziehen. Sie zu stellen auf den Platz, der ihr gebührte ... an seiner Seite.

So überraschend der Gedanke, so allgewaltig, daß er betäubt ... bezaubert ... kämpfend mit der unbestimmten Angst, wehrlos zu unterliegen ... nicht den Schritt tat. So ungeheuerlich die Macht ihrer Liebe. Er ihr Sklave, willenlos, machtlos. Seine eigene Stärke an ihr zerschellend. Mit aller Kraft hatte er sich gewehrt ... wäre doch unterlegen ... in wollüstigen Schauern hinwerfend, was er getan, geplant ...

Da stob das Feuer zu seiner Seite, Funken um ihn sprühend. Der Bann gebrochen! Die Bezauberung gelöst ... Und doch – er fühlte es in sich mit zwingender Gewißheit – ihrer beider Schicksal miteinander verknüpft mit unlösbaren Banden. Ein Weg für sie zu Sieg oder Tod ...

Fürst Iraklis trat in das Gemach. Mit frohem Gesicht, eine Depesche in der Hand. »Darf ich lesen?«

Der Kalif nickte. Der Fürst las:

»Auftrag ausgeführt. Auf spanischem Boden.«

Abdurrahman neigte das Haupt.

Der erste Schritt gelungen! Das andere? ... Jolanthes Hand. Sie versagte nie.

* * *

Kaum berührt standen die Speisen auf dem Tisch in der Zollhütte.

Der Überfall! Die Ungewißheit ihres Schicksals ... Was würde der kommende Tag bringen? ... Waren sie in Räuberhand, Lösegeld von ihnen zu erpressen? Welche Gefahren noch, die ihnen drohten?

Immer wieder hatten Harder und Iversen den Frauen Mut zugesprochen, sie mit baldiger Befreiung zu trösten versucht. Nur schlecht war es ihnen gelungen. Glaubten sie doch selbst nicht fest daran. Bis endlich Harder Mette und Modeste zwang, sich auf diesem schlecht und recht zubereiteten Lager niederzulassen, um Kräfte für den anderen Tag zu gewinnen.

Er selbst mit Iversen immer wieder das Unglaubliche des Geschehens besprechend ... Räuber, die ein Lösegeld erpressen wollten? Keiner fand eine andere Antwort. Was würde der nächste Tag bringen? Wie lange würde es dauern, bis sie zurückkehren konnten?

Die Sonne war längst untergegangen. In der Hütte war es schon Nacht. Die kleinen vergitterten Fenster genügten selbst bei Tage kaum, den Raum notdürftig zu erhellen.

Versuchen, auch zu schlafen? Schlafen! Wer konnte da schlafen?

Da ... den Bruchteil einer Sekunde war's auf einmal, als wenn die Hütte in Flammen stände. In bläulich-weißen Schein alles getaucht. Dann ein fürchterliches Krachen ... Betäubt standen sie. Mit einem Schrei waren die Frauen emporgefahren.

Ein Gewitter? Ihre Worte wurden verschlungen von dem Rollen des Donners, der, sich brechend an den Berghängen, im Echo den Hall verhundertfachte.

Ein Gewitter? Immer wieder die Frage. Der Blitzschlag mußte in unmittelbarer Nähe getroffen haben.

Iversen sprang zur Tür, rüttelte daran.

»Diese Schurken! Weshalb öffnen sie nicht? Wären sie doch selbst erschlagen!«

Mit aller Macht warf er sich dagegen. Sie wich nicht. Er versuchte ein Fenster aufzureißen ... der Griff zerbrach unter seinen Händen.

Finsterdunkle Nacht. Der Mond verdeckt durch eine breite Wolkenwand. Er glaubte Schritte zu hören. Sie kamen näher ... zur Tür. Der Riegel wurde zurückgeschoben. Mit einem Sprung stand er neben Harder, der eben die Tür aufwarf.

Vor ihnen an den Stufen eine dunkle Gestalt. Einer der Wächter?

»Was war das? War das ein Gewitter? ... Ein Blitzschlag?«

Sie traten näher an den Mann heran. Eine hochgewachsene Gestalt. Die Kapuze des Capes hochgeschlagen. Das Gesicht nicht zu erkennen.

»Ihr seid frei! Folgt mir!«

Die Worte, im Dialekt der französischen Basken gemurmelt, ließen sie zusammenfahren.

»Frei? ... Wir sind frei? Wie das? ... Wer ist es, der uns Freiheit gibt? ... Die Räuber ... wo sind sie?«

Er deutete zur Felswand hin.

»Sie sind tot.«

Da lagen die sechs. Ruhig, unbeweglich. Wie in tiefem Schlaf. Das Bild ... unverständlich!

Harder schritt auf sie zu. In ihre Decken gehüllt, lagen sie da. Er beugte sich über den ersten, tastete ihm ins Gesicht. Er war tot. Tot auch die anderen.

»Der Blitzschlag, der sie getötet?«

Der Fremde nickte.

»Ein Gottesgericht!« rief Iversen. Eilte zur Hütte. »Fort! Fort! Wir sind frei! Der Blitz hat sie erschlagen.«

»Sie, wer sind Sie?« Harder trat an den Fremden heran. »Was wissen Sie von denen ... von uns?«

Der schüttelte den Kopf, als hätte er nicht verstanden. Wies mit der Hand nach Norden, zurück zur Grenze.

Iversen war mit den Frauen herangekommen. Er drängte sich neben den Fremden, der schon ein Stück vorangeschritten. Bestürmte ihn mit Fragen.

»Schnell, ehe die anderen kommen!« dessen einzige Worte. Dann blieb er stumm.

Der Marsch folgte demselben Weg, den sie gekommen. Bald waren sie an der Schlucht angelangt. Einen Augenblick zögerte der Fremde, als wollte er sich trennen, sie allein gehen lassen. Er warf einen Blick auf die Frauen, die müde und matt, von dem doppelten anstrengenden Weg erschöpft, an den Armen ihrer Begleiter hingen. Dann drehte er sich um, schritt weiter vor ihnen her.

Das Mondlicht, das immer wieder von den Wolkenbänken verdeckt wurde, ließ nur stellenweise den schmalen Pfad erkennen. Immer wieder mußte der Führer stehenbleiben, die Flüchtlinge erwartend, die ihm nur mit Mühe zu folgen vermochten ...

Da endlich! Die Felsenwände zur Seite öffneten sich. Vor ihnen der Weg, der zur Kapelle führte.

Sie traten hinaus. Da lag sie. Jetzt nur noch die kurze Strecke zum Dorf, wo sie ihren Wagen verlassen hatten. Der Fremde deutete dahin, wandte sich zur Kapelle.

Harder eilte ihm nach.

»Nicht so, bester Freund! ... Ohne unseren Dank! ... Wie könnten wir Sie so ziehen lassen, dem wir so großen Dank schulden!«

Der Fremde hob den Arm ... Abwehr ... Gruß ...?

Die Kapuze des Capes fiel durch die Bewegung

zurück. Einen Augenblick traf das Mondlicht seine Züge.

»Friedrich Eisenecker!« Ein Frauenmund hatte es geschrien.

Der war davongeeilt ... im Schatten der Kapelle verschwunden.

* * *

Längst war Mitternacht vorüber. Noch saß der Kalif vor seinem Arbeitstisch, Schriftstücke vor sich. Er las, unterschrieb sie ... mit halbem Geist nur dabei.

Nachricht von der Grenze, von den Gefangenen ... wo blieb sie?

Die zweite Meldung von dem Anführer Almeiras: daß die Frauen ermüdet, er nicht weiterkonnte. In einem alten Zollhaus die Nacht verbringen wolle.

Abdurrahman hatte sofort Befehl gegeben, daß von Alpera aus Maultiere mit Tragsesseln dorthin geschickt würden, die die Gefangenen noch bei Nacht weiter ins Innere transportieren sollten. Hatte dies auch Almeiras mitteilen lassen.

Doch der ...? Hatte er die Botschaft nicht bekommen? Alle Versuche, mit ihm in telegraphischem Verkehr zu bleiben, unmöglich.

Was war passiert? Was war vorgegangen? Waren sie von französischer Seite verfolgt, ihnen die Gefangenen entrissen worden?

Nein! Undenkbar ... unmöglich. Niemals würden die französischen Behörden gewagt haben, die Grenze zu überschreiten, selbst bei solchem Bandenüberfall nicht.

Ein Schatten fiel vor das Licht. Sein Kammerdiener stand vor ihm, überreichte ihm eine Depesche. Hastig riß er sie auf. Vom Anführer des Hilfstrupps:

›Am Zollhaus angekommen. Almeiras mit Genossen tot. Die Hütte leer.‹

Die Depesche zitterte in seinen Händen. Er sprang auf, schrie seinen Sekretär herbei.

»Verbindung mit Jolanthe von Karsküll!«

* * *

Die Gäste des großen Hotels Esplanade in Biarritz seit Stunden schon in heller Aufregung. Der Generaldirektor Harder mit seiner Begleitung war am Morgen mit seinem Wagen in die Berge gefahren. Um sechs Uhr wollte er zurück sein. Der Wagen war nicht zurückgekehrt.

Jolanthe und der Direktor des Hotels hatten schon längst besorgt miteinander erwogen, wie dies Ausbleiben zu erklären sei. Hatten schließlich nach peinlichem Warten mit dem Maire* von Saint-Jean Verbindung bekommen. Die Antwort von dort erst recht beunruhigend: der Wagen immer noch im Ort, wartend auf Harder und seine Gäste.

Die Biarritzer Polizei in Bewegung gesetzt. Der Maire von Saint-Jean angewiesen, sofort Leute auszuschicken, die Verlorenen zu suchen ... Alles vergeblich ... keine Spur von ihnen ... keine Erklärung, wo sie geblieben ... In Räuberhand? ... Abgestürzt? ...

Die Nacht war herangekommen. Jolanthe hatte sich in ihr Zimmer zurückgezogen.

›Gelungen! Sie sind über die Grenze geschafft ... in unserer Hand. Unerträglich, daß ich jetzt nicht dort sein kann. Ich darf hier nicht fort. Muß die Komödie zu Ende spielen.‹

Sie entkleidete sich und warf sich auf ihr Lager. Griff nach einer Zeitung, suchte vergeblich, sich zu zerstreuen. Ihre Gedanken waren da drüben, wo sich jetzt der zweite Akt ihres Planes abspielen sollte. Da glühte neben ihr das Signal des Empfängers auf. Sie riß den

---

* Bürgermeister

Hörer ans Ohr. Ein Gespräch auf der verabredeten Welle im Schlüssel. Sie beherrschte ihn so, daß sie den helfenden Stift entbehren konnte.

Die Stimme Abdurrahmans!... Die Hörmuschel in ihrer Hand begann zu zittern. Mit weit geöffneten Augen hörte sie, was er sprach... Immer starrer ihr Blick.

»Die Gefangenen frei! Hierherkommen! Sobald wie möglich!«

Die Lampe erlosch. Der Hörer entsank ihrer Hand. Betäubt fiel sie in die Kissen zurück, noch unfähig, den Inhalt voll zu begreifen. Erst langsam wurde ihr die Bedeutung klar.

Und dann... Mit einem Schrei der Wut warf sie den Oberkörper vor. Ihre Hand umkrampfte die Spitzen des Nachtgewandes. In Fetzen zerriß es.

Wer war's, der das tat?

Mit dem Sprung einer Tigerin war sie vom Lager auf. Ihre Augen starrten in dem Raum umher, als suchten sie den, der das getan.

Ein Mensch? Unmöglich! Ein Gott? Ein unartikuliertes Lachen brach aus ihrem Mund. Der Mensch, der das getan... einer... viele... einerlei... Das Todesurteil über die gesprochen... über den! Vertilgt, ausgelöscht mußte der werden, der es gewagt... getan. Wie eine Rasende schritt sie in dem Raum auf und ab. Unhörbar wie die Pranken einer Tigerkatze glitten ihre nackten Füße über den Teppich.

Sie stieß vor den großen Spiegel. Prallte zurück vor dem Bild, das ihr Auge traf. Das lange blonde Haar verwirrt, zerwühlt vom Kopf herunterhängend... das Nachtgewand zerrissen. Arme und Brust nackt... bloß.

Eine rasende Mänade*! Sie erschrak selbst.

›Kaltes Blut!... Kaltes Blut, Jolanthe... Das Gesche-

* sich bis zur Ekstase steigernde Dienerin des griechischen Weingottes Dionysos

hene ist nicht zu ändern. Nichts ist zu tun ... als zu wissen, wer das Spiel zerstört, wer mir in den Arm gefallen!‹

Kein Versteck der Welt, wo sie ihn nicht suchen wollte. Keine Macht der Welt, die ihn retten würde.

Schlaflos verbrachte sie die Nacht. Sie lag auf dem Bett, halb bewußtlos, wie im Fieber. Der Morgen dämmerte.

Es klopfte an die Tür. Der Direktor des Hotels:

»Die Vermißten sind soeben in Saint-Jean eingetroffen. Fahren im Wagen fort.«

Jolanthe hatte sich aufgerichtet. Sie mußte ihm antworten. Mit Mühe vermochte sie es, den Mund zu öffnen, ihre Freude kundzutun.

Er hatte noch gerufen: »In zwei Stunden werden sie hier sein.« War dann fortgegangen.

Sie hatte ein kaltes Bad genommen, sich sorgfältig angekleidet. Immer wieder hatte sie vor dem Spiegel ihr Gesicht studiert, bis sie keine Spur der Erregung mehr zu sehen glaubte. War dann in die Halle gegangen, hatte es vermocht, mit dem Direktor und den anderen Gästen zu plaudern.

Der Wagen war vorgefahren. Alle hatte sie in die Arme geschlossen, begrüßt, Harder den Kreis der Neugierigen, die ihn mit Fragen bestürmten, schnell durchbrochen. War mit den anderen zu ihren Zimmern gegangen. Hier hörte Jolanthe alles, was geschehen. Bald an den einen, bald an den anderen sich wendend, faßte sie schnell alle Einzelheiten zu einem geschlossenen Bilde.

»Unglaublich! Unerhört die Frechheit dieser Banditen! Solche Zustände! Wie können die geduldet werden? Mich schaudert bei dem Gedanken, was noch hätte passieren können, wenn dieser rätselhafte Fremde nicht gekommen wäre.

Ein göttliches Wunder, daß er gerade dort vorbeikam ... nein! Schon vorher muß er euch in den Händen der Banditen gesehen haben. Denn er fragte euch doch nicht, wie ihr dort hingekommen. Sicherlich hat er den Überfall gesehen, ist euch gefolgt, darauf wartend, euch irgendwie zu Hilfe zu kommen.

Und er gab sich nicht zu erkennen, der Fremde? Vielleicht ein Feind der Banditen, der aber selbst Gründe hat, eine Ladung vor den Richter zu vermeiden.

Verriet nichts an ihm Stand und Nation?«

Sie schüttelten den Kopf. Nur Modeste antwortete.

»Als der Fremde ging, glaubte Mette beinahe einen Bekannten von früher in ihm wiederzuerkennen. Sah aber später ihren Irrtum ein und mußte selbst über die Verwechslung lachen.«

»Ah! Sie sahen mehr von ihm, Fräulein Harder?«

»Nein! O nein, ich sah nicht mehr als die anderen. In der Erregung durch all das, was passiert war, hatte ich ein Trugbild gesehen.«

Sie tauschte einen Blick mit Iversen, der befriedigt nickte. So hatten sie es beide unterwegs verabredet.

Das unscheinbare Mienenspiel - Jolanthe hatte es gesehen. Wandte sich jetzt direkt an Mette, so daß die ihr in die Augen sehen mußte. Fragte lächelnd:

»Wer war denn der, mit dem Sie den Fremden verwechselten? Wie hieß denn der?«

Mette zögerte einen Augenblick. Wollte ausweichen. Doch sie entrann dem lächelnden Blick, in dem etwas Zwingendes, Bannendes lag, nicht.

»Eisenecker«, kam es halblaut von ihren Lippen, »ein früherer Angestellter der Riggers-Werke.«

»Und Sie kannten ihn ... gut?« fragte Jolanthe weiter.

»Ich kannte ihn kurze Zeit.« Mette wandte sich ab und verließ den Raum.

* * *

Ein einfaches Gemach. Die Wände fugenloses Urgestein, als wäre es ganz in massiven Fels gehauen. Elektrisches

Licht. In der Mitte auf rohem Holztisch der Apparat Montgomerys. Der Glaskasten entfernt. Frei lagen die Schaltungen zutage.

Ein Mann in mittleren Jahren saß davor, maß, notierte lange Reihen von Zahlen. Ein anderer, ein Greis, vor einer schwarzen Tafel an der Wand, die mit unzähligen Kreideziffern bedeckt war.

»Ein Fehler!«

Der Greis rief es mit zitternder Stimme. Die Kreide entglitt seinen Händen, fiel zu Boden.

»Ein Schaltungsfehler, der die Spannungen verwirrt!«

Der am Kasten war aufgesprungen, lief zu dem Alten hin.

»Wo, Ibn Ezer? Wo?«

Der deutete auf einen Punkt in dem weißen Zahlengewirr.

»Hier, Abd-ul-Hafis! Hier ist falsch geschaltet!«

Abd-ul-Hafis hielt seine Zahlentabelle daneben. Sein Auge glitt von der Tafel zu den Tabellen und wieder zurück. Jetzt fand er die Stelle, eilte zu dem Apparat zurück. Der Alte folgte langsam.

Abd-ul-Hafis hatte eine helle Glühlampe in den Apparat gehängt. Mit einer starken Lupe untersuchte er die verdächtige Stelle der Schaltung. Plötzlich ein kurzer freudiger Aufschrei.

»Hier, Ibn Ezer! Hier! Siehst du diesen winzig kleinen Tropfen Lötmasse?«

Ibn Ezer sah durch das Glas, nickte.

»Es ist die falsche Schaltung.«

Er trat zurück. Die beiden sahen sich an.

»Wer tat das? Wer brachte den Fehler in die Schaltung? Elias Montgomery selbst?«

»Kaum anzunehmen. Wollte er den Apparat unbrauchbar machen, hätte er ihn ganz vernichten können. Und doch! Wer könnte es sonst gewesen sein?

Einer von den Gelehrten, den englischen Physikern? Ebenso ausgeschlossen.«

»Das Rätsel möge ungelöst bleiben«, rief Abd-ul-Hafis. »Jetzt« - triumphierend reichte er dem Alten beide Hände - »jetzt wird es nicht lange dauern, bis Elias Montgomerys Apparat von Ibn Ezers Hand gemeistert. Ibn Ezer, der Erbe, der Sieger über europäische Wissenschaft!«

Der Alte wandte sich um.

»Du wolltest mir nicht glauben, Abd-ul-Hafis, daß die Lösung des Rätsels nur auf dieser Tafel zu finden sei. Jetzt heißt es, die richtigen Zahlen zu ermitteln, sie einzusetzen. Und wenn die Rechnung stimmt, dann arbeitet der Apparat. Doch hüte deine Zunge, Abd-ul-Hafis! Den Boten des Kalifen sei diese Nachricht verschwiegen. Er wälzt große Pläne. Schwere Sorgen lasten auf ihm. Auf uns ... auf den Apparat baut er. Seine Pläne wurzeln in diesem Gemach. Nicht eher darf er etwas erfahren, als bis uns der Erfolg ganz sicher.«

»Ist die politische Lage so gespannt, Ibn Ezer?«

Der strich sich den langen weißen Bart.

»Ist sie's nicht heute, kann sie's morgen werden.«

* * *

Auf der Düne von Barsum erhob sich das neue Schalthaus. Massiv, aus Beton gegossen. Ein trutziger Bau, viel eher einer mittelalterlichen Festung gleichend als einem modernen Haus der Technik. Aber wohlgeeignet, den wilden Winterstürmen der Nordsee standzuhalten.

In den Sälen lange Reihen schimmernder Schalter. Hunderte von Meßinstrumenten an den Wänden. Gewaltige eiserne Gestelle bis zu den hochgewölbten Decken emporragend, von oben bis unten mit Automaten besetzt, die wie von Geisterhand bewegt schalteten, Stromkreise verbanden und wieder trennten, jeden Hebeldruck, der hier auf Barsum ausgeführt wurde, sofort als ein elektrisches Manöver zur Insel Warnum weitergaben, deren Silhouette sich in blauer Ferne schwach vom Horizont abhob.

In einem der Räume drei jüngere Ingenieure bei den Schaltern. Einer von ihnen las die Angaben der Meßinstrumente ab, der zweite trug sie in das Versuchsprotokoll ein. Der dritte stand jetzt müßig.

»4,8 Millionen Gauß. Keine Wärmeentwicklung, keine elektrische Spannung. Wir sind genauso klug wie vorher.«

»Sagen Sie lieber, so dumm wie vorher«, unterbrach ihn der zweite. »Jetzt haben wir das Vergnügen, nach Warnum zu fliegen und das Eisen zur Untersuchung hierherzubringen. Ich möchte nur wissen, wie der Alte auf die Idee gekommen ist, uns hier nach Barsum zu setzen und mit Fernsteuerungen arbeiten zu lassen.«

Der erste fiel ihm in die Rede.

»Danken Sie Ihrem Schöpfer, daß er die Idee endlich gehabt hat. Es ist ihm allmählich wohl doch vor seiner eigenen Gottähnlichkeit bange geworden. Sie kennen ja die Warnungen und Befürchtungen, die immer wieder - namentlich in letzter Zeit - von sachverständiger Seite ausgesprochen worden sind. Das hat dem Generaldirektor wohl doch zu denken gegeben. Ich bin jedenfalls froh, daß es so gekommen ist.«

»Sind Sie so besorgt um Ihr wertvolles Leben, Herr Kollege?«

»Aber ganz bestimmt! Wären wir auf Warnum geblieben, ich hätte nicht länger mitgemacht. Ich hätte meine Stellung kurzerhand gekündigt.«

»Aber warum denn? Was soll denn passieren? Wir haben die Feldstärke genau in der Gewalt. Wir gehen nur Schritt für Schritt vorwärts. Jedes Freiwerden von Atomenergie wird sofort durch die Apparate angezeigt. Was sollte da passieren können?«

Der Gefragte zuckte mit den Achseln.

»Wenn man das wüßte, brauchte man ja nicht so vorsichtig zu sein. Vielleicht haben Sie recht ...«

»Gewiß habe ich recht.«

»... oder Sie haben unrecht. Vielleicht geht die Entfesselung der Energie plötzlich ganz revolutionär vonstatten ...«

»Ganz ausgeschlossen!«

»... und dann, Herr Kollege, ist es besser, wir sind hier zwanzig Kilometer davon ab.«

Das Gespräch wurde durch den Eintritt des Oberingenieurs unterbrochen. Er hatte eine Depesche in der Hand und sah erregt aus.

Die Depesche hatte er auf den Tisch fallen lassen. Einer der Assistenten warf einen Blick darauf. Es war ein brutaler Befehl Harders, die Feldstärken rücksichtslos zu erhöhen.

Der erste, der sie gelesen, schob sie den anderen zu. Sie sahen sich gegenseitig fragend an. Im Sturm vorgehen? Was fiel Harder ein? Heute die Entscheidungsschlacht ...?

Ein Fieber ergriff sie. Sieg?! ...

Vergessen Montgomery! ... Vergessen das Rätsel, wo sein Apparat geblieben war. Anders als Montgomery würde Harder handeln. Den Sieg ausnutzen ...

Weltenwende, wenn Warnum arbeitete.

»An die Arbeit, meine Herren! Schalten bis auf 5 Millionen.«

Im Nu war jeder auf seinem Posten. Die Hände, die die Hebel bewegten, zitterten. Relais begannen zu klappern und zu schalten. Der Zeiger des ferngesteuerten Magnetometers wanderte schnell und immer schneller über die Skala.

4,8 Millionen ... 4,9 Millionen ... 5 Millionen Gauß. Die befohlene Feldstärke erreicht. Zitternd hing der Zeiger des Magnetometers über der Zahl.

Sie traten zu dem Oberingenieur, der vor den Meßinstrumenten stand. Mit enttäuschten Gesichtern blickten sie auf die Skalen … Nichts! …

Der Sturm war mißlungen. Sie starrten auf den Oberingenieur.

Der stand blaß, die Augen zusammengekniffen … überlegend.

Dann: »Weiter, meine Herren! Erhöhen wir die Feldstärke … bis 5,2 Millionen!«

Schon standen sie wieder an ihren Schaltern. Arbeiteten.

Der Oberingenieur war vor das Magnetometer getreten. Seine Augen hingen an dem Zeiger. Der ging langsam weiter. 5,1 Millionen … 5,2 Millionen …

Der Oberingenieur prallte zurück.

In jähem Ruck raste der Zeiger des Fernthermometers über die ganze Skala. So hart war der Anschlag am Ende, daß der stählerne Zeiger wie ein Strohhalm zerbrach. Die gleiche Erscheinung jetzt am Elektrometer, und dann fiel der Zeiger, der die Feldstärke angab, auf Null zurück.

Die Ingenieure starrten sich an, starrten auf die zerbrochenen Instrumente.

»Sehen Sie! … Warnum!« Einer schrie es, der zufällig durch das Fenster gesehen, und alle wandten den Blick dorthin.

Wo eben noch verschwommen blau die Umrisse der Insel am Horizont, stand jetzt eine mächtige Wolke und wurde von Sekunde zu Sekunde immer größer, immer gewaltiger. Rauch oder Dampf? Es war von hier nicht zu unterscheiden. Schwarze Rauchschwaden schienen sich mit weißen Dampfwolken zu einem schmutzigen Grau zu mischen. Häßlich-gelbe schwefelfarbige Schwaden dazwischen.

Sie standen und starrten.

Warnums Sieg … und Tod! Entfesselt die Energie,

doch nicht beherrscht, wandte sie sich gegen den Befreier. Riß ihn mit ins Verderben.

Sie sahen, wie die gräßliche Wolke dort in der Ferne immer höher stieg, sich in der Höhe wie die Krone eines Pinienbaumes nach allen Seiten hin ausbreitete. Sahen rote Blitze in der Wolke zucken. Starrten wohl eine Minute fast, als der Donner von Warnum her an ihr Ohr schlug. Krachender, polternder, grollender Donner, der sie zwang, sich die Ohren zuzuhalten.

Noch standen sie und starrten, als es von Warnum über die See wie eine hohe Wand herangebraust kam. Eine gigantische Flutwelle. Immer steiler, immer höher, immer drohender, je näher sie der Küste von Barsum kam. Senkrecht wie eine grünglasige Wand lief es jetzt die Düne hinauf. Hohl wurde die Wand und weiß ihre Krone.

Dann brach die Wand. Donnernd stürzten die Wassermassen zusammen, begruben das Schalthaus bis über den Dachfirst in strudelnder, schäumender Gischt.

Dunkel wurde es im Hause. Eine grüne Dämmerung, die kaum noch Umrisse erkennen ließ. Die Fenster brachen unter dem Anprall. Wassermassen stürzten in die Räume. Aber das Haus selbst, ein einziger in sich gefügter Betonblock, hielt der verderblichen Flutwelle stand.

Minuten verstrichen. Da wurde es wieder heller. Die Wasser der Welle begannen zu verströmen, liefen ab, füllten die Niederung hinter der Düne, hier einen weitgestreckten See bildend.

Klarer wurde die Sicht, und mit Schaudern sahen die, die hier im Schalthaus auf Barsum standen, daß Warnum ein feuerspeiender Berg geworden war. Drohend und düster hing dort die gewaltige Wolke. Unaufhörlich zuckten grelle Blitze aus ihr, unaufhörlich stießen rote Flammengarben von unten durch die schwarzgrauen Massen. Unaufhörlich dröhnte es wie der Donner einer schweren Kanonade von Warnum her über die See.

Was war geschehen? Sie wußten es alle, die hier im Schalthaus auf Barsum standen. Atomenergie war plötzlich und revolutionär frei geworden, als die Feldstärke den kritischen Punkt überschritt. Unendliche Wärmemengen mußten dort drüben plötzlich aufgetreten sein. Zuerst noch gestaut, aber sich nun mit Gewalt freie Bahn schaffend.

Höher stieg die Wolke. Heller wurde es unter ihr, wo Warnum lag. Erst rot, dann gelb, und jetzt schon hellweiß.

Wie schmelzendes Eisen schimmerte es von der Insel her.

Sie standen, starrten und sahen. In schwerer Dünung wogte die empörte See. Jetzt zeigten sich Schaumkronen, die von Barsum weg auf Warnum zuliefen. Eine Brise kam auf. Wurde stark und immer stärker, wurde zum Sturm und dann zum Orkan.

Von überall strömte die Luft zu der glühenden Insel hin. Immer größer die Wogen, immer gewaltiger die Wassermassen, die der wachsende Sturm von allen Seiten auf das glühende Eiland warf. Im Moment des Auftreffens versprühten und verdampften sie. Doch immer neue Wogen warf der Sturm in rasendem Schwall dorthin. Das unendliche Meer selbst nahm den Kampf mit dieser Glut auf.

Weiß wurde die Wolke, die eben noch schwarz über Warnum stand. Immer weiter breitete sich der milchige Nebel aus, immer stärker verhüllte er den schimmernden Glanz der glühenden Insel. Einem riesenhaften Bergkegel vergleichbar stand die Nebelbank jetzt über Warnum. Man sah es deutlich von Barsum aus, wie der Orkan die Nebelmengen von allen Seiten her zusammenfegte, sie wie die weißen Haarsträhnen eines mächtigen Hauptes kämmte und in unendliche Höhen emportrug.

Weiß schimmerte von innen her der Lichtschein der glühenden Insel durch diese Dampf- und Nebelbank.

Die Stunden verrannen. Da begann das Wasser allmählich des Feuers Herr zu werden. Da endlich machte sich die kühlende, löschende Wirkung der von allen Seiten auf das Eiland stürzenden Meeresfluten bemerkbar.

Schwächer wurde das Leuchten der Nebelmassen. Gelblicher und schließlich rötlich der Schein.

Blutrot jetzt die ganze Masse, als ginge dort im Westen die Sonne schon unter. Schwächer und schwächer der Schein. Schwächer auch der Orkan. Jetzt nur noch ein Sturm, jetzt nur noch ein Wind.

Da wagten sie sich aus dem festen Schalthaus heraus. Über den zerrissenen, zerwaschenen Strand gingen sie bis ans Meer. Zagend noch und vorsichtig schöpfte da einer eine Hand voll Wasser und fühlte ... das Meer war lauwarm. Das unendliche Meer hatte den Atombrand gelöscht, hatte diese unendlichen, als Wärme frei werdenden Energiemengen in sich aufgenommen und war auf meilenweite Entfernung hin dadurch erwärmt worden.

Der letzte Schimmer dort drüben verglomm, und die Nacht zog herauf. Ein neuer Tag kam mit hellem Sonnenglanz. Da lag es noch, Warnum, dort drüben an der Westkimm, aber es war nicht wie sonst. Kleiner, viel flacher war die Silhouette der Insel geworden. Wie abgeplattet, wie abgeschmolzen sah das Eiland von hier aus.

Ruhig wie ein Spiegel lag die See. Kaum ein Lüftchen regte sich. Da wagten sie es. Im schnellen Motorgleitboot fuhren sie hinüber. Kamen näher, immer näher ... und ihre Mienen versteinerten, ihre Blicke erstarrten.

Nichts mehr von dem, was gestern noch auf Warnum stand. Kein Turm, kein Haus, kein Baum, kein Strauch. Verschwunden alles ... geschmolzen, gefressen von der entfesselten Energie. In hartes klares Glas verwandelt der weiße Dünensand. Glasiger Fels der ganze Strand. Eine schimmernde flache Lavakuppe, wo früher Warnum lag, wo gestern noch das Riggers-Werk stand.

Weithin war der Donner der Katastrophe gehört worden. Bis an die Küste des Festlandes war die riesige Flutwelle gelaufen, Zerstörung ... Vernichtung mit sich tragend. Von weither hatten Schiffer und Flugschiffführer die Fackel des Brandes leuchten sehen. Von allen Seiten her schwirrte es durch den Äther. Fragen ... Gerüchte ... Vermutungen. Sie jagten sich, überschlugen sich, stürzten die Welt in Verwirrung.

Bis die erste Depesche von Barsum an die Riggers-Werke kam:

5,2 Millionen. Atomenergie frei. Warnum verbrannt.

* * *

Jolanthe und die Fürstin Iraklis saßen am Teetisch. Jolanthe rührte mechanisch mit dem goldenen Löffelchen in der Schale. Nur mit Mühe bewahrte sie äußerlich den Gleichmut.

»Fürst Murad muß jeden Augenblick kommen. Er ist seit gestern unaufhörlich in Bewegung. Ständig in Verbindung mit der politischen Polizei.«

Jolanthe nickte mechanisch.

»Und wohin fuhren Abdurrahman und Ahmed Fuad heute morgen?«

»Zur Jagd. Sagte ich dir das nicht schon?« erwiderte die Fürstin.

Der Löffel entfiel Jolanthes Hand und klirrte zur Seite.

»Mag sein. Ich überhörte es wohl. Zur Jagd, sagst du? Vielleicht, daß doch etwas anderes, Wichtigeres ...«

»Ich glaube nicht, Jolanthe. Sie fuhren allein, nur in Begleitung des Jagdpersonals. Prinz Ahmed war heute morgen hier. Es war ihm sichtlich nicht angenehm, heute zur Jagd mitfahren zu müssen. Er schien Wert darauf zu legen, dich zu sprechen.«

Jolanthe zwang sich zu einem Lächeln.

»Ah! Er wollte gute Botschaft von mir hören.« Sie wiegte den Kopf. »Ich habe zwar in der letzten Zeit die Angelegenheit mit Modeste wenig betrieben, doch ich habe da überhaupt keine allzu große Hoffnung mehr.«

»Oh, Jolanthe! Das wäre aber ... «, unterbrach sie die Fürstin.

»Das Ganze müßte, wie ich Modeste kenne, anders angefaßt werden«, fuhr Jolanthe fort. »Ihr kühles deutsches Blut vermag sich nur schwer zu entzünden. Prinz Ahmed ... wie ein Feuerbrand müßte er über sie kommen, daß sich an seiner Glut ihr Herz entflammt. Die Maske sollte er fallen lassen. Ihre Kälte muß schwinden, wenn sie den Brand in seinem Inneren schaut.

Wann sie zurückkommen, ist ungewiß?«

»Ja. Wenigstens wußte es Prinz Ahmed nicht.«

Die Tür ging auf. Fürst Murad trat ein. Die Frauen erhoben sich.

»Gehen wir gleich in mein Arbeitszimmer, Jolanthe, ich habe dir vieles zu berichten.«

Stundenlang hatten sie da zusammengesessen. Zäh bestand Jolanthe auf ihrem Verlangen.

»Lebendig müssen sie in unsere Hand kommen! Besonders der eine, der Deutsche!«

»Er wird sein Geheimnis nie preisgeben, wird eher sterben.«

»Du magst recht haben. Aber was macht's, ob er früher oder später stirbt. Vielleicht findet sich ja in ›Mon Repos‹ genügend Material, um damit weiterarbeiten zu können, auch ohne ihn.«

»Ich gebe nur mit Widerstreben nach. Einen solchen Mann lebendig zu fangen! Ein ungeheures Wagnis.«

»Es muß sein!« Jolanthe schnitt ihm das Wort ab. »Und wär's auch nur, um ...« Sie sprach nicht mehr aus, was sie dachte: ›... um den in meiner Gewalt zu sehen, der mir den ersten Stein auf meinen Weg warf.‹

»Vergiß nicht – immer wieder warne ich dich – die

ungeheure Macht, die der Mann besitzt. Es kann doch keinem Zweifel unterliegen, daß die Rettung der Belegschaft von Sainte-Marie sein Werk war.

Ich habe im Auftrag des Kalifen mit Kapazitäten der physikalischen Wissenschaft gesprochen. Nur eine Erklärung: Atomenergie! Und dieser Fall mit Almeiras und seinen Leuten ... war's seine Tat? Er besäße die Atomenergie aufs höchste entwickelt. Anscheinend kaum einer, der davon weiß. Verschwindet er, niemand wird sich darum kümmern.«

»Er wird verschwinden! Wenn nicht morgen, so später. Erst wenn ... «

Sie stand auf und schritt zum Fenster. Ihre Hände krampften sich in die Vorhänge. Erst nach einer Weile drehte sie sich um.

»Vielleicht fällt er auch im Kampf, und alle deine Bedenken sind überflüssig.«

* * *

Iversen und Modeste von Karsküll traten aus dem Hotel. Sie hatten Mette zur Kurpromenade abholen wollen. Die hatte abgelehnt.

Der Schlag von Warnum hatte den Vater schwer getroffen. Seine kräftige Natur war ins Wanken geraten, sein Zustand besorgniserregend. Vergeblich hatte Mette dem Vater geraten, einen Arzt heranzuziehen. Der hatte es schroff abgelehnt. Sie wagte es nicht mehr, den Vater allein zu lassen.

Iversen und Modeste gingen die Rue Antoine entlang. Ihre Stimmung war gedrückt. Es wollte kein rechtes Gespräch aufkommen.

»Die arme Mette! Sie hat jetzt schwere Tage«, sagte Modeste. »Sie täte besser daran, mit dem Vater fortzureisen. Mich selbst hält es auch nicht mehr recht hier. Wäre Jolanthe nicht notwendigerweise nach Madrid, würden wir sicher auch Biarritz schon verlassen haben.«

»Sie wollten nach London?«

»Ja. Jolanthe besitzt dort ein eigenes Haus. Viele Bekannte in der englischen Gesellschaft. Sie erzählte mir so viel Angenehmes und Schönes darüber, daß ich eigentlich nur deshalb einwilligte, als sie mich vom Tirsenhof holte.«

»Ob Sie sich in London so wohl fühlen würden, teuerste Baronin? Ich glaube, es wird nicht lange dauern, so sehnen Sie sich nach dem Tirsenhof zurück.«

»Oh! Warum? Kennen Sie die Londoner Verhältnisse?«

»Gewiß! Ich kenne sie sehr gut.«

»Was mißfällt Ihnen daran?«

»Mißfallen?« Iversen wiegte den Kopf. »Ich will durchaus nichts Ungünstiges sagen, aber ich glaube nicht, daß Sie, Fräulein Modeste, so besonderen Gefallen daran finden werden.«

»Oh, Herr von Iversen! Mir scheint, Sie wollen damit sagen, daß das Gänschen vom Tirsenhof auf dem glänzenden Parkett des Londoner Highlife eine schlechte Rolle spielen wird. Sie irren, Herr von Iversen.«

Iversen schaute ihr lachend ins Gesicht. »Auf die Gefahr hin, mir Ihre Ungnade zuzuziehen, gnädigste Baronin, ich irre mich nicht ... wäre ein schlechter Menschenkenner.

In den nächsten Wochen beginnen in London die großen Tenniswettkämpfe um die englische Meisterschaft. Ich werde nicht verfehlen, als Zuschauer daran teilzunehmen. Ich werde dann Gelegenheit haben, Sie wiederzusehen ... wiederzusprechen.«

»Gut! Sprechen wir uns wieder, Herr von Iversen.«

Sie waren auf der Kurpromenade angekommen. Um sie herum das bunte Treiben des eleganten Weltbades. Sie kamen am Musikpavillon vorbei.

Ein Hotelboy, der sich nach allen Seiten umschaute. Jetzt hatte er sie gesehen. Kam auf sie zugelaufen, schwenkte in der Hand ein Telegramm, überreichte es Modeste.

»Von Jolanthe wahrscheinlich.«

Sie traten in einen Seitenweg. Modeste riß es auf, las es. Stand still. Die Brauen zusammengezogen, einen ärgerlichen ... ängstlichen Ausdruck in ihrem Gesicht.

»Keine gute Nachricht von Ihrer Schwester, gnädigste Baronin? Es geht ihr nicht gut?«

Modeste schüttelte den Kopf.

»Das Telegramm betrifft mich.« Sie sprach mit leiser, stockender Stimme.

»Sie? Was kann das sein?«

»Lesen Sie selbst!« Sie reichte Iversen das Telegramm. Der überflog die wenigen Zeilen:

Bin gezwungen, voraussichtlich die nächsten Tage hierbleiben zu müssen. Wünsche sehr, daß Du schnellstens herkommst.

»Hm!« Iversen faltete das Telegramm zusammen und gab es ihr zurück. Sein Blick ging dabei über Modestes Gesicht, die bedrückt, in trübem Nachdenken neben ihm her schritt.

»Ich selbst, gnädigste Baronin, würde es ja sehr bedauern, wenn die Tage unseres Beisammenseins ein so schnelles Ende nähmen ... Gefiel es Ihnen so wenig in Madrid, daß Ihnen der Wunsch Ihrer Schwester so unangenehm ist? Verzeihen Sie, wenn ich es ausspreche, doch verrät Ihr Gesicht nur zu deutlich die Abneigung, die Sie dagegen haben.«

Sie waren aus den Anlagen herausgekommen. Der Strand breitete sich vor ihnen aus.

»Gehen wir zu unserem Strandkorb. Wär's möglich, daß ich Ihnen in irgendeiner Weise behilflich sein könnte? Entschuldigen Sie meine Freiheit, Baronin Modeste. Ich will mich keineswegs in Ihr Vertrauen drängen …«

Modeste wandte den Kopf zur Seite, als wollte sie ihm ihr Gesicht verbergen.

Iversen beugte sich vor. »Zürnen Sie mir, Baronin Modeste?«

Er sah, wie zwei Tränen über ihre Wangen rollten. Sie schüttelte heftig den Kopf, preßte ihr Taschentuch vors Gesicht.

»Nein! Nein! Das ist es nicht, Herr von Iversen.«

»Modeste!« Iversen ergriff ihre Hand. »Die höchste Bitte, die ich an Sie stellen kann: Schenken Sie mir Vertrauen! Vielleicht, daß ich Ihnen helfen könnte. Nichts, was mir mehr am Herzen läge, als Sie … Modeste.«

Mit stillem Entzücken sah er die feine Röte, die bei seinen Worten an ihrem Nacken emporstieg, sich im goldenen Kraus des Haares verlor.

Modeste blieb stumm. Er sah, wie es in ihr kämpfte.

»Modeste! … Ich glaubte … Ihr Vertrauen …? Oh, wie mich das kränkt.«

Da wandte sie sich ihm voll zu. Ein warmer Strahl brach aus ihren Augen.

»Wie könnte ich Sie kränken wollen? … Sie! … Ich … Nur zu gern möchte ich Ihnen alles das anvertrauen, was … Doch ich … weiß nicht, ob ich darf. Geht es doch nicht mich allein an. Jolanthe! … Wie würde sie … o Gott! Niemals, niemals darf ich Ihnen das sagen.«

»Ihre Schwester … Jolanthe … Steht sie Ihnen nicht ganz zur Seite?«

»Nein! … Nein! Sie denkt anders als ich und ist doch die einzige auf der Welt, an die ich mich wenden könnte. Die mir am nächsten steht.«

»So wollen Sie also fahren?«

»Nein! Auf keinen Fall! Niemals wieder betrete ich Madrid!« Sie war bei den Worten aufgesprungen.

Widerstrebende Gefühle spiegelten sich in Iversens

Mienen. Er freute sich, daß sie blieb, war enttäuscht, daß sie sich nicht offenbaren wollte.

Sie sah es. Ergriff seine Hand.

»Sie sind mir böse, Herr von Iversen? Nein, das dürfen Sie nicht. Wie gern möchte ich Ihnen alles erzählen ... alles ... doch es betrifft nicht mich allein.«

* * *

In schwindelnder Höhe überschreitet der Paßweg, von Saint-Jean her aus dem Norden kommend, den Kamm der Pyrenäen, um dann den Quellen des Aragon nach Spanien hinein zu folgen. Tiefe Schluchten, in die selten ein Sonnenstrahl dringt. Schäumendes Wildwasser in der Tiefe. So schmal der Pfad, daß auf ihm kaum zwei Saumtiere einander ausweichen können.

Hier - schon auf maurischem Gebiet - ein kleines Seitental. Breit ausladend ein flacher Talkessel im grünen Schmuck üppiger Almwiesen. Ein Blockhaus auf der Wiese. Dort hauste Juan Pagano. Korporal unter Gonzales, hatte er den maurischen Krieg bis zum bitteren Ende mitgemacht. Sich dann in diese Felseinsamkeit zurückgezogen, wo er von den Erträgnissen einer Almwirtschaft lebte. Aber nach wie vor blieb der Veteran seinem alten Führer Gonzales mit Leib und Seele ergeben, und seine Hütte war der verschwiegene Platz, an dem Gonzales und Eisenecker sich in den letzten Wochen schon öfter als einmal gesehen hatten.

Von Norden kam Eisenecker den Saumpfad herab, bog jetzt in das Seitental ein und trat in die Hütte.

»Da bin ich, Don Antonio.«

Der Oberst hatte auf der Bank neben der Feuerstelle gesessen. Jetzt sprang er auf.

»Seien Sie mir willkommen, Don Frederego. Sie wünschten mich zu sehen?«

Eisenecker stutzte.

»Gewiß, mein Freund, ich hatte den Wunsch, Sie zu sehen. Doch die Einladung kam diesmal von Ihnen.«

»Von Ihnen!«

»Von mir?«

Oberst Gonzales zog ein Billett aus der Tasche und gab es Eisenecker. Der warf einen Blick darauf und preßte die Lippen zusammen. In der Tat eine Einladung in der neutralen und nichts verratenden Form, wie sie sie ein für allemal für diese Zusammenkünfte hier verabredet hatten. Kopfschüttelnd zog er ein ganz ähnliches Billett hervor und legte es neben das des Spaniers. Der warf einen Blick darauf und zuckte zurück.

»Verrat!« kam es von Eiseneckers Lippen.

Der Oberst hob die Hand. »Verrat? Die Hand soll im Feuer verdorren, wenn uns einer der Unseren verriet! Wer weiß, wie sie hinter unser Geheimnis kamen …

Doch … was sollen wir tun? Was wird geschehen? Was plant man gegen uns? Will man uns hier fangen? Sind wir umstellt, in einer Falle?«

Er sprang zur Leiter, die zum Dach führte, kletterte hinauf. Suchte mit dem Glas die Runde ab. Pagano war ihm nachgeeilt, stand neben ihm.

»Da unten!« Aus dem Tale blitzte es wie Waffen. Der Oberst schaute hin. Richtig! Da kamen sie. Nochmals ließ er das Glas in die Runde schweifen.

Ja … Jetzt! Da! … Da! … »Richtig … wir sind umstellt. Die Falle ist zu.«

Er ging zu Eisenecker zurück.

»Sie hörten's? … Jeder Ausweg versperrt! … Und wir waffenlos. Ah!«

Er warf sich auf die Bank. Ein bitteres Lachen kam aus seinem Munde.

»Das das Ende? … Alles umsonst? Und Sie …?«

Eisenecker trat zu ihm, legte die Hand auf seine Schulter.

»Nicht den Mut verlieren, Don Antonio! Bin ich doch nicht ganz waffenlos. Vielleicht, daß wir, wenn das Glück uns günstig, doch Sieger bleiben.«

»Was?« Der Oberst war aufgesprungen. »Was? ... Was ist's, was uns retten könnte?«

Der alte Pagano kam zur Tür hereingestürzt. »Ein Parlamentär, Herr Oberst! Ein Offizier mit einer weißen Flagge nähert sich.«

Die beiden gingen zur Tür, erwarteten ihn.

Der trat heran, grüßte.

»Im Auftrag meiner Regierung habe ich Sie zu verhaften. Das Haus ist von allen Seiten umstellt. Entrinnen unmöglich. Ergeben Sie sich gutwillig! ... Wenn nicht, muß ich Gewalt anwenden.«

Eisenecker fragte: »Haben Sie einen schriftlichen Befehl, Herr Offizier?«

»Nein!«

»Sie wissen auch nicht, weshalb man uns verhaften will?«

»Nein! Ich führe nur den Befehl aus, der mir erteilt ist. Die Gründe sind mir unbekannt.«

»Nun, so gehen Sie zurück und melden Sie Ihrem Auftraggeber, daß wir nicht gesonnen sind, uns zu ergeben. Daß wir ... hm ... erforderlichenfalls Gegenmaßnahmen ...«

Eisenecker drehte sich um und trat, von dem Oberst gefolgt, in das Haus. Der Offizier kehrte zu seinen Leuten zurück.

Unmittelbar darauf löste sich aus dem Ring des Kordons ein kleiner Trupp, der unter Führung eines Offiziers ausgeschwärmt gegen die Hütte vorging. Kurze Zeit danach begann der ganze Ring sich auf das Gebäude hin zusammenzuziehen, wurde enger und enger.

»Was wollen Sie tun, Don Frederego?« Während er die Frage stellte, blickte Gonzales zu Eisenecker hin, sah dessen Züge sich verändern. Hart der Mund. Aufeinandergepreßt die Lippen. Die Brauen drohend zusammengezogen.

Gonzales sah, wie Eiseneckers Hände sich bewegten. Und plötzlich! ... Was war das? ... War es Taschenspielerei? Trotz allen Hinstarrens hatte Gonzales nicht gesehen, wie es geschah. In jeder vorgestreckten hohlen Hand Eiseneckers lag plötzlich ein glühender Fleck. Glühte hell und immer heller auf. Wuchs von der Größe einer Erbse bis zu der einer Kirsche. Leuchtete dann in grellem, blauweißem Licht.

Und jetzt! Weit öffnete Eisenecker die Hände, bis die hohle Fläche sich nach oben wölbte. Langsam entglitten ihm die schimmernden Kugeln. Rollten über die Fingerspitzen hinab und blieben in der Luft schweben. Rollten und schwebten weiter, während sie noch zu wachsen schienen. Bewegten sich vorwärts.

Gonzales stand wie erstarrt. Wie fasziniert hingen seine Augen an den Kugeln, die sich in rechtem Winkel zueinander auf den Vortrupp und die Schützenlinie zubewegten. Sie setzten ihren Weg immer noch gradlinig fort.

Jetzt hatte die erste den Vortrupp, der schon auf hundert Meter heran war, erreicht. Gonzales sah es deutlich.

Ein paar wichen zurück. Einer stieß mit dem Gewehrkolben danach. Sie blieb daran hängen, schob sich wie tändelnd höher und höher. Der Soldat ließ das Gewehr fallen.

Die schimmernde Kugel blieb daran, erreichte das Eisen.

Und dann war's geschehen. Einen Augenblick alles in wabernde Lohe gehüllt. Ein furchtbares Krachen ... wie stärkster Donnerschlag ... Der Vortrupp erschlagen am Boden.

Die andere Kugel. Schon hatte auch sie die Kette der Soldaten erreicht. Die standen still, starr ... betäubt von dem, was da vor ihren Augen mit dem Vortrupp geschehen. Unfähig, sich zu rühren, zu fliehen.

Da war die zweite am Ziel. Einen Bruchteil einer Sekunde der ganze Ring der Soldaten ein feuriger Kreis. Aus der kleinen Kugel ein fressender Blitz, der alles dort Stehende und Lebende in eine Flamme hüllte.

Auf den Blitz der Donner! So ungeheuer die Stärke der Entladung, so gewaltig der Luftdruck, daß Gonzales gegen den Pfosten der Tür zurückgeworfen wurde, sich festklammern mußte, um nicht niederzustürzen. Betäubt, empfindungslos, die Augen geblendet, verharrte er wohl eine volle Minute ...

Dann löste er seine Hände. Richtete sich auf. Sah Eisenecker mit einem entsetzten Blick an. Wankte in die Hütte, sank auf der Bank zusammen, vergrub seinen Kopf in den Händen.

Die Macht dieses Mannes! Ihm graute. Was war da geschehen? Der ... Mit der bloßen Hand schleuderte er Tod und Verderben. Wo war die Phantasie, die das erträumt?

War das noch ein Mensch? Kam er vom Himmel – kam er aus der Hölle?

Der starke gläubige Mann ... seine Finger gingen zur Brust. Er bekreuzigte sich.

War's Gott oder der Satan, der ihm das gab?

Neben ihm Pagano auf den Knien vor dem Heiligenbild ... versuchte zu beten. Nur unartikulierte Laute brachte er über die Lippen.

»Auf, Don Antonio! Gehen wir, ehe andere kommen!«

Gonzales erhob sich. Mit leichenblassem Gesicht starrte er den Freund an.

»Don Frederego!« Seine Stimme klang heiser. »Die Kugeln ... wo kamen die her? Wer gab sie Ihnen? Menschenwerk? Sagen Sie's!«

»Mein Werk, Sie Ungläubiger!

Doch jetzt fort hier! Raffen Sie sich auf! Wir müssen eilen. Kein Kugelblitz mehr, den ich senden könnte. Ich wäre gänzlich waffenlos.«

* * *

»Und Sie können auch keine Vermutung aussprechen, Herr Generaldirektor, wer der Mann war, der die Tür der Zollhütte aufsperrte und Sie und Ihre Leute herunter nach Saint-Jean geleitete?«

Harder ... Die Hand Mettes, die die seine hielt, preßte sich krampfhaft zusammen ... er holte kurz Atem.

»Nein! ... Wie sollte ich auch? Bin ich doch fremd ... hier ... erst recht in den Bergen dort.«

Der Kommissar nickte mit dem Kopf.

»So bliebe also nur die eine Annahme: Der Mann – ein früherer Komplize der Banditen, jetzt ihr Feind – hat Gründe, im Verborgenen zu bleiben. Nun! Ich hoffe, daß die energischen Schritte unserer Regierung in Madrid Veranlassung geben, alles zu tun, um diesen mysteriösen Vorfall aufzuklären.«

»Ich halte das für sehr erwünscht, Herr Kommissar. Daß solche Zustände hier im Grenzgebiet überhaupt noch möglich sind, ist ein Skandal, dem bei gutem Willen der beteiligten Regierungen bald ein Ende gemacht werden könnte.«

»Sie können versichert sein, Herr Generaldirektor, daß man unsererseits nicht versäumen wird, angesichts dieses unglaublichen Falles das Nötige zu tun.

Doch noch eine Frage. Es wäre sehr erwünscht, wenn wir die Person dieses geheimnisvollen Retters feststellen könnten ...

Der Mann schlug, als er Sie verlassen hatte, den Weg nach der Kapelle Saint-Jean-le-Miracle ein?«

Harder nickte.

»Hm! Daraus wäre zu schließen, Herr Generaldirektor, daß der Mann Franzose ist oder wenigstens in Frankreich wohnt, sich hier aufhält. Einen anderen Weg über das Gebirge nach Spanien außer jenem, auf dem Sie herunterkamen, gibt es nicht in dieser Gegend.

Leider ist niemand von Ihnen in der Lage, eine einigermaßen genügende Beschreibung dieses Mannes geben zu können. Sonst wäre vielleicht seine Ermittlung, sofern er auf französischem Boden wohnt, möglich.« –

Sie waren wieder in das Hotel zurückgekehrt. Harder warf sich mit mürrischem Gesicht auf einen Stuhl.

»Hoffentlich war das die letzte Vernehmung! ... Ich bin dieses ewige Verheimlichen leid. Warum soll ich nicht sagen ... Warum hast du nicht auf die Frage des Kommissars gesagt, du habest geglaubt, in dem Fremden einen früheren Bekannten wiedererkannt zu haben? Ich zweifle nicht, daß dann die Aufklärung dieses unerhörten Überfalls schneller gelänge. Wer weiß, ob ...?«

»Vater!« Mette schrie es fast. »Sprich es nicht aus! Der Gedanke ist deiner nicht würdig.«

Sie stand vor ihm. Das Gesicht weiß, kein Blutstropfen darin. Ihre Lippen bebten. Ihr Blick suchte den des Vaters. Der mied ihn, sah brummend zur Seite.

»Weshalb wir alle den Namen Eisenecker nicht nannten? ... Iversen war es, der mir zuerst den guten Gedanken gab. Eisenecker will – das ist klar – will im Verborgenen bleiben. Seine Gründe kennen wir nicht, aber wir müssen sie achten. Schon allein die Dankbarkeit verlangt es. Wer weiß, wie es uns ... dir ... ohne seine Hilfe ergangen wäre.

Oder glaubst du etwa, deinet- ... meinethalben hätte er nicht erkannt werden wollen?«

Ein kurzes bitteres Lachen kam aus ihrem Munde. Harder war aufgestanden, schickte sich an, das Zimmer zu verlassen.

»Es ist merkwürdig, mit welchem Interesse du diesen Mann verteidigst, Mette. Ich dächte, die Erinnerung an ...«

»Die Erinnerung an jenen Sommer in Warnum? Entsetzlich! Ja! Und doch ... mit welch namenlosem Entzücken denke ich daran. Wieder und immer wieder.«

»Mette!« Harder hatte sich zu ihr gewandt. »Mette! Was ist mit dir? Die Ereignisse der letzten Tage ... Du bist maßlos erregt. Diese Worte aus deinem Munde! Du ... du ... liebst ihn noch?«

Mette war ein paar Schritte zurückgewichen. Einen kurzen Moment schwankte sie vor dem drohenden Blick, der aus ihres Vaters Augen schoß ... Dann - sie warf den Kopf hoch empor:

»Ja! Du sagst es. Ich liebe ihn noch immer!«

Harder stand da. Schwer atmend ging seine Brust. Dann strich er sich mit einer müden Bewegung über die Augen.

»Der! Alles hat er mir geraubt ... Nun nimmt er mir das Letzte ... dich, Mette!«

Noch stand sie da, unfähig, ein Wort der Erwiderung zu finden. Da war der Vater ins Nebenzimmer gegangen, hatte die Tür hinter sich verschlossen. Vergeblich hatte Mette daran gerüttelt, um Einlaß bittend. Die Tür war verschlossen geblieben.

Und dann hatte Harder allein mit sich und seinen Gedanken den schweren Kampf gekämpft. Seine Gedanken waren zurückgewandert zu der Zeit, als Friedrich Eisenecker in seinem Laboratorium arbeitete.

Mehr als einmal hatte Eisenecker den Vorschlag gemacht, die Aufgabe auf elektrostatischem Wege zu lösen. Hatte sich erboten, die nötigen Vorarbeiten selbst zu machen. Doch er, Harder, hatte die Idee ebensooft verworfen.

Aber die Idee war unbewußt in ihm hängengeblieben. Auch später, als Eisenecker schon fort war, war sie von Zeit zu Zeit lebendig geworden. Immer wieder hatte er sie zur Seite geschoben.

Der Goldklumpen! Als er ihn gesehen ... die Analyse nachgeprüft ... wie Bergeslasten hatte es sich auf ihn gelegt. Der Weg, von ihm verworfen ... ein anderer hatte ihn beschritten! ... War auf ihm zum Ziel gelangt!

Wer ...? Eine innere Stimme schrie es immer wieder ... Friedrich Eisenecker!

Vergebens hatte er sich dagegen gewehrt ... Der! ... Der mußte es sein!

Und dann hatten sie ihn gepackt, die bösen Geister. Neid ... gekränkter Ehrgeiz ... Haß! Kaum war er sich der Schritte bewußt gewesen, die er dann unternommen. Er hatte Malte von Iversen hinter Eisenecker hergejagt ... nachdem er ihn belogen.

Er hatte seinen Mitarbeitern in Warnum schnellstes Vorgehen befohlen, unbekümmert um die Gefahr. Hatte in krankhaftem Trotz sich der inneren Stimme verschlossen, die mahnte, in den Apparat sichernde Sperrkreise zu legen ...

Der Tod Warnums ... seine Schuld! ... Alles die Frucht des bösen Triebes.

Und jetzt ... was ihm bisher nur Verdacht ... in dieser Nacht war's ihm zur unumstößlichen Gewißheit geworden: die Rettung der Belegschaft von Sainte-Marie, der Tod der Banditen - das Werk Eiseneckers.

Und jetzt ... verglich er sein Werk mit dem Elias Montgomerys, mit dem Friedrich Eiseneckers ... Wie groß der! ... Wie klein er!

Der! ... Ein übermächtiger Gegner ... unwiderstehlich seine Macht, die ihm nun auch noch Mette nahm.

Und den Mann, den er mit seinem Haß und Neid verfolgt ... Mette liebte ihn.

Da waren die eisernen Nerven des Mannes gerissen. Dies Letzte gab ihm den letzten Stoß.

Der nächste Morgen. Des Vaters Platz am Teetisch blieb leer. Mette eilte in verzweifelter Angst zum Hoteldirektor. Der ließ die Tür öffnen.

Harder lag zu Bett. Tödliches Fieber raste in seinen Adern. Mette wich nicht von seiner Seite. Tag und Nacht. Kaum, daß sie Iversen gestattete, sie abzulösen.

Der Kranke in furchtbaren Fieberphantasien tobend ... Friedrich Eisenecker! ... Der Name ... bald laut geschrien, bald geflüstert kam er von seinen Lippen.

Der Kampf der Nacht! ... Im Fieber wiederholte er sich in fürchterlichster Weise ... daß, die an seinem Bette saßen, erstarrten vor Furcht und Schmerz ...

Der Kampf war schwächer geworden ... die Kräfte Harders erlahmt. Der Name kam immer noch von seinen Lippen ... Doch jetzt lallend ... bittend ... daß ihnen die Herzen mitbebten in Leid und Jammer.

In einer verzweifelten Stunde war Iversen zu Mette getreten. »Nur einer, der uns helfen kann, Mette. Eisenecker! Ich suche ihn!«

* * *

Das Rätsel von Montgomery Hall gelöst! Diese Worte mit Fragezeichen ... mit Ausrufungszeichen im Kopf der Zeitungen.

Der Apparat in Spanien. Kein Zweifel mehr, nachdem trotz strengster Pressezensur die Nachricht von dem rätselhaften Tod der dreihundert maurischen Soldaten in die europäischen Zeitungen gelangt war.

Der einzige überlebende Augenzeuge dieses Ereignisses ein Soldat, der wegen einer Fußverletzung dem Marsch der anderen nicht hatte folgen können und ein Stück zurückgeblieben war. Er hatte das Fürchterliche aus der Ferne gesehen. Sinnlos vor Furcht und Schrecken war er davongestürzt, hatte es hie und da Landsleuten, die ihm begegneten, erzählt, bevor er zur nächsten militärischen Stelle kam.

Sainte-Marie-aux-Chaines; der rätselhafte Tod der sechs Banditen, die den Generaldirektor Harder geraubt; der Tod der dreihundert maurischen Soldaten - die Kette geschlossen, keine andere Erklärung: der Apparat Montgomerys hatte hier gearbeitet.

Einige auch, die den mysteriösen Vorfall bei der Notlandung der *Potomac* im ewigen Eis mit dem Apparat Elias Montgomerys in Verbindung bringen wollten. Doch dann wäre ja der Apparat an Bord der *Potomac* gewesen, die an jenem Tage in Hamburg aufgestiegen und ohne Zwischenlandung auf dem Weg nach Amerika war. Der oder die Räuber dann also Europäer ...

Wann ... wo hatten sie das Geheimnis Montgomerys ergründet? Und warum dann mit dem Apparat nach Amerika? Warum später mit ihm nach Spanien? ... Hier versagten alle Erklärungsmöglichkeiten.

Kaum war das große Rätselraten über den Verbleib von Montgomerys Apparat beendet, begann sofort ein neues, die Köpfe und Sinne aller noch mehr erregendes, verwirrendes: Wer ... wer hatte ihn, wer hatte sein Geheimnis gelöst?

Ein geringer Anhaltspunkt: Diese dreihundert maurischen Soldaten hatten den Auftrag gehabt, einen früheren Oberst der spanischen Armee, Antonio Gonzales, in der Hütte eines Almbauern Pagano zu verhaften.

Sollte der Oberst Gonzales es sein, der den Apparat besaß? Wenn nicht er selbst, dann vielleicht mehrere andere mit ihm zusammen? Noch während man über diese Möglichkeit stritt, kam die Bestätigung. Die maurische Regierung veröffentlichte in allen Zeitungen, an allen Orten des Landes eine Bekanntmachung, wonach auf den Kopf des Oberst Gonzales ein Preis von einer halben Million Peseten ausgesetzt wurde. Europa, die ganze Welt ein Gedanke nur: Wann würde der Schleier, der über diesen geheimnisvollen Vorgängen schwebte, sich lüften? -

»Unerträglich diese peinigende Ungewißheit, fast raubt sie mir die Arbeitskraft. Ich kann, will es nicht glauben, daß noch ein anderer, ein Größerer lebt, der das Problem gelöst.«

Der greise Ibn Ezer schüttelte den Kopf. »Keine andere Möglichkeit, Abd-ul-Hafis, vergeblich wehrst du dich gegen den Gedanken. Ein anderer, ein Größerer lebt, der das Geheimnis beherrscht. Auch der Kalif nicht mehr im Zweifel ...«

»Der dann unser Feind! … Was wird die Zukunft bringen?«

»Wer weiß es, Abd-ul-Hafis … Doch jetzt weg mit diesem unfruchtbaren Grübeln und Sorgen!« Er war aufgesprungen, reckte die gekrümmte Gestalt hoch empor, sein Auge blitzte. »Zu unserem Werk, mit all unseren Kräften. Großes ist uns schon gelungen, Größeres wird uns gelingen, so Allah uns gnädig ist … und uns Zeit gönnt.«

Er stand an dem Apparat. Seine Rechte glitt über Hebel und Knöpfe. Grünlich-bläulich flammte es auf. In knatternden Funken suchte die hochgespannte Elektrizität, die dem Apparat entströmte, durch die Luft hin ihren Ausgleich.

»Unbegreiflich, daß keiner der englischen Physiker an den sichernden Sperrkreis gedacht.«

»Sie alle waren Elias Montgomery nicht ebenbürtig … deshalb nicht würdig, sein Erbe zu heben. Ibn Ezer, er allein der Würdige!« Abd-ul-Hafis beugte sich und küßte ihm den Saum des Gewandes.

* * *

Mette Harder stand auf der Terrasse des Hotels. Der Vater schlief. Ihre Augen gingen nach Süden. Schon seit zwei Tagen war Iversen fort. Würde er ihn finden, Friedrich Eisenecker? … Der, was wollte er dort in den Bergen? Warum gerade dort? … Ihre Gedanken weilten bei ihm. Sie ließ sich in einen Korbstuhl nieder, schloß die Augen …

Ein Wagen rollte an der Terrasse vorbei. Jetzt hielt er jäh. Der Sand stob unter den festgebremsten Rädern. Sie sah auf. Ein Mann stieg aus, winkte, kam auf sie zugeeilt. Sie sprang auf.

»Sie sind's, Malte?! … Sie bringen Gutes?!«

Iversen schob die Lederkappe zurück von der erhitzten Stirn.

»Ja, Mette, es ist mir gelungen...« Er reichte ihr den Arm und führte sie zu einer Bank. »Ja, Mette, soweit wär's geglückt. In einem kleinen Schlößchen, fast eine Ruine, tief in den Bergen, haust Friedrich Eisenecker. Fast hätte ich es gewagt, bei ihm einzudringen, ihn zu bitten, mit mir zu kommen... Doch die Furcht, daß er meine Bitte abschlüge... ich ihn gar damit verscheuchte, hielt mich noch im letzten Augenblick ab.«

»Ah, Malte! Sie beharren darauf, daß ich mitgehen muß? Ich ihn bitten muß, zum Vater zu kommen?«

»Unbedingt, Mette!

Sie war aufgestanden, an die Balustrade getreten. Sie kämpfte innerlich einen schweren Kampf. Immer wieder bebte sie vor dem Schritt zurück... der doch unvermeidlich schien.

Die beste Hilfe für den Vater, der einzige Weg, ihm Ruhe zu schaffen vor den quälenden Gedanken: Eisenecker!

Iversen war zu ihr getreten.

»Sie müssen sich entschließen, Mette. Ich kann durchaus begreifen, daß es nicht leicht sein wird, den Mann zu bitten, der im bösen von Ihnen schied. Und heute noch!... Wer weiß, wo er morgen ist?«

Mette sah ihn erstaunt an.

»Wie soll ich Sie verstehen, Malte? Wird er abreisen?«

Iversen zuckte die Schultern.

»Es könnte sein, Mette! Ich glaube, ich habe bei den Nachforschungen nach seinem Aufenthalt einen Blick in das rätselhafte Dunkel getan, das ihn umgibt. Wenn nicht morgen, dann doch bald... wird er wohl kaum noch diesseits der spanischen Grenze sein.«

»Malte! Sie erschrecken mich! Was sollen Ihre dunklen Andeutungen? Fürchten Sie, daß die maurische Regierung hinter sein Geheimnis gekommen ist... ihn gar gewaltsam über die Grenze holen könnte?«

»O nein, liebe Mette!« Iversens Gesicht zeigte ein vielsagendes Lächeln. »Ich glaube, die maurische Regierung könnte sich nichts mehr wünschen, als daß er nicht in ihr Land käme. Ah! ...« Er reckte seine elastische Gestalt hoch auf. »Könnte ich nur dabei sein!«

»Malte! Es ist wenig schön von Ihnen, mich mit solchen unklaren Worten zu quälen. Schweigen Sie, wenn Sie mir doch nicht sagen wollen, um was sich's handelt.«

Iversen lachte.

»Ich täte es, Mette, wenn ich nicht dächte, ein anderer sagte es Ihnen bei nächster Gelegenheit. Doch jetzt gilt's dem Vater! Sind Sie bereit, in zwei Stunden mit mir zu fahren ... dann schlagen Sie ein!«

Er hielt ihr die Hand hin.

»Ich bin es, Malte! Aber ...«

»Kein ›aber‹, Mette! Die Fahrt in die Berge ... und das, was ich dort sah ... mir ist so wohl ums Herz! Ich glaube, die nächste Zeit wird manche frohe Überraschung bringen.« –

Zwei Stunden später rollte der Kraftwagen Harders den Pyrenäen zu. Jetzt fand Iversen Gelegenheit, Mette zu berichten, wie es ihm gelungen, Eisenecker aufzufinden.

»Ich hatte viel Glück dabei«, schloß er, »das gestehe ich offen. Wenn mir auch« – er lachte in heiterer Selbstironie – »meine früher als Privatdetektiv erworbenen Erfahrungen von bestem Nutzen waren.

Ah! ... Die Szene beim Madrider Polizeikommissar ... Es schüttelt mich noch, wenn ich daran denke. Damals schwor ich mir: Ihrem Vater Bericht geben, ihn dann für lange, lange Zeit nicht wiedersehen! Nach England wollte ich damals sofort, in scharfen sportlichen Wettkämpfen diese schlimmste Schlappe meines Lebens vergessen ...

Und ... nun bin ich immer noch hier ... bin sogar wieder auf den Spuren Friedrich Eiseneckers. Ja! ... Sie sehen, Mette, man soll sich nichts vornehmen.«

Mette reichte Iversen die Hand.

»Ich bin Ihnen so dankbar, Malte - immer wieder muß ich's sagen -, daß Sie so freundlich und aufopfernd bei uns ausgehalten haben.« -

Eine Stunde schon, daß sie den Kraftwagen verlassen hatten. Auf schlechten, bisweilen kaum gangbaren Wegen strebten sie dem Ziele zu. Die Sonne war bereits hinter den Bergspitzen verschwunden, als die grauen Mauern von ›Mon Repos‹ zu ihren Füßen auftauchten.

Sie standen still.

Mette sah mit schwachem Lächeln zu Iversen hin. Jetzt, wo nur noch wenige Schritte sie von Eisenecker trennten, bedurfte es noch einmal der größten Überwindung. Iversen entging es nicht.

»Mette! Es ist für Ihren Vater. Kommen Sie! Nehmen Sie meinen Arm! Der Weg hier runter wird halsbrecherisch. Ich mußte diese Route wählen, weil sie uns am schnellsten zum Ziel führte. Der andere, bessere Weg ist viel länger.«

Und dann standen sie vor der Pforte der Gartenmauer. Iversen klopfte mit der Faust gegen die altersschwache Tür.

Sie lauschten. Da nahten Schritte. Ein Riegel wurde zurückgeschoben. Der alte schnauzbärtige Diener stand da, fragte nach ihrem Begehr.

»Wir möchten Ihren Herrn sprechen. Ist er zu Hause?«

Der Alte brummte ein paar unverständliche Worte in den Bart, schloß die Tür und verschwand ...

Nach einer Weile wieder das Geräusch von Schritten. Doch ein anderer mußte es sein, der da kam. Kräftiger, fester trat er auf.

Da war er an der Pforte. Der Riegel flog zurück, die Tür ging auf.

»Friedrich Eisenecker!« Die Überraschung trotz allem so groß, daß Mette den Ruf nicht zurückhalten konnte.

»Fräulein Mette Harder? … Sie wollen zu mir?«

Er stand in der Tür … mußte sich besinnen, ehe er den Eingang freigab … Er übersah Iversens Gruß. Seine Augen hingen an dem Munde Mettes.

»Bitte, treten Sie ein!« Seine Stimme klang ruhig, gelassen. Nichts verriet den Sturm, der in seinem Inneren tobte.

»Ja, Herr Eisenecker … ich komme zu Ihnen. Die Sorge um meinen Vater ist's, die mich hierhertreibt.«

Sie schritten dem Hause zu. Vor dem Portal eine steinerne Bank. Mette … kaum, daß ihre Füße sie trugen, sank darauf nieder.

»Ihr Vater, Fräulein Harder, ist krank?«

Mette nickte stumm.

»Und Sie kommen deshalb zu mir, Fräulein Harder?«

»Ja, zu Ihnen!« Sie deutete neben sich auf die Bank. Er setzte sich. Und nun, da er nicht mehr vor ihr stand, sein Auge nicht mehr auf ihr ruhte, fühlte sie sich freier.

»Die Ereignisse der letzten Zeit, der Überfall bei Saint-Jean, der Unglücksfall auf Warnum … ich verstehe, auch für die Nerven eines Starken eine harte Probe.«

Mette schüttelte den Kopf.

»Wär's das allein, er würde es schneller überwinden. Seine Krankheit … andere Ursachen … gefährlicher, tiefer. Sie verwirrt ihm den Verstand. Läßt ihn nicht zur Ruhe kommen Tag und Nacht. Das Schlimmste droht, wenn … Sie nicht helfen … Sie.«

»Ich? … Fräulein Harder! Wie soll ich ihm helfen können? Sie täuschen sich in mir … in Ihrem Vater. Er würde Ihren Schritt wohl nie gebilligt haben, wenn er's gewußt hätte.«

»Er weiß es nicht. Ja! … Würde es auch nie erlaubt haben, wenn sein Geist gesund wäre.«

»Und doch …?«

»Und doch komme ich zu Ihnen. Durch Sie kam das Leid über ihn. Nur durch Sie kann er genesen.«

Ihre Stimme hatte den bebenden Ton verloren. Laut, wie anklagend klangen die Worte.

»Fräulein Harder! Ich begreife, verstehe nicht ... Sie klagen mich an. Was tat ich Ihrem Vater?«

Mette wandte sich ab. Ihr Kopf sank in die Hand.

»Sie taten ihm nichts.« Leise, fast flüsternd kamen die Worte aus ihrem Mund. »Und doch haßt er Sie ...«

»Warum der Haß?«

»Er haßt Sie, wie der Kleine ... der Geschlagene den Großen ... den Sieger haßt. Sie, der Sie in wenigen Jahren erreichten, was er in der Zeit eines Menschenalters vergeblich erstrebt hat.«

»Sie kommen vergebens, Fräulein Harder. Ich kann ihm nicht helfen ... will es auch nicht. Der Sieger soll zu dem Geschlagenen kommen? Ha! Tät ich's ... hinausjagen wird er mich gar!«

Er stand auf.

»Sie wollen gehen? Nein! Sie dürfen es nicht! Dürfen meine Bitte nicht abschlagen. Der letzte verzweifelte Versuch! Wüßten Sie, wie schwer es mir geworden, hierherzukommen!«

Unfähig, ihre Stimme zu beherrschen. Ein haltloses Schluchzen. Sie vermochte nicht weiterzusprechen.

Sie schwankte. Er reichte ihr den Arm. Willenlos legte sie ihren hinein.

Er schritt mit ihr durch die Wege des Gartens. Wußte keine Worte zu finden.

Mette Harder an seinem Arm! Wie lange war's her ...?

Warnum ... Mon Repos ... der in Biarritz ... die Gedanken hasteten fort. Was würde der sagen, sähe er Mette hier an seinem Arm ...?

Das gleiche wie damals? ... Nein! ... Vielleicht doch nicht. Ein leichtes, stolzes Lächeln trat auf seine Züge.

Heute! ... Das Blatt hatte sich gewendet. Und doch ... die letzte Fahrt in Warnum ... er vor dem Alten ... die Erinnerung ließ sich nicht bannen.

Zu tief die Wunde, die ihm damals geschlagen ... von ihr. Wie schwer es ihr geworden ... sie sagte es selbst ... und er verstand sie wohl, die stolze Mette Harder.

Und während er sann, überkam ihn ein weiches Gefühl des Mitleids. Er zog ihren Arm fester in den seinen. Er spürte, wie sie zusammenzuckte ... da ließ er wieder los.

Sie blieb stehen. Im grauen Dämmerlicht war ihr Gesicht bleich wie der Tod.

Es schien eine fremde Stimme, die aus ihrem Munde klang.

»Sie werden mit mir gehen, Friedrich Eisenecker! Sie werden den, den Sie besiegten, nicht untergehen lassen! Ihren Sieg nicht entweihen!«

Seine Lippen bewegten sich zum Nein. Da trat sie dicht vor ihn hin, daß sie sich berührten. Ihr Blick versenkte sich in seinen. Vergeblich wehrte er sich dagegen. Die Macht der grauen Augen war stärker, schlug seine Sinne in Banden. Zwang ihn, seine Hand in die ihre zu legen.

* * *

Die rätselhaften Vorgänge in Spanien! Die öffentliche Meinung, die Presse der Welt kamen darüber nicht zur Ruhe.

Spanien selbst. Eine dumpfe, schwüle Stimmung im Lande. Trotz strengster Pressezensur drangen immer wieder Nachrichten aus der Welt in die Bevölkerung, steigerten die Unruhe. Besonders der maurische Teil der Bevölkerung wurde davon betroffen. Schien sich das geheimnisvolle Phänomen doch in erster Linie gegen die maurische Gewalt zu wenden.

Die Truppen selbst? ... Im Madrider Kriegsministerium herrschte starke Besorgnis. –

»Ich fürchte, daß eine Wiederholung solcher Vorfälle auf die Disziplin unserer Truppen von ungünstigem Einfluß sein würde«, schloß Prinz Ahmed seine Rede.

Fürst Iraklis und Jolanthe sahen zum Kalifen hinüber. Der saß, die Lippen zusammengepreßt, düster vor sich hinstarrend. Sprach dann:

»Diese tapfersten, besten Soldaten der Welt, wehrlos preisgegeben einer unsichtbaren fürchterlichen Waffe! ... Auch der Mutigste muß da den Mut verlieren.«

»Und immer noch keine befriedigende Erklärung«, warf Prinz Fuad ein, »wie die Waffe beschaffen ist, die so ungeheure Wirkung hat.«

Fürst Iraklis breitete ein Papier auf dem Tisch aus.

»Hier eine Skizze der Umgebung von Paganos Hütte. Ich nahm sie bei unserem gestrigen Besuch auf. Die Stellen, wo unsere Soldaten getroffen wurden, waren leicht zu erkennen. Der Boden zeigte dort starke Brandspuren. Wir konnten die Entfernungen zuverlässig feststellen.

Jolanthe war es, die mich da auf eine Frage von Bedeutung aufmerksam machte. Warum warteten die in der Hütte, bis unsere Leute so nahe heran waren? Es war zweifellos ein großes Wagnis. Ein plötzlicher Feuerüberfall von unserer Seite hätte die Hütte mit allem Lebenden darin vernichtet.«

Abdurrahman horchte auf. Sein Auge hing an dem Fürsten, der weitersprach.

»Die Erklärung, die Jolanthe hierfür zu finden glaubte, erscheint mir wohl zutreffend. Die Waffe des Feindes scheint nur auf kürzere Entfernung wirksam zu sein.«

»Ah!« Prinz Ahmed sprang auf. »Gut so! Das wäre nicht ohne Bedeutung. Die Waffe verlöre damit vieles von ihrem Schrecken.«

Eine farbige Signallampe an der Tür glühte auf. Ein Wink Abdurrahmans. Fürst Iraklis ging zur Tür, öffnete sie. Ein Adjutant mit einer Mappe in der Hand.

Der Fürst nahm sie entgegen, legte sie vor den Kalifen. Der schlug den Deckel zurück.

Ein Brief. Er begann zu lesen. Stockte ... wendete das

Blatt ... die Unterschrift ... Seine Brauen schoben sich zusammen. Ein düsterer Brand glomm in seinen Augen auf.

»Vom Oberst Gonzales.« Die Worte, mit seltsam tonloser Stimme gesprochen, wie ein Blitz trafen sie die anderen. Doch sprach keiner ein Wort. Ihre Augen hingen an dem Kalifen, der das Blatt wieder zurückwendete und weiterlas.

Der - die Augen stier ... starr auf das Papier gerichtet, das gebräunte Gesicht tief erblaßt, die Hand, die den Brief hielt, in leichtem Zittern - der las langsam, als könnte er den Sinn der Worte nicht fassen, schwerfällig Zeile um Zeile ...

Schloß jetzt die Augen. Die Hand mit dem Brief sank kraftlos herunter. Die anderen ... ihre Blicke flogen von dem Kalifen zueinander. Bebend in ungeheuerster Spannung ... Erwartung.

Durch die Gestalt Abdurrahmans ging ein leises Beben. Die Hand krampfte sich um das knisternde Papier. Eine Röte stieg langsam empor ... vom Nacken zu den Wangen ... höher zur Stirn ... Tiefrot jetzt sein Antlitz!

Und dann ... die Augen sprangen weit auf ... Ein blutigroter Schein brach daraus. Nichts Menschenähnliches darin ... wie eine Bestie ... zu wahnsinniger Wut gereizt.

Mit einem wilden Satz sprang er auf. Die geballten Hände umkrampften den Brief ... stießen empor.

Ein unartikulierter Laut brach aus seinem Munde. In jähem Wurf schleuderte er das Schriftstück zu Boden. Starrte auf den Papierball ... stampfte mit dem Fuß darauf.

Seine Brust hob sich in wilden Atemstößen. Seine Lippen bebten in wirrem Gestammel ...

Die anderen sprangen auf ... umringten ihn, als wollten sie ihn halten ... stützen.

»Abdurrahman ...!« Prinz Ahmed sprach es mit leiser, zitternder Stimme. »Abdurrahman ...!«

Der, als riefe ihn der Name zurück, starrte mit wilden Blicken um sich. Sah die anderen jetzt ... Er schob die Hände, die sich ihm entgegenstreckten, zurück. Stürmte wie ein gefangenes Raubtier in dem weiten Gemach hin und her.

Mit Entsetzen verfolgten sie das wahnsinnige Gebaren des Mannes. Jolanthe die erste, die den Bann von sich warf. Sie schritt zu dem Papier, hob es auf, glättete es. Las es mit halblauter Stimme ... unterbrach sich immer wieder. Wandte sich zu den anderen, die ihr lauschten.

Was der da schrieb ... war es möglich? Die Mauren sollten das Land verlassen? ... Binnen acht Tagen schon sollte die Provinz Navarra geräumt sein? ... Das die Frist, um unnötiges Blutvergießen zu vermeiden ... schrieb der da ... Sonst Gewalt! Vernichtung! ... Die neue, furchtbare Waffe rücksichtslos angewandt ... Das bei Paganos Hütte ein leichtes Vorspiel ... doch genügend zur Warnung ... Beweis, wie stark die Waffe.

Das verhängnisvolle Blatt entsank der Hand. Blaß ... stumm starrten sie sich an. Wer ... Hilfe ... Rat?

»Acht Tage Frist!« Die Worte kamen von Jolanthes Lippen. »Acht Tage! ... Wenig ... viel für den, der die Zeit zu nutzen weiß. Der Feind ist in Spanien! Der Deutsche ... Gonzales - der Preis auf seinen Kopf verzehnfacht! ... Polizei ... Militär, keine andere Aufgabe als ... sie zu suchen!

Und finden wir sie nicht« - sie schloß die Augen, ein leichtes Zittern ging durch ihre Glieder -, »dann kämpfen ... sterben!« Sie stand bewegungslos.

Da! In ihren Mienen regte es sich. Leben kam in ihre Gestalt. Ihre Augen, weit geöffnet, schienen in unendliche Fernen zu dringen. »Ibn Ezer! ... Ibn Ezer!« Sie stieß den Namen aus.

»Ibn Ezer!?« Die Stimme Abdurrahmans schrie es in die Stille. »Was ist mit dem? ... Ha! ... Ha! Sucht ihr da Rettung?«

»Könnte er uns nicht helfen, so könnte er uns raten!« rief Prinz Ahmed.

»Rufen wir ihn! In wenigen Stunden kann er hier sein«, sagte Fürst Murad.

Abdurrahman zuckte die Achseln.

»Tut es! Wenn ihr glaubt ...«

»Sein letzter Bericht« - der Prinz sprach -, »so vorsichtig er auch abgefaßt war, er war nicht ungünstig. Der nächste ... vielleicht noch günstiger ... er könnte schon hiersein. Mit jedem Kurier können wir ihn erwarten.«

Der Prinz ging zur Tür, öffnete sie. Der Adjutant kam.

»Der Kurier aus Kairo ...?!«

»Er ist soeben angekommen.«

»Bringen Sie die Depeschen sofort hierher!«

Die anderen hatten es mit angehört. Schweigend warteten sie.

Der Adjutant kam, legte eine Mappe auf den Tisch, entfernte sich.

Was barg sie?

Abdurrahman ging an den Tisch, schlug sie auf ... blätterte.

»Ibn Ezer! ... Der Bericht!«

Die anderen traten heran. Der Bericht!

Abdurrahman las. Still ... die Lippen bewegten sich, bildeten Worte. Die wurden lauter.

»... nachdem die falsche Schaltung entdeckt ... sicher, das Geheimnis Montgomerys zu lösen ... Die Versuche ... mit Allahs Hilfe ... der Apparat arbeitet ... wie in den Händen seines Meisters! ...«

Was dann noch da stand ... sie lasen es nicht mehr. Schauten sich an.

»Allah hat geholfen. Allah wird weiter helfen!«

Verwandelt alle!

Unbeschreiblich ihre Erregung. Keinen hielt es an seinem Platz. Bewegten sich wirr durcheinander. Der eine zum anderen. Es dauerte lange, bis sie Ruhe ... Selbstbeherrschung wiedergefunden.

Maßlos die Freude in jedem!

Abdurrahman, als wäre neue Kraft über ihn ausgegossen:

»Nicht mehr wehrlos! Mit gleichen Waffen ihn bekämpfen! Wär's möglich?

In einer Stunde! ... Einer muß unterwegs sein nach Ägypten.«

»Ich fahre!«

Jolanthe rief's.

* * *

»Wo ist Mette?« Harder fragte den alten Diener. »Sie soll kommen, gleich!«

»Das gnädige Fräulein Mette ist vor ungefähr vier Stunden mit Herrn von Iversen im Wagen fortgefahren. Der Herr Generaldirektor schliefen. Das gnädige Fräulein gab mir den Auftrag, dem Herrn Generaldirektor zu bestellen, sie mache einen größeren Ausflug.«

Harder lehnte sich mißmutig in dem Liegestuhl zurück. Ließ den Diener die Decken, die sich während des Schlafes verschoben, ordnen.

»Wenn Mette zurück ist, soll sie zu mir kommen.« Er winkte dem Diener, sich zu entfernen.

Mette ... seit vier Stunden schon war sie fort?

Nun ja ... sie war gewiß der Erholung bedürftig. Tag und Nacht hatte sie an seinem Krankenlager gewacht, sich um ihn gesorgt ... Wo war sie hingefahren? ... Sonderbar, daß sie es dem Diener nicht gesagt ...

Ein Wagen rollte vor. Sie konnte es sein. Er klingelte dem Diener. »Mette soll sofort zu mir kommen!«

»Es war ein fremder Wagen, Herr Generaldirektor.«

Hm, es war nicht Mette? ... Wo sie nur blieb? ...

»Du weißt nicht, in welcher Richtung sie mit Herrn von Iversen gefahren ist?«

»Nach Süden, Herr Generaldirektor. Ein Hotelchauffeur hörte Herrn von Iversen kommandieren: Richtung Bayonne! Dann die Nive entlang!«

Der Diener ging. Harder legte sich auf seinem Lager zurück, schloß grübelnd die Augen.

Nach Süden war sie gefahren? ... Da unten die Pyrenäen ... War sie in die Berge gefahren? ... Was wollte sie da? Eine so weite Fahrt!

Die Erinnerung an jene Fahrt nach Saint-Jean-le-Miracle wurde wach ... die Prophezeiung des Schäfers ... der Überfall ... die Rettung durch ...

»Eisenecker!« hatte Mette geschrien, »Eisenecker!« Keiner hatte ihn erkannt, sie allein, sie ... Die Augen der Liebe sehen scharf ... Mette liebte ihn, Eisenecker ... den Feind. Hatte es selbst gesagt, daß sie ihn noch immer liebe ... Wie tief mußte die Liebe in ihr wurzeln nach all dem Vorangegangenen ...?

Und dann, als habe er eine Vision, warf er den Oberkörper nach vorn. Seine Hände umklammerten die Armlehne, als wollten sie sie zerbrechen ...

Mette in die Berge gefahren ... zu ihm?! ... Er sah sie in Eiseneckers Armen, den Armen des Mannes, der ihm alles geraubt. Ehre, Ruhm ... sie, Mette.

Er schleuderte die Decken von sich, wollte sich erheben. Die geschwächten Glieder versagten den Dienst. Mit lautem Stöhnen sank er zurück ... Unerträglich die Qual des Wartens, der Ungewißheit.

Da! War es nicht das bekannte Signal seines Wagens? Er schellte dem Diener. »Mette ist zurück?! Sie soll ...« Die Tür öffnete sich, Mette trat ein.

»Mette ... Mette!« Harder schrie es, streckte ihr weit die Arme entgegen.

»Vater, Vater, was ist mit dir? Du bist ...« Mette war zu

ihm geeilt, hatte seine Hände ergriffen, drückte sie an ihre Brust.

Harders Atem ging schwer. Seine Augen umfingen Mettes Gestalt mit unaussprechlicher Freude. Sie war wieder bei ihm, seine Mette … Ein Trugbild, das seine Augen soeben zu schauen geglaubt. Es konnte, konnte nicht sein.

Er rang nach Worten, wollte fragen, wo sie gewesen. Die Gewißheit aus ihrem Munde hören, daß er sich getäuscht.

Mette sah seinen Kampf. Das Geständnis … ein furchtbarer Schlag mußte es für ihn sein. Jetzt erst kam es ihr zu vollem Bewußtsein, wie gefährlich, gewagt ihr Plan, die beiden Männer zusammenzubringen. Sie wollte sprechen, doch die Lippen versagten den Dienst …

Schweigend sahen sie sich an … dann senkte Mette den Blick.

»Wo warst du, Mette?« Die Stimme des Vaters klang dumpf grollend. Mette antwortete nicht, suchte vergeblich nach Worten.

»Du warst bei Friedrich Eisenecker … Du - Mette Harder! … Gestehe es, sei nicht feige!« Harder sprach die Worte mit einer fast unnatürlichen Ruhe, und doch verriet ihr Ton, daß er nur mit Mühe an sich hielt.

»Ja! Ja! Ich war bei ihm!« Mette schrie es. »Aber nicht meinetwegen …«

»Nicht deinetwegen?! … Leere, tönende Worte, hinter die du dich flüchtest.« Hohn, Haß klang in der Stimme Harders. »Wärest du doch gleich bei ihm geblieben! … Oder wollte er dich nicht mehr?« Ein häßliches Lachen begleitete die Worte.

Mette stand starr, schaute den Vater an, als müßte sie sich überzeugen, daß er es gewesen, der diese Worte gesprochen.

Dann, mit einem Aufschrei sank sie an seiner Seite in

die Knie, schlang die Arme um ihn, sprach zu ihm mit bald bebender, bald fester Stimme ... lange.

Harder schien zunächst den Sinn ihrer Worte nicht zu fassen. Stumm hörte er ihr zu. Endlich, als sie sagte, daß Eisenecker mit ihr gekommen sei, um mit Harder zu sprechen, kam ihm zum Bewußtsein, was Mette getan ... für ihn. Er legte die Hand auf ihren Scheitel, strich leise darüber hin.

»Mette, was hast du getan? Du, die Stolze, hast dich um meinetwillen gedemütigt, hast dich erniedrigt, diesen Mann zu bitten. Unterbrich mich nicht. Wer anders als ich kann die Größe dieses Opfers ganz ermessen ...

Und doch, es war umsonst, dein Opfer! Es kann nicht geschehen! Zu tief die Kluft, die mich von ihm trennt!«

»Vater!« rief Mette, indem sie die Hände zusammenschlug und aufspringen wollte. »Die Kluft, die euch trennt ... wer riß sie auf? ... Du, du allein! Schon längst hätte ich dir das sagen sollen. Nur war ich zu feige dazu.

Sollte Eisenecker seinen Geist verdorren lassen, oder sollte er, nachdem ihm die große Tat gelungen, zu dir kommen, dir sein Werk zu Füßen legen?! Nein! Nichts bindet ihn an dich!

Ein Zufall wollte es, daß ich Zeuge war jener Unterredung zwischen dir und Malte in unserem Hause am Bismarckdamm. Schon damals war ich von dem guten Recht Eiseneckers felsenfest überzeugt, hatte Zweifel, ob deine Beschuldigungen berechtigt waren ... Ich muß es sagen, so weh es mir auch tut.«

Harder wandte den Kopf zur Seite. Was er sich nie mit voller Klarheit eingestanden, in den Worten Mettes lag die Wahrheit, die unumgängliche, unumstößliche Wahrheit. Aber so ganz wider Erwarten traf ihn, was ein anderer Mund sprach, daß er förmlich zurückprallte. Mit ringender Brust atmete er die durch das Fenster strömende kühle Seeluft, um den stockenden Herzschlag wieder zu beleben.

Dann, wenigstens körperlich etwas beruhigt, sprach er mit halber Stimme, ohne sich umzuwenden. »Du bist ein Weib, Mette, nie wirst du verstehen, was ein Mann empfindet, dem nach jahrzehntelangem Ringen ein anderer den Preis entreißt! Diese ungeheure, niederschmetternde Enttäuschung, die Vernichtung meines Lebenswerkes ...«

»Ein Mann, ein wahrer Mann räumt dem Sieger das Feld, schreitet zu neuer, anderer Tat.«

»Ich bin krank«, sagte er leise. »Krank. Ich leide an dem Mann, denke an nichts anderes als an ihn. Er ist in mir wie eine Qual, wie ein Feuer. Ich habe keine Vernunft mehr, meine Kraft ist gebrochen, ich bin unfähig zu neuer Tat.«

»Sprich mit ihm, Vater, und alles wird anders werden.«

Harder schüttelte stumm den Kopf. »Es wäre die bitterste Stunde meines Lebens ... ich kann es nicht.«

»Auch dann nicht, wenn er dich bäte, ihm mitzuhelfen bei dem großen Werk, der Menschheit dienstbar zu machen, was sein Geist erdacht?«

»Er mich bäte? Er ... Eisenecker ... mich? ... Ich verstehe dich nicht, Mette. Welcher Täuschung gibst du dich hin? Der Mann, der mit einem Wort die ganze Weltwirtschaft umzustoßen vermag, bedarf meiner Hilfe nicht.«

»Sprich mit ihm! Nur um das eine bitt' ich dich, Vater.«

Mette rückte näher an sein Lager heran, neigte sich zu seinem Ohr, erzählte mit fliegendem Atem, was sie und Iversen mit Eisenecker auf der Fahrt verabredet ...

Ein frommer Betrug. Die neue Organisation der Energiewirtschaft bedurfte langer schwieriger Vorbereitungen. Das große Organisationstalent Harders sollte von Eisenecker zur Hilfe herangezogen werden.

Harder Mitarbeiter Eiseneckers! Es schien die einzige Möglichkeit, Harder mit allem auszusöhnen.

Je weiter Mette sprach, mit desto größerem Interesse folgte Harder ihren Worten. Seine Brust hob sich in tiefen, befreienden Atemzügen. Jetzt reckte er sich auf. Ein anderer Ausdruck auf seinem Gesicht. Nicht mehr in Qual und Haß verzerrt die Mienen. Er fühlte sich frei von all dem, was seine Vernunft geknebelt zu Boden gepreßt hatte.

»Mette ... sprichst du die Wahrheit?« Harder hatte sich von ihren Armen frei gemacht, schaute sie prüfend an.

»Sie spricht die Wahrheit!« Eine Männerstimme gab die Antwort. Bei ihrem Klang schloß Harder die Augen. Stumm, mit fahlem Gesicht sank er in sich zusammen, rührte sich auch nicht, als er fühlte, wie eine kräftige Männerhand die seine ergriff, sie drückte.

Mette war aufgesprungen, ihr Gesicht von dunkler Röte übergossen. Höchste Freude, Seligkeit lag in den Blicken, die von einem zum anderen wanderten. Dann war sie aus dem Gemach verschwunden. Hatte in ihrem Zimmer gesessen, in banger Erwartung ... lange. Doch je länger sie warten mußte, desto leichter wurde ihr. Die beiden Männer, sie mußten sich gefunden haben!

Iversen trat ein. Er reichte ihr die Hand.

»Ein langes Palaver, was die beiden da führen! Sie scheinen die ganze Welt auf den Kopf stellen zu wollen, daß sie kein Ende finden.«

»Malte! Ich bin ja so glücklich, daß es gelungen ist. Und ... dir das Hauptverdienst.«

Malte von Iversen schlug die Hacken zusammen, machte eine überkorrekte Verbeugung und legte die Hand aufs Herz.

»Unendlich geschmeichelt, teuerste Mette! Dies Anerkenntnis aus deinem Munde mein höchster Lohn! ... Trotz alledem ... den Kuppelpelz möchte ich nicht missen*.«

---

* hier soviel wie: »Auf den Dank dafür, daß ich dich und Eisenecker wieder zusammengebracht habe, möchte ich aber nicht verzichten.« (Der Heiratsvermittler wurde früher mit einem Pelz bezahlt.)

Sein lustiges, vieldeutiges Augenzwinkern trieb Mette das Blut ins Gesicht. Verwirrt, halb unwillig, halb lachend sprang sie auf, verließ den Raum.

Die Tür zum Zimmer des Vaters ... wie ein Magnet zog es sie dorthin. Jetzt stand sie davor, preßte die Hand auf das hochklopfende Herz. Dann ... leise, zag drückte sie den Türgriff nieder, schaute verstohlen durch den Spalt.

Da saßen die beiden in eifrigem Gespräch - ein Tisch zwischen ihnen, bedeckt mit Papieren: lange Zahlenreihen ... Pläne ... Projekte -, vergessend Zeit und Raum, in gemeinsamer Arbeit an dem großen Zukunftswerk.

* * *

»Es wird geschehen, wie du sagst, meine Tochter! So es Allahs Wille ist, daß Mohammeds Söhne das alte glänzende Reich wieder aufrichten, sich die Millionen, die unter fremder Herrschaft leben, wieder um die grüne Fahne des Propheten scharen, wird er unserem Werke gnädig sein. Daß es sich vollendet, bevor der Mond zum achten Male zu unseren Häupten glänzt.«

»Er wird deinem Werke gnädig sein, Ibn Ezer!« Jolanthe sank auf die Knie und griff nach dem Saum seines Gewandes, es zu küssen. »Ich eile, Ibn Ezer, deine Worte unserem Herrn zu melden.«

Im Hinausgehen verhielt sie den Schritt noch einmal kurz vor dem schimmernden Kasten, der Montgomerys Werk barg. Kein Geheimnis mehr darin! Das Rätsel war gelöst, die Kräfte des Apparates dienstbar gemacht. Heute noch die des einzelnen hier. Morgen schon die der danach entstandenen.

Die Blicke Abd-ul-Hafis' folgten ihr, bis sie in dem Felsgang verschwunden war.

»Warum weilst du noch, Abd-ul-Hafis? Ruft nicht die Arbeit mit lautem Klang?«

Der deckte kurz die Augen mit der Hand.

»Ja! ... Ja! Ich komme gleich! ... Bin schon bei dir.«

»Was ist mit dir, Abd-ul-Hafis? Du blickst so seltsam.«

Der blieb jetzt stehen, die Lider halb geschlossen, den Blick nach innen gerichtet. Ein trüber, düsterer Zug auf seinem Gesicht. Mechanisch, halblaut murmelten seine Lippen die Worte.

»Das junge, schöne Weib! ... Allah gab ihr einen hohen Geist ... eine starke Seele. Und sie dient ihm ... uns mit allen ihren Kräften. Allah wird es ihr lohnen. Wir selbst ...?«

Er schüttelte den Kopf.

»Abd-ul-Hafis! Rätselhaft sind deine Worte. Welchen Sinn bergen sie? Droht ihr Gefahr? ... Sie spottet aller Gefahren. Ein königliches Weib! Nur einmal schuf sie Allah. Eines Herrscherthrones ist sie würdig!«

»Herrscherthron! ... Du sagst es ... ihr Ziel ist's ... und doch ... Ich stellte vorige Nacht ihr Horoskop ... Nur zu der ersten Stufe wird sie kommen ... dann ...«

»Und dann? ... Was dann, Abd-ul-Hafis?«

»Mit Schaudern ... mit Entsetzen sah ich, was die Sterne mir offenbarten ... in Blitz und Feuer der schönste Leib, der je gelebt ... in die Lüfte gerissen ...«

»Wehe über dein Wissen, Abd-ul-Hafis, hörte dich ein anderer als ich. Du, der Mann der exaktesten Wissenschaft, sprichst wie die Sterndeuter auf den Gassen.«

»Magst du mich verlachen, Ibn Ezer! Es wäre das erstemal, daß mich die Sterne betrogen hätten.« –

Hoch über der Libyschen Wüste das Flugschiff, das Jolanthe und ihr Hoffen westwärts trug. Dunkler, grauer Nachthimmel über ihr, so weit ihr Auge schaute. Doch in ihrem Herzen ein Leuchten, warm und hell, das Rettung strahlte aus aller Not. Der rasende Flug des Schiffes zu langsam für sie ... für ihre Wünsche.

Gelang es – und es mußte ja gelingen, das Werk, mit dem sie die Herrschaft des Geliebten vor dem Untergang bewahrte –, dann … auch der Traum erfüllt, den sie so lange geträumt: Sie an des Kalifen Seite … auf dem scherifischen Thron.

Ruhelos wanderte sie durch die langen Seitengänge des Schiffes. Da endlich! Die ersten Strahlen der Morgensonne brachen durch das dunkle Gewölk. Unter ihr ein grauer Schimmer … das maurische Meer!

Noch eine kurze Weile … festes Land unter dem Schiff. Jetzt sank der Kiel. Im hellen Sonnenschein die Türme und Dächer Madrids. –

Sie trat in das Gemach Abdurrahmans.

»Ist es wahr, Jolanthe?« Mit zitternder, heiserer Stimme drängte er sich an die Eintretende, umklammerte ihre Hände, als wollte er sie zerbrechen.

Brennend … fragend senkte sich sein Blick in den ihren.

»Ist es wahr?«

»Es ist wahr! So gewiß Allah lebt!«

Ein Zucken erschütterte die Gestalt Abdurrahmans, ließ ihn wanken. Wie um sich zu halten, neigte er sich zu ihr, barg den Kopf in ihrem Gewand.

Sie stand wie zu Stein erstarrt. Nur die Rechte fuhr leise über das Haupt des Mannes. Das schöne, wunderbare Antlitz überstrahlt von einem überirdischen Schein des höchsten Glückes. Kaum bewegten sich die halbgeöffneten Lippen. Leise flossen die Worte aus ihrem Munde.

»Ja! Es ist wahr. Montgomerys Erbe harrt unseres Befehls.« Ihre Stimme hob sich zu lauterem, vollerem Ton. »Doch das ist nicht alles! Mehr noch … Besseres, Schöneres habe ich zu künden!«

Ihre Gestalt reckte sich höher. Wie Stahl, der auf Stahl schlägt, klangen die Worte.

»Unsere Feinde werden sich beugen … zurückweichen … fliehen! Aus Montgomerys Erbe werden die Waffen geboren, die uns den Sieg erkämpfen.«

»Jolanthe! Diese Worte! … Wie soll ich sie verstehen?«

Abdurrahman war von ihr zurückgewichen, die Hand wie abwehrend erhoben, als blendete ihn ein Trugbild.

»Kein Trugbild! ... Die Wahrheit alles, was ich jetzt noch sagen will! ... Doch still! Wenn je ein Geheimnis gefährlich und tief, dann dieses.«

Der Kalif stand wie gebannt, fühlte kaum, wie ihn Jolanthe beim Arm ergriff, ihn zu einer Ottomane führte, sich neben ihn setzte, zu ihm sprach. War es möglich, was diese lächelnden, warmen Lippen ihm ins Ohr flüsterten? ... Montgomerys Apparat in der Konstruktion von Ibn Ezer bis in alle Einzelheiten erkannt ... Ibn Ezer in der Lage, den Apparat jederzeit in beliebiger Zahl und Größe zu bauen ... zwölf Apparate auf Jolanthes Geheiß schon in Arbeit ... in sieben Tagen vollendet ...?!

Und dann ... diese zwölf ... diese zwölf über Europa an verschiedenen Stellen abgeworfen! ... Zwölfmal die Katastrophe von Warnum! ... Doch hier kein Meer, den Brand begrenzend ... löschend!

Europa an zwölf Stellen in wabernder Lohe, die unendliche Fläche des Landes mit allem, was darauf, Städten ... Menschen ... Tieren ... in rasender Glut verzehrt! Der Rest auf ewig krankend an diesen zwölf ungeheuren Brandwunden.

Die Drohung allein ... sie mußte sie zwingen, diese Kühnen ... Gonzales und seine Helfer ... abzulassen von ihrem frechen Unterfangen, die maurische Herrschaft zu bedrohen. Ablassen mußten sie von der Bedrohung! Vor der stärkeren Faust sich beugen ... weichen aus dem Lande.

Die Stimme an seiner Seite schwieg jetzt. Da schaute er auf zu ihr. Sah das schönste Antlitz, das je ein Weib geziert ... überstrahlt von hellem Siegesglanz, von freudigstem Glück. Seine Hände gingen zitternd zu diesem Haupt, strichen leise darüber hin, glitten an ihrer Gestalt nieder, bis sie die ihren trafen. Die umfaßte er zart, hob sie zu seinem Mund, küßte sie.

»Jolanthe! Noch kann ich es nicht fassen! Zuviel des Guten, Schönen, das dein Mund mir kündet.«

Er sprang auf, riß sie an den Händen hoch.

»Jolanthe! Bei Allah schwöre ich's dir. An dem Tag, an dem diese Frechen ihre Nacken vor uns beugen, zurückweichen ... an dem Tag sollst du neben mir sitzen: Die Königin meines Herzens ... meines Landes, vor der ich und alle Großen der Erde die Knie beugen werden als vor der, die Allah selbst uns gesandt. Nie sah die Welt eine Königin, schöner, würdiger, einen Thron zu zieren.«

Von unten der dröhnende Schall marschierender Truppen. Jetzt setzten die Klänge der Militärmusik ein. Das aufziehende Wachtregiment.

Einer plötzlichen Eingebung folgend, legte der Kalif Jolanthes Arm in den seinen. Schritt mit ihr zu dem breiten Altan an der Front des Schlosses, trat mit ihr an die Balustrade.

Stand kaum, da hatte ihn die Menge von unten erkannt. Laute Jubelrufe der Massen! Salutkommandos der Offiziere!

Und als gebührten die Huldigungen dem Weib an seiner Seite, trat er zurück. Seine Rechte hielt sie mit leichtem Zwang an der Brüstung fest. Jolanthe stand regungslos, das Haupt zurückgeworfen, den Blick in die Ferne gerichtet. Spürte den warmen Strom, der von seiner Hand über ihre Glieder rann. Empfing wie im Rausch den Königsgruß der Massen. Das wunderschöne Antlitz strahlend im Triumph ... in höchster Glückseligkeit.

Nur ein Gedanke in ihr. Jetzt sterben! Auf dem Gipfel des Glückes dahinscheiden! Wenn Allah es wollte, sie wäre bereit.

* * *

»Ich stehe vor einem Rätsel, gnädigstes Fräulein Harder. Das Befinden Ihres Herrn Vaters hat über Nacht eine so glückliche Wendung genommen. Kaum erkannte ich ihn wieder, als ich heute morgen zu ihm kam. Irgendeine freudige Gemütsbewegung muß das Wunder bewirkt haben.«

Mette nickte beistimmend. Der Arzt unterdrückte die Frage, die auf seinen Lippen schwebte, als er ihr heimliches, frohes Lächeln sah.

»Doch möchte ich, gnädiges Fräulein, vor übereilten Schritten warnen. Ihr Herr Vater brennt darauf, unverzüglich nach Deutschland zurückzukehren. Er behauptet, dort wichtige, unaufschiebbare Arbeiten zu haben.

Das kann ich auf keinen Fall dulden. Ein Rückschlag könnte dem geschwächten Körper gefährlich werden. Ich riet ihm, die Kur hier noch eine Zeitlang fortzusetzen. Doch das will er auf keinen Fall, und ich kann es ihm angesichts der üblen Vorkommnisse nachfühlen.«

»Gewiß, Herr Doktor! Aber was raten Sie weiter? Sie können überzeugt sein, daß Ihre Anordnungen gewissenhaft befolgt werden.«

»Ich empfahl Ihrem Herrn Vater unter anderem einen Aufenthalt in Ägypten. Ortswechsel … Klimawechsel … neue Eindrücke … Ich verspreche mir viel davon.«

»Wenn Sie es sagen, Herr Doktor! Gewiß, ich werde alles tun, um meinen Vater zu bewegen, Ihrem Rat zu folgen.« –

Draußen im Foyer stieß Mette auf Malte von Iversen. Der stieg eben aus dem Kraftwagen, mit dem er Eisenecker in die Berge zurückgebracht hatte.

»Ist die Fahrt glücklich verlaufen, Malte?«

»Aber natürlich, Mette! Bei Saint-Jean verabschiedete ich mich von ihm. Es war eine genußreiche Fahrt. Ich kenne den Señor Eisenecker doch schon einige Zeit … wie umgewandelt kam mir der Mann vor.

Über tausend Dinge plauderten wir … Du wurdest dabei nicht vergessen, meine teuerste Kusine …!«

»Oh! Was sagst du? ... Über mich? ... Was hattest du ...?«

»Ich? ... Ich wohl weniger! ... Er! ... Er schien mit Vorliebe bei deiner Person ...«

»Malte! Ich bitte dich! ... Seitdem wir das verwandtschaftliche Du eingeführt haben, schlägst du ...«

»... den entsprechenden Ton an! Natürlich, Mette! Es bietet den unschätzbaren Vorteil, frei von der Leber weg zu sprechen.«

»Du könntest auch sagen, einem schon an sich losen Mund ganz die Zügel schießen zu lassen.«

»Puh, Mette! D a s Gesicht! Gut, daß er's nicht sieht!«

»Malte!« Sie stampfte, jetzt wirklich erzürnt, auf den Boden. »Laß das! Ich bin nicht aufgelegt, solche ...«

»... Wahrheiten zu hören. Die alte Geschichte, Mette! Kein Mensch will die Wahrheit hören. Doch das will ich dir sagen, du magst es hören wollen oder nicht: Wärest du nicht deines Vaters Tochter ... kein Mensch hätte es vermocht, Eisenecker mit deinem Vater zusammenzubringen.

Wenn er's tat, dann tat er's deinetwegen. Den schönen Vers, den ich mir darauf mache, den will ich dir nicht auch noch vorsingen ... zur Strafe!«

»Du tust auch sehr recht daran, Malte! Ich verzichte gern darauf. Ich möchte dir überhaupt raten, dich etwas weniger mit meiner Person zu beschäftigen.

Tu das lieber etwas mehr mit Modeste. Das arme Kind! Ich konnte mich in diesen schweren Tagen wenig um sie kümmern. Kaum, daß ich bei den Mahlzeiten ein paar Worte mit ihr sprechen konnte. Sie wird sich sicher einsam und verlassen fühlen.«

Mette mußte innerlich lachen, als sie das so plötzlich verwandelte Gesicht Maltes sah. Im Augenblick war das sorglose, spöttische Lächeln von seinem Gesicht verschwunden. Die Stirn kraus ... ein fast besorgter Ausdruck in den Mienen.

»Du meinst, Mette ... du glaubst ...?«

»Ich glaube, du tätest wohl daran, dich deiner Kavalierspflichten Modeste gegenüber zu erinnern. Solange Vater krank war, hattest du eine gewisse Entschuldigung.«

»Verzeih, Mette! Glaubst du wirklich, daß ich Modeste vernachlässigt habe? Es täte mir sehr leid, wenn sie etwa gar selber das Empfinden hätte ...«

Mette zuckte die Achseln. »Ich weiß nicht, doch Modeste ...«

»Ja, was meinst du denn, was ich tun soll?«

»Nun, ganz einfach! Suche sie auf! Sie wird oben in ihrem Zimmer sein. Geh zum Strand mit ihr ... Mach einen Ausflug ... suche sie irgendwie zu zerstreuen ... Malte! Wie kann man so schwerfällig sein!«

»Ja! Gewiß, Mette ... ich bin schon unterwegs ... Wir werden vielleicht zum Strand gehen.« –

Modeste schien nicht in ihrem Zimmer zu sein. Auf sein Klopfen antwortete niemand. Jetzt klopfte er stärker. Ein schwaches »Herein« war die Antwort.

Modeste saß am Fenster, einen Brief auf dem Schoß. Die geröteten Augen verrieten, daß sie geweint hatte.

Mit wenigen Schritten war er bei ihr.

»Modeste! Verzeihen Sie mein Eindringen. Ich sehe, Sie sind ...«

Ihre Schultern zuckten wie von verhaltenem Schluchzen.

»Eine unangenehme Nachricht? ... Sie haben einen Brief bekommen?« Er beugte sich etwas vor. »Ah! Ich sehe es an den Schriftzügen: Er ist von Ihrer Schwester, der Baronin Jolanthe. Der Inhalt? ... Vermute ich recht, sie wünscht, daß Sie nach Madrid kommen?«

Ein leises Nicken Modestes gab die Antwort.

»Und Sie? ... Sie wollen nicht! Aber ich bitte Sie, teuerste Modeste, solch unbedeutende Differenz ... warum diese Erregung? Ich verstehe es nicht. Sie haben geweint! Wie ist das möglich?«

Statt einer Antwort drückte Modeste das Taschentuch vor die Augen.

»Fräulein Modeste!« Er legte ihr leise die Hand auf die Schulter. »Wir hatten schon einmal die gleiche Situation! ... Schon damals bat ich Sie, mir Vertrauen zu schenken ... mir die Gründe Ihrer Erregung zu offenbaren. Sie weigerten sich.

Jetzt wiederhole ich meine Bitte. Schenken Sie mir Ihr Vertrauen! Ich werde alles tun, was in meinen Kräften steht, um Ihnen zu helfen.«

»Ich kann ... ich darf es nicht!« schluchzte sie leise. »Ach, was bin ich unglücklich.«

Der wehe Ton ihrer Stimme erschütterte ihn. Mit einem raschen Griff nahm er den Brief von ihrem Schoß. Sie schien es nicht zu merken.

Seine Blicke überflogen die Zeilen.

Ah! Seine Augen öffneten sich weit ... Ah! Was war das? ... Was stand dort? *Prinz Ahmed Fuad wirbt durch mich offiziell um Deine Hand ...*

Er ließ den Brief sinken, stand sekundenlang starr ... las dann weiter: *... Deine törichte Weigerung ... unbegreiflich! ... Ist es möglich, daß Du die Aussicht so gering schätzt, die Gemahlin des Prinzen Fuad zu werden, des Bruders des Kalifen ... des mächtigen Herrschers des großen maurischen Reiches? ...*

... daß Deine politische Einstellung irgendwelchen Einfluß hätte, ist doch wohl ausgeschlossen ...

... reicht Dein Ehrgeiz nicht weiter als bis zu dem Wunsch, die Frau irgendeines livländischen Kartoffelbarons zu werden, dann fahre in Gottes Namen auf den Tirsenhof zurück ...

... dann will ich Dich nicht länger halten! Aber unsere Wege sind für immer getrennt ...!

Als Iversen so weit gekommen, entfloh seinen Lippen ein wenig christlicher Wunsch. Er stampfte wütend auf den Boden.

Modeste wandte den Kopf, schaute ihn erstaunt an. Da sah sie den Brief in seinen Händen, sprang auf.

»Herr von Iversen! Unmöglich! ... Sie lesen den Brief ... nein! Sie dürfen es nicht!«

Sie griff nach dem Schriftstück. Er überreichte es ihr.

»Nehmen Sie es nur zurück. Ich kenne seinen Inhalt.«

»Ah! Sie dürfen nicht! Wie konnten Sie? ... Das ist ...«

»Ja, ich weiß. Das ist sehr indiskret von mir. Aber ich bereue es nicht im geringsten. Weiß ich doch nun, daß diese schönen Augen grundlos Tränen vergossen. Ich bin ja so froh, Modeste!

Ja! Ja! Schauen Sie mich nur so fragend an. Ich bin ja so froh!«

Sein Blick, so warm ... so glücklich! Sie hielt ihn nicht aus, wandte sich errötend zur Seite.

»Modeste ...!« Er trat zu ihr hin, suchte ihren Blick zu fangen ...

Da klopfte es laut an die Tür. Mit ärgerlichem Ruck drehte sich Iversen um. Mette stand vor ihm.

»Ah! Ihr seid noch da. Wie schön! Ich will mit euch gehen ... doch ...« Sie sah die Tränenspuren auf Modestes Gesicht. »Malte! Was ist hier geschehen?«

»Nun, Fräulein Modeste hat einen Brief von ihrer Schwester Jolanthe erhalten, in dem sie sehr eindringlich aufgefordert wird, nach Madrid zu kommen.«

»Ja, und ...?«

»Nun, Fräulein Modeste möchte nicht. Sie will nicht nach Madrid ... hat Gründe dafür ...«

»Ja, aber ... warum?«

»Nun ja, Mette! Fräulein Modeste möchte darüber nicht sprechen. Begnügen wir uns damit!«

»Hm ...«

»Und wie ist's mit unserer Strandpromenade, Mette?«

»O gewiß, wir gehen. Und du? Du gehst doch mit, nicht wahr, Modeste?«

Die nickte und ging zum Nebenraum.

»Ich komme gleich. Möchte mich nur etwas frisch machen.«

Kaum war die Tür ins Schloß gefallen:

»Malte! Was ist hier vorgefallen? Modeste hat geweint! ... Du, bist du daran schuld?«

»Um Gottes willen, Mette ... ich? Nein! ... Nein! ... Der Brief ... Dieser verfl ... Brief! Ihre Schwester ... Jolanthe!« Er zischte den Namen durch die Zähne.

»Du kennst den Inhalt dieses Briefes?«

»Nein! ... Nein ... aber ich kann ihn mir ungefähr denken. Wir sprechen vielleicht später darüber.«

»Malte! Schon Geheimnisse?«

»Mette! Ich weiß nicht, was ... Nun gut, ganz schnell, ehe Modeste wiederkommt. Wie schon gesagt, sie will auf keinen Fall nach Madrid fahren. Nun bleibt aber ihre Schwester Jolanthe anscheinend noch lange Zeit dort. Modeste befindet sich in einer unangenehmen Lage. Sie weiß nicht, wie lange sie hier noch warten soll, und geht mit dem Gedanken um, zum Tirsenhof zurückzukehren.«

»Hm! ... Und das wäre dir nicht angenehm, Malte?«

»Mette! Was willst du von mir? Wir sprechen doch von Modeste.«

»Gewiß, ja! Und du bedauerst, daß der Ausflug Modestes in die große Welt ein so schnelles Ende nehmen soll. Möchtest, daß sie noch mehr davon sähe. Oh! Da kann ich sie ja auffordern, in unserer Gesellschaft zu bleiben.«

»Ah, Mette! Das wäre ...«

»Wir reisen in den nächsten Tagen ab. Fahren auf Anraten des Arztes nach Ägypten ...«

»Ägypten! Nach Ägypten fahren wir?«

»Wir? ... Wenn du auch mitwillst, ja!«

»Gewiß! Natürlich! ... War zwar schon dort ... aber höchst interessante Gegend ... sehe sie mir gern noch mal an ...«

»... besonders, wenn Modeste dabei ist.«

»Mette! Ich bitte dich! ... Diese unbegründeten Anspielungen ... du irrst! Irrst vollkommen!«

»Das wäre schade!« gab ihm Mette mit einem übertrieben ironischen Lächeln zurück. »Doch wozu dies Reden? Vielleicht will Modeste gar nicht mit. Ah! Da ist sie ja.

Malte, geh nur voran!« Mette trat auf Modeste zu, schlang den Arm um ihre Schulter. Sprach mit ihr eine Weile in warmem, liebevollem Ton. –

Bald darauf stießen die beiden im Foyer zu Iversen. Der hätte am liebsten einen Freudensprung gemacht, als er hörte, wie Mette dem Portier im Vorübergehen zurief: »Wir alle reisen morgen ab.«

»Nach Ägypten«, setzte Malte höchst überflüssigerweise hinzu.

»Allerdings, Malte, nach Ägypten.«

»Cheopspyramide, ich grüße dich!« rief Malte, den Hut schwenkend, laut und kümmerte sich wenig um die erstaunten Blicke der anderen Gäste im Foyer.

* * *

»Mon Repos!« In dem engen Tal waren die verwitterten Mauern des alten Baues im Abenddunkel kaum zu unterscheiden von den zerklüfteten Felsen, die das Tal umsäumten. Kein Licht, das durch die Fenster schimmerte. Wie tot und verlassen das Haus. Keine Bewohner mehr darin?

Doch! Auf der Eichenbank am kalten Kamin Eisenecker, gerüstet zur Wanderung. Harrend des Freundes Gonzales. Zu seinen Füßen zwei Bündel, wohl verschnürt.

Schon längst hätte er hier sein sollen. Doch gewiß war er genötigt gewesen, den Ziegenpfad zu nehmen, der über die Berge führte. Schon seit mehreren Tagen waren die Grenzübergänge von starker maurischer Truppenmacht besetzt.

Der versteckte Pfad, nur wenigen Hirten bekannt, die einzige Möglichkeit. Er selbst würde nachher mit Gonzales wohl auch den Pfad nehmen müssen, hinüber nach Spanien.

Was würde die nächste Zeit bringen? ... Abdurrahman ... wie würde seine Antwort lauten? Würde er sich ihrem Befehl beugen? ... Oder nicht? Würden Hekatomben von Opfern nötig sein, das Land zu befreien?

Noch fünf Tage! Dann lief die Frist ab ... und dann? ... Das andere, größere Werk! ... Dies hier ja nur eine Etappe.

Seine Gedanken gingen zurück nach Biarritz. Die Unterredung mit dem alten Harder.

Die ungeheuren Schwierigkeiten, kaum überwindbar, die ihm seit Monaten den Kopf heiß machten ... Der Alte! Wie wertvoll war ihm Harders Rat gewesen.

Der Weg nach Biarritz! Mettes halber nur war er ihn gegangen ... und doch, wie gut war es für sein Werk gewesen.

Mette! Dort vor dem Gartentore stand sie, als sein alter Diener ihn rief, er es öffnete. Nur mit äußerster Anstrengung war es ihm gelungen, seine Überraschung zu verbergen, als er sie sah ... Mette Harder.

Wie hatte er sich bezwingen müssen, in kühlem, ruhigem Ton mit ihr zu sprechen, die zu ihm kam ... ihn zu bitten. Alles, was er längst begraben glaubte, war da wieder aufgeflammt, wie sie so unverändert in ihrer Anmut und Schönheit vor ihm stand.

Warnum! Die seligen Zeiten, die er damals an Mettes Seite verlebte. Nur an das Schöne, Gute dachte er jetzt. Die letzte, schlimme Szene, sie blieb begraben.

Und er würde sie wiedersehen. Die gemeinsame Arbeit mit Harder würde sie wieder zusammenführen ...

»Er ist da, der Herr Oberst Gonzales!« Die rauhe

Stimme des alten Schnauzbartes unterbrach sein Sinnen.

Da trat er ein.

»Die Grenze überall gesperrt! Nur der Ziegenpfad allein noch frei!«

»Ich dachte es mir. So müssen wir ihn auch beim Rückweg nehmen ... trotz unserer Lasten ... Hier liegt alles bereit, was wir zu tragen haben.

Gewiß! Ich könnte uns einen anderen Weg bahnen. Aber warum? ... Warum unnütz Menschenblut vergießen, uns die Meute auf den Hals locken?« –

Zwei Stunden schon waren sie auf dem Marsch.

»Wären wir doch in ›Mon Repos‹ geblieben! ... Hätten das Gewitter abgewartet ... Schon auf dem Hinweg sah ich es kommen. Ohne das Mondlicht ist der Pfad kaum zu beschreiten, und es wird dunkler und dunkler mit jeder Minute.«

»... Und es scheinen mehrere Gewitter zu sein, die sich dort an den Kesselwänden des Valle del Toro zusammenballen.«

Die weiteren Worte verschlang der rasende Sturm, der sich plötzlich erhob. Ein scharfer Regenschauer peitschte ihnen ins Gesicht. Unmöglich, noch etwas zu sehen. Nur durch laute Zurufe konnten sie noch feststellen, wo sich jeder befand.

Immer halsbrecherischer der Pfad! Mit Händen und Füßen mußten sie sich festklammern, um über den schmalen Grat zu kommen.

Jetzt! ... Ein Gewitter über ihnen ... um sie! Aus den dunklen Regenwolken zuckten die Blitze nach allen Seiten. Die Augen, eben noch geblendet vom grellen Schein ... dann wieder blind im undurchdringlichen Dunkel. Nur mühsam, im Scheine ihrer Handlampen, konnten sie dem Weg folgen. An einer Stelle, wo der Pfad sich verbreiterte, blieb Eisenecker aufatmend stehen. Mit lauter Stimme rief er nach Gonzales, der vor ihm war. Keine Antwort! Er mußte sehr weit voraus sein ... oder ... war er abgestürzt, hatte er dessen Todesschrei im Toben der Elemente überhört?

Da! Er hielt das Ohr lauschend vor. Ein Ruf von vorn! ... Sein Name!

Gonzales ... er lebte!

Eisenecker hob die Brust, ihm Antwort zu schreien. Da! Der Herzschlag stockte ihm. Ein fürchterlicher Blitzstrahl vor ihm auf dem Pfad in die Felsen schlagend. An der Stelle gerade, von der der Ruf des Freundes erklungen.

»Gonzales?!« Mit ungeheuerster Willensanstrengung schüttelte Eisenecker die Erstarrung von sich, stürmte keuchend den Pfad empor.

»Gonzales! ... Antonio!« Nur schwach entrangen sich die Worte der trockenen Kehle. Da kurz vor ihm ein Aufblitzen der Laterne, die Gonzales trug.

Ein erleichterter Atemzug. Dem Himmel sei Dank! Er war noch da. Er lebte. Eisenecker stieß gegen die Hand, die der Freund ihm entgegenstreckte, drückte sie in überquellender Freude.

»Du lebst! ... Ich glaubte dich erschlagen von dem Blitz, der hier niederfuhr.«

Gonzales deutete mit der Hand auf die Ecke des Felsens, hinter der er stand.

»Ein Wunder, daß ich lebe! Da fuhr er nieder! ... Ein paar Schritt weiter, und ich läge zerschmettert im Abgrund ... Dank sei der Madonna!«

Unmöglich, hier weiterzukommen! Ich versuchte es. Doch hinter dem Felsen ist's fürchterlich ... der rasende Sturm fegt uns von dem schmalen Pfad, wenn wir es wagen.

Wir müssen warten! ... Wie lange? ... Die Hölle hat sich verschworen, uns den Weg zu sperren. Die Gewitter drängen sich hier zusammen, stoßen sich an den Bergen ...«

»Warten? In dieser Unzahl elektrischer Entladungen? Vielleicht stundenlang? Jede Minute kann uns den Tod bringen. Vergiß nicht, daß wir Waffen bei uns tragen … Stahl …«

»Wären's gewöhnliche Waffen, wir könnten sie fortwerfen! Aber …«

»Menschenkraft gegen Naturkraft! … Wir wollen sehen, wer siegt … wer stärker!«

»Frederego! Willst du die Gewitter bannen? Willst du sie bezwingen?«

»Ich will es … versuchen!«

Eisenecker warf das Bündel von der Schulter, entnahm ihm zwei Gewehre, lud sie. Gab eins dem Freund, nahm das andere selbst in die Hand.

»Zeitzünder! Fünfhundert Meter für mich … siebenhundert für dich! … Du nach Süden! … Ich nach Südwest. Feuern wir auf Kommando zur gleichen Zeit.«

Sie legten an.

Zwei Schüsse! Der schwache Knall verklang im Toben der Elemente.

Doch nun … Im Bruchteil einer Sekunde von Süden und von Südwesten her Blitze, zuckend nach allen Seiten. Und dann, als hätte die Atmosphäre sich an ihnen entzündet … um sie herum alles in brennendem Feuerschein.

Und weiter knatternd, krachend neue Blitze. Der ganze Himmel in bläulich-weißes Licht getaucht. Die Landschaft vor ihnen so hell, als leuchteten zehn Sonnen darauf … bis in unendliche Weiten sichtbar zu ihren Füßen.

Und dann ein Krachen! Eisenecker preßte die Hände an die Ohren … drückte sie fest zu … bedeutete dem Freund, das gleiche zu tun … und doch! Nur ungenügender Schutz gegenüber dem, was dann geschah. Als wäre ein ganzer Erdball stärkster Sprengstoffe explodiert, ein einziges, nicht zu Ende kommendes Toben und Krachen.

Der uralte Fels, auf dem sie standen, wankte wie Rohr im Winde. Erbebte, bis in die Grundfesten erschüttert, daß sie in die Knie sanken, sich aneinander festhalten mußten, um nicht hinabzustürzen in die Tiefe.

Mit bleichen Gesichtern starrten sie um sich.

Jetzt, da unten der jahrhundertealte Eichenwald, der sich an den Berghängen hinzog … plötzlich, wie die Halme unter der Sense des Schnitters, sanken die Riesenstämme zusammen.

Sie schlossen die Augen. Mit letzter Kraft drückten sie die Fäuste an die Ohren. Nichts sehen! Nichts hören! –

Wie lange sie da so gekniet, gelegen … keiner wußte es. Eine Ewigkeit schien es jedem.

Bis die Augen blinzelnd es wagten, sich zu öffnen. Noch immer Helle?

Doch nein! Nicht mehr das bläulich zuckende Feuer der atmosphärischen Entladungen! … Das sanfte, ruhige Licht des Mondes um sie herum ausgegossen.

Da wagten sie, den Kopf emporzurecken. Über ihnen das unendliche Sternenmeer. Kein Wölkchen am Himmel … tiefste Ruhe in der Natur.

Sie standen auf. Vor ihnen der Pfad wie ein helles Band am Rande der Felsen im friedlichen Glanze der nächtlichen Gestirne.

Gonzales warf das Bündel über die Schultern, folgte stumm dem Freunde, der mit raschem Schritt den Hang hinuntereilte.

Jetzt standen sie auf spanischem Boden! Wie lange noch, und er würde frei sein! Frei von fremdem Joch!

* * *

Da lag sie vor ihnen, die Antwort an Gonzales. Jetzt setzte Abdurrahman seinen Namen darunter, reichte sie Jolanthe.

Die las sie mit halblauter Stimme noch einmal vor. Ohne jede Betonung ... eintönig flossen die Worte von ihren Lippen. Die Worte, die doch die furchtbarste Drohung in sich schlossen: Europa, das Land vieltausendjähriger Kultur, halb zur Wüste verbrannt! Der Rest ein schwächlicher Krüppel, Spielball der mächtigen Nachbarn ... wenn Gonzales und seine Freunde nicht von ihrem Wahnwitz ließen ...

Der eine seiner Freunde ... der Deutsche! Er, der ihnen erst die Waffen geschmiedet ... er würde es nicht dulden, daß diese Drohung jetzt zur Wahrheit würde. Er würde Gonzales verlassen ... zurückkehren ... fliehen ...

»Und dann?!« Jolanthe sah den Kalifen voll an. »Fürs erste wär's wohl genug! Aber was wird die Zukunft weiter bringen?

Diese Macht in unserer Hand! Welche Möglichkeiten! ... Die maurische Macht Herrscherin der Welt! Wo ist der, der ...?«

Der Kalif schloß die Augen.

»Schweig, Jolanthe! Nicht zu weit laß deine Pläne eilen! Denken wir nur an das Heute. Nicht eher wage ich, dies Schreiben wegzusenden, als ich weiß, daß es Ibn Ezer gelungen.«

»Warum die Zweifel, o Abdurrahman? Es muß ihm gelingen. Er hat die Konstruktion des Apparates voll durchschaut.«

»Du sagst es, Jolanthe. Ich glaube es ... muß es glauben. Und doch! Ein Druck auf mir ... ich kann mich nicht davon befreien, bis ich sie hier vor mir sehe, die zwölf ...

Eine Bitte, Jolanthe! Fahre! Fahre noch heute zu Ibn Ezer.

Noch ist die Frist nicht verstrichen, die er sich gesetzt. Doch fahre ... fahre schon jetzt. Und wenn du da bist, gib mir Nachricht ... stündlich ... Kein Schlaf in meinen

Augen, bis ich aus deinem Munde höre, daß sie fertig ... die zwölf!«

Sie hatte sich erhoben. »Mein Flugschiff! Ich fahre sofort!«

Und so ganz gewiß, daß alles gutgehen würde, schlief sie ruhigen Schlaf, bis das Schiff auf ägyptischen Boden stieß. –

Jetzt stand sie vor Ibn Ezer. Schon seine begrüßenden Worte! Wie eine eisige Klammer legte es sich um ihr Hoffen. Diese niedergeschlagene Miene des Alten. Ihre Rechte suchte tastend Halt an der Felswand des Gemaches.

»Was ist's, Ibn Ezer? Du bist ... du hast dich geirrt?«

Der schüttelte den Kopf. »Nein, meine Tochter! Ibn Ezer irrt nicht! Nur ein kleiner, kaum beachteter Umstand bringt eine Verzögerung in unseren Plan.«

»Ibn Ezer! Schnell! ... Willst du mich töten? Sag mir alles! Wie lange ...?«

Der ging zum Arbeitstisch, nahm eine kleine silbern schimmernde Elektrode.

»Hier! Wir glaubten das Material dafür im Lande zu haben. Doch das verrichtet nicht den verlangten Dienst. Nur in Europa ist es in der Vollendung zu haben, die erforderlich.

Doch beruhige dich, meine Tochter. Schon längst sind Flugschiffe unterwegs, es zu holen. Tage ... vielleicht nur Stunden wird es dauern ... dann werden wir es hier haben. Neue Elektroden aus ihm gefertigt, und die Apparate werden arbeiten wie der hier ... der von Montgomery.«

Bei seinen Worten war das Blut langsam in ihre Wangen zurückgekehrt. Sie schöpfte Atem, ihr Blick bekam wieder Glanz.

»Tage ... Stunden ... und dann? Sag mir die äußerste, die längste Frist«

»Vier Tage längstens.«

»Vier Tage längstens!« Jolanthe murmelte die Worte immer wieder vor sich hin. Vier Tage ... die Frist der Feinde überschritten. Würden sie ohne Verzug zur Tat schreiten? Vier Tage! Wenn sie alle Macht anwandten, in vier Tagen Spanien frei! ... Kein Maure mehr auf spanischem Boden.

Sie ließ sich auf einen Schemel nieder, stützte den Kopf in die Hand.

Der Kalif! ... Mit Ungeduld erwartete er die erste Nachricht von ihr.

Welche Enttäuschung! Wie sollte sie es ihm sagen? ... Wie sollte sie es in Worte kleiden? ... Vier Tage ... zu spät!

Eine kleine rote Lampe in der Ecke des Felsengemaches war aufgeglüht, Ibn Ezer an den Telephonhörer geeilt. Er lauschte. Sein Gesicht wurde freudiger mit jeder Sekunde.

Er warf den Hörer hin. »Das erste Schiff ist schon da, das Material an Bord. Keine vier Tage ... in dreimal vierundzwanzig Stunden ist es erreicht.«

»Ist es wahr, Ibn Ezer?«

»Ja, meine Tochter.«

Jolanthe sprang auf. Ihre alte Spannkraft war wiedergekehrt.

»Dreimal vierundzwanzig Stunden!«

Gonzales! ... Er würde doch nicht sein eigenes Vaterland verwüsten ... verbrennen? So schnell konnte er seine Drohung doch nicht verwirklichen. Die Frist zur völligen Räumung konnte nicht so kurz bemessen sein. Die maurischen Truppen über das ganze Land verstreut, sie sammeln, abtransportieren ... Tage, Wochen mußten vergehen.

Zeit gewonnen, alles gewonnen! Ja! ... So konnte es gehen.

Man würde sich den Anschein geben, als gehorche man ihnen. Scheinbar die Rückbewegung der Truppen einleiten. Und dann - dreimal vierundzwanzig Stunden vergangen - dann die gleiche Waffe in ihrer Hand! Dann deren Drohung die stärkere entgegengesetzt!

Der Kalif! Gewiß... er mußte enttäuscht sein! Aber... Trost, Rettung... sie folgten doch sofort.

Mit leichtem Herzen entwarf sie die Nachricht an Abdurrahman.

* * *

Eisenecker und Gonzales standen vor einer kleinen Blockhütte hoch in den Bergen, wohin nur selten einmal ein Hirte kam, der hier oben weidete. Die Sonne war hinter den Gipfeln im Westen verschwunden. In grauem Dämmer lag die karge Alm.

Vom First der Hütte ein Antennendraht zu einer Zirbelkiefer, die auf einem Felsvorsprung wurzelte. Auf dem rohen Tisch vor ihnen der Empfangsapparat. An seiner Vorderwand wie eine Zunge der weiße Papierstreifen des Morseschreibers.

Eisenecker warf einen Blick auf die Uhr.

»Die ersten Meldungen müßten fällig sein. Unser Mann in Burgos... oh! Da sendet er schon!«

Der Morseticker begann zu schreiben. Die verabredete Depesche. Dort war alles in Ordnung. Und so ging es weiter, von Viertelstunde zu Viertelstunde. Einer nach dem anderen meldeten sich die Zwölf.

Zwei fehlten aus der Reihe, Nummer Vier und Nummer Elf, und sendeten auch nicht, obwohl die Viertelstunden sich schon zu langen Stunden häuften.

Gonzales krauste die Stirn.

»Nummer Elf! Hauptmann Rodrigo Almenar! Ein alter braver Frontsoldat!... Sollte er eine Unvorsichtigkeit begangen haben?« Er zuckte die Achseln. »Ich kenne ihn nicht näher. Aber der andere! Nummer Vier, José del Segura. Ein Offizier meines alten Regiments. Ein Mann von höchstem Mut und sprichwörtlicher Tapferkeit.

Dabei intelligent, verschlagen! Kaum einen besseren hätte ich finden können! Hier stehe ich vor einem Rätsel.

Eine Unvorsichtigkeit Seguras? Ausgeschlossen! ... Die großen Arsenale in Toledo ... zweimal müßte er feuern.«

Sie gingen in die Hütte. Gonzales entzündete eine kleine Lampe, breitete einen Plan von Spanien auf dem Tisch aus.

»Bis auf Villa Nueva sind die Angriffspunkte so gewählt, daß große Verluste an Menschenleben nicht zu erwarten sind. Bei Villa Nueva wird voraussichtlich auch die Stadt selbst und gar mancher aus der Zivilbevölkerung schweren Schaden erleiden. Aber es läßt sich nicht vermeiden.

Der Punkt ist für die maurische Macht von allergrößter Wichtigkeit. Gerade diesen Schlag wird der Kalif nur schwer verwinden.«

»Wenn es so weit kommen sollte!« fiel Eisenecker ein. »Ich kann es immer noch nicht glauben, daß Abdurrahman es aufs äußerste ankommen läßt. Es wäre doch Wahnsinn! Nach diesen Proben, die wir ihnen gaben.«

»Ich bin vollständig der gleichen Meinung, Frederego. Der Kalif, ein einsichtiger, hochbegabter Mensch ... auch in dem Kreise seiner Vertrauten gar mancher kluge Militär und Politiker ... vor allem sein Bruder, Prinz Ahmed Fuad.

Ich kann mir nichts anderes denken ... irgendeine vage Hoffnung, an die sie sich klammern ... Was? ... Ich errate es nicht ... Vielleicht waren unsere Proben doch nicht überzeugend genug.«

Eisenecker schüttelte den Kopf. »Wir wissen doch, daß unsere Gegner sich sehr genau an Ort und Stelle unter Hinzuziehung aller möglichen Sachverständigen über unsere Probestücke informiert haben. Was anderes muß es sein. Doch wozu noch lange grübeln, die Stunde der Entscheidung naht.«

Er ließ seine Uhr repetieren. Mitternacht vorbei.

»Toledo und Barcelona. Ich bin aufs äußerste gespannt. Es könnte sein, daß irgendein nebensächlicher Umstand es unseren Leuten unmöglich gemacht hat zu senden. Ihr Sendeapparat vielleicht nicht in Ordnung. Wir werden bald Gewißheit haben. Ich denke, wir können jetzt unsere Empfänger auf die Regierungswelle umstellen.«

Sie gingen beide ins Freie. Eisenecker stellte die Kondensatoren des Apparates auf die andere Welle, nahm den Telephonhörer ans Ohr. Stille im Hörer. Schon wollte er ihn wieder ablegen, da ... seine Brauen zogen sich zusammen, er horchte mit gespanntester Aufmerksamkeit.

»Toledo«, flüsterte er dem Oberst zu. Der war nahe an Eisenecker herangetreten, starrte ihn an. Sah dessen Mienenspiel. Ein Unglück?! ... Sekunden peinlichsten Wartens für Gonzales. Dann legte Eisenecker den Hörer hin. »José del Segura ist tot! Keine andere Erklärung möglich!«

»Was ist geschehen?« rief Gonzales.

»Die Funkmeldung ging vom Kriegsministerium aus. Der Inhalt folgender: Der Häuserblock in Toledo, in dessen Mitte das Polizeigebäude steht, ist in die Luft geflogen. Furchtbare Katastrophe! Auch die benachbarten Blocks schwer in Mitleidenschaft gezogen!«

Sie sahen sich schweigend an. »Das war José del Seguras Werk«, rief Gonzales, »die einzige Erklärung!«

Was war da geschehen?

»Das Schicksal Rodrigo Almenars wohl das gleiche«, vollendete Gonzales.

Der Zeiger der Uhr war unaufhaltsam weitergewandert. Ein Uhr nachts. Die anderen Zehn, jetzt würden sie es vollbringen. Die Hand, mit der Gonzales den Hörer griff, zitterte leicht. Er hielt ihn ans Ohr, setzte ihn wieder ab, schaute auf den Apparat.

»Verworrene Geräusche! Ist etwas hier nicht in Ordnung?«

Eisenecker riß ihm den Hörer aus der Hand. Ein leichtes Lächeln glitt über seine Züge. »Wir werden keinen Bericht bekommen. Sie senden in Madrid Störungswellen ... machen jede Sendung unmöglich.«

»Ah, sie haben also triftige Gründe, das Nachrichtengeben zu verhindern. - Aber diese Gründe dürften für uns sicherlich nur angenehm sein«, fuhr Gonzales fort.

* * *

Die Katastrophe in Toledo. Das Schicksal José del Seguras. Was war da vorgegangen?

Der Prado Publico in Toledo fast menschenleer. Unter einer hochragenden Tanne lag José del Segura. Ein isolierter Draht von einem hohen Ast des Baumes bis zu ihm, der da halb verborgen im Grase saß. In der Abenddämmerung für einen zufällig Vorübergehenden unsichtbar.

Del Segura öffnete einen kleinen Sendeapparat, schloß ihn an.

Er sah auf die Uhr. Die verabredete Stunde war noch nicht herangekommen. Es hieß warten.

Langsam schlich der Zeiger der Uhr vorwärts. Unerträglich diese Langeweile. Alles in ihm fieberte ... drängte zur Tat. Dort drüben hinter dem Wasserturm das erste Arsenal. Das andere jenseits der Stadt.

Barcelona. Dort sein Jugendfreund Rodrigo Almenar. Waffenbruder in den Guerillakämpfen. Der stand jetzt auch vor seinem Sender, ungeduldig die Stunde erwartend.

Einen Gruß mit ihm austauschen? Es schoß ihm plötzlich durch den Sinn. Er rief an. Der antwortete. Kaum, daß er die Stimme des Freundes vernommen, fiel es ihm schwer auf die Seele ... Durfte er das tun, jetzt in diesem Augenblick? War's nicht leichtsinnig?

Hätte er's doch nicht getan! Der Freund erzählte in seiner breiten baskischen Mundart, fand kein Ende. Immer ungeduldiger wurde Segura, gab jetzt das Schlußzeichen.

Er streckte sich lang aus. Warten, noch eine volle Stunde! Nach einiger Zeit richtete er sich auf, sah auf die Uhr. Der Zeiger war eine Viertelstunde weitergelaufen. Er wollte sich wieder hinlegen ... da ... kam nicht einer auf ihn zu? Schnell warf er sich hin. Zu spät. Eine barsche Stimme rief ihn an. Der Lichtkegel einer starken Lampe fiel auf ihn.

»Stehen Sie auf, Señor! Ihre Legitimation?«

Während del Segura sich erhob: »Ah!« Der Fremde rief's. »Sie waren es, der eben hier gesendet hat. Der Draht, Ihre Antenne. Hm ...« Er griff mit der Rechten in die Tasche, zog eine Waffe. »Ihre Papiere, Señor!«

Segura sprach kein Wort, zog seinen Paß aus der Brieftasche, übergab ihn dem Fremden. Ein Geheimpolizist unzweifelhaft, der seine Sendeeinrichtung durch Anpeilen ermittelt hatte.

»Sie sind der frühere Offizier der spanischen Armee, José del Segura?«

»Der bin ich.«

»Sie sprachen eben mit Barcelona?«

»Gewiß.«

»Der Inhalt Ihres Gesprächs?«

»Nun, haben Sie ihn nicht mit angehört?«

»Allerdings.«

»Allerdings? Dann weiß ich nicht, was Sie von mir wollen. Oder vermuten Sie in diesem harmlosen Gespräch irgendein finsteres Staatsgeheimnis?«

Der Polizist stand einen Augenblick überlegend da. »Hier ist nicht der Ort, um uns darüber auszusprechen. Folgen Sie mir zur Wache!«

Del Segura war eben im Begriff, ihm an die Kehle zu springen, da sah er zwei weitere Gestalten auf sich zukommen. Der Beamte mochte wohl die Absicht Seguras instinktiv gefühlt haben, er hielt ihm die Waffe vor die Brust.

»Folgen Sie mir ohne Widerstand, Señor!« –

Eine Viertelstunde darauf stand del Segura dem Polizeikommissar gegenüber.

»Ich will Sie vorerst nicht danach fragen, welchen Zweck Ihr Funkgespräch mit Barcelona hatte, Sie würden mir doch nicht die Wahrheit sagen. Aber eine andere Frage. In Ihrem Besitz eine große Armeepistole, dazu zwei Patronen.« Er wies auf den Tisch an seiner Seite, wo die Waffe und die beiden Patronen lagen. »Diese Patronen, was ist mit ihnen? Was ist das, was statt des üblichen Mantelgeschosses in der Hülse steckt? Die Patronen sind ungewöhnlich schwer, das Geschoß kann unmöglich aus Blei bestehen.«

»Sie haben recht, Herr Kommissar. Das ist kein Blei. Das ist ... das ist eine neue Legierung, deren ballistische Eigenschaften denen der üblichen Bleigeschosse überlegen sind.«

»Sonderbare Legierung muß das sein.« Der Kommissar hob eins der Geschosse auf. »Mir sind Metalle von solcher Schwere nicht bekannt, Señor. Jedenfalls, Sie werden das einsehen, besteht wohl begründeter Anlaß, daß man sich mit Ihrer Person und diesen sonderbaren Geschossen etwas näher beschäftigt. Sie werden daher vorläufig in Haft bleiben.«

José del Segura vermochte nur mit übermenschlicher Willensanstrengung seine gleichmütige Miene zu bewahren. Vergeblich suchte er nach einem Ausweg ... ah, doch einer!

»Ich glaube, Herr Kommissar, meine Angelegenheit wird sich in einfachster Weise klären, wenn ich Ihnen diese neue Konstruktion der Patronen im einzelnen zeige.«

Der Kommissar zögerte einen Augenblick, dann überwog die Neugierde bei ihm. Er nahm eine, reichte sie del Segura. Der griff sie mit beiden Händen, zog mit einer leichten Kraftanstrengung das Geschoß aus der Hülse.

»Hier, Señor, Sie sehen die Hülse, nicht anders als die üblichen.«

Er drehte sich um. »Die Treibladung ganz wie gewöhnlich, und hier in meiner anderen Hand das Geschoß. Um Ihnen die Legierung zu zeigen, muß ich den Überzug, der sie wie ein Mantel umgibt, entfernen. Sie haben vielleicht eine Zange?«

Ein anderer Polizist reichte ihm eine solche.

»Sie werden gleich sehen, Herr Kommissar.« Del Segura griff die Zange, trat ein paar Schritte zurück, schlug schnell ein Kreuz, setzte sie an das Geschoß. Ein leichtes Krachen, als wenn man eine Mandelschale aufbricht ...

Plötzlich ein bläulich-heller Schein in dem Raum. Del Segura, als brenne das in seiner Hand, schleuderte es auf die Erde ...

Und dann: Das große Gebäude ... die ganze Umgebung, als wäre ein Krater darunter ausgebrochen ... in ungeheurem Getöse flog alles in die Luft. Kein Überlebender, der zeugen konnte von dem, was hier geschehen war.

* * *

Barcelona. Ein kleines Hotel in der Vorstadt. Rodrigo Almenar saß am Fenster seines Zimmers. Unbemerkt hatte er zu einem hohen Obstbaum davor eine Antenne gespannt. Der Anruf des Freundes! Seine Gedanken weilten bei ihm, mit dem er eben noch gesprochen, gingen voraus in die Zukunft ... wenn sie sich wiedersähen.

Es klopfte an die Tür. Almenar drehte sich um, ein Fremder trat ein. »Ich bitte um Verzeihung, wenn ich Sie störe, Señor, ich bin von der politischen Polizei. Sie haben soeben mit Toledo gesprochen. Ihre Antenne, ich sah es von unten, geht zu jenem Baum. Der Inhalt Ihres Gesprächs ...«

»Verzeihung, Señor, der dürfte doch wohl völlig harmlos gewesen sein!«

»Vollkommen Ihrer Meinung, Señor. Aber gerade deshalb, weil er so außerordentlich harmlos war, erscheint es mir interessant, über Ihre Person Näheres zu erfahren. Ah, Sie haben einen Paß. Hm ... doch unsere Unterredung könnte vielleicht von längerer Dauer sein. Folgen Sie mir!«

Bei diesen laut gesprochenen Worten öffnete sich die Tür, ein weiterer Beamter trat ein.

»Nehmen Sie das Gepäck dieses Herrn und folgen Sie uns.« –

Fünfzehn Minuten später lief beim Kriegsministerium in Madrid folgende Nachricht ein:

Barcelona. In einem Vorstadthotel früherer spanischer Offizier Rodrigo Almenar wegen verdächtigen Funkens verhaftet. In seinem Besitz eine Armeepistole mit zwei Patronen unbekannter Konstruktion. Die Geschosse von außergewöhnlicher Schwere.

Eine weitere Viertelstunde später brachte ein Flugschiff den gefesselten Gefangenen samt seinem Gepäck nach Madrid.

* * *

Dinnerstunde im Splendid-Hotel. Im großen Speisesaal an kleinen Tischen ein internationales Publikum. Die Nachrichtengeber auf den Tischen in unablässiger Arbeit. Immer neue leuchtende Schrift auf den Mattscheiben. Die wenigsten achteten darauf.

Da! Erstaunte Ausrufe! Sie pflanzten sich im Nu durch den weiten Saal fort: Nachrichten aus Spanien. Neuer Aufstand dort? ...

Plötzlich aller Blicke auf die Nachrichtengeber gerichtet:

Jeder telegraphische, jeder Funkverkehr mit Spanien gesperrt! Briefzensur! Verbürgte Nachrichten leider nicht zu erlangen. Aus mündlichen Berichten von Reisenden folgendes ohne Gewähr zusammengestellt:

In der Nacht vom 26. zum 27. um 1 Uhr morgens gleichzeitig eine Reihe schwerster Attentate!

Die Arsenale in Burgos und Valladolid in die Luft gesprengt. Die großen Pulvermagazine in Badajoz und Lerida explodiert. Das riesige Munitionsdepot bei Villa Nueva in die Luft geflogen, die Stadt selbst durch die Gewalt der Explosion in Trümmer gelegt.

Aus anderen Städten wird ähnliches gemeldet.

Ein Stimmengewirr wie das Summen eines aufgestörten Bienenschwarmes in dem großen Saal. Meinungen hin und her ... Vermutungen ... von Tisch zu Tisch ausgetauscht.

Einzelne verließen ihre Plätze. Gruppen bildeten sich. Die Speisen blieben unberührt. Auch das Personal, fast ausschließlich europäisch, vergaß den Dienst, servierte nicht weiter, besprach die ungeheuerlichen Neuigkeiten.

In dem allgemeinen Aufruhr achtete keiner darauf, daß an dem einen Tisch in der Ecke vier Menschen saßen, die sich wortlos mit vielsagenden Mienen anschauten.

Iversen der erste, der die Stille unterbrach. »Sie sind's! ... Sie sind's!« Leise, mit heiserer Stimme stieß er es hervor. »Der erste Streich!«

Harder nickte stumm. Seine Finger trommelten nervös auf der Tischplatte. Mette, erblaßt, ließ ihre Augen von dem einen zum anderen wandern. Jetzt sah sie Iversen bedeutungsvoll an, legte heimlich mit einem Blick auf Modeste den Finger auf den Mund. Gab unter dem Tisch ihrem Vater ein Zeichen, aufzustehen.

Der verstand. Gewaltsam zwang er seine Stimme zu gleichgültigem Ton. »Ich glaube kaum, daß das Dinner weitergehen wird. Gehen wir nach oben. Diese Nachricht hat meinen Hunger gestillt. Hoffentlich geht alles zu gutem Ende.«

Mit Mühe bahnten sie sich den Weg durch die aufgestörte Menge. Im Foyer das gleiche Bild. Auch hier alles in wirrem Durcheinander.

Modeste hatte sich wohl über das so ganz andere Benehmen ihrer Freunde gewundert, die jetzt mit sonderbarer Eile nach oben zu ihren Zimmern strebten. Langsam folgte sie ihnen.

»Baronin Modeste von Karsküll?« Sie drehte sich um. Ein Hotelboy stand da, hielt einen Brief in der Hand, schaute sie fragend an.

»Ja, ich bin es.«

»Hier ein Brief für die gnädige Baronin.«

Ein Brief ohne Marke an sie. Ah! Sie blieb stehen, stutzte. Das war doch Jolanthes Handschrift.

Die hier? Sie ging zu einem Sessel, ließ sich nieder, riß den Brief auf. Ihre Augen flogen in Eile über die wenigen Zeilen ...

Im Belvedere des Parks um fünf Uhr? ... Ihre Blicke suchten das große Chronometer im Foyer. Fünf Uhr. Schon hatte der Zeiger die Zahl überschritten. Sie schaute sich nach den anderen um, sah sie nicht mehr.

Ihnen nacheilen? Iversen ...? Nein, vielleicht war es besser, wenn sie gar nichts davon erfuhren. Sie erhob sich und eilte in den Park. Hastig durchschritt sie die breiten Wege.

Das Belvedere ... sie kannte es ... im Hintergrunde des Parks auf einer kleinen Anhöhe erbaut ...

Bald sah sie es vor sich. Noch ehe sie es erreichte: »Modeste!« Der Ruf aus einem Boskett* zur Seite ließ sie stillstehen.

»Jolanthe, du bist's!« Die zog den Schleier, den sie beim Anruf gelüftet, hastig wieder herunter.

---

* beschnittene Busch- und Baumgruppen

»Nicht so laut, Modeste! Sprich leise! Ich möchte ...« Ihre nächsten Worte verklangen undeutlich hinter dem dichten Schleier. Sie legte ihren Arm in den der Schwester, zog sie weiter in den Park hinein.

»Ich glaube, Modeste, wir haben uns vieles zu sagen. Wollen wir in meinem Wagen - er steht draußen auf der Straße - ein Stück spazieren fahren? Wir wären da ganz ungestört.«

Während sie zum hinteren Ausgang des Parkes schritten, sprach Jolanthe weiter.

»Dein Brief erreichte mich gestern. Ich wollte ihn beantworten ... du schriebst so gut, so lieb ...

Mein letzter Brief ... Ich war an dem Tag in starker Aufregung, hatte viele Unannehmlichkeiten gehabt. Als er fort war, bereute ich schon, was ich geschrieben.«

»Sprich nicht davon, Jolanthe, wir wollen das alles vergessen sein lassen ...«

Sie waren am Parkausgang angekommen. Da stand der Wagen. Sie stiegen ein, fuhren fort. -

Kaum, daß Mette und Iversen eingetreten, schloß Harder die Tür seines Zimmers hinter ihnen ab. Als er sich umdrehte, sah er, daß Iversen Mette um die Schultern gefaßt hatte und in ausgelassenster Lustigkeit ein paar Tanzschritte mit ihr versuchte. Dabei schien er, nach den unartikulierten Lauten zu schließen, die aus seinem Munde kamen, nur mit Mühe ein lautes Jubelgeschrei zu unterdrücken.

Schon unten im Saal hatte Harder sich über die Art und Weise gewundert, in der Mette und Iversen diese Nachrichten aufnahmen. Als er jetzt den Freudentanz Iversens sah, wurde sein Staunen noch größer. Er trat auf sie zu. »Was tut ihr da, was wißt ihr denn?«

»Was wir wissen? Mein teuerster Onkel, wir wissen das, was Sie auch wissen.«

»Herr von Iversen, die Sache ist zu ernst zum Scherzen. Ich selbst habe Ihnen nichts gesagt, bin auch überzeugt, daß Herr Eisenecker Ihnen« – er betonte das letzte Wort etwas stärker – »nichts gesagt hat.«

»Mein verehrtester Herr Generaldirektor … Sie beliebten eben das ›Ihnen‹ zu betonen, meinten ›ausgerechnet Ihnen‹. Hm … Gewiß, Herr Eisenecker würdigte mich nicht seines Vertrauens. Die Gründe dafür … liegen bei Ihnen. Aber ich habe manchmal einen recht guten Riecher für solche Sachen. Und meine in scharfer Detektivarbeit geschulte Kombinationsgabe erlaubt es mir, den Schluß zu ziehen, daß … ich das weiß, was Sie auch wissen, ohne daß mir's jemand gesagt hat …

Nämlich, daß Herr Friedrich Eisenecker im Verein mit einigen spanischen Patrioten den löblichen Versuch macht, diese ganze schwarze Gesellschaft aus Spanien rauszuschmeißen!«

»Iversen!« Der Generaldirektor eilte auf ihn zu, hielt ihm die Hand vor den Mund. »Leise, leise, ich bitte Sie um Himmels willen. Es steht da unendlich viel auf dem Spiel … das Leben Eiseneckers nicht zu vergessen.«

»Wie, was sagst du, Vater, Eisenecker ist in Gefahr?«

Harder zuckte die Achseln. »Wie ich ihn kenne, wird er, wenn Not am Mann, seine Person nicht schonen.«

Mette war bleich geworden. Ihre Blicke gingen zu Iversen. Der klopfte ihr beruhigend auf die Schulter. »Keine Angst, Mette. Es wird schon alles gutgehen. Eisenecker dürfte der letzte sein, der sich so ohne weiteres von jemand an den Wagen fahren läßt.«

Und dann setzten sie sich zusammen. In eifrigem Gespräch tauschten sie die Gedanken aus, die ihre Herzen bewegten, konnten dabei kein Ende finden. Wohl schon eine Stunde war vergangen, da erinnerte sich Iversen Modestes.

Ja, wo war sie geblieben? Sie waren zusammen aus dem Speisesaal fortgegangen. In ihrem Eifer hatten sie gar nicht darauf geachtet, daß sie nicht mit heraufgekommen.

»Sie wird in ihrem Zimmer sein«, meinte Mette, »ich werde nach ihr sehen … Leider sind wir gezwungen, in ihrer Gesellschaft vorsichtig im Gespräch über diese Dinge zu sein. Malte!« Sie legte den Finger auf die Lippen. »Vergiß es nicht!«

Sie ging hinaus, kam bald darauf wieder. »Ihr Zimmer ist leer, Modeste ist nicht da.«

»Nun!« Harder warf es ein. »Sie wird im Foyer oder im Garten sein. Iversen, die Pflicht ruft!«

»Sofort, mein teuerster Onkel, ich eile, ich fliege.«

Geraume Zeit war verstrichen, als er wieder in das Zimmer trat. Unruhe lag in seinem Wesen. »Ich kann sie nicht finden … War überall, auch im Speisesaal, habe den ganzen Garten durchstreift, war auch noch mal in ihrem Zimmer, nirgends ist sie.«

Harder unterbrach ihn. »Keine Angst, Iversen! Hier kommen keine Kinder weg. Modeste wird schon wiederkommen.« Der Generaldirektor hatte sich an seinen Schreibtisch gesetzt, die Karte von Spanien aufgeschlagen und studierte dort mit großem Interesse die Lage der Orte, an denen Eiseneckers Hand tätig gewesen.

»Suchen wir zusammen, Malte!« Mette hatte Iversen beim Arm genommen, verließ mit ihm das Zimmer. –

Harder, in seine Arbeit vertieft, merkte kaum, wie die Stunden verrannen. Endlich schob er die Karte zurück, zog die Uhr. »Was, schon so spät! Wo bleiben sie?« Er stand auf, ging nach unten.

Da standen Mette und Iversen am Eingang des Hotels. »Nun, habt ihr ihn gefunden, den Ausreißer?« Das Wort blieb ihm im Munde stecken, als er die erregten Gesichter der beiden sah. Mette legte den Arm in den seinen, führte ihn ein Stück in den Park hinein.

»Wir haben sie nicht gefunden, Vater. Malte wollte gerade mit dem Hoteldirektor sprechen, da brachte ein Boy diesen Brief.«

»Ein Brief von Modeste?« fragte Harder.

»Ja, er ist von Modeste, es ist ihre Handschrift.«

»Nun und, was schreibt sie?« Mette reichte ihm das Schreiben.

Harder las, ließ dann den Brief sinken und starrte einen Augenblick sinnend in die Weite. »Hm! ... Ich finde doch, das ist eine sonderbare Sache. Modeste hat da anscheinend jemand Bekanntes getroffen, ist mit ihm fortgefahren oder fortgegangen, schreibt aber gar nicht, wer das ist ... Sie will bei dem oder den Bekannten ein paar Tage bleiben ... dann wiederkommen. Rätselhaft, höchst rätselhaft.«

»Ja, du sagst es auch, Vater. Wir sind recht beunruhigt. Das ist alles so geheimnisvoll! ... Ist auch sonst nicht Modestes Art.«

»Nun, Angst braucht ihr nicht zu haben. Es ist doch wohl ausgeschlossen, daß ihr etwas Ernstliches passiert ist ... Außerdem, du kennst ja ihre Handschrift. Sie hat doch, wie du sagst, den Brief selbst geschrieben. Also«, er stemmte die Hände in die Hüften, »ich sehe keinen Grund, sich große Sorgen zu machen. Selbstverständlich ist das Ganze nicht sehr erfreulich. Es bleibt uns nichts anderes übrig, als zu warten. Sie schreibt ja, sie wird in den nächsten Tagen wiederkommen. Also warten wir, ehe wir da etwa Schritte bei der Polizei oder sonstwo unternehmen.«

Iversen, der bisher geschwiegen hatte, schien in den Worten Harders einen gewissen Trost zu finden. Seine verdüsterten Mienen hellten sich auf. »Ja, Mette, vielleicht hat dein Vater recht, und wir sorgen uns unnötig. Warten wir erst einmal die nächsten vierundzwanzig Stunden ab!«

* * *

»Du wirst es bereuen, Modeste, wenn du nicht diese törichten Sentiments beiseite läßt und Vernunft annimmst. Du willst fort, ich lasse dich nicht fort. Ich kann es, will es nicht glauben, daß du auf deinem eigensinnigen Kopf weiter bestehst. Ich gebe dir noch eine letzte Bedenkzeit.« Mit diesen Worten warf Jolanthe die Tür zu, schloß sie ab.

Beim Knarren des Riegels hatte Modeste den Kopf erhoben. Die Hand mit dem Taschentuch, das sie bis dahin vor die Augen gehalten, sank herab.

Was ... was hatte Jolanthe da eben gesagt? Sie wollte sie nicht fortlassen ...? Wollte die sie mit Gewalt hier halten? Hatte sie nicht eben den Riegel vorgeschoben?

Sie eilte zur Tür, drückte die Klinke nieder ... die Tür war verschlossen. Dieser Schlag ...! Wie vernichtet sank Modeste auf einen Sessel nieder. Diese Enttäuschung, diese ungeheure Enttäuschung über Jolanthe ... ihre Schwester! Die Schwester war's, die eigene Schwester, die ihr das antat!

Sie konnte es nicht fassen. Ihre Gedanken flogen zum Hotel, zu den Freunden zurück. Harder, Mette, Iversen, was würden sie denken? Stunden waren schon vergangen, seitdem sie fort. Die würden sich sorgen und ... sie preßte die Hände gegen die Brust ... wie lange würde sie hier festgehalten werden?

Sie kannte Jolanthe wohl, kannte ihren starken Willen. Sie, wenn sie nicht nachgab ... was würde Jolanthe ...? Aber ... war Jolanthe jetzt auch die Stärkere ... sie wollte versuchen, hier einen Ausweg zu finden ...

Wie hier fortkommen? Modeste sprang auf. Das alte Karsküllsche Blut in ihr wallte auf.

Weg von hier! ... Fort aus dieser unwürdigen Gefangenschaft!

Die Tür war verriegelt. Sie blickte sich in dem Gemach um. Das einzige Fenster mit einem leichten kunstvollen Gitter versehen. Kräftige Männerarme würden es wohl zerbrechen können. Für sie war's unmöglich.

Sie preßte die Hand vor die Stirn. Wie war sie hierhergekommen? Unterwegs hatte Jolanthe sich beklagt:

»Die Fahrt ist nicht angenehm. Der Staub, den der Wind mit sich führt, belästigt mich. Fahren wir zu dem Schlößchen am Nil dort drüben.«

Modeste hatte gefragt, ob sie dort hin könnten. Hatte mit Verwunderung die Antwort der Schwester vernommen.

»Das Schlößchen gehört der königlichen Familie in Kairo. Durch Vermittlung meines Oheims, des Fürsten Iraklis, ist es mir für meinen Aufenthalt hier zur Verfügung gestellt worden.«

Hatte dann die eigenen Gedanken unterdrückt und dem Wunsche Jolanthes nachgegeben.

Sie waren in den Schloßhof eingefahren. Mit Staunen hatte sie die verschwenderische Pracht bewundert, die sie beim Eintritt empfing.

Sie waren in diesen Raum gekommen, und die Schwester ... bei der Erinnerung zuckte sie zusammen, schloß die Augen ... Jolanthe, wie hatte die sich plötzlich verändert!

Während der Fahrt war kein Wort über den Prinzen Ahmed Fuad über ihre Lippen gekommen. Hier hatte sie plötzlich ganz unvermittelt begonnen, von dem Prinzen zu sprechen. Hatte nochmals die Vorzüge seiner Person, seiner hohen Stellung ins hellste Licht gesetzt. Sie darauf hingewiesen, welche glückliche Zukunft ihr an des Prinzen Seite blühen würde.

Und als Modeste es wiederum kurz abgelehnt, da hatte sich das schöne Gesicht Jolanthes plötzlich in Haß und Wut gewandelt. Mit den heftigsten Vorwürfen hatte die Schwester sie überschüttet, sie schließlich als Gefangene hier zurückgelassen.

Gefangen? ... Gefangen hier!

Es wallte in ihr auf. Da, die Tür zum Nebenzimmer! ... Die vielleicht offen? Sie eilte darauf zu, das Schloß gab nach.

Es war ein mit üppigster Pracht eingerichtetes Schlafzimmer. Sie trat hinein. Ein hoher Pfeilerspiegel zeigte ihr ihre Gestalt. Sie sah ihr verweintes Gesicht, tauchte ein Handtuch in das Becken, wusch sich die Augen. Da war's ihr, als habe sie die Tür des Nebenzimmers gehen hören.

Jolanthe? Sie eilte hinein. Da … Der Schrei, den sie ausstoßen wollte, blieb ihr in der Brust stecken.

Prinz Ahmed stand vor ihr. Abwehrend streckte sie die Arme gegen ihn aus. Da war er schon bei ihr, ergriff ihre Hände, sank in die Knie, bedeckte die Hände mit Küssen.

Vergeblich suchte sie, sie ihm zu entreißen. Wie mit eisernen Klammern hielt er sie fest.

»Modeste! Ich kann es, will es nicht glauben, daß Sie meine Liebe verschmähen. Es kann ja nicht sein!

Modeste! Ich ertrage es nicht! Ich dürste nach dir! … Was soll ich tun? Eine Antwort aus deinem Munde! Alles, was du willst, soll geschehen …«

Modeste rang vergeblich nach Worten, vermochte nur abweisend das Haupt zu schütteln.

»Du willst mich nicht hören … und doch! … Ich lasse dich nicht!«

Er führte die Wankende zu einem Sessel, ließ sie sich niedersetzen. Durchmaß den Raum mit großen Schritten. Mit letzter Kraft überwand Modeste die Schwäche, der sie zu unterliegen drohte. Fand die Sprache wieder.

»Prinz Ahmed! Unmöglich … Nur eine Bitte … Lassen Sie mich! … Lassen Sie mich! … Niemals … niemals werde ich die Ihre sein.«

Der Prinz trat dicht auf sie zu, streckte ihr bittend die Hand entgegen.

»Modeste …!«

Die wandte sich zur Seite. Mit ruhiger, gefaßter Stimme sprach sie.

»Mein Prinz! Ich habe Sie stets als offenen, edlen Charakter geschätzt … geachtet. Auch noch« – hier deckte eine leichte Röte ihre Wangen –, »nachdem ich von Madrid abgereist. Ich kann auch nicht glauben, daß meine Schwester mit Ihrem Einverständnis handelte, als sie mich hierherlockte … hinterlistig …«

Prinz Ahmed legte beteuernd die Hand aufs Herz.

»Ich weiß nichts! … Sie hierhergelockt? … Sie kennen mich … ich schwöre es Ihnen … Jolanthe? … mit keinem Wort hat sie zu mir …«

»Ich will Ihnen glauben, Prinz Ahmed … Dann aber bitte ich Sie, mir Gelegenheit zu geben, dies Haus sofort zu verlassen und zu meinen Freunden zurückzukehren.«

Prinz Ahmed atmete schwer, schloß sekundenlang die Augen.

»Modeste! Sollen wir so scheiden? … Scheiden auf immer?«

Seine Blicke glitten über sie hinweg, umfaßten das liebe Gesicht, den blühenden Leib. Er wollte sprechen. Die Stimme versagte ihm.

Nicht er! … Ein anderer sollte das Köstliche da vor ihm besitzen? Der Gedanke raubte ihm die Sinne.

»Modeste …!« Seine Stimme klang heiser, das Weiße seiner Augen schien blutunterlaufen. Keuchend sein Atem.

Er stürzte auf sie zu, sank vor ihr nieder, umschlang die zitternde Gestalt mit seinen Armen.

»Ich lasse dich nicht! Du! … Mein bist du jetzt! Mein wirst du bleiben …!«

Er riß sie an sich. Vergeblich suchte sie ihn abzuwehren. Ein letzter weher Schrei aus ihrem Munde. Dann verließen sie die Sinne. –

Wie lange sie so gelegen, sie wußte es nicht. Als sie wieder zu sich gekommen, lag sie auf einer Ottomane. Jolanthe saß neben ihr, besprengte ihr die Stirn mit Kölnisch Wasser.

»Modeste! Verzeih mir, daß …«

Bei dem Klang der Stimme wandte sich Modeste ab, einen Ausdruck unsäglicher Verachtung auf ihrem Gesicht.

Jolanthe sprach weiter. Modeste schüttelte abweisend den Kopf.

»Geh! Geh! Verlaß mich! ... Ich will dich nicht sehen.«

Sie kehrte das Gesicht der Wand zu, schloß die Augen. Noch eine kleine Weile, dann hörte sie, wie die Tür ging ... wie dann leise ein Schlüssel gedreht wurde.

Einen Augenblick ... sie raffte sich auf, ging zur Tür, schob den inneren Riegel vor. Nur gewaltsam war jetzt der Eintritt zu ihr zu erzwingen. Sie eilte in den Nebenraum.

Da! Eine kleine Tapetentür, die von dem Schlafzimmer in einen anderen Raum führen mußte. Sie prüfte das Schloß. Die Tür war verschlossen. Doch ... ein Gedanke! Die leichte Tür ... das Schloß konnte nicht allzu schwer zu öffnen sein.

Sie sah sich um. Auf dem Toilettentisch dort ein silbernes Necessaire. Sie faßte den Metallspiegel. Ein langer Griff daran. Vorsichtig stemmte sie ihn in die Fuge der Tapetentür, bog über. Das Schloß gab nach, die Tür war offen.

Sie schaute in den anderen Raum. Anscheinend eine Bibliothek, der Boden mit einem dicken Teppich bedeckt. Behutsam schritt sie darüber hin, einer anderen Tür zu, die durch eine Portiere verhängt war. Schon beim Näherkommen glaubte sie Stimmen dort drüben zu hören. Jetzt stand sie an dem Vorhang, hielt lauschend das Ohr an einen Spalt.

Die Stimmen Jolanthes und des Prinzen! Schon wollte sie sich zurückwenden, da hörte sie ihren Namen fallen. Wieder näherte sie ihr Ohr dem Vorhang, horchte mit gespannter Aufmerksamkeit. Verstand sie auch nicht alle Worte, so genügten doch die Bruchstücke, um ihr den Inhalt des Gesprächs klarzumachen.

»Es ist unmöglich, sie jetzt zu ihren Freunden zurückkehren zu lassen. Ich werde versuchen, morgen noch einmal mit ihr zu sprechen ... sie zu beruhigen ...«

Der Prinz schien damit nicht einverstanden - sie verstand die Worte nur schlecht -, schien andere Vorschläge zu machen. Jetzt wieder Jolanthes Stimme.

»So hoffen Sie immer noch, Prinz Ahmed? ... Sie mit uns nach Madrid nehmen ... wenn die zwölf Apparate fertig ... wir sie dem Kalifen bringen ... ?«

Die Antwort des Prinzen war so leise gesprochen, daß Modeste kein Wort davon verstand. Jetzt wieder Jolanthe.

»Gut so, Prinz Ahmed! ... Ich bin damit einverstanden ... Vielleicht, daß wir ihren Trotzkopf doch noch brechen ... Doch jetzt genug davon! Vergessen wir über all dem nicht den Zweck Ihres Kommens.

Sie brachten die beiden Patronen, die man dem Attentäter in Barcelona abgenommen. Ich möchte vorschlagen, noch in dieser Nacht zu Ibn Ezer zu fahren und sie ihm vorzulegen.«

»Ich habe da wenig Hoffnung, Baronin. Aber wir müssen alles tun, jede Möglichkeit ergreifen, um diesen Schuften ihren Plan zu verderben.«

»Wir werden es! Es wird uns gelingen, mein Prinz! Die zwölf Apparate, die Ibn Ezer nach Montgomerys Apparat baut ... morgen abend sollen sie fertig sein! ... Spätestens übermorgen früh ... Dann wir damit nach Madrid ... und dann ...

Das Schreiben des Kalifen an Gonzales und seine Genossen geht in dem Augenblick ab, in dem die zwölf Apparate hier fertig sind.«

»Und dann ... sagten Sie eben, Baronin Jolanthe ... und dann möchte ich sehen, ob diese Verbrecher es wagen werden, ihre Untaten fortzusetzen, wenn sie den Brief Abdurrahmans gelesen, in dem er Drohung gegen Drohung setzt.«

»Ich denke, die werden sich hüten, mein Prinz. Unsere zwölf Apparate, über Europa von unserem Flugschiff abgeworfen ... zwölf Warnums ... in hundertfacher Größe ... halb Europa ein Trümmerhaufen ...« Sie lachte laut auf. »... da werden die Herren das bessere Teil der Tapferkeit wählen. Ihr kühner Mut wird dahinsinken. Der Deutsche! ... Ich sehe ihn schon bleich werden ... mit zitternden Knien zurückfliehen, woher er gekommen.

Keiner, der es wagen wird, gegen uns zu sein. Der Einsatz wäre zu groß!«

»Jolanthe!« Die Stimme des Prinzen klang laut. »Allah selbst gab Sie uns ... Sie unvergleichliches Weib! Nach Ihren Worten kein Zweifel mehr für mich! Wir werden siegen!«

* * *

»Nein! Du mußt mitfahren, Malte! Ich kann nicht begreifen, weshalb du dir solche Sorgen um Modeste machst. Gewiß, die Sache ist etwas dunkel und nicht geeignet, ganz sorglos darüber hinwegzugehen.

Aber Modeste hat mir doch selbst geschrieben - du sahst den Brief, es war ihre Handschrift -, daß es ihr wohlgehe ... wir uns keine Sorgen um sie zu machen brauchen ... sie würde in wenigen Tagen wieder bei uns sein.«

»Ach, Mette, ich weiß nicht ... Ich kann nicht so leicht darüber hinwegkommen. Ich sehe Modeste in schwerer Gefahr.

Ich will dir jetzt auch sagen, was ich bisher verschwiegen habe, um von dir nicht ausgelacht zu werden. Ich war heut morgen in Kairo auf der Polizei und sprach mit einem höheren Beamten. Ich weiß nicht ... dieser Besuch, dieser Besuch ... er hat keineswegs beruhigend auf mich gewirkt.

Der Mann versuchte mich mit tausend Redensarten

zu beruhigen. Verwahrte sich energisch dagegen, daß hier in Ägypten etwa Menschenraub oder so etwas vorkommen könne. Dazu in einer von tausend Fremden besuchten Gegend am hellen, lichten Tage ... Um es kurz zu machen: alles, was er mir sagte, war recht schön und richtig, aber ich wurde den Eindruck nicht los« - hier machte Iversen eine kurze Pause, fuhr dann mit leiser Stimme fort - »den Eindruck, als wüßte er darum.«

»Malte, du siehst am hellen Tage Gespenster. Unmöglich, ein solcher Verdacht. Modeste ... wer kann was von ihr wollen? Sie berauben? Ausgeschlossen! Sie hat keine Wertsachen bei sich. Sie entführen? ... Irgendein verschmähter Liebhaber?«

»Mette!« Malte schrie plötzlich auf, so laut, daß Mette erschrocken zurückfuhr. »Jetzt weiß ich's, weiß ich alles! Deine Worte führten mich auf die richtige Spur.«

»Aber Malte, du sprichst in Rätseln, was hab' ich denn gesagt? Entführt! Ja, glaubst du denn wirklich?«

Iversen hatte sich abgewandt, stand am Fenster, schwer atmend.

»Malte, ich bitte dich! Diese Rücksichtslosigkeit, mich so in Schrecken zu versetzen. Du mußt mir mehr sagen! Ich bin jetzt natürlich selbst auch aufs höchste um Modestes Schicksal besorgt.«

Mit leisem Zwang führte sie ihn am Arm zu einem Stuhl. Rückte ihren neben ihn. Als sie ihn anschaute, erschrak sie. Das Gesicht aschfahl, die Augen verstört, der Mann nicht wiederzuerkennen.

Endlich hatte er sich in der Gewalt zu sprechen, und dann erzählte er Mette, was er ihr bisher verschwiegen: den Inhalt von Jolanthes Brief. Als er geendet, fand auch sie lange die Sprache nicht wieder. Was sie da gehört, hatte sie tief erschüttert.

Das ungeduldige Hupen des Autos, in dem der Vater schon unten wartete, riß sie aus ihren Gedanken. Sie stand auf.

»Malte, ruhig Blut! Keine Übereilung! Ist es so, wie du argwöhnst, ist allergrößte Vorsicht geboten, wenn von unserer Seite etwas unternommen werden soll. Ich weiß, du denkst jetzt an nichts anderes, als sofort irgend etwas, wahrscheinlich recht Dummes, zu tun, um Modeste zu suchen, zu befreien. Nein, erst machen wir die gemeinsame Fahrt. Sie wird uns beruhigen. Wir werden Gelegenheit haben, dabei darüber nachzudenken, was du tun könntest. Komm!« Sie nahm den fast Willenlosen beim Arm, führte ihn hinunter zum Wagen, wo Harder schon ungeduldig wartete. –

Schon mehrmals hatte Harder, der neben dem Chauffeur saß, die beiden im Fond des Wagens gefragt, ob sie nun nicht zurückfahren wollten. Er war der Fahrt durch die Wüste schon nach kurzer Zeit überdrüssig geworden. Immer das gleiche Bild … Sand, Dünen, Felsen, ein paar verlumpte Beduinen. Doch die beiden hatten anscheinend mehr Gefallen daran, wollten die Fahrt immer weiter ausdehnen.

Schließlich war es Harder leid. Er sah sich um. Sie waren weit nach Westen abgekommen. Da drüben die Spitzen der Pyramiden kaum noch über dem Horizont.

»Richtung Pyramiden! Fahr zu!«

Er überschlug die Entfernung. Eine Stunde Fahrt mindestens. Er schloß müde, geblendet von dem hellen Schein des gelben Sandes, die Augen. Als er nach längerer Zeit erwachte, schien er zunächst gar nicht zu wissen, wo er sich befand. Er schaute sich um. Sein Blick fiel auf die Magnetnadel, die neben dem Steuer eingebaut war.

»Du fährst ja falsch! Du fährst ja nach Norden! Auf die Pyramiden sollst du zufahren!«

Der Chauffeur wandte erstaunt den Kopf. »Herr Generaldirektor, wir fahren doch auf die Pyramiden zu. Da liegen sie vor uns.«

»Was, da wären wir also im Süden? Und vorher

glaubte ich doch, wir seien nach Westen abgekommen. Sonderbar! Sollte ich mich so getäuscht haben? Ah, da ist ja die Sonne ... na also, hier ist doch Westen! Was ist denn nun passiert? Entweder sind die Pyramiden verrückt geworden oder der Kompaß. In dubio muß es schon der Kompaß sein, denn ich wüßte nicht, weshalb die Pyramiden Lust gekriegt hätten, nachdem sie schon fünf Jahrtausende da stehen, ihren Platz zu wechseln. Wenn wir nach Haus kommen, wirst du sofort einen neuen Kompaß kaufen und diesen wegwerfen.«

Sie näherten sich den Pyramiden.

»Nimm den Weg zum Splendid-Hotel links herum! Er ist zwar schlechter, aber kürzer. Diese alberne Absperrung zwingt uns zu dem Umweg.«

Und dann waren sie nördlich der Pyramiden, die jetzt zu ihrer Rechten lagen.

»Nanu! Der Kompaß ist ja nun ganz verdreht! Jetzt zeigt er gar nach Süden.« Er griff nach der Metallkapsel, versuchte daran zu rütteln, schlug mit der Faust gegen die dicke Glasscheibe. Die Nadel zeigte unentwegt nach Süden.

»Das ist ja, als wenn jemand in den Pyramiden den Nordpol installiert hätte! So was ist denn doch unbegreiflich! Und trotzdem ... es muß richtig sein.« Denn sie waren inzwischen um die Pyramiden herumgebogen, hatten sie im Rücken. Der Kompaß - immer noch hatte er die blaue Spitze der Nadel nach den Pyramiden gerichtet - zeigte jetzt nach Westen.

Der Chauffeur, der den Ausführungen seines Herrn bisher mit stillem Vergnügen gefolgt war, sah nicht, wie das Gesicht Harders plötzlich ernst und immer ernster wurde. Wunderte sich nur, als der ihm zurief:

»Fahr nach Süden und dann im großen Bogen um die Pyramiden herum nach Norden, wieder auf den Weg zum Splendid-Hotel.« Beachtete auch nicht, daß Harders Augen unverrückt wie gebannt an dem Kompaß hingen.

Die Magnetnadel. Ständig der blaue Teil des Zeigers auf die Pyramiden gerichtet.

Jetzt kommandierte Harder: »Fahr so nah wie möglich an den Truppenkordon heran.«

Der Chauffeur tat, wie ihm befohlen.

»Ah! Die Cheopspyramide!« Harder stieß das Wort zwischen den Zähnen hervor. Da ein starkes, überstarkes magnetisches Feld! Keine andere Erklärung! Aber ein Feld, das seine Kraftlinien so weit in den Raum streute ... von welcher übergroßen Stärke mußte es sein, daß die Magnetnadel hier davon irre wurde?

Er schloß die Augen. Die Stirn zog sich kraus. Die Erklärung hierfür, wo lag sie?

Und dann ... der Chauffeur sah sich erstaunt um. Harder war halb aufgesprungen, schaute mit wirren Augen um sich, schlug sich mit der Hand vor die Stirn.

»Ha ... das ist's! - Sofort nach Hause! Höchste Geschwindigkeit!«

Der Chauffeur war bestürzt ... der Generaldirektor mußte wieder krank geworden sein ... Er riß den Hebel herum, in sausender Fahrt ging es zum Splendid-Hotel.

Ohne sich um die beiden im Fond zu kümmern, die in ihrem Gespräch nicht beachtet, wie sie gefahren, stürmte Harder die Treppe empor zum Sender.

* * *

Als Jolanthe mit dem Prinzen Fuad in die Felsenkammer der Pyramide trat, war Ibn Ezer am Werk, die neuen Elektroden durchzuprüfen. Magisch-bläulich schimmerte es um die blanken Metallkörper. Das neue Material gab die verlangte Elektronenemission. Als er die Schritte der Nahenden hörte, richtete er sich von seiner Arbeit auf. Wollte unwillig werden über diese Störung. Erkannte dann die Nahenden.

»Noch ist die Frist nicht verstrichen! Bezähmt eure Ungeduld! Oder warum kommt ihr jetzt?«

»Verzeih die Störung, Meister«, rief Prinz Fuad, »wir wissen, jede Minute deiner Arbeit ist kostbar. Doch nicht ohne Grund kam ich von Madrid hierher.

Du hörtest schon von jenen Gewalttaten, die unsere Feinde gestern nacht verübten.

In Barcelona gelang es unserer Polizei, das Attentat im letzten Augenblick zu verhüten. Der feindliche Agent, ein früherer spanischer Offizier, wurde gefangengenommen, Waffe und Munition, mit denen er den Anschlag vollbringen wollte, wurden beschlagnahmt.«

»Ah!« Ibn Ezer war auf den Prinzen zugetreten. Höchste Überraschung, Spannung malte sich in seinen Zügen. »Und du hast sie mitgebracht?«

»Ja«, erwiderte der Prinz. »Die Waffe ist eine gewöhnliche Armeepistole. Doch die Munition ...« Er öffnete ein festes Holzkästchen, in dem wohlverwahrt zwei Patronen lagen. »Hier ist sie!«

Mit unverhohlenem Eifer trat Ibn Ezer näher, griff eine der Patronen. In der Überraschung wäre sie ihm fast aus der Hand geglitten ... diese außergewöhnliche Schwere! Als halte er den kostbarsten Schatz in den Händen, vorsichtig trug er sie zum Arbeitstisch. Besah das Stück von allen Seiten.

Wär's möglich? Immer wieder schüttelte er den Kopf. Dann wäre der ja den anderen Weg gegangen ... den anderen Weg ... ungangbar noch für unsere Wissenschaft ... für die Wissenschaft der Welt heute ...

In einem Menschenalter ... vielleicht, daß dann die Wissenschaft es wagen kann ... Der Deutsche ... Gott oder der Teufel mußte geholfen haben!

Mit einem raschen Entschluß zog er das Geschoß aus der Hülse, legte es auf die Waage. Warf ein paar Zahlen auf Papier. Das spezifische Gewicht dreimal das des Platins, des schwersten aller bekannten Stoffe.

Er nahm eine Lupe, beschaute lange das Geschoß. Kratzte vorsichtig mit einer feinen Lanzette* daran. Ein Isoliermantel umgab den eigentlichen Kern des Geschosses.

Wer da hineinschauen könnte! ... Die Blicke des Greises flogen zu der Röntgenröhre dort auf dem Arbeitstisch.

Nein ... nein, zu gefährlich. Die Röntgenstrahlung konnte das entfesseln, was dort in der Hülle gebannt war ... Doch anders konnte es gehen. Die Rechnung mußte zum Ziele führen. Wieder bedeckte er das Blatt da vor sich mit Zahlenreihen. Machte einen Ansatz, rechnete ... Das Resultat: eine Million Coulombs** ... eine Million Coulombs komprimiert auf den knappen Raum eines Kubikzentimeters. Nochmals rechnete er - wieder das gleiche Ergebnis.

Da ließ er die Feder fallen, sank wie geschlagen auf einen Stuhl nieder.

»Es ist kein Zweifel.« Die Worte kamen stockend, gepreßt aus seinem Munde. »Das Geschoß ... kondensierte Elektrizität ... nichts anderes! Wehe über die Welt, wehe über die Menschheit! Die schrecklichste, furchtbarste Naturgewalt in ihre Hände gelegt ... die Hände von Kindern! Nicht Allah ... Iblis***, der Böse, tat das, um sie zu verderben ...

Doch« - die gekrümmte Gestalt richtete sich auf, die Augen blitzten in jugendlichem Feuer - »ist's Allahs Wille, daß wir dieses Unheil abwenden, wir sie und ihr teuflisches Werk zerstören?! ... Ich selbst werde mit euch nach Spanien fahren, euch helfen in dem schweren Kampf.«

---

* kleines, zweischneidiges (Operations-)Messer

** Coulomb: Maßeinheit der elektrischen Ladung (1 Coulomb ist die Ladungsmenge, die ein elektrischer Strom von 1 Ampere Stärke in 1 Sekunde transportiert.)

*** im Islam: eine Bezeichnung für den Teufel

Die beiden schauten sich an. Keiner sprach ein Wort. Was der Alte da gesagt, lastete schwer auf ihnen. Jolanthe trat zu dem Arbeitstisch, nahm das von der Hülse befreite Geschoß in die Hand, wog es ein paarmal auf und ab. Dann ließ sie es in die Tasche ihres Gewandes gleiten, war sich unter dem Druck, der auf ihr lastete, dessen gar nicht bewußt, was sie tat.

Prinz Ahmed stand vor dem Kästchen, in dem das andere Geschoß lag. Kondensierte Elektrizität?! Sein Geist faßte es nicht. Er schaute zu Ibn Ezer, der schon wieder an den Apparaten beschäftigt war. Eine Frage schwebte dem Prinzen auf den Lippen. Er wollte den Alten nicht stören. Endlich konnte er nicht länger an sich halten, nahm das Kästchen, trug es zu Ibn Ezer.

»Verzeih, Ibn Ezer! Was ich dir sagen will, es wird dich beleidigen. Doch ich ertrage die Pein dieser Zweifel nicht länger. Gewiß, ich weiß, daß der Kern eines Atoms in höchstem Maße verdichtete Elektrizität ist... aber, daß ein Mensch mit diesen Kernen arbeitet, sie zu größeren Massen zusammenballen kann, ohne dabei hundertmal getötet zu werden... das kann ich nicht begreifen. Kann es nicht glauben, daß der Inhalt dieses Geschosses kondensierte Elektrizität ist. Daß solche unscheinbaren Gebilde die Unheilbringer waren, die jene ungeheuren Zerstörungen anrichteten.«

Ibn Ezer schüttelte sein Haupt. »Ich weiß nicht, wie ich dir deinen Unglauben nehmen soll... Eine Probe?... Die Kräfte entfesseln?... Du würdest dich entsetzen, sähest du, welche höllischen Gewalten dabei aus dieser unscheinbaren Hülle entspringen.«

»Eine Probe! Du hast recht. Was ich mit eigenen Augen geschaut, das will ich glauben!« rief der Prinz.

Ibn Ezer, selbst von dem Gedanken gepackt, nickte. »Hätten wir eine Waffe...«

»Ich habe eine Armeepistole im Wagen liegen«, unterbrach ihn Prinz Ahmed, »ich werde sie holen.«

Gefolgt von Ibn Ezer und Jolanthe verließ er die Pyramide. -

Und dann stand der Prinz wieder bei ihnen, öffnete die Kammer der Waffe, lud die Patrone vorsichtig ein.

Ein Ziel? Jedem schwebte die Frage auf den Lippen. Sie schauten sich um. Um die Pyramide im Mondlicht die unendliche Wüste. Ein Ziel? Hier keins zu sehen. Nichts, was geeignet, die Wirkung des Geschosses in vollem Umfang zu zeigen.

Prinz Fuad stampfte ungeduldig auf den Boden. »Wo ein passendes Ziel suchen, finden? ... Dort drüben, die kleinste der Pyramiden. Der Truppenkordon noch weit von ihr entfernt. Wo wäre ein besseres Ziel?«

»Die Pyramide, Prinz Ahmed? Was Jahrtausende hier steht, um einer Laune willen vernichten? Frevel wär's!«

»Und doch!« Prinz Ahmed war ein paar Schritte von ihm fortgeeilt, hob die Waffe. Noch ehe Ibn Ezer bei ihm, hatte er abgeschossen. Einen Augenblick die Spitze der Pyramide in bläulichem Feuer. Dann ...

Minuten mußten vergangen sein, ehe sie wieder zur Besinnung kamen, ehe ihre Glieder ihnen wieder gehorchten ... Von der Gewalt der ungeheuren Explosion zu Boden geworfen, hatten sie betäubt dagelegen, nicht vernommen, nicht gesehen, was da weiter geschah. Jetzt, mühsam gewöhnten sich ihre geblendeten Augen an das schwache Mondlicht.

Die Pyramide?! ... Ein Torso! In zwei Dritteln der Höhe die Spitze wie abgemäht.

* * *

Schon seit vielen Stunden hatte Harder vergeblich versucht, Funkverbindung mit Eisenecker aufzunehmen. Immer wieder hatte er auf der verabredeten Wellenlänge angerufen. Keine Antwort. Je länger es dauerte, desto unruhiger wurde er.

Sollte ihm und seinen Freunden doch etwas zugestoßen sein? Trotz ihrer ungeheuren Machtmittel waren sie bei einem überraschenden Überfall mit Feuerwaffen doch stark gefährdet.

Dazu das, was ihm seit der Fahrt um die Pyramiden auf der Seele brannte...

Als er zurückgekehrt war, hatte er sich in sein Arbeitszimmer eingeschlossen, hatte in angestrengtester Konzentration noch einmal überdacht, was er da wahrgenommen, versucht, das Rätsel zu lösen. Tausend Kombinationen, alle verworfen, nur die eine blieb, wurde in ihm zur unumstößlichen Gewißheit: Nach dem Stand der physikalischen Wissenschaft mußten die elektromagnetischen Felder, deren Ursprung in der Cheopspyramide war, auf Arbeiten basieren, die sich mit der Atomenergie beschäftigten.

Wer konnte das sein, welcher Gelehrte? Ohne Zweifel konnte es nur einer von größter Bedeutung, von höchstem Wissen sein. Ein Fremder? Kaum anzunehmen. Hier im Lande konnte nur Ibn Ezer, der berühmte Physiker an der Universität Kairo, in Frage kommen. Der allein!

Harder hatte sofort Iversen nach Kairo geschickt mit dem Auftrag, sich unter der Hand zu erkundigen, wo Ibn Ezer zur Zeit weile. Der war zurückgekommen, hatte ihm gemeldet, daß Ibn Ezer schon seit längerer Zeit von Kairo abwesend, nur hin und wieder mal vorübergehend in seinem Laboratorium in Kairo gewesen sei.

Jetzt bestand für ihn kein Zweifel mehr. Ibn Ezer! Kein anderer konnte es sein.

Aber... er, Harder, war doch genau informiert darüber, welche bedeutenden Gelehrten der Welt sich mit der Atomenergie beschäftigten. Von Ibn Ezer hatte er in dieser Beziehung nie etwas gehört. Und – der arbeitete schon mit Feldern von unfaßbarer Stärke. Er schätzte die Kenntnisse Ibn Ezers sehr hoch ein ... aber es war ausgeschlossen, daß Ibn Ezer, der sich wenn, dann erst seit kurzer Zeit mit diesem Problem beschäftigte, jetzt schon solche Feldstärken erreicht haben könnte. Hier eine Antwort zu finden, hatte er lange vergeblich versucht.

Endlich! Blitzartig war die Erleuchtung gekommen. Der verschwundene Apparat Montgomerys! ... Er mußte hier in der Pyramide sein! Mit ihm mußte Ibn Ezer arbeiten!

Er überdachte nicht weiter, wie der Apparat in die Pyramide gekommen, dachte nur mit einem Gefühl der Bewunderung, das nicht ganz frei von Neid war, daß dem in so kurzer Zeit gelungen, was die Blüte der englischen physikalischen Wissenschaft nicht vermocht hatte.

Jetzt, wo er das alles als sicher annahm, war er sich auch über die Tragweite klar ... Eisenecker! Er mußte unverzüglich davon benachrichtigt werden.

Doch unmöglich, die Verbindung mit ihm herzustellen. Harder fand keine Ruhe. Gepeinigt von innerer Ungeduld, wich er nicht von dem Sendeapparat. –

Es war schon spät in der Nacht. Von Müdigkeit überwältigt, war er auf seinem Schreibstuhl eingeschlummert.

Da plötzlich ... ein Gewitter? ... Eine ungeheure atmosphärische Entladung? Er taumelte empor. Das Gemach von bläulichem Schimmer erfüllt. Jetzt ein Donner ... ein Prasseln, als stürzten schwere Felsmassen zu Tale.

Er griff zum Feldstecher, riß das Fenster auf. Suchte die Cheopspyramide. Sie mußte in die Luft geflogen sein, Montgomerys Apparat explodiert, ein zweites Warnum ... Doch nein ... Was war das? ... Da stand sie unversehrt. Scharf hob sich ihre Silhouette vom dunklen Nachthimmel ab.

Sein Auge suchte weiter. Ah! Die kleinste der Pyramiden im Hintergrunde. Welch sonderbare Veränderung! Die Spitze wie abrasiert! ... Die Spitze? ... Die Spitze?? Ein neues Rätsel.

Er achtete nicht auf das Klopfen an seiner Tür, antwortete nicht auf Mettes Ruf ... Das ganze Hotel ein aufgeregter Bienenschwarm ...

Er stürzte zum Sender. Jubelte beinahe laut auf, als die Antwort kam. Eiseneckers Stimme. Der fragte zunächst allgemein, erkundigte sich nach seinem Befinden, nach Mette.

Harder überhörte alles, unterbrach ihn, erzählte ihm mit fliegenden Worten, was er inzwischen gesehen, gedacht ... Kam schließlich zum Geschehnis der letzten Minute.

Dann hatte er geendet, wartete ungeduldig auf die Antwort Eiseneckers. Hörte nur, wie der in erregtem Gespräch mit anderen war. Jetzt, Eiseneckers Stimme klang wieder im Hörer: »Morgen bin ich da.«

* * *

Iversen hatte eine schlaflose Nacht hinter sich, hatte vergeblich gehofft, Modeste würde zurückkehren. Am nächsten Morgen war er schon mit der Sonne aufgebrochen. Hatte alle Hotels in der Oase bei den Pyramiden besucht, nach Jolanthe von Karsküll gefragt.

Ein einziger Gedanke, der ihn beherrschte: Wo Jolanthe ist, muß auch Modeste sein. Indes, vergeblich all sein Suchen.

Er war nach Kairo gefahren. Das gleiche! Alle Hotels und Fremdenpensionen hatte er durchforscht, keine Spur von Jolanthe.

Ein paarmal hatte er auch vor dem Polizeigebäude gestanden, überlegt, ob er nicht die Hilfe der Behörden anrufen sollte. Immer wieder hatte er den Gedanken verworfen. Stets war das Gesicht jenes Polizeibeamten, mit dem er gestern gesprochen, vor ihm aufgetaucht. Immer tiefer wurzelte der Verdacht in ihm, daß der hinter seinen leeren Reden die Wahrheit verbarg.

Die Hilfe des Konsulats in Anspruch nehmen?... Überflüssig! Das würde sich ja auch nur der Polizei bedienen können.

Längst hatte die Sonne den Höchststand überschritten. Erschöpft stand Iversen im glühenden Sonnenbrande in der Hauptstraße von Kairo ... Aussichtslos! ... Genug für heute! ... Seine Kräfte waren erschöpft.

Er winkte ein Taxi herbei. Stieg ein. »Zum Splendid-Hotel!«

An einer Straßenkreuzung mußte der Wagen halten. Als die Passage wieder frei war, sah er neben sich einen Privatwagen kurze Zeit mit dem seinen auf gleicher Höhe. Es war ein schweres, luxuriöses Gefährt. Unwillkürlich schaute er näher hin.

Jetzt sah er das Profil des Chauffeurs ... Die Erinnerung an einen Tag, da er dasselbe Gesicht gesehen ... Vergeblich grübelte er ...

Und doch! ... Besondere Umstände knüpften sich an die Bekanntschaft mit diesem Gesicht ...

Da! Jetzt wußte er's ... und im selben Augenblick auch, was sich damit verband ... Die Dame, die damals in dem Wagen fuhr: Jolanthe ... In Madrid war's, in der Calle Alcantara.

Er beugte sich vor zu seinem Fahrer. »Dem leeren Wagen da vor uns nach!«

Der andere fuhr in schnellem Tempo aus der Stadt heraus über die Nilbrücke und nahm die Route nach den Oasenhotels. Sollte Jolanthe doch da draußen wohnen? ... Vielleicht unter anderem Namen? ...

Es fuhren viele Wagen in Richtung der Oase. Gut für ihn! So war nicht zu befürchten, daß dem voranfahrenden Wagen seine Verfolgung auffiel.

Aber jetzt! Der bog noch vor der Oase in einen Seitenweg ab. Wo fuhr er hin? Der Weg führte auf den Nil zu. An dessen Ufer an dieser Stelle nur ein kleines Lustschlößchen der ägyptischen Königsfamilie. Kein anderes Ziel für den Wagen denkbar!

Ihm folgen?... Unmöglich! Er sprang auf, rief dem Chauffeur zu: »Splendid-Hotel!... Schnell!«

Noch im Fahren warf er ihm ein Geldstück zu, sprang heraus, eilte ins Hotel. War mit ein paar Sprüngen beim Fahrstuhl.

»Zum Dachgarten!«

Der Lift sauste in die Höhe. Iversen eilte an die Balustrade, kniff die Augen zusammen, schärfer zu sehen... sah...

Da fuhr der andere... fuhr in das Tor des Schlößchens ein. Während Iversen nachdachte, sah er, wie sich dort drüben das Tor hinter dem Wagen schloß.

Er überlegte scharf. War dieser Chauffeur noch in Jolanthes Dienst, dann durfte er mit Sicherheit annehmen, daß Jolanthe dort im Schloß wohnte...

Und Modeste?

Er vergaß alle Müdigkeit. Fieberhaft liefen seine Gedanken... Was weiter tun? Wie in jenes Schlößchen kommen?

Er erwog tausend Möglichkeiten und verwarf alle. Nur den einen Weg sah er: Ein Boot nehmen, auf ihm den Nil hinabfahren und von der Wasserseite her unbemerkt Beobachtungen anstellen. –

Eine halbe Stunde später trieb ein Boot – dessen Insasse lag ausgestreckt unter dem Sonnensegel – langsam auf der trägen Flut den Fluß hinab... an dem Schlößchen vorbei.

Schon zum zweiten Male jetzt! Ganz vergeblich die erste Fahrt! Jetzt war das Boot wieder auf der Höhe des Schlosses angekommen, da warfen es die Bugwellen eines großen Sudandampfers, der stromaufwärts ging, aus seiner Fahrtrichtung. Vergeblich riß Iversen am

Steuer. Die Wellen warfen ihn beinahe hart an die Kaimauern des Schloßgartens.

Nur mit Mühe unterdrückte er einen kräftigen Fluch, der ihm auf den Lippen schwebte. Nun war es wieder vergeblich! Die hohe Kaimauer verhinderte jeden Blick auf die Fenster des Baues. Jetzt trieb er unter den tiefhängenden Zweigen einer Tamariske hin. Da hörte er Stimmen von oben. Ein Mann und eine Frau im Gespräch. Sie mußten direkt über ihm an der Balustrade sitzen.

Die Stimme Jolanthes! Er kannte sie von Biarritz her. Der Mann ...? Hatte er richtig verstanden? ... »Mein Prinz!« redete sie ihn an?

Er griff in die Zweige der Tamariske, hielt das treibende Boot fest, lauschte aufmerksam.

Jetzt sprach Jolanthe wieder. »Schon zweimal versuchte ich, mit ihr zu sprechen. Sie gibt mir keine Antwort. Weist mich ab. Mein Brief scheint bei ihren Freunden auch nicht genügend gewirkt zu haben. Das Polizeiamt meldete heute morgen, daß ein Herr aus Harders Gesellschaft dort schon gestern den Vorfall gemeldet und um Unterstützung gebeten habe.

Ich weiß nicht, mein Prinz, ob Modeste ihre Sinne je ändern wird ...«

»Wollen Sie damit etwa sagen, Jolanthe, daß wir sie zurückkehren lassen sollen? Niemals! Noch gebe ich die Hoffnung nicht auf. Wir nehmen sie heute nacht mit nach Madrid ...«

Das Weitere, was sie noch sprachen, blieb Iversen größtenteils unverständlich. Sie redeten von Apparaten ... von einem Ibn Ezer ...

Nur der eine Gedanke in ihm: wie hier unbemerkt fortkommen? Seine Geduld wurde auf eine harte Probe gestellt. Endlich hörte er, wie beide aufstanden, sich entfernten. Vorsichtig schob er sich an der Kaimauer weiter, hielt sich so dicht wie möglich am Ufer im Schutze des Röhrichts. Erst eine Strecke flußabwärts wagte er es, zu den Rudern zu greifen. Mit raschen Schlägen trieb er zur Anlegestelle der Boote.

* * *

Mette ging am Arm des Vaters durch den Park des Hotels.

»Nun auch Iversen verschwunden. Den ganzen Tag schon ist er fort. Ich verstehe nicht, daß er nicht irgend etwas hinterließ. Er kann sich doch denken, daß wir uns über sein langes Fortbleiben beunruhigen.«

»Nun, wo wird er sein? Er wird auf der Suche nach Modeste sein. Und, offen gestanden, sein langes Ausbleiben beunruhigt mich gar nicht. Im Gegenteil, es scheint, als habe er irgendeine Spur gefunden, die er nun verfolgt.«

»Ich möchte von Herzen wünschen, daß es so ist, Vater. Denn ... ich habe immer wieder den Brief Modestes gelesen und muß sagen, je öfter ich ihn las, desto verdächtiger kommt mir das alles vor. Es will mir nicht in den Kopf, daß Modeste einen so außergewöhnlichen Schritt getan hat. Dazu der Verdacht Maltes. Ich habe mich lange gesträubt, ihn für begründet zu halten, wies ihn anfangs als leeres Hirngespinst zurück ... Jetzt denke ich anders.«

Harder wiegte den Kopf. »Ich habe da starke Zweifel. Nun, Malte wird nicht ewig ausbleiben.« Nach einer Pause fuhr er fort: »Hoffentlich kommt er bald.«

»Gewiß, hoffentlich bald. Die Unruhe peinigt mich sehr.«

»Hm ...«, Harder sprach die Worte halblaut vor sich hin, »das meinte ich nicht. Hm ... es würde gut sein, wenn er noch heute käme.«

»Ich verstehe dich nicht, Vater, was meinst du?«

Der, als habe er schon zu viel gesagt, schwieg ... zauderte ...

»Du weißt, Eisenecker kann in den allernächsten Stunden hier sein ...«

»Weshalb kommt er?«

»Du fragtest mich schon einmal. Ich sagte dir, ich wolle, dürfe darüber nicht sprechen.«

»Vater, warum fängst du jetzt wieder damit an, was hat das mit Malte zu tun?«

Es war Harders Gesicht anzusehen, wie er sich in die Enge getrieben fühlte, nach Ausflüchten suchte. Vergeblich wich er dem fragenden Blick Mettes aus.

»Ich will, will nicht sprechen! Es ist nicht mein Geheimnis. Zwar hat Eisenecker selbst mir nichts gesagt, aber wenn ich mich nicht sehr getäuscht habe, dann wäre es möglich, daß hier im Laufe des Abends, der Nacht Dinge passieren ... Es wäre möglich, daß wir schon in den nächsten Stunden unsere Koffer packen müssen.«

»Vater, hättest du lieber geschwiegen, als mich durch diese unklaren Worte zu beunruhigen!«

»Laß, Mette! ... Frag nicht weiter! Vielleicht kommt es auch ganz anders ...

Eisenecker kann jeden Augenblick eintreffen. Dann werden wir alles wissen.«

* * *

Zum zweiten Male war die Sonne gesunken. Modeste stand am Fenster, schaute durch das Gitter über die trüben Fluten des Nils.

Festbleiben! Sie hatte es sich zugeschworen. Keinen Schritt weichen! ... Nicht nachgeben! Sie konnte doch nicht ewig als Gefangene hier gehalten werden. So unmenschlich konnte Jolanthe nicht sein, die Schwester mit Gewalt zu der verhaßten Ehe zu zwingen.

Ruhelos ging sie in dem Gemach auf und ab. Unberührt standen die Speisen auf dem Tisch, die ein Diener ihr brachte, um sie ebenso wieder abzutragen.

Die Stunden verrannen. Keine Müdigkeit wollte über sie kommen.

Da! Sie wandte den Kopf zum Fenster. Ein Geräusch … ein Knacken von draußen. Sie lauschte. Es war still …

Jetzt wieder! Entschlossen sprang sie auf. Was konnte das sein? Sie öffnete das Fenster … Die Eisenstäbe verbogen?! … Ihr Mut wollte sie verlassen. Sie wollte schreien …

»Still, Modeste! Keinen Laut! …«

Beim Klang der Stimme prallte sie zurück. Hatte sie richtig gehört? Diese Stimme! … Iversen?! …

Mit einem Sprung war sie am Fenster.

»Ich bin's! Iversen!«

Unmöglich, ihn zu erkennen. Doch eine Hand streckte sich ihr entgegen. Sie ergriff sie, drückte sie … Er war's!

Sie klammerte sich an seiner Hand fest, als wollte sie sie nie wieder loslassen. Mit Gewalt machte er sich frei.

Wieder krachten die Eisenstäbe, bogen sich, brachen aus der Mauer … Eine Öffnung, groß genug, sie durchzulassen.

Sie sprang auf die Fensterbank. Zwei Arme fingen sie auf, hielten sie sekundenlang fest umschlungen … ein Mund flüsterte leise liebe Worte an ihr Ohr.

Die Kräfte verließen sie. Sie fühlte nur, wie starke Arme sie umfaßten, die Treppe hinabtrugen, sanft in ein Boot legten.

* * *

Der Garagenaufseher auf dem breiten Dach der Dependance* eilte aus seiner Kabine. Ein später Ankömmling. Ein Gast, der im Privatflugzeug gekommen. Jetzt stand der Helikopter noch fünfzig Meter über dem Dach, dann sank er senkrecht nieder, knirschend setzten seine

---

* Nebengebäude eines Hotels

Kufen auf den Kies. Ein einzelner Herr entstieg dem Flugzeug. Schritt zum Lift, der nach unten führte.

Harder und Mette saßen in ihrem Zimmer. Harder, am Schreibtisch, griff manchmal zu einem Bleistift, entwarf ein paar Zahlen, ließ es dann wieder sein. Mette, eine Zeitung vor sich ... immer wieder entsank das Blatt ihrer Hand. Die Spannung der Erwartung ließ sie nicht zur Ruhe kommen. Ständig gingen ihre Augen zur Uhr. Schon die neunte Stunde überschritten!

Harder sprang auf. Er schritt durch die offene Balkontür hinaus. Die Klänge der Abendmusik unten im Hotelgarten drangen rauschend durch die warme Nacht. Seine Augen glitten über den Nachthimmel. Nirgends das weiße Buglicht eines ankommenden Flugschiffes. Er hörte nicht, wie leise an die Zimmertür geklopft wurde.

Mette hatte es vernommen. Er? ... Wie gelähmt ihre Glieder, die Zeitung entfiel ihrer Hand. Dann war sie aufgesprungen, wollte zur Tür eilen ... Da ging sie auf. Er trat ein.

Einen Augenblick standen sie sich gegenüber, stumm. Er ergriff ihre Hand, hielt sie fest ... Mette ließ sie ihm; machte auch keinen Versuch, sich zu befreien, als er sie näher an sich zog, die Linke um ihre Schulter schlang, sie an seine Brust drückte ...

»Mette!« Harder stand in der Balkontür, starrte mit aufgerissenen Augen auf das Bild vor ihm.

Die gab keine Antwort, grub ihren Kopf nur fester an die Brust des Mannes.

Fassungslos trat Harder auf sie zu. »Mette ... Herr Eisenecker ...« Seine Lippen stammelten zusammenhanglose Worte.

Da hob Eisenecker gar den Kopf Mettes mit leisem Zwang in die Höhe, küßte sie auf den Mund.

»Nun dürfte wohl kein Zweifel mehr bestehen, Herr Generaldirektor!«

Jetzt hatte Harder begriffen. »Allerdings, Herr Eisenecker … Mette! … Kein Zweifel mehr über eine Tatsache, die sich vollzog, während ich euch minutenlang den Rücken zuwandte. Ihr werdet beide zugeben, daß das eine Überraschung für mich war, wie sie größer …«

»… und schöner nicht gedacht werden konnte«, unterbrach ihn Mette, die sich frei gemacht und in ihres Vaters Arme geworfen hatte. –

Eine Stunde war vergangen … viel zu schnell für die drei Glücklichen in dem Gemach. Zu viel hatten sie sich zu erzählen. Harder war in Erinnerung an längst vergessene Jugendtage ein paarmal aufgestanden, war auf den Balkon getreten, die beiden allein zu lassen.

Jetzt bedeutete er Eisenecker, ihm auf den Balkon zu folgen. Flüsternd sprachen sie miteinander. Harder horchte auf. Seine Augen blitzten.

»Wir müssen die Koffer packen, Mette!« rief er in das Zimmer. »Ich ahnte richtig! … Nein, bleib hier, ich selbst will alles ordnen. Du … ihr könnt Abschied nehmen …«

Er wollte zur Tür schreiten, da wurde sie aufgerissen. Iversen stürmte mit lautem Jubelgeschrei in das Zimmer, zog Modeste am Arm hinter sich her.

»Da ist sie, die Ausreißerin! Ich habe sie gefunden!«

Die im Zimmer standen einen Augenblick sprachlos. Dann ein wirres Durcheinander, Fragen, Antworten … Weinen, Lachen … unmöglich für Malte, den genauen Hergang der Befreiung zu schildern. Keiner wunderte sich auch, als er jetzt Modeste in seine Arme schloß und der Errötenden einen lauten Kuß auf die Lippen drückte.

Harder der erste, der den Bann des frohen Augenblicks von sich schüttelte. Wie ein Inquisitor nahm er Modeste gewaltsam beim Arm, ließ sie sich auf einen Stuhl setzen, setzte sich ihr gegenüber, fragte sie aus. Tauschte dabei mehrmals Blicke mit Eisenecker, dessen Miene, je weiter Modeste sprach, immer finsterer wurde.

»Genug, genug, Vater!« rief Mette endlich. »Siehst du nicht, wie die arme Modeste immer blasser, müder wird? Nach so viel Schrecklichem, was sie erlebt, muß doch dein Inquirieren sie foltern!« Sie eilte auf Modeste zu, half ihr auf, schob sie in Maltes Arme. »Hier, du Ärmste, dein Retter auch dein bester Arzt.«

Harder war mit Eisenecker zur Seite getreten, sprach mit ihm. »Zwölf Warnums! ... Die haben gut von mir gelernt«, setzte er in bitterem Tone hinzu. »Aber Sie, Sie werden ihren sauberen Plan zum Scheitern bringen ... Keinen Augenblick gilt's jetzt zu verlieren! Was Sie tun wollen, tun Sie's sofort!«

Eisenecker trat auf Mette zu, stand einen Augenblick allein mit ihr, küßte sie, ging. –

Zur Verwunderung des Garagenwärters stieg der erst kürzlich gekommene Hotelgast schon jetzt wieder, mitten in der Nacht, in sein Flugzeug, flog fort.

Daß eine halbe Stunde später Harder und seine Angehörigen das Hotel im Flugzeug verließen, nahm ihn nicht weiter wunder. Sie waren ja schon länger hier. Auch zogen es viele Passagiere vor, bei sternenklarem Himmel die Reise in der Nacht zu machen, benutzten je nach Laune die bequemen Kabinen zum Schlafen.

Hätte der Garagenwärter sich nicht gleich wieder in seine Koje zurückgezogen, so hätte er wohl mit einem scharfen Nachtglas sehen können, wie jener zuerst abgeflogene einzelne Gast sein Flugzeug zunächst in große Höhen trieb, dann in engen Spiralen über der Cheopspyramide niederging, bis er ungefähr in Höhe der Pyramidenspitze stand, einen kurzen Augenblick in dieser Stellung verweilte – ein Gegenstand wurde über Bord geworfen –, dann wieder höher ging, nach Westen weiterflog.

Eisenecker, der darin saß, sendete einen Funkspruch. Die Antwort folgte sofort. Er griff zum Steuer. Das Flugzeug ging bald rechts, bald links, bald nach oben, bald nach unten, suchte anpeilend das große Flugschiff Harders, von dem ununterbrochen gesendet wurde.

Jetzt sah er die grüne Steuerbordlaterne blinken. Er fuhr die Hubschrauben aus, legte sein Flugzeug mit ein paar geschickten Steuerwendungen neben Harders Schiff, das sich durch seine Hubschrauben fest an einer Stelle in der Luft hielt, rief Harder ein paar Worte zu ... einen Gruß für Mette ... flog dann in rasendem Flug weiter nach Westen.

Nur Mette, die ihm von der Backbordseite nachsah, bis er verschwunden. Die anderen standen an der Steuerbordseite, starrten mit Nachtgläsern zu den Pyramiden.

* * *

Im Al-Tariq-Saal des Madrider Schlosses eine kleine Gruppe von Militärs. Höhere Offiziere. Darunter der Kalif selbst und Fürst Iraklis. Hinter einem Projektionsapparat ein Adjutant, der Bilder von den gesprengten Depots und Arsenalen auf die Leinwand warf.

»Pamplona!« meldete er jetzt.

»Ah!« Der Kalif, der zur Verwunderung der Generäle bisher auffällig wenig Interesse für die furchtbaren Bilder der Zerstörung, Vernichtung von unermeßlichen Werten gezeigt hatte, trat einen Schritt näher an die Leinwand heran, betrachtete sie mit unverhohlenem Interesse.

Seine Lippen bewegten sich ... murmelten ... formten Worte.

»Das ist ... übersteigt jede Vorstellung.« Er drehte sich zu den anderen um, wies mit der Hand auf das Bild. »Diese Kasematten* ... mit den modernsten Abwehrmitteln geschützt, selbst für schwerste Bombenabwürfe unverletzbar ... kein Sprengmittel, das ihnen etwas anhaben könnte, hier« - er deutete wieder hin - »ein einziges

---

* durch Schutzpanzer gesicherte Gewölbe und Geschützstände

Trümmerfeld. Bis in ihre tiefsten Tiefen hat die Zerstörung sich ausgewirkt.

Solche Wirkungen dieser unheimlichen Waffe! Niemand hätte das für möglich gehalten. Welche Aussichten!«

Seine Worte, mit ruhiger, fester Stimme gesprochen, nichts darin, was auf Schrecken, Angst deutete. Die Generäle nickten nur stumm. Die Ruhe, mit der Abdurrahman gesprochen, wirkte geradezu beunruhigend auf sie. Sie dachten im stillen an die starke Erregung, die durch diese Ereignisse im maurischen Heer entstanden war. Bis in die entlegensten Garnisonen waren trotz aller Vorsicht schon Gerüchte gedrungen, hatten die Tatsachen entstellt, vergrößert weitergegeben. Wiederholten sich derartige Dinge, war eine Lockerung der Disziplin unausbleiblich.

Der Kalif hatte indessen ein paar Worte mit dem Fürsten Iraklis gewechselt, wendete sich jetzt den anderen zu.

»Meine Herren! Mein Interesse galt besonders diesen letzten Bildern. Doch nicht allein deshalb ließ ich Sie rufen.

Sie werden von mir wohl Befehle erwarten, die einer Wiederholung derartiger Verbrechen entgegensteuern. Doch nicht jetzt. Ich erwarte Sie in drei Stunden wieder. Ich werde Ihnen dann Aufschlüsse geben, die« - ein leichtes Lächeln flog über seine Züge - »ganz sicher geeignet sind, allen Kleinmut zu zerstreuen, den ich hinter Ihren Mienen sehe.«

Mit einem leichten Gruß entfernte er sich in Begleitung des Fürsten Iraklis. -

In seinem Arbeitszimmer angekommen, zog Abdurrahman einen Zettel mit einer Funkdepesche aus der Tasche. Trat in den Schein einer Lampe, las …

»Immer wieder muß ich's lesen, was sie von der Pyramide gemeldet, Jolanthe, die Göttliche!

Die Stunden, bis ihre Nachricht einlief, seit jener, in der sie den Aufschub meldete ... die Stunden waren wie Jahre fürchterlicher Qual für mich. Ich konnte die Zweifel, ob es Ibn Ezer gelingen würde, nicht loswerden, erwartete immer wieder ein neues Hindernis ... neuen Aufschub. Ihre Depesche:

Alle zwölf Apparate fertig. Jeder erprobt, teilweise schon verpackt. Bald werden wir fahren.

Jetzt kann ich's wagen! Jetzt will ich es!«

Er ging zum Schreibtisch, holte das Schriftstück, das er damals mit Jolanthe entworfen, überflog es noch einmal ... Ein unbeschreibliches Triumphgefühl in ihm.

»Doch wird es so leicht sein, Verbindung mit jenen zu bekommen?« unterbrach ihn Fürst Iraklis.

»Das ist doch sicher, daß sie, wenn sie nicht selbst senden oder ihre geheimen Nachrichten empfangen, ihren Apparat auf die Welle des Kriegsministeriums einstellen, um unsere Anordnungen zu hören. Immerhin, du hast recht, könnte es länger dauern, als uns lieb ist«, versetzte der Kalif.

Fürst Iraklis trat zum Sender. Hatten die die Welle des Kriegsministeriums eingestellt? ... Er rief ... rief wieder und wieder.

Keine Antwort!

Die Zeit verrann. Keiner wagte es, aufzustehen ... hinauszugehen. Ihre Ungeduld wurde immer größer, je länger es dauerte.

Ha! ... Endlich! ... Es war gelungen. Gut! ... Gut!

Jene hörten.

Gonzales selbst am Apparat! Fürst Iraklis wollte den Brief an ihn verlesen. Abdurrahman riß ihm das Schriftstück aus der Hand.

»Ich selbst! Meine Stimme soll's ihnen künden!«

Langsam, jedes Wort, jeden Satz schwer betonend, las er, was dort stand.

»Ihr habt meinen Befehl gehört?«

»Wir haben deine Worte gehört, Abdurrahman.« Die Stimme Gonzales' gab die Antwort.

»Und ihr werdet gehorchen?«

»Wir haben deine Worte gehört, Abdurrahman. Weiter habe ich dir nichts zu sagen.«

Der Kalif legte den Hörer aus der Hand. Seine Augen funkelten in stolzem Triumph.

»Sie können es anscheinend nicht fassen! ... Wollen sich bedenken. Ha! ... Vergeblich! ... Sie müssen gehorchen! Müssen es!

Doch sie mögen sich beeilen, meine Geduld nicht auf zu harte Probe stellen! Ich werde sie bald verloren haben! Und wären sie gar ungläubig, wollten, könnten es nicht glauben ... Paris morgen ein zweites Warnum!! Fast wünschte ich, daß es so käme! Bei mir ist jetzt die größere Macht ...

Jolanthe! Wie schön wäre es, wenn sie hier dabei. Diese Stunde! Ha, welcher Triumph!

Sie wird schon unterwegs sein. Wie lange noch wird es dauern, und sie ist hier ... an meiner Seite!«

Er legte die Hände auf die Schultern des Fürsten Iraklis.

»Murad! Gab es je eine Stunde in meinem Leben, in der ich glücklich war, so ist es diese ...

Jolanthe! Ich will versuchen, sie zu sprechen ... Ihre Welle, Murad, stell sie ein!«

Er nahm den Hörer ans Ohr.

Was war das? Was klang da aus dem Hörer? ... Verworrene Geräusche ... Schreie ...

Er raffte sich zusammen, rief.

»Jolanthe!« Immer wieder den Namen.

Niemand! ... Keine Antwort ... doch immer noch das Getöse, das verworrene Rufen in dem Hörer ... Hilfeschreie jetzt sogar!

Seine Hand ging zu dem Fürsten, klammerte sich an ihn.

»Ein Unglück geschehen? ... Was ist da ...?«

Sein Gesicht war bleich geworden, ein leises Zittern in seiner Stimme. Mit bebender Hand nahm er den Hörer ans Ohr.

»Abdurrahman! ... Abdurrahman!« Eine fremde, heisere Stimme schrie seinen Namen. Wer war das? Jetzt wieder der Name, dieselbe Stimme, die ihn rief. Die Stimme eines Menschen, einer Frau in höchster Todesnot!

Seine Augen öffneten sich weit. Er wollte fragen ... die Lippen gehorchten nicht.

Jetzt immer wieder: »Abdurrahman! ... Abdurrahman!«

Mit Gewalt zwang er seine Stimme ... rief zurück. »Wer ist da? ... Wer ist es, der mich ruft? ... Wer? ...

Du? ... Du? ... Jolanthe? ... Bist du das, Jolanthe ...?

Was ist mit dir ... sprich ... ein Wort ...!«

Sie sprach jetzt. Nur wenige Worte waren es.

»Die Cheopspyramide brennt! ... Alles vernichtet!!«

»Die ... Cheopspyramide ... brennt!? ...« Der Schrei eines Wahnsinnigen ... Der Hörer entsank seiner Hand. Wie ein gefällter Baum stürzte Abdurrahman zu Boden.

* * *

Wie ein riesiger dunkler Vogel hing die Jacht des Generaldirektors Harder unbeweglich in einer Höhe von 2000 Metern unter dem schimmernden Firmament. Eine klare, wolkenlose Nacht. Durch die scharfen Gläser sahen sie den Schein der elektrischen Starklichter der Hotels am Nil.

Wie kleine leuchtende Pünktchen hier und da die Lagerfeuer des Truppenkordons um die Pyramiden. Die Feuer flammten jetzt heller auf ... Lichter wurden entzündet ... Fackeln glühten und bewegten sich hin und her. Der weite Ring des Lagers alarmiert ... in wildem Durcheinander.

Da, wo der Kordon der großen Pyramide am nächsten, zog er sich auseinander. Die Lichter flohen nach beiden Seiten hin.

Noch stärker wurde da jetzt das Dunkel. Auch das Mondlicht war auf seiner Wanderung nach Westen hinter die Nordostkante der Pyramide getreten.

Die Nordfläche der Cheopspyramide … Der Eingang dort zur Königskammer lag in tiefem Schatten.

Die laute Stimme Harders. »Da! … Da! Seht hin! Am Fuße … beim Eingang … ein schwacher, rotglühender Schein!«

Sie suchten alle. Nun sahen sie es auch. Wie gebannt starrten sie auf den sonderbaren Fleck, der größer und größer zu werden schien. Je mehr er wuchs, desto heller wurde er. Jetzt schimmerte er in hellem Gelb. Wuchs dabei immer weiter …

Jetzt hatte er sich schon um den Eingang herumgefressen. Deutlich hob sich aus dem schimmernden Glast die dunkle Röhre des Ganges ab, der ins Innere der Pyramide führte.

Und als wenn das Feuer aus sich selbst heraus größere Kraft schöpfte: die helle leuchtende Fläche dehnte sich mit immer größerer Schnelligkeit aus … erreichte nun die Kanten zu beiden Seiten. Ergoß sich an einzelnen Stellen darüber hinweg … die feurigen Zungen flossen zusammen, vereinigten sich. Immer schneller griff der Brand um sich … erreichte endlich die Spitze der Pyramide.

Kaum, daß sie's noch sahen … Geblendet von dem übermächtigen Glanz, schlossen sie die mißhandelten Augen, deckten sie mit den Händen.

Erst jetzt faßten ihre Sinne dies ganze ungeheuerliche Schauspiel … erst jetzt begann die Wucht dieser größten Tragödie des jahrtausendealten Bauwerks auf sie zu wirken.

Überwältigt von dem Erschauten, erschüttert bis in die innersten Tiefen ihrer Seele verharrten sie so …

Iversen schaute auf. Um ihn herum alles taghell wie im stärksten Sonnenschein. Behutsam machte er sich von den Armen Modestes frei, die sich an ihn geklammert hatte. Ging zu Harder, der am Bug stand. Der reichte ihm ein geschwärztes Glas.

»Schaut jetzt dahin!« Er deutete zur Seite, zur Oase.

Neuer Schrecken ... Das Splendid-Hotel, den Pyramiden am nächsten ... seine Südseite brannte schon in hellen Flammen. Wehe denen, die sich nicht rechtzeitig in Sicherheit gebracht hatten ...

Über die große Nilbrücke ein doppelter Strom von Kraftwagen, Fahrzeugen aller Art in rasender Hast. Immer neue Kolonnen von Kairo her, das sie wie im hellen Sonnenglanz in allen Einzelheiten klar vor sich sahen. Deutlich konnte man in den taghell erleuchteten Straßen der Stadt ein wirres Durcheinander aufgeregter Menschenmassen sehen ...

Ein kühler Luftzug strömte über sie hinweg. Wurde stärker, wurde Sturm. Man sah, wie er den Brand immer gewaltiger entfachte ...

Die Jacht begann leise zu schaukeln. Die Bewegung wurde immer stärker. Nur mit Mühe hielten die sausenden Schrauben das Schiff an seinem Ort.

Der Führer der Jacht trat jetzt auf Harder zu.

»Wir müssen weiterfliegen oder in größere Höhen gehen. Die Hubschrauben vermögen nicht länger dem wachsenden Sturm Widerstand zu leisten.«

Harder ließ noch einmal den Blick über das schaurige Bild da unten gleiten.

»Fort von hier! Nehmen Sie kürzesten Kurs auf Rom!«

Die Propeller sprangen an. Die Jacht stieg in steilem Flug in die Höhe.

Der Brand schien zurückzuweichen. Und je weiter er wich, desto freier wurden sie von dem Bann, in den das Ungeheure sie geschlagen. Ihre Zungen lösten sich. Sie fanden wieder die Kraft zu sprechen.

Die Luken der Jacht wurden dichtgemacht. Das Schiff stieg eine geographische Meile höher, jagte mit hundert Metern in der Sekunde durch die verdünnte Atmosphäre nach Nordwesten.

Sie standen am Heck des Schiffes. Längst hätte das glühende Dreieck der brennenden Pyramide unter die Kimm sinken müssen.

Aber ... was war das? ... Die Pyramide schien in den Himmel zu wachsen ...

War's ein Spiegelbild?

»Glühender Wüstensand!« schrie Harder. »Sand, den der rasende Verbrennungswind da zusammenträgt ... über dem glühenden Herd in die Höhe reißt.« -

Die Küste Kretas vor ihnen. Noch immer hinter ihnen der Glutschein im Südosten.

Harder versuchte den Bordsender arbeiten zu lassen. Unmöglich. Keine Verbindung zu bekommen. Der Äther erfüllt von Tausenden von Funkdepeschen. Auf allen Wellenlängen schwirrte es um den ganzen Erdball hin und her.

Die Menschheit in allen fünf Erdteilen in brennender Neugier. Die ersten Nachrichten waren blitzschnell bis in die fernsten Erdenwinkel gedrungen. Jeder wollte Weiteres über die Katastrophe hören. Alle Stationen von der größten bis zur kleinsten in fieberhafter Arbeit ... Die Überzahl der Depeschen machte jede private Verständigung unmöglich.

* * *

»Endlich, es ist kaum zu glauben, sind die würdigen Häupter der europäischen Staatsweisheit sich doch noch einig geworden. Nach dem wenig versprechenden Anfang hatte ich schon geglaubt, vor Jahresende würde das frohe Ereignis nicht zu erwarten sein.« Harder sprach es, während er in Begleitung Eiseneckers die große Freitreppe des Berner Parlamentsgebäudes hinabschritt.

»Ich bewundere Sie, mein lieber Harder. Offen gestanden, das hätte Ihnen so leicht keiner nachgemacht. Die Art, wie Sie mit jenen da umgingen, in den Ausschüssen unsere Sache vertraten ... das war großartig.«

»Hat nichts zu sagen ... Routine ... Wenn Sie einmal so viele Aufsichtsratsversammlungen geleitet haben wie ich, können Sie's auch.«

Sie waren bei ihrem Kraftwagen angekommen. Harder warf mit einem erleichterten »Uff!« die schwere Aktenmappe auf den Vordersitz.

»Zum Flugplatz!« Sie stiegen ein.

Eine halbe Stunde später saßen sie in Harders Flugschiff. Eisenecker stellte den Empfänger ein. Die Berner Welle. Er glaubte zu sehen, zu fühlen, wie die Nachricht von dem glücklichen Ausgang, immer wieder von Bern gefunkt, durch den Äther eilte. Dazwischen die unzähligen Funkdepeschen der Reporter.

Harder-Eisenecker! Das Programm angenommen!

Millionen, die jetzt die Nachricht hörten ... lasen ... verschlangen. Die Bedeutung, die in dem kurzen Satz lag ... für Europa, die Welt war sie gewaltig. Träume verwirklicht, die schon seit Jahrzehnten die Menschheit geträumt.

Durch ihn! Millionen, die die Nachricht lasen, darüber sprachen ... überall sein Name! Während seines kurzen Aufenthalts in Bern war er absichtlich im Hintergrund geblieben, hatte alle Verhandlungen durch Harder führen lassen ... Trotzdem ständig ein Heer von Reportern an seinen Fersen. Immer wieder ihre Objektive auf ihn gerichtet, die sein Bild um den Erdball funkten.

Für ewige Zeiten an seinen Namen geknüpft der Anfang einer neuen Epoche!

»Ich versuchte mit Mette zu sprechen, der Empfang ist schlecht, die Luft ist verseucht von diesen unzähligen

Depeschen. Kaum, daß man die Berner Welle versteht. Die brachte eben nochmals den wesentlichen Inhalt unseres Programms, funkt jetzt einen Auszug aus den letzten Verhandlungen. Mette wird wohl am Hörer sein, wird so indirekt von unseren Erfolgen erfahren.

Die Frage des letzten Programmpunktes wird wohl – ich will lieber sagen: hoffentlich – so bald nicht entschieden werden. Nun … spätere Sorge. Vorläufig müssen sich Tausende von Händen regen, um die ersten Punkte durchzuführen.

Sie, mein lieber Eisenecker, sind der Ansicht, daß eine Hochzeitsreise mit Mette der Mitarbeit dabei vorzuziehen wäre?«

Der lachte. »Würde ich Sie doch andernfalls eines Vergnügens berauben.«

»Vergnügen?«

»Ja gewiß, Herr Harder. Es gibt wohl keinen Menschen in Europa, der so mit diesem Problem verwachsen ist wie Sie. Ein Blick genügt, um zu sehen, wie alles in Ihnen fiebert, sich in die Arbeit zu stürzen, das Programm durchzuführen.«

»Nun, mein teurer Schwiegersohn, ein so reines Vergnügen dürfte das wohl nicht sein. Vergessen Sie nicht, daß ich noch eine kleine Nebenbeschäftigung habe … Meine Riggers-Werke umzustellen, wird auch viel Arbeit und Sorge kosten!

Besonders unangenehm ist mir der Gedanke an die großen Entlassungen, die doch unvermeidlich sind … Unzählige brotlos, arbeitslos. Und das gerade, dieses ›arbeitslos‹, das ist das Schwierigste, Bedenklichste. Für Brot ist ja gesorgt.« Er zog aus seiner Mappe ein Schriftstück. »Punkt 2 des Programms hat da Vorsorge getroffen.« Er blätterte in dem Exposé und las: »*… Die neue Energie wird bis auf weiteres zu zwei Dritteln des alten Preises an die Verbraucher abgegeben. Die daraus resultierenden Einnahmen werden dazu verwandt, die durch die Um-*

stellung brotlos Gewordenen auf Staatskosten zu erhalten! Ich glaube nicht, daß das allzulange dauern wird. Unsere Produktion wird sich in Zukunft so billig gestalten, daß bald für Millionen Hände neue Arbeit dasein wird.

Punkt 1 ist allerdings sehr einfach. Jedes Land bekommt einen der Apparate. Die großen Leitungsnetze des Landes müssen zum Anschluß an diese Zentralpunkte mehr oder weniger umgebaut werden.

Punkt 3 ... da sollte wohl Ihre Hochzeitsreise Gelegenheit geben, einige Vorstudien zu machen. Nach Grönland. In Zukunft - nun, es mögen noch einige Jahre darüber hingehen - dürften Hochzeitsreisen nach Grönland mehr an der Tagesordnung sein ... wenn einmal aus Grönland wirklich das ›Grüne Land‹ geworden ist.«

Eisenecker nickte lächelnd. »Merkwürdig, daß einige Vertreter da Schwierigkeiten sahen. Zweifellos gehört Grönland zu Europa, und es ist doch mit unbedingter Sicherheit zu erwarten, daß sich unter den günstigen Lebensbedingungen, die Europa von jetzt an haben wird, ein Menschenüberschuß ergeben muß, für den wir Neuland brauchen.«

»Um noch einmal auf die Ansprüche des Auslands zu kommen«, sprach Harder, »so dürfte uns ein gesunder Egoismus nicht verdacht werden. Es ist doch wohl menschlich begreiflich, wenn wir, das heißt Europa, die Früchte unserer Arbeit erst einmal eine Zeitlang allein genießen. Unseren Industrien, die in schwerem Kampfe mit den Weltindustrien stehen, Gelegenheit geben, neue Kräfte zu sammeln.

Diese Forderungen einiger außereuropäischer Staaten, auch ihnen gleichzeitig die neue Energie dienstbar zu machen, kann ich nur als eine Anmaßung bezeichnen.«

Das Flugschiff hatte sich Berlin genähert und landete in den Riggers-Werken.

* * *

In der Harderschen Villa am Bismarckdamm. Die Nachrichten aus Bern lagen vor ihnen. Immer wieder lasen sie die Worte mit freudigen Gefühlen. Es konnte nicht mehr lange dauern, dann mußten die beiden zurück sein, Harder, Eisenecker.

»Da werden die Zeitungen was zu schreiben haben«, rief Iversen, ergriff eine, die vor ihm lag. »Die Überschriften sehe ich schon.

Ah! ... Übrigens, hier las ich vorhin: Von 2 bis 3 Uhr Funkbilder aus aller Welt. Zum Schluß das Bild der Cheopspyramide in ihrer jetzigen Gestalt.«

Er sah auf die Uhr. »Ich werde gleich einstellen: Bilder von dem Übergang der maurischen Truppen über die Meerenge!« Das Zimmer verdunkelte sich, der Bildschirm leuchtete auf.

»Ah! Der Fels von Gibraltar.« Deutlich und plastisch die alte Felsenfestung auf der rechten Seite des Bildes. Davor die breite Meerenge, am Horizont die Silhouette von Ceuta. Da zog es hinüber und herüber, eine unendliche Kette von Transportschiffen, beladen mit Menschen und Tieren ...

Das Bild wechselte. Ein Kai, an dem Schiffe festgemacht hatten. Ein Gewimmel von Soldaten in den typischen maurischen Uniformen.

Wieder wechselte das Bild. Eine Nahaufnahme schien's. Ein Flugschiff ... zwei Männer traten heran. Prinz Ahmed Fuad und Fürst Iraklis.

Iversen, der den Apparat bediente, wandte sich nach Modeste um, vergaß ganz, daß er in dem Dunkel nichts sehen konnte.

Seine Hand drehte den Knopf. Versehentlich erwischte er die Berner Welle, die Filmaufnahmen sendete. Vor ihnen der weite Saal mit dem Gewimmel der Abgeordneten. Schon wollte er weiterdrehen, da - man konnte ihn deutlich erkennen - trat Eisenecker ein.

Hunderte von Armen regten sich im Händeklatschen

beim Anblick dessen, der Europa die neue Zeit brachte. Die deutschen Vertreter waren aufgesprungen, winkten mit Tüchern und Händen, jubelten dem großen Landsmann laut zu ...

Und dann verfolgten sie die Verhandlungen mit gespanntester Aufmerksamkeit bis zum Schluß.

Der Schirm wurde dunkel. Ein neues Bild.

Kairo, der Nil! Und jetzt ... die Pyramiden! Das Objektiv rückte näher heran, konzentrierte das Bild auf die Cheopspyramide. Man wußte ja schon aus den Zeitungsberichten, wie es ungefähr aussah, doch erst das lebendige Bild vermittelte den rechten Eindruck.

Da stand das uralte Bauwerk. Unverändert in seiner Gestalt.

Jetzt rückte das Objektiv noch näher. Und da, da konnte man sehen, daß die Glut der entfesselten Energie die Pyramide doch verändert hatte.

Wie Cheops, der große Pharao, sie einst gebaut, so war sie jetzt wiedererstanden.

Die Flächen in schimmernder spiegelnder Glätte. Ein unerklimmbarer Glasberg. Was die Jahrtausende dem riesigen Bauwerk geraubt, der vierundzwanzigstündige Brand hatte es ihm wiedergegeben. In seiner Glut war die äußerste Schicht zum Schmelzen gekommen, hatte die treppenartigen Vorsprünge überflossen und die ursprüngliche Form in voller Reinheit wiederhergestellt.

Der Brand der Cheopspyramide! ... Die Worte unglaublich, unfaßbar! Seit jener Nacht Weltgespräch! ... Millionen, die es nicht glauben konnten, wollten. Brennender Granit?! ... Undenkbar! Dem einfachen Menschenverstand unfaßbar! Jetzt Millionen Augen, die das Bild sahen.

In neuer und doch ursprünglicher Form stand der riesige Königsbau. Nicht zerstört durch den Brand, sondern geläutert zu neuem vieltausendjährigem Kampf gegen die Zeit. Das gigantische Denkmal, das eine neue Epoche an ihren Anfang gesetzt!

Das Bild erlosch … Verloren in der Erinnerung an die Nacht, da der Brand entstand, saßen sie da.

* * *

Als Eisenecker und Harder eine halbe Stunde nach ihrer Landung in das Gebäude der Reichsbank traten, empfing sie der Präsident mit einem Stab von Beamten. Begrüßte den ihm bekannten Generaldirektor mit freundlichem Händedruck.

Der stellte ihm Eisenecker vor. Die Blicke des Bankgewaltigen flogen mit einem Gemisch aus Bewunderung und Staunen über dessen Gestalt hin … blieben dann an dem unscheinbaren Kasten haften, den Eisenecker in der Hand trug.

Er schritt mit Harder voran. »Herr Generaldirektor!« Flüsternd sprach er zu Harder. »So ohne jede Bedeckung? … Ohne jede Vorsichtsmaßnahme?«

Der schüttelte den Kopf. »Unnötig, mein Lieber! Wir schützen uns selbst besser!«

Sie waren in den unterirdischen Gewölben angekommen. Immer neue Panzertüren geöffnet! … Jetzt standen sie in einem kleinen Raum. Die schmale Rückwand ein Tresor.

Harder zog einen Schlüssel aus der Tasche, schloß einen Riegel. Nach ihm der Präsident. Das wiederholte sich noch mehrere Male. Dann öffnete sich die Tür.

Ein winziger Raum nur, den die dicken Wände übrigließen. Mit Harders Hilfe legte Eisenecker den Kasten hinein.

Die anderen starrten in stummem Staunen, wie die beiden lange Zeit an dem Apparat arbeiteten … jetzt die Kabel, die dort aus der viele Meter starken Panzerwand heraustraten, anschlossen.

Dann sahen sie, wie Eisenecker aus einer Kanne schimmerndes Quecksilber in den Apparat goß.

»Genug für Deutschlands Energieverbrauch in einem Jahr!«

Er trat zurück. Die schwere Tür wurde geschlossen.

»In acht Tagen, Herr Präsident, wird der Umbau der Leitungen so weit gefördert sein, daß man einschalten kann.«

Er drückte dem Bankpräsidenten zum Abschied die Hand.

»Hier die Quelle, aus der von nun an die Energie der deutschen Wirtschaft fließt!«

* * *

Als sie bald darauf durch die Gartenpforte des Landhauses am Bismarckdamm traten, kam ihnen Mette entgegen. Umarmte den Vater, hing sich an Eiseneckers Arm.

»Ihr braucht uns gar nichts zu erzählen! Wir sahen und hörten ja fast alles. Der Jubel, mit dem sie dich empfingen!« Sie barg ihr Gesicht, das Stolz und Freude röteten, an dem Geliebten.

Mit stillem Vergnügen sah Harder ihre ungewöhnliche Lebhaftigkeit. Wie sie erzählte ... von der Pyramide ... von dem Übergang über die Meerenge ... wie sie sich dabei immer wieder an Eisenecker schmiegte, dessen Hand das alles vollbracht.

»Spanien! ... Ja, ein Brief ist gekommen! Von Gonzales, deinem Freund.«

Sie schritten dem Hause zu. Fern vom Tennisplatz klangen die Stimmen Modestes und Iversens. Die wollten in den nächsten Tagen zum Tirsenhof fahren, ihrem künftigen Heim.

Eisenecker öffnete den Brief. Es war ein langes Schreiben. Gar viel hatte der Freund ihm zu berichten. Jetzt spannten sich plötzlich seine Züge, Staunen darin ...

Die letzten Zeilen ... dann hatte er geendet.

»Eine Überraschung, die ich euch mitzuteilen habe.

Wir wissen, daß der Apparat Montgomerys gestohlen wurde, wissen aber nicht, wer der Täter war. Wir nicht allein ... die ganze Welt hat sich über die Frage den Kopf zerbrochen.

Durch einen Zufall ist jetzt das Geheimnis gelüftet worden. Also hört und staunt: Der Apparat wurde gestohlen auf direkte Veranlassung der maurischen Regierung ... Durch wen? Und durch wessen Hilfe? ... Ja? ... Ja?! ...«

Fast zögernd kamen dann die Worte aus seinem Munde.

»Der Urheber des Planes ... der, der am meisten getan hat bei dessen Ausführung, ist ... die Baronin Jolanthe von Karsküll.«

»Jolanthe?« Mette war aufgesprungen, lief zu ihm hin, beugte sich über den Brief, las, wo dessen Finger hindeutete.

»Jolanthe von Karsküll!« Sie wandte sich ab, um ihre Erschütterung zu verbergen. »Die arme Modeste!« murmelte sie leise. »Jolanthe! Solch ein Weib ... Ihre Schönheit! ... Ihr Reichtum! ... Sie eine Verbrecherin?!«

»Laß, Mette!« Harder legte beruhigend den Arm um ihre Schultern. »Nach dem, was da in Ägypten vorgefallen ...« Er unterbrach sich. »Weiter, Eisenecker!«

Der fuhr fort. »Sie lebte in England mit der ausdrücklichen Bestimmung, für das mauretanische Reich Spionendienste zu leisten. Von ihrem Haus, das Wand an Wand mit dem des maurischen Botschafters lag, konnte sie jederzeit durch eine Maueröffnung direkt mit Midhat Pascha in Verbindung treten.

Von Moskau her war sie mit Lord und Lady Permbroke eng befreundet. Von Lord Permbroke erfuhr sie anläßlich eines Besuches in Montgomery Hall das Geheimnis der Sicherungen. In einem unbeobachteten

Augenblick teilte sie das alles einem Matrosen des Flugschiffes mit, der in maurischen Diensten stand.

Der versetzte sich durch irgendwelche Mittel in einen hohen Fieberzustand, wurde bei der Abfahrt des Schiffes zurückgelassen. Nachts erhob er sich heimlich von seinem Lager, schaltete die Sicherungen zur verabredeten Stunde aus. Ein maurisches Flugschiff ließ einen Spähkorb in den Hof des Schlosses hinab. Der Matrose legte den inzwischen von ihm geholten Apparat hinein.

Das Schiff fuhr ab. Der Matrose schaltete die Sicherungen wieder ein, kehrte zu seinem Lager zurück ... wurde später als geheilt entlassen und verschwand.

Der Apparat wurde nach Spanien gebracht, maurischen Gelehrten gezeigt, die verzweifelt versuchten, ihn in Betrieb zu setzen.

Da - Herr Harder, halten Sie sich fest! - entwarf Jolanthe von Karsküll einen Plan, der beinahe unglaublich erscheint ...

Der Plan war: Den Generaldirektor Harder nach Saint-Jean-le-Miracle zu locken, dort gefangenzunehmen und nach Spanien zu bringen. Hier sollten ihm scheinbare spanische Patrioten den Apparat in die Hand geben, mit der Bitte, die Lösung des Geheimnisses zu versuchen, um dann mit Hilfe der Atomenergie Spanien zu befreien.«

Die Wirkung dieser Worte waren außerordentlich.

Mette hatte sich in Eiseneckers Arme geworfen. »Du! ... Du allein! ... Du warst der Retter!«

Harder lief wie ein gereiztes Raubtier in dem Zimmer auf und ab.

»Das ist zuviel! Das ist zuviel!« stieß er immer wieder zwischen den Zähnen hervor. »Die ist ein Satansweib! Diese schöne Larve! ... Teuflisch der Plan! ... Welch höllische Phantasie, so etwas zu ersinnen ...

Oder ist das alles nur Phantasie, was in dem Brief da steht?«

»Leider nicht! Der Brief stützt sich auf authentische Dokumente.

Bei der teilweise kopflosen Räumung der maurischen Ministerien in Madrid wurde unter anderem in dem Geheimarchiv des Kalifen in einer Mappe sein Briefwechsel mit Jolanthe von Karsküll gefunden, aus dem das alles klar hervorgeht ... Irgendwelche persönlichen Beziehungen zwischen ihr und dem Kalifen müssen auch bestanden haben ... welcher Art, weiß man nicht.«

Lange saßen sie da, konnten es nicht fassen, das Unfaßbare ...

»Jolanthe ... wo mag sie sein?« Mette fragte es.

* * *

Wieder lag der Löwenhof der Alhambra im schimmernden Schein des Mondes ...

Am Brunnen auf einer Steinbank zwei einsame Menschen.

Die weiten Höfe, Hallen leer.

Das Haupt des Mannes nach vorn gesenkt, sein Blick starr auf die Steinfliesen des Bodens gerichtet ...

Die Frau, den Oberkörper zurückgelehnt, den Kopf weit übergeworfen, starrte wie entrückt zum Firmament. Die weichen Strahlen des Mondlichtes umspielten das wunderbare, wundersam schöne Gesicht.

Tiefste Stille um sie her. Die Wipfel der Bäume regungslos. Kein Lüftchen, das ihre Blätter zu leichtem Rauschen zwang. Kein Schrei eines Nachtvogels. Erstorben die Natur um sie her ...

Erstorben ihre Seelen ...

In einem Syringengebüsch* ein leiser, schluchzender Ton ... Die königliche Sängerin der Nacht begann ihr

* Syringe: Flieder

Lied … immer heller, süßer. Der Gesang … Die Frau senkte den Kopf zur Seite, lauschte …

Ein unbeschreiblich wehmütiges Lächeln zog über das bleiche Gesicht. Mit verhaltenem Atem lauschte sie, bis der letzte Ton verklungen.

Sie schaute um sich. Der Mann an ihrer Seite … er atmete schwer. Auch sein Herz war getroffen von dem Zaubergesang … ein Schüttern ging durch seinen Körper.

Mit einer jähen Bewegung warf sie ihre Arme um ihn, schmiegte sich dicht an.

»Unser Hochzeitslied, Geliebter! Hörst du's?«

Der richtete sich auf. Sein Atem keuchte, seine Brust spürte, wie die Wärme ihres Körpers in seinen überströmte.

Die Frau an seiner Seite … zu seiner Königin hatte er sie machen wollen … zur Königin des größten Reiches der Welt. Ein Fest hatte er rüsten wollen, wie es nie einer Königin dargeboten …

Die Hochzeitsnacht! Das schönste Weib, das auf Erden wandelte, in seinen Armen!

Vorbei! … Vorbei!

Er stieß sie zurück, sprang auf. Wie ein wunder Löwe stürmte er durch die leeren Arkaden …

»Boabdil …!« Der Name, von seinen Lippen geschrien, hallte schaurig, im Echo sich brechend, durch die öden Hallen. »Ich wollte dich rächen! … Ha! Ha! Ha! …«

Das gräßliche Lachen riß die Frau hoch. Mit fliegendem Gewande eilte sie suchend dem Klang der Stimme nach.

Er stand an der Brüstung, die zur Tiefe führte, die Arme weit ausgestreckt. Seine Stimme schallte fernhin durch die stille Nacht.

»Dich, Boabdil, wollte ich rächen … der Kleine den Großen! … Mit allen Ehren - dein Heer unter vollen Waffen - räumtest du das Land. Ich hier …« Sein Lachen gellte entsetzlich dazwischen. »Wie geschlagene

Hunde fliehen meine Heere nach der Heimat - waffenlos! - vor der Übermacht...

Vor der Übermacht?!« Wieder das schreckliche Lachen. »Vor einem einzelnen Manne! ... Vor einem einzigen Menschen!«

In wildem Toben stieß er die Faust zum Himmel.

»Allah! Du da oben ... siehst du deine Söhne nicht? ... Konntest du ihnen nicht helfen? ...

Du! Ha, ha, ha! Du fürchtest ihn wohl auch? ... Ja! ... Ja!! ... Du fürchtest ihn auch! ...

Und ich ... ich sage mich los von dir!«

Er riß den Ring des Kalifen von der Hand, schleuderte ihn in den Abgrund.

»Abdurrahman! ... Du bist von Sinnen! ... Du lästerst!«

Beim Klang ihrer Stimme war Abdurrahman zusammengezuckt ... warf wilde Blicke um sich. Sie legte ihre Hände um seinen Kopf, zog ihn an sich, strich leise darüber ... küßte ihm Augen und Mund.

»Komm! Es ist Zeit! ... Schon neigt sich der Mond.«

Eng umschlungen, als wären sie eins, gingen sie zum Löwenhof zurück, setzten sich wieder auf die Bank.

Jolanthe griff in die Falten ihres Gewandes ... zog die Hand wieder heraus ... Sie öffnete die Finger ... ein dunkles Etwas darin ... betrachtete es lange.

»Ist's nicht in offener Schlacht - wir sahen sie ja nie, unsere Feinde, Aug' in Aug' -, soll's doch durch des Feindes Waffe geschehen.«

Abdurrahman schaute ihr stumm zu. Sah, wie Jolanthe jetzt mit einem kleinen Dolch die Hülle zerschneiden wollte. Die gab nicht nach.

»Das Messer ist stumpf!« Sie warf es von sich. Klirrend fiel es zu Boden.

»Warte!«

Abdurrahman war aufgesprungen, eilte in eine der Hallen ... kam wieder, schwang ein blitzendes Krummschwert in seiner Hand, rief ihr laut entgegen:

»Das Schwert Boabdils - als Heiligtum brachte ich es mit hierher - soll uns helfen ... mit uns in den Tod gehen!«

Er ergriff die Patrone ... wie spielend warf er sie in die Luft.

Jetzt! Die Schwertklinge fuhr sausend um sein Haupt, traf sie in freiem Fall ...

Die Schärfe zerschnitt den Mantel ... doch der Arm, mit dem er geschlagen, blieb wie erstarrt in der Luft stehen ...

Was war das? Ihre Augen, in denen schon der Tod stand, starrten auf die Schwertspitze.

Eine kleine bläuliche Kugel tänzelte daran ... jetzt wurde sie frei ... Spielend wie ein gaukelnder Schmetterling schwebte sie um sie herum. Bald näher ... bald weiter ... senkte sich, hob sich wieder ...

Das Schwert entglitt der Hand, fiel klingend auf den Stein ... Der Arm sank hernieder.

»Tod! Willst du uns narren?!«

Jolanthe schrie es. Ihre Rechte raffte das Schwert vom Boden. Sprungbereit stand sie da.

Die Kugel ... die tanzende Kugel ... jetzt war sie wieder näher gekommen ...

Da holte sie aus. Sausend fuhr die Waffe durch die Luft ... traf ...

Der Löwenhof, die weiten Räume der Burg, der Berg selbst ... ein bläuliches Feuer, in Millionen von Blitzen sich entladend ... millionenfacher Donner ... minutenlang der Himmel überstrahlt. -

Wieder die alte Stille der Natur ...

Wo eben noch die sagenumwobenen Reste des herrlichsten maurischen Königsschlosses gestanden ... mit ihrem König und ihrer Königin gen Himmel geschleudert. Keine Spur von ihnen auf Erden mehr.

* * *

In vielen Liedern sangen die Sänger in Mauretanien noch lange von Abdurrahman, dem Kalifen, und von Jolantha, seiner Geliebten.

Sangen von der Tapferkeit des Helden, seinen großen Taten. Seiner größten, wie er sein Volk über das Meer nach Norden geführt, die alten Reiche wieder aufgerichtet.

Von Jolantha, dem schönsten Weib, dessen Fuß je den Staub der Erde berührt. Dienerin, Geliebte, Königin des Helden.

Von der wundersamen Hochzeit in den Hallen der Alhambra ... Wie Allah sie zu sich genommen in sein Paradies ...

Im Wetteifer um das schönste Lied sangen andere gar, daß nicht Asrael, der Todesbote, sie geleitet ... sangen, daß sie noch am Leben ... der Stunde harren, wiederzukommen, ihr Volk zu neuer Herrlichkeit zu führen.

ANHANG

S. 50, Z. 32 *Flugschiff.* Für nahezu jeden seiner großen Romane hat Dominik neue, von den vorherigen abweichende Visionen über die Beschaffenheit künftiger Flugzeuge entworfen - wohl nicht zuletzt in Abhängigkeit von der jeweils angedachten Handlungszeit. In den Mittzwanzigern erschien dem Autor das Flug*schiff* als wahrscheinlichstes Zukunftsmodell - 1929 startete dann auch mit der ›Do X‹ das erste Flugschiff zu transozeanischen Flügen (Weiteres bei den Anmerkungen und Bildtafeln der Bände 1 und 2).
Aber Dominiks Vorstellungskraft ging wesentlich weiter: in ›Atlantis‹ nur angedeutet, im vorliegenden Roman weiter ausgeführt sind Propellermaschinen mit herausfahrbaren Hubschrauben, die Vertikalstart und -landung (s. z. B. S. 288) sowie ein Stehenbleiben in der Luft ermöglichen (S. 92, S. 292) [siehe dazu auch einen ›Schraubenflieger‹ von 1925 bei den Bildtafeln dieses Bandes]. Das riesige Innere der Flugschiffe birgt *Promenadendecks* (S. 69), *bequeme Kabinen zum Schlafen* (S. 291), *Vorratsräume* für *Sessel und Liegestühle* (S. 79), *Mittelsaal* (S. 69) und *Speisesaal* (S. 79). Die Motoren für Propeller und Hubschrauben arbeiten offensichtlich völlig geräuschlos (vgl. S. 24 und S. 126) - im ›Erbe der Uraniden‹ hört man in 5 km Höhe das *Rauschen des Weltmeeres* (Erstausgabe S. 16).

S. 77, Z. 14 *jenes sagenhaften Königs Malcolm.* Malcolm III. Canmore (›Dickkopf‹), geb. um 1031, war Sohn Duncans I., des Königs von Schottland (1034-1040). Dieser wurde von Macbeth, der sein Heerführer und ein Verwandter von ihm war, 1040 ermordet. Macbeth regierte dann bis 1057 als letzter Vertreter des rein keltischen Königtums in Schottland. Er fiel 1057 in der Entscheidungsschlacht gegen Malcolm III., der ab 1058 schottischer König wurde. Mit den Traditionen brechend, förderte Malcolm III. den anglo-normannischen Kultureinfluß, wahrte jedoch die Unabhängigkeit Schottlands. Im Kampf gegen die Engländer fand er 1093 den Tod.

S. 88, Z. 17 *Holt fast und kolt Isen!* Die wörtliche Übertragung des *alten Wahlspruchs* ist: »Halt fest und kaltes Eisen!« Wie Dominik zu der Formulierung *Gib's ihnen!* für den zweiten Teil kommt, muß letztlich offenbleiben, zumal unbekannt ist, ob es sich um einen von Dominik gesehenen oder um einen von ihm erfundenen Spruch handelt. Ein vager erster Deutungsversuch sei jedoch gestattet.
Im Namen ›Eisenecker‹ steckt sowohl jenes ›Isen‹ wie auch ›Acker/Äcker‹, was zu dem alten Geschlecht der *Heidebauern* (S. 33) paßt. ›Kolter‹ - so das ›Duden-Universalwörterbuch‹ - ist: (besonders nordwestdeutsch [!]) ›Messer vor der Pflugschar‹. Der ›Wahrig‹ gibt an: ›Messer (an der Pflugschar), Pflugmesser‹. Vor diesem Hintergrund und dem aus dem ›Heideplatt‹ herausfallenden hochdeutschen ›und‹ mag der Originalspruch geheißen haben: »HOLT FAST HET KOLT ISEN!» (»Halt das Kolter-Messer fest [in der Spur beim Pflügen]!«) - und damit, frei übertragen: »Halt fest und geh den geraden Weg!« oder, sehr frei: *»Halt fest! Gib's ihnen!«*

S. 118, Z. 23 f. *der Tag von 711.* Dieser ›Tag‹ ist als historisches Datum in der Fachliteratur nicht auszumachen, doch meint Dominik wohl nur allgemein

den Tag, an dem die Eroberung Spaniens durch die Mauren begann.
Im April oder Mai 711 setzte der muslimische Feldherr Tariq Ibn Ziyad mit 7000 Mann (überwiegend Berbern) von Ceuta (sprich: theuta) aus nach dem damals von den Westgoten beherrschten Spanien über und drang bald bis ins Landesinnere vor. Der mit größerem Heer herbeieilende Westgotenkönig Roderich fand vermutlich in der Entscheidungsschlacht bei Jerez de la Frontera (19.-25. 7. 711) den Tod. Sein Heer lief zum Teil zu den siegenden Arabern über.

S. 119, Z. 30 ff. *französische Besatzung im deutschen Rheinland.* Dominik greift hier aktuelles Zeitgeschehen auf. Nach dem Ende des 1. Weltkriegs wurde im Versailler Vertrag unter Teil XIV eine fünfzehnjährige Besetzung der linksrheinischen deutschen Gebiete festgelegt. Als Dominik den Roman 1925/26 schrieb, dauerte der von ihm angeprangerte Besatzungszustand noch an. Von der Regierung der Weimarer Republik konnte jedoch eine vorzeitige Räumung erreicht werden, die 1930 abgeschlossen wurde.

S. 119, Z. 33 ff. ... *Südtirol* ... Auch hier bezieht sich Dominik auf eine aktuelle politische Situation. Nach dem Tiroler Freiheitskampf von 1809 wurde Tirol dreigeteilt - der Süden fiel an Italien. Nach der Wiedervereinigung Tirols 1814/15, allerdings unter österreichischer Flagge, erhoben die Italiener immer wieder Ansprüche auf eben jenes Gebiet bis zum Brenner, die sie nach dem 1. Weltkrieg durchsetzen konnten. Nach der Machtergreifung der Faschisten in Italien (Oktober 1922) war das Südtiroler Deutschtum ab 1923 starken Repressalien ausgesetzt (Ansiedlung italienischer Einwanderer, Verbot der deutschen Sprache und des deutschen Schulunterrichts etc.). Das Gebiet blieb ein politischer Spannungsherd, bis im Herbst 1969 [!] mit dem ›Südtirolpaket‹ greifende gesetzliche Regelungen die Interessenkollisionen (weitgehend) schlichten konnten.

S. 207, Z. 33 Näheres zu den *Kugelblitzen* findet man bei den ›Zeitzeugnissen‹, V.

S. 310, Z. 24 *Boabdil*, arabischer Name: Abu Abdallah Muhammed XII., war der letzte arabische Herrscher von Granada (1482/83 und 1486-92). Dominiks schriftstellerisches Bild: »*Mit allen Ehren - dein Heer unter vollen Waffen - räumtest du das Land*« entspricht nur sehr bedingt der historischen Wahrheit.

Nach Unterhandlungen mit den christlichen Angreifern übergab Boabdil die umkämpfte Stadt Granada am 2. 1. 1492. Aufgrund der friedlichen Übergabe erreichte er die schriftliche Zusage, daß die Mauren ihre Religion, ihre Lebensweise und ihre Güter ›auf immer und ewig‹ behalten durften; es wurden den maurischen Würdenträgern sogar Lehen der kastilischen Krone übertragen. Doch viele wanderten nach Nordafrika aus - Boabdil selbst 1494. Sie durften ihr Hab und Gut sowie ihre Waffen mitnehmen, nicht jedoch die ›Pulverinstrumente‹, also Schußwaffen und Kanonen. Die kastilische Krone sorgte für unentgeltliche Überfahrt der Auswanderer auf kastilischen Schiffen. Erst ein Dekret von 1502 zwang die zurückgebliebenen Mauren, das Land zu verlassen oder zum christlichen Glauben überzutreten.

Zwei Fundstücke aus Archiven und völlig unbekanntes Material aus dem Nachlaß legen wir hier vor: Unveröffentlichtes und Veröffentlichtes aus den Lebenserinnerungen (I); die Ankündigung der Buchveröffentlichung des Romans in der ›Woche‹, die vor brisantem Hintergrund verfaßt wurde (II); Dominiks Essay ›Der technische Zukunftsroman‹ (III); zwei Erstveröffentlichungen aus Dominiks Feder zum Thema Kugelblitz (IV und V) und Auszüge aus dem Briefwechsel Hans Dominik - Hermann Hitzeroth bezüglich des Filmprojektes ›Gold‹ (VI).

Zu I. »Den ›eigenen Angaben‹ der Dichter ist bis auf weiteres immer erst einmal prinzipiell zu mißtrauen, wie zumindest jeder Dichter weiß« schreibt Arno Schmidt in seinem ebenso brillanten wie bösen Buch ›Sitara und der Weg dorthin‹ (Fischer Taschenbuch 968, S. 18). Und sicherlich haben zahllose bedeutende Persönlichkeiten - nicht nur Dichter! - ihre Chance genutzt, die Wirklichkeit mehr oder weniger sanft zu korrigieren, waren doch ihre Autobiographien oft die einzige Quelle zu Details in ihrem Leben.

Daß es auch andere Gründe gibt, in Lebenserinnerungen die Wahrheit zu beugen, wird zu einem späteren Zeitpunkt am Beispiel von Dominiks Kugellagerpatenten darzulegen sein. Auch wurde in Band 1 dieser Edition aufgezeigt, wie der *Verlag* Änderungen an Dominiks eingereichten Typoskripten vornahm.

Ein Beispiel für ›Verwässerungen‹ durch die Hand des *Autors* aufgrund von Staats- und Verlagszensur sind die Passagen zum Roman ›Der Brand der Cheopspyramide‹ in Dominiks Autobiographie, deren eingereichtes Typoskript an ihn zurückgesandt wurde mit der Auflage des nationalsozialistischen Zensors Dr. von Boehmer, 73 Passagen zu ändern bzw. Genehmigungen für ihre Veröffentlichung einzuholen.

Dominik, in vielen Fällen die Anweisungen der Obrigkeit ignorierend, entwarf eine zweite Fassung der Lebenserinnerungen. Doch auch diese - leider fehlen hier die Dokumente -

mußte erheblich umgearbeitet werden: im Typoskript finden sich zahlreiche handschriftliche Änderungen und viele, manchmal seitenlange Streichungen, so daß die Druckfassung strenggenommen als dritte Fassung bezeichnet werden muß.

Der Textteil, der den ›Brand der Cheopspyramide‹ betrifft, wurde jedesmal verändert und erheblich gekürzt. Der Zensor bemerkte zur 1. Fassung: »Die kritischen Bemerkungen über Karl Rahn [sic!] müssen fortfallen.« Das war offensichtlich in der 2. Fassung noch nicht in genügendem Umfang geschehen, so daß Dominik sich für die Druckfassung zu weiteren Streichungen entschloß.

Aber - und hier trifft der oben zitierte Satz Arno Schmidts zu - in den drei Fassungen gibt es auch voneinander abweichende Details (ein oder zwei Manuskripte? u. a.), was die Frage nach dem Grad schriftstellerischer Ausschmückung von Sachverhalten aufkommen läßt.

Mit der starken Kürzung wollte der Autor wohl letztlich nur jedem weiteren Ärger aus dem Wege gehen, denn in einem Brief an Hermann Hitzeroth vom 21. 11. 1941 heißt es: *Meine Lebenserinnerungen befinden sich bei Scherl im Satz. Sie werden aber erst im nächsten Jahr herauskommen. Leider habe ich sehr viele Konzessionen machen und viele pikante Kapitel ausmerzen müssen. Ich habe jetzt zwei Manuskripte dieser Erinnerungen. Das eine soll jetzt herauskommen. Das andere kann meine Tochter meinetwegen dreißig Jahre später veröffentlichen. Es wird auch dann noch interessieren.*

Aus verschiedenen Gründen ist es zur Publikation der 1. Fassung bisher nicht gekommen. In der Dominik-Jubiläums-Edition werden nun alle werkbezogenen Textteile daraus erstmalig zugänglich gemacht.

Zu II. Papier ist geduldig: Ein rundes Jahr zuvor war der Vorabdruck in der Zeitschrift ›Die Woche‹ von der Schriftleitung abgelehnt worden, jetzt erhielt die Buchausgabe des Romans ›Der Brand der Cheopspyramide‹ an exponierter Stelle quasi als Entschuldigung eine große Ankündigung, die ihn über den grünen Klee lobte (Heft 24 vom 11. Juni 1927, Seitenmitte; hier abgedruckt als Faksimile des Originals). Bei den drei bisherigen Romanen hatte man sich mit einem kleinen Hinweis begnügt.

Zu III. Dieser Essay erschien in der ›Funk-Stunde‹ Nr. 48 vom 28. November des Jahrgangs 1926 auf den Seiten 1318 und 1319 - zwei Wochen bevor ›Der Brand der Cheopspyramide‹ als Vorabdruck gestartet wurde.

Zu IV. Im Nachlaß Dominiks befindet sich ein doppelseitiges Typoskript mit der Überschrift ›Stichworte für meine Romane‹ (undatiert, wohl von 1934), in dem der Autor oftmals unerwartete Aspekte in den Vordergrund stellt (Gesamtveröffentlichung im Materialienband 21).

Zu V. Die Atomenergie vor ihrer Entfesselung tritt an mehreren Stellen des Romans als kleine bläuliche Kugel in Erscheinung. Mit solchen uns heute nicht geläufigen Energiegebilden hat Dominik sich ca. 1942 noch einmal auseinandergesetzt: In einem im Nachlaß befindlichen Romanfragment beschreibt er die Anfänge der Herstellung dieser Kugelblitze - Eisenecker ist im ›Brand der Cheopspyramide‹ technisch schon erheblich weiter.

Die Veröffentlichung des gesamten Fragments ist für Band 18 geplant. Hier nur die Textteile, in denen es um Kugelblitze geht.

Zu VI. Verfilmungen von Hans-Dominik-Stoffen? In einschlägigen Lexika findet man zwar die Titel ›Atlantis‹, ›Befehl aus dem Dunkel‹, ›Kautschuk‹, ›Ein Stern fällt [!] vom Himmel‹ - nur haben a l l e diese Filme nichts mit Dominiks Romanen zu tun, auch wenn beim ›Befehl aus dem Dunkel‹ der deutsche Verleih die Dreistigkeit besaß, den japanischen Originaltitel ›Kaiju daisenso‹ (soviel wie ›Krieg der Monster‹) nicht nur mit ›Befehl aus dem Dunkel‹ zu ›übersetzen‹, sondern zudem noch auf die Filmplakate den Hinweis zu drucken ›Frei nach Motiven von Hans Dominik‹, vermutlich, um mit diesem Science Fiction-Film an die Bucherfolge des Autors anzuknüpfen.

Dabei hat es zu Lebzeiten Dominiks immer wieder Verfilmungsvorhaben seiner Bücher gegeben. Angedacht waren ›Die Macht der Drei‹, ›Befehl aus dem Dunkel‹, ›Ein Stern fiel vom Himmel‹ und in gewisser Weise ›Der Brand der Cheopspyramide‹.

Während der Autor nach dem immer wieder fallengelassenen

Projekt ›Die Macht der Drei‹ in der Hoffnung lebte, daß es mit einer Verfilmung des Romans ›Befehl aus dem Dunkel‹ jetzt konkret werden könnte (s. Briefauszug 1.), kam es zu Gesprächen mit dem Chefdramaturgen der Ufa, in denen Dominik Ideen um einen modernen Goldmacher entwickelte.

Im Briefwechsel Dominik-Hitzeroth sieht man, wie sich die anfängliche Begeisterung für *diese wirklich große Chance* immer mehr über Verwunderung und Spott in einen rabenschwarzen, gnadenlosen Verriß wandelte, nachdem man bei der Ufa offensichtlich beschlossen hatte, den Film ohne Dominiks weitere Mitarbeit zu machen.

Die Erstveröffentlichung sämtlicher erhaltener Briefausschnitte zu diesem Thema wird ergänzt durch die Wiederveröffentlichung einer Zeitungskritik zum Filmprojekt ›Gold‹ aus der ›Deutschen Allgemeinen Zeitung‹ vom 25. 11. 1933, die Hitzeroth seinem Brief vom 27. 11. 1933 beilegte. Sie zeigt von anderer Seite die damals noch völlig spekulative Einschätzung des Umgangs mit Atomenergie. (Der Film lief am 29. 3. 1934 in den Kinos an.)

I. Aus den ›Lebenserinnerungen‹

A. 1. Fassung, unveröffentlichtes Typoskript, S. 239/40

Schon im Spätherbst des Jahres 1925 begann ich mit den Vorarbeiten zu einem weiteren Roman: ›Der Brand der Cheopspyramide‹. Daß auch dieser Roman gelungen war, zeigen die Auflageziffern der Buchausgabe. Die Verwertung der Arbeit ging aber nicht so glatt vonstatten wie diejenige der früheren.

Bei den Verhandlungen darüber druckste der damalige Hauptschriftleiter der ›Woche‹, Carl Rhan, hin und her. Er hatte offensichtlich wenig Neigung, den Roman für die ›Woche‹ anzunehmen, scheute sich aber, mir direkt einen Korb zu geben, weil dem Verlag natürlich an der Buchausgabe gelegen sein mußte. Ich entschloß mich, wie die Strategen sagen, das Gesetz des Handelns an mich zu reißen, nahm das zweite Exemplar des Manuskripts und ging damit zu meinen alten Bekannten von der ›Funk-Stunde‹, den Herren Knöpfke und Wagner. Mit beiden Händen griffen die zu. In einer knappen halben Stunde war der Vertrag über den Erstabdruck der Arbeit in der Zeitschrift ›Die Berliner Funk-Stunde‹ gemacht und unterschrieben.

Nun galt es, das erste Manuskript von der Schriftleitung der ›Woche‹ zurückzubekommen. Den eben mit der ›Funk-Stunde‹ abgeschlossenen Vertrag in der Tasche fuhr ich sofort nach der Zimmerstraße[1]*. Ich wäre in einer peinlichen Situation gewesen, wenn Carl Rhan jetzt doch noch zugegriffen hätte, aber Gott sei Dank fing er sofort wieder an zu meckern. Seine Ausstellungen waren unbegründet. Immer stärker wurde meine Vermutung, daß die Absicht dahintersteckte, mich mal ablaufen zu lassen; mir, wie man in Berlin sagt, eins auf den Hut zu geben. Ich hütete mich jedoch, ihm zu widersprechen, gab sogar gewisse Mängel der Arbeit zu, redete allerlei von »noch einmal überarbeiten, Änderungen vornehmen« und dergleichen mehr und hatte nach einer unruhigen Viertelstunde das erste Manuskript wieder. Vergnügt fuhr ich mit meiner Beute nach Zehlendorf zurück und harrte der Dinge, die weiter kommen würden.*

Die ließen denn auch nicht lange auf sich warten. Kaum hatte die ›Funk-Stunde‹ in Voranzeigen mit dicken Schlagzeilen das Erscheinen meines Romans angekündigt, als der Tanz in der Zimmerstraße losging. Von oben her ging im Verlag zunächst einmal ein Donnerwetter auf alle diejenigen Stellen nieder, die für Romanangelegenheiten verantwortlich waren. Schnell stellte sich dabei heraus, daß mein Manuskript der ›Woche‹ vorgelegen hatte und von der Schriftleitung nicht angenommen worden war. Was Herr Rhan danach zu hören bekam, soll recht deutlich gewesen sein. Ich erhielt einen Brief von Ludwig Klitzsch[2]*, in dem ich gebeten wurde, mich jedesmal an ihn zu wenden, wenn ich in seinem Verlage irgendwo auf Schwierigkeiten stieße. Der Friede war danach wiederhergestellt, und als Buch erschien ›Der Brand der Cheopspyramide‹ im Scherl-Verlag.*

[1] hier war der Hauptsitz des Scherl-Konzerns
[2] seit 1920 Generaldirektor des Scherl-Konzerns

B. 2. Fassung, unveröffentlichtes Typoskript, S. 239

Schon im Spätherbst des Jahres 1925 begann ich mit den Vorarbeiten zu einem weiteren Roman: ›Der Brand der Cheopspyramide‹. Daß auch dieser Roman gelungen war, zeigen die Auflageziffern der Buchausgabe. Die Verwertung der Arbeit ging aber nicht so glatt vonstatten wie diejenige der früheren.

Bei den Verhandlungen darüber druckste der damalige Hauptschriftleiter der ›Woche‹, Carl Rhan, hin und her. Er hatte offensichtlich wenig Neigung, den Roman für die ›Woche‹ anzunehmen, scheute sich aber, mir direkt einen Korb zu geben, weil dem Verlag natürlich an der Buchausgabe gelegen sein mußte. Ich entschloß mich, wie die Strategen sagen, das Gesetz des Handelns an mich zu reißen, nahm das zweite Exemplar des Manuskripts und ging damit zu meinen alten Bekannten von der ›Funk-Stunde‹, den Herren Knöpfke und Wagner. Mit beiden Händen griffen die zu. In einer knappen halben Stunde war der Vertrag über den Erstabdruck der Arbeit in der Zeitschrift ›Die Berliner Funk-Stunde‹ gemacht und unterschrieben.

In der Zimmerstraße gab es darüber zunächst einiges Verwundern, man beeilte sich aber nun dort, den Buchvertrag über den Roman mit mir abzuschließen, und so war diese Angelegenheit, wie man in Berlin sagt, auch wieder in Butter.

Schon im Spätherbst des Jahres 1925 begann ich mit den Vorarbeiten zu einem weiteren Roman, ›Der Brand der Cheopspyramide‹. Daß auch dieser Roman gelungen war, zeigen die Auflageziffern der Buchausgabe.

Die Verwertung der Arbeit im Journalabdruck ging aber nicht so glatt vonstatten wie die der früheren. Ich zog es daher vor, wie die Strategen sagen, das Gesetz des Handelns an mich zu reißen, und ging mit dem Manuskript zu meinen alten Bekannten von der ›Funk-Stunde‹, den Herren Knöpfke und Wagner. Mit beiden Händen griffen die zu. In einer knappen halben Stunde war der Vertrag über den Erstabdruck der Arbeit in der Zeitschrift ›Die Berliner Funk-Stunde‹ gemacht und unterschrieben.

II. Buchankündigung in der ›Woche‹

III. Der technische Zukunftsroman

Essay von Hans Dominik

Seitdem denkende Menschen auf Erden leben, ist es immer ein Lieblingswunsch der Menschheit gewesen, in die Zukunft zu blicken und die kommenden Dinge im voraus zu schauen. Die Sybillen und Propheten des Altertums, die Astrologen und Magier des Mittelalters und die Kartenlegerinnen und Wahrsagerinnen unserer Zeit, sie alle verdanken ihre Existenz diesem uralten Wunsche. Leider - oder Gott sei Dank - kann der Mensch nun aber nicht so ohne weiteres in die Zukunft blicken. Alle Versuche, es trotzdem unter Zuhilfenahme von Kaffeegrund, Hühnereiern, Spielkarten und Planetenbahnen zu tun, müssen als unwissenschaftlich abgewiesen werden. Aber trotzdem gibt es einen Weg, das erwünschte Ziel wenigstens annähernd zu erreichen.

Wer die Weltgeschichte mit sehenden Augen betrachtet und ihre Zusammenhänge untersucht, dem kann nicht verborgen bleiben, daß die gesamte kulturelle und politische Gestaltung in außerordentlich hohem Maße von dem jeweiligen Stand der Technik abhängt. Es mag beispielsweise nur daran erinnert werden, wie die Erfindung des Schießpulvers im 14. Jahrhundert dem ganzen europäischen Ritterstand die Lebensfähigkeit raubte und damit dem ganzen alten Lehnswesen ein Ende machte. Wie dann weiter die Erfindung der Buchdruckerkunst die Geister mobilisierte und das Zeitalter der Reformation vorbereitete. Wie schließlich die Erfindung der Dampfmaschine einerseits die Menschen von grober körperlicher Arbeit entlastete und andererseits das Zeitalter der großen Industriestaaten mit seinen durchaus nicht immer erfreulichen Begleiterscheinungen heraufführte.

Wer diese Wechselwirkungen der Vergangenheit gut begriffen hat, der kann es wohl unternehmen, auch ein Bild der kommenden Zeiten zu entwerfen, soweit sich die zukünftige Entwicklung der Technik voraussehen läßt.

Die richtige Erkenntnis unserer Zeit ist also die Voraussetzung. Heut ist es für den Rückschauenden ja leicht, etwa die Zeit um die Wende vom 15. zum 16. Jahrhundert voll zu begreifen, in der sich die großen Entdeckungen auf geographischem und astronomischem Gebiet jagten, gleichzeitig eine neue Welt und ein neues Weltbild gewonnen wurde. Aber wie viele erkennen wohl, daß gerade die Zeit, in der wir augenblicklich leben, jener Epoche ähnelt wie ein Ei dem anderen? Auch jetzt wieder geriet ja das alte Weltbild ins Wanken, drohte kurze Zeit alle Erkenntnis zusammenzustürzen, bis sich dann die Gesetze der Physik und Chemie zu höheren allgemeineren Normen zusammenschlossen, sich das neue durch die Relativitätstheorie gewonnene Weltbild aus dem Chaos zu schälen begann.

Noch lehnen weite Kreise diese neue Naturerkenntnis als fruchtlose Spekulation ab, während sich doch Physik und Technik schon eifrig bemühen, die Früchte zu ernten, die am Baume dieser neuen Erkenntnis wachsen. Es sind, um im Bilde zu bleiben, steinharte Nüsse, und man muß die widerspenstige Schale knacken, wenn man den Kern gewinnen will. Eine schwere und bis zum Augenblick noch erfolglose Arbeit, an der sich zahlreiche Stellen in Europa und Amerika abmühen. Aber eine Arbeit, die fast übermenschlichen Lohn verheißt, wenn sie einmal glückt. Um nichts Geringeres geht es dabei als um die Umwandlung von Materie in Energie.

Wir leben heut noch im Zeitalter der technischen Ausnutzung der Steinkohlenenergie. Kommende Geschlechter werden vielleicht sagen, am Ende dieses Zeitalters. In unseren gegenwärtigen Maschinenanlagen gewinnen wir aus einem Kilogramm Steinkohle eine Energiemenge von zwei Pferdekraftstunden.

Und nun kommt die neue naturwissenschaftliche Erkenntnis und verkündet, daß in jedem beliebigen Stück Materie vom Gewicht eines Kilogramms genau die gleiche Energie schlummert, die wir heut durch die Verbrennung von 2,7 Millionen Tonnen bester Steinkohle erzeugen. 67 Kilogramm Materie bergen die gleiche Energiemenge wie die gesamte jährliche deutsche Steinkohlenförderung von 180 Millionen Tonnen.

Voraussetzung dafür ist, und darin liegt die gegenwärtig noch unüberwindliche Schwierigkeit des Problems, es muß gelingen, diese Materie in das Nichts aufzulösen, sie vollkommen aus der Schöpfung verschwinden zu lassen, wenn man ihr Äquivalent an Energie gewinnen will. An den radioaktiven Substanzen können wir einen solchen, zumindest teilweisen Zerfall der Materie in das Nichts wohl beobachten, doch wir stehen dieser Erscheinung wenigstens praktisch noch so gegenüber, wie etwa der Urmensch einem Waldbrande. Wir vermögen diesen freiwilligen Zerfall der radioaktiven Materie in keiner Weise zu beeinflussen, zu beschleunigen oder zu verlangsamen.

Aber schließlich hat es auch der Urmensch gelernt, das Feuer zu beherrschen, zunächst einmal die einem Waldbrand entnommene Glut Jahre hindurch in Gestalt eines Herdfeuers zu nähren und zu unterhalten, später sogar unabhängig von vorhandener Glut neues Feuer anzumachen. So dürfen wir hoffen, auch den Atombrand einmal zu meistern, und wir stehen schon jetzt viel günstiger da als jener Mensch der Steinzeit vor dem Feuer. Wir kennen wenigstens theoretisch genau den Weg, sogar mehrere Wege, auf denen es möglich sein muß, den Atombau zu zerbrechen und die Energie zu gewinnen, die in der Materie ruht.

Undenkbaren Reichtum, unendliche Macht, Glückseligkeit auf Erden bedeutet die Beherrschung dieser neuen Energien von unserem heutigen Standpunkt aus gesehen. Aber noch niemals hat die Menschheit solche neuen Errungenschaften mit sauberen Händen ergriffen. Die Geschichte der Jahrhunderte zeigt es nur allzu deutlich. Kaum sechs Jahre waren verstrichen, seitdem sich ein uralter Traum der Menschheit erfüllte, sie fliegen konnte, da wurden schon die ersten schweren Luftschlachten des Weltkrieges geschlagen. Schießpulver heißt noch heut die Erfindung des Mönches Berthold Schwarz, weil man sein Pulver viel eher dazu benutzte, todbringende Geschosse zu schleudern, als Felsen und Wurzeln damit zu sprengen und dem Bergmann und Ackerbauern das Leben zu erleichtern. Wird es auch mit der neuen Energie ähnlich gehen, wenn sie in Jahren oder Jahrzehnten der Materie entsprudelt? Werden ihre Entdecker sich der ungeheuren Verantwortung bewußt sein, werden sie die ungeheuren Gefahren erkennen, die ihre Entdeckung neben vielem Guten in sich birgt? Werden die Menschen auch diese neue Erfindung wieder mißbrauchen, um sich gegenseitig zu Tausenden zu vernichten? Das alles sind Fragen, die den Verfasser der vorliegenden Zeilen lange und tief bewegten, als er daranging, das Weltbild unter dem Einfluß der neuen Energie zu entwerfen.

In dem ersten seiner Zukunftsromane, ›Die Macht der Drei‹, ist die neue Energie nur in den Händen dreier Menschen, die sie in ihrem Sinne anwenden, um Gutes zu tun und eine Welt in Waffen zum Frieden zu zwingen. Aber zu groß ist die Verantwortung, zu schwer die Last dieser Erfindung. Zwei von den Dreien gehen daran zugrunde. Nur einer, der Inder Soma Atma, bleibt als Träger der Macht übrig und wahrt die Erfindung für den Erben, der einst mit reinen Händen und mit reinem Herzen danach greifen soll. In dem zweiten Roman, ›Atlantis‹, hat der Erbe die Macht, ein einziger nur noch, der im verborgenen lebt. Er benutzt sie, um Torheiten der Menschen wiedergutzumachen. Unter der Zauberwirkung dieser Macht steigt das versunkene Atlantis aus den Fluten empor, aber ihr Besitzer hütet sich wohl, dies zweischneidige Schwert in die Hände der Menschheit zu legen. Doch immer und ewig kann eine solche Entdeckung, deren theoretische Grundlagen längst Allgemeingut geworden sind, nicht im verborgenen bleiben. In dem dritten Roman, ›Die Spur des Dschingis-Khan‹, ist die Atomenergie im Besitz der Menschheit. Man benutzt sie, um die riesigen Ödländer Asiens in fruchtbares Neuland zu verwandeln. Darüber kommt es zum bewaffneten Zusammenstoß zwischen den Gelben[1] Asiens und den weißen Siedlern, und zum erstenmal dient die neue Energie als Waffe. Sie schlägt die anstürmenden Horden des neuen Dschingis-Khan in tötende Frostbanden und erzwingt den Frieden.

So baute sich das Weltbild in diesen ersten drei Romanen. Die großen weltgeschichtlichen Zusammenstöße, die man heute bereits ebenso sicher kommen sieht, wie man Jahrzehnte voraus den Weltkrieg prophezeite, nehmen unter dem Einfluß der neuen Energie einen besonderen Verlauf und bringen d e n Völkern den Sieg, die wissenschaftlich und technisch am weitesten vorgeschritten sind. Die großen Auswirkungen der Entdeckung sind damit freilich noch längst nicht erschöpft. Wie sie an anderer Stelle in anderer Weise das Weltbild umgestaltet, das mögen die Leser der ›Funk-Stunde‹ selbst in dem hier erscheinenden Roman, ›Der Brand der Cheopspyramide‹, verfolgen.

[1] zeitgenössischer Sprachgebrauch für Mongolen, Chinesen und Japaner

IV. Aus ›Stichworte für meine Romane‹

4. Der Brand der Cheopspyramide

Wiederum ein Problem künftiger Energetik gibt hier den Stoff für die technische Handlung. Jene rätselhafte Ballung des Lichtäthers[1] zu konzentriertester Energie, die wir heut erst in Form des Kugelblitzes kennen, liefert einem freiheitsliebenden Volk die Waffe gegen übermächtige Bedrücker.

[1] Bis sich Albert Einsteins Gedankengut aus seiner speziellen Relativitätstheorie von 1905 und der allgemeinen von 1916 durchsetzen konnte, ging man davon aus, daß die Lichtwellen in irgendeiner Form an Materie gebunden sein mußten, was zu der Annahme geführt hatte, jeder Raum (auch der Weltraum) sei mit einem sogenannten Lichtäther gefüllt, der u. a. als Trägermedium für das Licht fungiere.

(Mit dem Phänomen Lichtäther und der Aufhebung seiner Wirkung setzte Dominik sich in seiner Erzählung ›Eine Expedition in den Weltraum‹ von 1918 auseinander. Sie wird in Band 19 dieser Edition enthalten sein.)

V. Näheres zu den *Kugelblitzen*

(aus einem Romanfragment, ca. 1942)

[...] hatte Gerd Holten Muße, über Vergangenes und Zukünftiges nachzudenken. Über das verflossene Jahr, in welchem er Seite an Seite mit Kersten, seinem Jugendfreund und Studiengenossen, um jenes Naturgeheimnis gerungen hatte, um dessen Entschleierung sich die besten Köpfe in so manchem Laboratorium der Erde abmühten.

In die Praxis galt es umzusetzen, was die Theorie schon vor zwei Menschenaltern als möglich erkannt hatte: Materie zunächst in Energie zu wandeln und die derart gewonnenen Energiemengen danach wieder in festen Stoff umzuformen.

Während Holten im Geist die Arbeiten der verflossenen Monate überflog, strich er sich die Stirn, preßte schließlich die Fäuste gegen die Schläfen. Zweifel überkamen ihn. War es nicht eigentlich widersinnig? Vom Stoff ging man aus, um nach einem langwierigen Prozeß wieder zum Stoff zu kommen. Dem Laien mußte es sicherlich so erscheinen. Dem Wissenschaftler freilich sagte die Theorie, daß der auf diese Weise gewonnene neue Stoff ganz besondere Eigenschaften haben müsse. Daß er gewissermaßen eine Veredelung erfahren habe, noch viel weiter gehend, als sie etwa bei der Umwandlung der Steinkohle in reines Benzin erfolgte.

Ein unvergleichlicher Energiespeicher mußte dieser neue Stoff sein – nach den Aussagen der Theorie. Aber noch fehlte hier die Bestätigung durch die Praxis. [...]

Den ersten Teil der Aufgabe hatten sie im Beragwerk glücklich gelöst. Sicher und ohne Zwischenfälle vollzog sich in den großen Blitzröhren im Laboratorium Kerstens schon seit vielen Monaten die Umwandlung fester Materie in strahlende Energie. Aber dann war die Stockung eingetreten. Trotz verzweifelter Arbeit, trotz tausendfacher Versuche unter hundertmal abgeänderten Versuchsbedingungen waren sie nicht mehr weitergekommen. Gewiß, im Brennpunkt der starken elektrischen Linsen verdichtete sich die Energie wieder, doch über eine gewisse Grenze ließ sich die Verdichtung nicht hinaustreiben.

Holten schloß die Augen und sah plastisch die Ergebnisse

ihrer letzten Versuche im Beragwerk. Immer das gleiche Bild war es: bläulich wogte es um den Brennpunkt des Linsensystems, ballte sich, zog sich zusammen und stand schließlich als blau leuchtende Kugel in der Röhre. Doch weiter ging es nicht. Und wenn sie das Gebilde aus der Röhre herausschleusten, dann war es ein Kugelblitz. Noch leichter als die Luft erwies es sich, und öfter als einmal war es ihnen wie ein Ballon entflogen und im blauen Äther verschwunden. Außerdem hatten sich diese so schön leuchtenden Kugeln als gefährliche und heimtückische Gebilde erwiesen. Bei der Berührung von Metallteilen waren sie im Laboratorium explodiert wie Dynamitpatronen und hatten böse Verwüstungen angerichtet. Erst nachdem man besondere zweiteilige Kugelkapseln aus Bergkristall erschmolzen hatte, in die man die Kugelblitze sicher einzuschließen vermochte, hatte man es wagen können, weiterzuexperimentieren. (Typoskript S. 5-7)

»[…] Ich soll die Hochspannungsanlage bedienen?«

»Ja, Sie! Fritsche, setzen Sie sich nicht die Verwunderungsmütze auf! Sie haben die Anlage öfter als einmal bedient und wissen, worauf es ankommt dabei. Sie haben die Spannung nur so zu regulieren, wie es Ihnen Dr. Kersten von der Röhre aus zurufen wird. Die Hand am Regelschalter, die Augen am Voltmeter und beide Ohren auf. Das sollten Sie am Ende doch können … oder muß ich es erst noch einmal mit Ihnen üben?«

»Na, na, Kollege«, beruhigte ihn Fritsche. »Machen Sie sich keine unnötigen Sorgen, ich weiß mit der Hochspannung Bescheid.«

»Endlich ein vernünftiges Wort von Ihnen, Fritsche. Wir müssen auch gleich anfangen. Da kommt Kersten schon aus seinem Zimmer. Setzen Sie die Anlage erst mal auf zwei Millionen Volt. Los … los, alter Freund! Ich gehe zum Doktor an die Röhre.«

»Haben Sie Fritsche informiert?« fragte Kersten, als Strenge zu ihm trat.

»Jawohl, Herr Doktor, er weiß Bescheid und wird seine Sache richtig machen.«

Inzwischen hatte Fritsche mit der Schaltung begonnen. Ein Transformator brummte auf, und ein Knistern wurde an dem wohl dreißig Meter hohen Aufbau von Kondensatoren und Ventilröhren hörbar, der in der turmartig überhöhten Mitte des Laboratoriums stand. Langsam pendelte der Zeiger eines großen, weithin sichtbaren Voltmeters in die Höhe, bis er bei der Zahl 2 zur Ruhe kam.

»Zwei Millionen Volt«, meldete Fritsche von seinem Schalter her.

Strenge betätigte einen Fernschalter, die Spannung von zwei Millionen Volt lag auf der mächtigen Blitzröhre. Durch eine Lupe betrachtete Kersten die Skalenscheiben, an denen die Einstellung der elektrischen Linsensysteme der Röhre zu ersehen war. Abwechselnd ging sein Blick dabei zwischen einer Tabelle in seiner Linken und den Skalenrädern hin und her, während er hier und dort ein wenig regulierte. Endlich hob er den Kopf und sagte zu Strenge: »Geben Sie Gas in die Röhre ... langsam, vorsichtig, Strenge! Nicht mehr als einen Millimeter Quecksilbersäule.«

Behutsam drehte Strenge das Ventil einer Gasflasche auf und ließ eine geringfügige Menge ihres Inhalts in die Röhre einströmen. Augenblicklich änderte sich das Bild darin. Die Stelle, an welcher die elektrischen Linsen in ihr die strahlende Energie sammelten, leuchtete auf. Einige für das Auge kaum noch sichtbare Feinbewegungen vollführte Dr. Kerstens Hand an den Skalenscheiben, und ein fast mit Sonnenglanz strahlender Punkt wurde aus dem hellen Fleck und verriet, daß die gesamte Energie sich dort ballte.

Einen anderen Hebel bewegte der Laborant, und genau dosiert strömte neues Gas in die Röhre, geriet in den Ballungspunkt und erfuhr eine grundlegende Veränderung. Dieser Punkt, eben noch weiß strahlend, veränderte seine Farbe in ein leuchtendes Blau und gewann an Größe. Eben noch eine Erbse, jetzt schon eine Kirsche wuchs und blähte er sich stetig um die Ballungsstelle.

Kersten war nahe an die Röhre getreten und beobachtete den Vorgang, den er in den letzten Monaten schon so oft gesehen hatte. Seine Lippen bewegten sich und flüsterten kaum hörbare Worte. »Zu schwach die Ballung ... wir kommen nicht weiter ... ein Kugelblitz wird es wieder ... wir bekommen den Kraftstoff nicht, den wir suchen.«

Er machte ein Zeichen nach der Schalttafel, auf das hin Fritsche die Spannung an der Röhre abschaltete. Es war Zeit dazu, denn unaufhörlich war die leuchtende Kugel weiter gewachsen und bis auf wenige Zentimeter an die Röhrenwandung herangekommen.

Dann wandte er sich an Strenge. »Wir wollen den Kugelblitz ausschleusen.«

Während der davoneilte, um das erforderliche Gerät zu holen, sprach Kersten weiter vor sich hin. »Die Verdichtung ... wie kann man es erzwingen, daß die wieder Stoff gewordene Kraft wenigstens so schwer wie Wasser wird ... so schwer wie Eisen ... Noch höhere Spannung? ... Die Elektronen würden noch schneller laufen, die Atome der neu entstehenden Materie enger zusammengeschweißt werden.«

Strenge kam zurück. Kersten drehte an den Handrädern, welche das Gestänge der Röhrenschleuse bewegten. Seitlich glitt der Schleusenraum, der den Kugelblitz umschloß, aus der Röhre heraus. Von oben schob Strenge einen gläsernen Becher von Halbkugelform über die Schleuse, und der leuchtende Ball stieg in die Höhlung hinein. Einen zweiten Becher von gleicher Form drückte er von unten dagegen. Die beiden Hälften klinkten zusammen. Allseitig von Glas umfangen war jetzt die Kugel. Wie ein schimmerndes, flimmerndes Lichtgebilde in kristallener Hülle stellte sie sich den Blicken dar.

»Die Kugel stieg aus der Schleuse nach oben«, sagte Strenge.

»Natürlich!« erwiderte Kersten verdrossen. »Sie ist leichter als Luft ... muß daher steigen wie ein Luftballon ... Werden wir jemals den Tag erleben, an dem uns die volle Verdichtung der Energie gelingt? ... Den Tag, an dem die Kugel an der Schleuse schwer wie ein Stein zu Boden fällt? Es ist zum Verzweifeln. Immer wieder werden es Kugelblitze ... Ein gefährliches Zeug. Explosiv wie Dynamit.

Einmal - es war noch vor Ihrer Zeit - ist uns so ein Teufelsding entglitten. Herr Holten hatte den Glasbecher eine halbe Sekunde zu spät über die Schleuse gesetzt. Der Ball stieg nach oben und berührte die eiserne Deckenkonstruktion. Im selben Moment gab es einen Knall, daß wir für Sekunden taub waren. Die ganze Decke schien in Feuer zu stehen. Eine Explosionswelle traf uns, daß wir taumelten ... und dann war alles vorüber.«

»Was wollen wir jetzt weiter machen?« fragte der Laborant.

»Was wir immer gemacht haben, Herr Strenge. Das gefährliche Ding im Freien fortfliegen lassen. Mag es irgendwo hoch in der Luft explodieren oder sich sonstwie auflösen.«

Durch eine Tür traten sie auf einen Altan hinaus. Kersten nahm die gläserne Kugel an sich, zog die untere Hälfte ab und drehte die obere dann langsam um, so daß ihre Höhlung nach oben gerichtet war. Schon stieg der Kugelblitz aus ihr heraus und entschwebte. Es war ungefähr so, als ob man einen Kinderballon steigen ließe. Von Minute zu Minute wurde die Kugel kleiner und hob sich jetzt kaum noch vom Himmel ab. Schon schien sie zeitweilig den Blicken der beiden ihr Nachschauenden zu entschwinden. Kersten kniff die Augen zusammen, um schärfer zu sehen. Meinte dann:

»Schade, daß man sie nicht weiter verfolgen kann. Man müßte ein Fernrohr und einen Theodoliten[1] haben, um einmal festzustellen, in welcher Höhe unsere Elektronenkugeln ins Gleichgewicht kommen und aufhören zu steigen. Ich möchte wissen, wo die Dinger in der Atmosphäre verbleiben.«

Noch während er die letzten Worte sprach, zuckte es an der Stelle, an der er die Kugel zuletzt gesehen hatte, blitzartig am Himmel auf. Wenige Sekunden später dröhnte dumpfes Donnergrollen in ihren Ohren.

»Die ist explodiert!« rief Kersten. »Endlich haben wir es doch einmal gesehen.«

»Ich habe noch mehr gesehen«, meinte Strenge. »Ich sah, was die Explosion verursachte.«

»Da haben Sie mehr gesehen als ich«, warf Kersten ein. »Was ist es nach Ihrer Meinung gewesen?«

»Ein Vogel, Herr Doktor! Eine Schwalbe schien es mir zu sein, welche die Elektronenkugel bei ihrem Fluge streifte. Sicherlich! So muß es gewesen sein; wir wissen doch, daß ein Kugelblitz durch geringfügigste Ursachen zur Explosion kommen kann.«

Kersten blickte sinnend zum Himmel und sprach mehr zu sich selbst als zu Strenge: »Arme Schwalbe, sie hat bei der Berührung das schlechtere Teil erwählt. Ein paar Millionen Meterkilogramm ... in einer tausendstel Sekunde entfesselt ... sie muß im Augenblick zu Asche geworden sein.

Lassen wir die Schwalbe! ... Wir müssen die Ballung weitertreiben, die Versuchsbedingungen ändern und immer wieder ändern. Es sind zu viele Unbekannte in dieser Gleichung. Die Geschwindigkeit der Elektronen ... die Elektronenmenge ... die Menge des zugeführten Gases ... Es wird noch vieler Versuche bedürfen.« (Typoskript S. 10–15)

[1] Winkelmeßgerät in der Vermessungstechnik

VI. Wie aus dem ›Brand der Cheopspyramide‹ der Hans-Albers-Film ›Gold‹ wurde

(aus dem Briefwechsel Hans Dominik–Hermann Hitzeroth)

1. Dominik an Hitzeroth (6. 2. 1933)

[...] Die Nostra-Filmgesellschaft hat außer der Pinke kein Lebenszeichen von sich gegeben. Warten wir also ab. Inzwischen bemüht sich ein schon recht erfolgreicher Filmautor um unseren neuesten Roman, der übrigens nun unter dem Titel ›Befehl aus dem Dunkel‹ erscheinen wird. Hoffen wir, daß sich da auch etwas Angenehmes entwickelt.

Ohne mehr für heut begrüße ich Dich als

Dein Freund

(Unterschrift)

2. Hitzeroth an Dominik (5. 3. 1933)

[...] Du schriebst, es interessiere sich ein Regisseur für den Roman, beißt er an? Wie steht es mit der Verfilmung der ›Macht der Drei‹? Ich muß gestehen, daß das eine verteufelt schwierige Sache werden muß. Sind die schon beim Drehen? [...]

3. Dominik an Hitzeroth (21. 3. 1933)

Lieber Hermann!

Ich empfehle Dir, Deinen Koffer zu schmieren und höchste Alarmbereitschaft anzusetzen. Die Sache ist die:

Vor einigen Tagen telephonierte mich Lud. S t e r n e a u x an, der seit einigen Monaten Chefdramaturg der U f a ist. Man beabsichtigt dort, nach dem großen Erfolg von ›F.P.1 antwortet nicht‹ wieder einen technisch-fantastischen Film zu drehen, und Papa Klitzsch[1] hatte in einer Sitzung, in der er sich ungewöhnlich lobend über mich ausgesprochen haben soll, Anweisung gegeben, sich mit mir in Verbindung zu setzen.

Gestern kam Sterneaux zu mir, und wir sprachen fast zwei Stunden miteinander. Nach einigem Hin und Her entwickelte ich ihm die Möglichkeit eines modernen Goldmachers, wie wir ihn in Herrn Eisenecker im ›Brand der Cheopspyramide‹ leicht angetont haben. Filmische Möglichkeiten geben dabei die modernen Hochspannungssachen, 2 1/2 Millionen Volt, Blitzröhren, mächtige Entladungen, also filmisch wirksame Sachen. Um den Goldmacher wäre eine romantische fesselnde Filmhandlung aufzubauen. Von der Verwendung der Atomzertrümmerung für Kriegszwecke kann abgesehen werden, da Sterneaux ganz richtig meinte, daß wir vom Zukunftskrieg reichlich genug in Filmen gehabt haben.

Sterneaux hielt meinen Vorschlag für gut. Wir verblieben in dem Sinne, daß er die Sache sofort dem Direktor Correll, dem obersten der Teufel in Neubabelsberg, vortragen und mich dann anrufen wolle. Das ist heute geschehen, und ich werde Donnerstag nachmittag in Neubabelsberg bei Correll und Sterneaux sein, um nicht nur über die Filmidee, sondern auch über die finanziellen Bedingungen zu sprechen.

Der Modus procedendi ist folgender: Zuerst macht man das sogenannte Exposé, das in gedrängtester Form auf etwa 10 bis höchstens 15 Typseiten die Handlung skizziert. Wenn das Exposé einigermaßen Anklang findet, erhält man den Auftrag, ein zweites, größeres Exposé, in der Filmsprache Treatment genannt, von etwa 80 Typseiten zu verfassen. Auf Grund des Treatments wird dann seitens der Ufa entschieden, ob das Drehbuch geschrieben werden soll. Für die Abfassung von Exposé und Treatment wird ein sogenanntes Reugeld vereinbart, das auf jeden Fall zu zahlen ist. Dessen Höhe dürfte sich um fünf bis sechs Mille bewegen. Für das Drehbuch werden dann die weiteren Vereinbarungen getroffen.

Sollte ich nun mit Direktor Correll am Donnerstag zu Stuhle kommen, so wäre es mir lieb, wenn Du ventre à terre[2] hierherkommen könntest, damit wir gemeinsam erstmal Exposé und Treatment schmettern können. Wir wollen selbstverständlich nicht etwa den ›Brand der Cheopspyramide‹ verfilmen, sondern eine vollkommen neue, unabhängige Goldmachergeschichte mit staatlichem Einschlag aufbauen.

Wie ich das Ganze mit meinen Verpflichtungen gegen Dr. v. Hase vereinigen soll, ist mir noch nicht klar, da ich am Jugendbuch noch gut hundert Seiten zu schreiben habe[3]. Ich gehe aber von dem Standpunkt aus, daß man diese wirklich große Chance nicht auslassen darf.

Du hörst von mir Weiteres, sowie die Unterredung gestiegen ist. Inzwischen verbleibe ich mit besten Grüßen von Haus zu Haus

(Unterschrift)

1 Dr. Ludwig Klitzsch war seit 1920 Generaldirektor des Scherl-Konzerns. Im April 1927 wurde er faktisch und im Juni 1931 offiziell darüber hinaus Generaldirektor der Ufa.

2 (›den Bauch an der Erde‹) im gestreckten Galopp

3 Die Rede ist vom ›Wettflug der Nationen‹.

4. Hitzeroth an Dominik (1. 8. 1933)

[...] Ich möchte Dich nochmals an die Adressen der Ufa-Architekten erinnern[4]. Hier brennt's. Und dazu eine Neuigkeit: Die Ufa bringt einen Film heraus, ›Gold‹, Produktionsleiter Alfred Zeisler, Spielleiter Karl Hartl, Hauptrolle Hans Albers. So zu lesen in der ›D.A.Z.‹ vom 29. 7. 33.

Vielleicht gelingt es Dir, etwas Licht in diese dunkle Angelegenheit zu bringen. [...]

4 Hermann Hitzeroth hatte Hans Dominik in seinem Brief vom 5. 7. 1933 gebeten, die Arbeitsplatzsuche seiner Nichte bei einem Ufa-Architekten zu unterstützen.

5. Zeitungsartikel in der ›D.A.Z.‹ vom 25. 11. 1933

Im Zauberreich der Superlative

Technische Titanomachie für den Großfilm ›Gold‹

Die größte Halle der ohnehin nicht kleinen Babelsberger Tonfilmateliers hat noch einen Vorbau bekommen. Und innen gerät man, gleich beim Eingang, sofort in das Märchenreich der Superlative.

Ein einziger ungeheurer Kuppelbau aus Beton und Glas! Wir befinden uns, so wird mir ernsthaft erklärt, viele hundert Meter unterm Meeresspiegel: Was sage ich Meeresspiegel! Tief unterm Bodensand des Meeres, im Felsengrund des Ozeans!

Dies stellt das größte Kraftwerk der Erde dar, Hochspannungs-Isolatoren für viele Millionen Volt, und die Kraftströme werden in Glasröhren von acht Metern Durchmesser Funken geben, Funken, die die Sonne verfinstern, Funken, mit denen die Atomzertrümmerung verwirklicht und aus Blei - Gold gemacht werden soll!

Aha, denke ich mir, und da eine einmal eingeleitete Atomzertrümmerung bekanntlich selbst so viel Wärme und Elektrizität erzeugen müßte, daß der begonnene Prozeß von sich aus, auch ohne Strom unaufhaltsam immer weiterginge, und alles vernichten müßte, immer schneller, bis schließlich unsere ganze Erde in Atomzerfall zerstöbe: deshalb hat man dieses Kraftwerk wohl unter den Ozean verlegt? Aber auch diese gigantische Isolierung wird dann nicht genügen können, und die ganze Anlage geht schließlich mit Mann und Maus in Atomzerfall über - genau wie im Märchenspiel vom Zauberlehrling? Nein? Das nicht? Daran hat man nicht gedacht? Aha, dann melde ich hierfür Prioritätsrechte an.

Woran man gedacht hat, ist also lediglich, mit Hilfe von atomzertrümmernder Elektrizität Gold zu machen. Und wegen des internationalen Spionagedienstes der bekanntlich allzeit goldgierigen Hochfinanz muß man sich zu diesem Zweck bis unter den Felsengrund des Ozeans zurückziehen - wenn man ungestört bleiben will. Eine wirkliche Untergrundbahnlinie mit Einfahrtshalle und Schnellbahnwagen führt, wie ich höre, aus einem Edelsitz Schottlands (der in der Halle nebenan aufgebaut wird) über alte verlassene Bleibergwerke (dito) bis hier herunter ins gequälte Granitgedärm der Erde, unter Land und Meer. Und oberhalb der riesigen Betonkuppel, die den gewaltigen Druck des Ozeanwassers aushalten soll, türmt sich ein dickwandiger Schacht mit Beobachtungsturm und einziehbarem Periskop bis an die Oberfläche des Ozeans.

Ein deutscher Erfinder hatte sich nämlich ein verhältnismäßig bescheidenes Atomzertrümmerungsinstitut unter einem ehrsamen deutschen Alpensee gebaut - so etwa geht die Drehbuchmär von Rolf V a n l o o - und ist dabei, noch ehe er damit wirklich Gold machen konnte, durch die wachsamen Schergen eines schottischen Finanzmagnaten (Schotten sind bekanntlich geizig und verfolgen das Gold bis in das dritte und vierte Geschlecht) schnöde und verräterisch in die Luft gesprengt worden: nur Hans Albers, der Mitarbeiter und Lieblingsschüler des Erfinders, wurde wie durch ein Wunder gerettet. Und betrachtet es nun als Lebensaufgabe, seinen Meister zu rächen. Zertrümmerst du meine Atome, zertrümmere ich deine Atome, basta. Es ist zwar gar nicht leicht, unter den Meeresspiegel eines so mächtigen und wachsamen Schotten sich einzuschleichen, und durch so dicke Betonwände, aber ich bin ganz sicher, Hans Albers wird dies mit unnachahmlichstem Schwung und hinreißendster Grazie besorgen (um im Reich der Superlative zu bleiben). Zumal die Spielleitung in die Hände von Karl Hartl gelegt ist, unter dessen Regie Albers ja schon als Flieger so draufgängerisch loslegte, da von F.P. 1 plötzlich keine Antwort mehr kam.

Wir wollen nur hoffen, daß Albers und Hartl und die anderen Mitwirkenden, Michael Bohnen als schottischer Finanzmann und Brigitte Helm als dessen allzeit dämonische Tochter, sich nicht von Herrn Hunte unterkriegen lassen werden. Denn Hunte, der dieses überwältigende Riesenkraftwerk unterm Süßwasserspiegel des gigantischen Regendaches vom Babelsberger Ufa-Atelier baut, Hunte, der Filmtechnokrat, hat schon ganz andere Leute glatt an die Wand gebaut. Er liebt die Superlative aus Beton und Glas, aus Rabitz[5] und Schüfftanspiegelung[6]. Und das ist für den Film gar nicht schlecht, solange es nicht zur Hauptsache wird, solange es Atmosphäre und Kulisse und Anlaß bleibt, Vorwand für wirklich menschliche Vorgänge, und solange Regie und Darsteller damit zu spielen verstehen, wie im Märchen.

Diesmal ist den führenden Geistern des Zeisler-Produktionskreises der Ufa also allen Ernstes eine technische Titanomachie eingefallen, ein Titanenkampf auf Leben und Tod zwischen zwei Riesenkraftwerken, um die Priorität der Geldentwertung mit Hilfe von garantiert neuzeitlichem Atomzerfall. Ich fürchte, für die Weltwirtschaft kommen diese finanztheoretisch originellen Visionen des berühmten Filmarchitekten Hunte reichlich spät: Geldentwertung kann man leider auch verhältnismäßig leichter und einfacher erreichen.

Aber wozu dann die Riesenkraftwerke unterm Ozean, die mitsamt ihrer Luxusschnellbahn (ähnlich wie einst weiland Metropolis) von der rächenden Hand unseres Alberich wieder in

Trümmer und Wasser und Zitterrochen und grandiose Unterseewracks verwandelt werden sollen? Weil wir Zuschauer in der ganzen Welt bei diesem Anblick bestimmt »Ah!« sagen werden. Ganz gewiß, das werden wir tun. Und zwar aus Leibeskräften. Und auch das ist ja bekanntlich eines der besten Ziele aller erfolgreichen Filmproduktion.

W. T.

[5] hier kurz für: Rabitzwand (dünne Trennwand, benannt nach dem Erfinder Karl Rabitz)

[6] Das Schüfftan-Verfahren ist eine Methode, Realszenen mit Modellen und Bildern unter Zuhilfenahme eines halbdurchlässigen Spiegels zu kombinieren.

6. Hitzeroth an Dominik (27. 11. 1933)

Lieber Hans!

Man weiß ja, daß die Filmfabrikanten ein gutes Teil Idiotie beim Kinopublikum voraussetzen. Ein Manuskriptschreiber muß daher von vornherein auf jedes Gefühl des Logischdenkens verzichten, wenn er reüssieren[7] will.

Ein technisch gebildeter Autor riskiert Namen und Ruf, wenn er gegen jede wissenschaftliche Erkenntnis nur zur Erzielung größeren Klamauks technischen Blödsinn verzapft. Wenn aber auch der normale Zuschauer sagen muß, das ist Bockmist, dann hört's auf.

Wenn dieser Film ›Gold‹ tatsächlich den Inhalt hat, den der Kritiker andeutet, dann frage ich mich, wie ist das möglich? Wie Du siehst, moquiert sich der Kritiker nicht schlecht. Daß ein Film schon vor seinem Erscheinen veräppelt wird, ist sehr selten. Herr Sterneaux wird sich die Kritik kaum hinter den Spiegel stecken.

Du wirst ja Gelegenheit haben, den Film zu sehen. Ich bin auf Dein Urteil gespannt. Das eine siehst Du jedenfalls jetzt ein, mit der Goldmacherei-Idee ist nichts Rechtes anzufangen.

Aber man weiß ja nie, wie weit die Idiotie des Publikums geht - wenn das Drum und Dran einigermaßen ist, kann der Film ja doch Erfolg haben. [...]

[7] Erfolg haben

7. Dominik an Hitzeroth (29. 11. 1933)

[…] Daß die Ufa unter sorgfältiger Vermeidung aller vernünftigen Ideen und Exposés, die wir ihr im Frühjahr gegeben haben, einen komplett blödsinnigen Film ›Gold‹ dreht, war mir bereits bekannt. Wie mir ein Bekannter aus der Telig[8] erzählte, soll die Handlung technisch unter aller Kritik sein, noch dümmer als ›Metropolis‹ und ›Die Frau im Mond‹. Nun, wem nicht zu raten ist, dem ist auch nicht zu helfen.

Was man mit dem Goldproblem anfangen kann, darüber wirst Du in sehr absehbarer Zeit allerlei in dem neuen Jugendbuch ›Ein Stern fiel vom Himmel‹ lesen können. Es läßt sich schon allerlei Interessantes und Spannendes daraus machen, wenn man es richtig anfaßt. […]

[8] Technisch-literarische Gesellschaft (gegründet 1929)

8. Dominik an Hitzeroth (5. 3. 1934)

[…] Mit dem Film ist es natürlich so gegangen, wie Du vermutetest. Die Ufa hat die Grundidee benutzt, wozu sie ja berechtigt war, und eine völlig neue Fabel mit Hans Albers in der Hauptrolle dazukomponiert, die nach allem, was ich darüber hörte, eine fürchterliche Hintertreppe ist. Das alte Motto: die Portierfrauen lesen es gern. […]

9. Hitzeroth an Dominik (31. 5. 1934)

[…] In gemeinsamer Akribie macht man sich gewöhnlich die Sache schwerer als nötig, indem man gemeinsam Bedenken auf Bedenken häuft, um der auf Coburg-Gothaischen Hochschulen eingeimpften Logik genüge zu tun. Sie ist auch das Hindernis, ein solches Manuskript wie ›Gold‹ zu verfassen. Zu so etwas darf man über Mittweida nicht hinausgekommen sein […]

10. Dominik an Hitzeroth (25. 6. 1934)

[...] Aus dem Programm für den Goldfilm wirst Du ersehen haben, daß dort wirklich Mittweidaer gewirtschaftet haben. Mit roher Gewalt haben sie zwei Frauenfiguren in die technische Handlung hineingezwängt, die darin wirklich ganz und gar nichts zu suchen haben. Die eine ist das typische Suppenhuhn und tritt zu Anfang des Filmes als Blutspenderin auf, um Hans Albers zu retten, was jeder beliebige Kohlenträger ebensogut gekonnt hätte. Die andere ist eine übersättigte und etwas überspannte Millionärstochter, und ebenfalls reichlich überflüssig, denn Hans Albers bleibt trotz aller Versuche dieser zweiten Donna seinem Suppenhuhn treu.

Es ist die alte Geschichte, daß weibliche Figuren in technischen Geschichten immer deplaciert sind. [...]

Werkgeschichte und Editorischer Bericht

Die Entstehungszeit des vorliegenden Romans kann nur ungefähr angegeben werden. Im Spätherbst 1925 begannen die Vorarbeiten (s. ›Zeitzeugnisse‹: I. Aus den Lebenserinnerungen), und im November 1926 erschienen die Vorankündigungen in der ›Funk-Stunde‹. Aufgrund einer anderen Stelle in den Lebenserinnerungen

Im Sommer 1926 fuhr ich mit Frau und Tochter wieder nach Garmisch-Partenkirchen [...] Doch nur allzu schnell gingen diese Wochen in den Alpen zu Ende, und neue Arbeit wartete in Berlin. Nach Zehlendorf zurückgekehrt, nahm ich meinen fünften Zukunftsroman, ›Das Erbe der Uraniden‹, in Angriff. (Vom Schraubstock zum Schreibtisch, S. 250)

läßt sich jedoch folgern, daß ›Der Brand der Cheopspyramide‹ vor dem Sommerurlaub 1926 abgeschlossen wurde.

Bei diesem Scherl-Roman gab es nur zwei Druckfassungen zu Lebzeiten des Autors (die Originaltyposkripte sind heute verschollen).

1. Der Zeitschriftenvorabdruck (Z) erschien in der Zeitschrift ›Funk-Stunde‹ der Funk-Dienst G.m.b.H., Berlin, in 23 Teilen von S. 1385 in Nr. 50 vom 12. Dezember des Jahrgangs 1926 bis S. 624 in Nr. 20 vom 15. Mai des Jahrgangs 1927 auf insgesamt 135 Seiten, zweispaltig, Über-Din-A4-Format, mit 22 Illustrationen von Wilhelm Plünnecke.
2. Die Buchausgabe (B) erschien bei Ernst Keils Nachfolger (August Scherl) G.m.b.H., Berlin und Leipzig 1927; 295 Seiten; broschiert: M. 5,- / Ganzleinen: M. 6,- / Halbleder: M. 9,-
   Bis zur letzten Auflage (81.-90. Tausend, 1941) wurde der Umbruch unverändert beibehalten.

Anhand der in Band 1 und 2 dieser Edition unter ›Zeitzeugnisse‹ veröffentlichten Texte hat der Herausgeber eine Hypothese zur Textgenese Dominikscher Romane von der ersten Idee bis zum fertigen Druck aufgestellt und in den Editorischen Berichten dieser Bände ausführlich dargelegt. Sie dürfte wohl für alle Scherl-Romane von 1924 bis ca. 1930 Gültigkeit haben und sei hier kurz zusammengefaßt:

Die Romane entstanden - vermutlich kapitelweise - als mündliches Diktat anhand von Stichworten; die fertigen Typoskripte wurden vom Autor nicht akribisch durchgefeilt, sondern oft nur flüchtig kontrollgelesen; er setzte auf den schöpferischen Augenblick - sein Endprodukt war der ›mündliche Text‹ - und überließ die ›Finessen‹ von Interpunktion und orthographischen Grenzbereichen seiner Sekretärin bzw. den Zeitschriften- und Buchredakteuren.

So erklären sich die vielen k l e i n e n Abweichungen der beiden Originaltexte, die der wort- und interpunktionsgenaue Vergleich von Z und B zutage förderte (manchmal scheint Z, manchmal B dem Typoskript näherzustehen). Außerdem wurde Z an einigen Stellen gekürzt, wobei auch - neben für den Handlungsablauf Verzichtbarem - Passagen entfielen, die für das Verstehen des Kontextes unentbehrlich sind. Im einzelnen: 18 kleine Kürzungen (1-12 Zeilen), 4 mittelgroße Kürzungen (18-24 Zeilen) und Wegfall des rund 4seitigen Kapitels S. 111 ff.; insgesamt 8 $^1/_2$ Buchseiten, also 3 % des Romantextes.

Allerdings konnten aufgrund Z auch einige Wortergänzungen gewonnen, zwei vertauschte Abschnitte richtiggestellt und ein Kuriosum geklärt werden:

Zum charakteristischen Erscheinungbild der ersten drei großen Romane gehört in den O r i g i n a l ausgaben der verschwenderische Einsatz von Auslassungspunkten (häufig auch mehr als 3 bis maximal 7). Das ist in diesem vierten Roman nicht anders - wenn man die Zeitschriftenfassung betrachtet. In der Buchausgabe finden sich jedoch - ebenfalls verschwenderisch - ab dem Kapitel ›*Das Rätsel von Montgomery Hall gelöst*‹ (Originalausgabe S. 194, hier S. 212) alternativ 1-3 Gedankenstriche. Da es eher unwahrscheinlich ist, daß nach zwei Dritteln des Romans die Typoskriptfassung sich änderte (›Sekretärinnenwechsel‹) und die Zeitschriftenredaktion das Dominiksche ›Schriftbild‹ quasi rekonstruierte, ist davon auszugehen, daß ein Redakteur des Scherl-Verlags im letzten Romandrittel seine persönliche Note eingebracht hat.

Z bringt auf der letzten Vorabdruckseite eine Ankündigung: »Der Brand der Cheopspyramide von Hans Dominik erscheint am 14. Mai als Buch!« Möglicherweise hat sich der Erstverkaufstag jedoch etwas verzögert, denn das große Publikationsorgan des Scherl-Verlags, die Zeitschrift ›Die Woche‹, brachte erst am 11. Juni 1927 einen Hinweis auf Dominiks neuestes Buch (s. Zeitzeugnisse II.).

Nach dem 2. Weltkrieg erschien ›Der Brand der Cheopspyramide‹ bei verschiedenen Verlagen. Folgende Ausgaben sind bisher erfaßt worden:

1) Gebr. Weiß Verlag, Berlin 1951, 267 S.; Halbleinen 6,80 DM; Leinen 7,80 DM [W I]
2) Verlag Welsermühl, Wels 1951, 320 S.; Leinen 53,60 ÖS
3) Gebr. Weiß Verlag, Berlin; Neufassung; Erstellung um 1965, Erstveröffentlichung 1979 (??), 320 S.; Paperback 16,80 DM [W II]
4) Verlag Carl Ueberreuter, Wien-Heidelberg 1967, 320 S.; kartoniert 2,90 DM; Ueberreuter Taschenbücher T 104; (›Durchgesehene und überarbeitete Neuauflage‹)
5) Tosa Verlag, Wien, um 1970, 320 S.; laminierter roter Pappband 3,95 (?) DM
6) Wilhelm Heyne Verlag, München 1974, 220 S.; Taschenbuch Nr. 3375; kartoniert 3,80 DM; erschienen in der Reihe ›Science fiction classics‹; (›Genehmigte, bearbeitete Taschenbuchausgabe‹)
7) Bertelsmann Club GmbH (und angeschlossene Buchclubs), Gütersloh, 1. Quartal 1983, 319 S.; Efalin-Einband 7,50 DM
8) Wilhelm Heyne Verlag, München 1989, Taschenbuch Nr. 4677, S. 7-224; zusammen mit ›Die Macht der Drei‹ und ›Das Erbe der Uraniden‹ in einem Band; kartoniert 12,- DM

Die Rechte an Dominiks Scherl-Romanen erhielt nach dem 2. Weltkrieg der Gebr. Weiß Verlag. Dort erschien die grundlegende Nachkriegsfassung [W I]. Den Auskünften des Dominik-Enkels Peter H. Jansen zufolge erstellten sie Dr. Alexander Jansen, der Schwiegersohn des Autors, und Volkhard Scherl, der Enkel des Scherl-Verlag-Gründers August Scherl.

Im Gegensatz zu anderen Weiß-Fassungen Dominikscher Romane wurde hier sehr wenig gegenüber dem Originaltext geändert - oft herrscht seitenlange Identität bis zu Punkt und Komma. Der ausführliche stichprobenartige Vergleich förderte einige wenige politische Vorsichtsmaßnahmen zutage - Verlagssitz war das Berlin der ersten Nachkriegszeit. So wurde z. B. auf S. 112, Z. 10 *mit britischem Hochmut* und auf S. 80, Z. 4 ff. zweimal das Wort *amerikanischen* getilgt. Die charakteristische technische Modernisierung entfiel fast ganz - die Flug*schiffe* blieben und wichen nicht den sonst üblichen Flugzeugen und Clippern -, lediglich die Flugzeit nach Amerika wurde von 24 auf 12 Stunden verkürzt (S. 78).

Stilistisch wurde kaum geändert, selten erfolgten geringfügige Streichungen. Es entfiel die wohl bewußte ›Arabisierung‹ des Namens *Jolanthe* in *Jolantha* im Schlußkapitel. Kleine Richtigstellungen wurden vorgenommen, allerdings schlüpften auch Fehler ein (einmal heißt es Mitteleuropa statt Mittelamerika).

Dieser Fassung folgten als Lizenznehmer der Verlag Welsermühl (mit wohl nur geringfügigen orthographischen Varianten) und der Wilhelm Heyne Verlag (die ›Bearbeitung‹ ist kaum erwähnenswert) - Nr. 3375 und Nr. 4677 sind umbruchsidentisch.

Für W II wurde W I gründlich überarbeitet und oftmals gekürzt (von wem? und wann exakt?). Als besonders gravierender Eingriff in Dominiks Art zu formulieren erwies sich die häufig vorgenommene Wandlung der Ellipsen in vollständige Sätze.

An einem Textausschnitt zu Beginn des vorletzten Kapitels (S. 309) sei aufgezeigt, wie der sprachliche Widerhall der Atmosphäre von Trost- und Hoffnungslosigkeit dadurch nahezu verlorenging.

Am Brunnen, auf einer Steinbank, saßen zwei einsame Menschen.

Die weiten Höfe und Hallen waren leer.

Das Haupt des Mannes war gesenkt, sein Blick starr auf die Steinfliesen des Bodens gerichtet.

Die Frau starrte wie entrückt zum Firmament. Die weichen Strahlen des Mondlichtes umspielten das wunderschöne Gesicht.

Ausgaben von 4) und 5) lagen dem Herausgeber nicht vor. Nach Auskunft des Ueberreuter/Tosa-Verlags sind beide mit W II buchblockidentisch. Der Bertelsmann Club brachte W II als Neusatz heraus.

Die Frage, ob der Gebr. Weiß Verlag die W II-Fassung wirklich erst 1979 selbst vertrieb (so die Daten in der ›Deutschen Bibliographie‹), bedarf noch der Erforschung.

Da die Dominik-Jubiläums-Edition keinen historisch-kritischen Text bringen will, sondern eine ungekürzte, aus den Vorabdrucken erstmalig ergänzte und unzensierte, aber kritisch durchgesehene Leseausgabe, wurde - Dominik überließ ja das schriftliche Erscheinungsbild seiner ›mündlichen Texte‹ weitgehend anderen - besonders die Interpunktion in vielen Fällen sinnvoller gestaltet: Ergänzungen von Anführungsstrichen, Änderungen von Punkten in Ruf- und Fragezeichen usw.; Prüfung der vielen hundert Auslassungspunkte bzw. Gedankenstriche - auf der einen Seite traten Auslassungspunkte (Z folgend) wieder an die Stelle der Gedankenstriche, auf der anderen Seite erwiesen sich des öfteren andere Satzzeichen (z. B. Gedankenstriche bei Einschüben) oder ersatzlose Streichungen an den jeweiligen Textstellen als überzeugender.

Darüber hinaus galt es nicht nur Fußnoten und Anmerkungen zu erstellen, sondern auch g e l e g e n t l i c h in den Text einzugreifen. Einige Beispiele mögen die Textrevision verdeutlichen.

Es wurde hier und da

dem heutigen Sprachgebrauch angepaßt: *Ich gehe jetzt zum Vortrag beim Prinzen.* ➪ *Ich gehe jetzt zum Prinzen, um Bericht zu erstatten.* (S. 127); *Ich bin dieses ewigen Verheimlichens über* ➪ *Ich bin dieses ewige Verheimlichen leid* (S. 209); *Oder ist das alles nur Phantasie, was der Brief da gibt?* ➪ *Oder ist das alles nur Phantasie, was in dem Brief da steht?* (S. 308)

ein Verb ergänzt: *Die Nacht ... Feuerlärm durch das stille Heidedorf.* ➪ *Die Nacht ... Feuerlärm schrillte durch das stille Heidedorf.* (S. 37); *Die Worte stockend, gepreßt aus seinem Munde.* ➪ *Die Worte kamen stockend, gepreßt aus seinem Munde.* (S. 277)

umgestellt: *Das würden die französischen Behörden niemals gewagt haben, selbst bei solchem Bandenüberfall die Grenze zu überschreiten.* ➪ *Niemals würden die französischen Behörden gewagt haben, die Grenze zu überschreiten. Selbst bei solchem Bandenüberfall nicht.* (S. 184); *Einen kurzen Moment vor dem drohenden Blick, der aus ihres Vaters Augen schoß, schwankte sie* ⇨ *Einen kurzen Moment schwankte sie vor dem drohenden Blick, der aus ihres Vaters Augen schoß* (S. 210)

bei doppelter Verwendung eines Wortes auf kleinstem Raum geändert: *Dieser Gang der Versuche mag manchem von Ihnen gewagt erscheinen. Aber es muß gewagt werden.* ⇨ *Dieser Gang der Versuche mag manchem von Ihnen riskant erscheinen. Aber es muß gewagt werden.* (S. 46); *Wenn Mette kommt, soll sie zu mir kommen.* ⇨ *Wenn Mette zurück ist, soll sie zu mir kommen.* (S. 225)

stilistisch verbessert: *Als Meier des großen Karl* ⇨ *Als Meier Karls des Großen* (S. 33); *kurz vor Schluß der Redaktion* ⇨ *kurz vor Redaktionsschluß* (S. 167)

allzu salopper Fachjargon umformuliert: *Eisenecker [...] gab jetzt ein paar Wellen* ⇨ *Eisenecker [...] sendete einen Funkspruch* (S. 291)

Etwas häufiger wurden ungebräuchlich gewordene Dativ- und Genitiv-›e‹s getilgt, sowie unglücklich wirkende Demonstrativpronomina ersetzt: *Du fürchtest wohl auch den?* ⇨ *Du fürchtest ihn wohl auch?* (S. 311)

Sodann wurden einige wenige Begriffe modernisiert: *elektrische Fackeln* ⇨ *elektrische Scheinwerfer* (S. 86), *Helikopterenflieger* ⇨ *Helikopter* (S. 24 u. a.), *Radiounterhaltung* ⇨ *Funkgespräch* (S. 256) u. ä.; drei in sich geschlossene Handlungsteile als selbständige Kapitel abgetrennt (S. 111, S. 254, S. 257); Flugschiffnamen, Depeschen, Briefe, Zeitungsartikel u. ä. kursiv gesetzt.

Unangetastet blieben selbstverständlich Dominiks ureigenste Formulierungen wie *Ich habe die Ehre, durch ein Dutzend Nadelöhre mit Ihnen [...] verwandt zu sein* (S. 48), geniale Satztorsi wie *Wer ... Hilfe ... Rat?* (S. 223), aber auch umgangssprachliche Wendungen in wörtlicher Rede wie *Modeste hat da anscheinend jemand Bekanntes getroffen* (S. 264).

Etwas zähneknirschend hat der Herausgeber auch Dominiks eigenwillige ›Übersetzung‹ von *Friedrich* ins ›spanische‹ *Frederego* belassen (korrekt ist Federico – W II hat: Federigo) und die ›falsche Tatsache‹, daß die Cheopspyramide aus Granit bestehe. In Wahrheit sind nur einzelne (innere) Elemente aus Granit, die äußeren Stufen bestehen aus viel leichter zu bearbeitendem, ›weicherem‹ Kalkstein (Nummulitenkalk). Da jedoch ›brennender‹ Granit (gemeint ist wohl streng genommen: glühflüssiger) eine viel gewaltigere Hitzewirkung der atomaren Reaktion suggeriert, unterblieb eine Korrektur.

Sachlich richtiggestellt wurde dagegen unter anderem:

Das Schloß Montgomerys stammt jetzt auch schon auf S. 23 aus der *Normannenzeit* (und nicht aus der *Stuartzeit*);

Eisenecker rettete nicht die *Werke* von Sainte-Marie, sondern die *Belegschaft* (S. 199 und 211);

auf S. 187 f. der Originalausgabe (hier S. 206) läßt Eisenecker nur eine Kugel entstehen, doch ab *Gonzales stand wie erstarrt* sind es plötzlich zwei (in dieser Edition sind es von vornherein zwei);

auf S. 214, Z. 14 f. heißt der Originalsatz: *»Unbegreiflich, daß weder die englischen Physiker noch Harder an den sichernden Sperrkreis gedacht haben«* - doch Harder hat den Apparat nie zu Gesicht bekommen;

auf S. 226, Z. 5 f. heißt das Originalkommando Iversens lediglich: *»Richtung Bayonne!«* - von Biarritz aus in nordöstlicher Richtung gelegen; Harders Diener kann also unmöglich aus dieser Angabe eine Fahrt nach Süden schlußfolgern;

die beiden fiktiven Halligen *Barsum* und *Warnum* sind Außenstationen der Riggers-Werke (ihre Lage ist 20 bzw. 40 km von der nordfriesischen Küste entfernt zu denken); kurioserweise ist ab S. 172 der Originalausgabe (hier S. 190) stets von *Baltrum* die Rede, was nicht gemeint sein kann, da die anderen Ortsbezüge dann nicht stimmen;

aus der Originalformulierung *Kappe des Puncho* wurde nicht *Kappe des Poncho* (wie in den Nachkriegsausgaben), sondern *Kapuze des Capes* (S. 182 f.), denn das ist, was Eisenecker trägt (siehe auch die Illustration zu dieser Szene);

dem jetzigen Kapitelbeginn *Iversen hatte eine schlaflose Nacht hinter sich* (S. 282) waren im Original zwei Zeilen vorangestellt:

»Wir wollen vierundzwanzig Stunden warten, Malte, ehe wir Schritte um Modeste tun!« hatte Mette gesagt. – Den Vorschlag zu warten hatte Malte jedoch selbst gemacht (S. 264);

wie schon in ›Die Macht der Drei‹ hat Dominik die exakten Datums- und Zeitangaben zwar einerseits akribisch durchdacht, andererseits jedoch klare Widersprüchlichkeiten übersehen. So läßt er die Tage 17. und 18. Juni mehrfach schicksalsschwer sein: die Ereignisse *vor fünf Jahren* – Aufbruch der Mauren (17. Juni), Sieg über Spanien (18. Juni); Entwendung des Montgomeryschen Apparates (17. Juni), Schock für den englischen Staatsrat, als es bekannt wird (18. Juni); Notlandung der Potomac und Rettung der Menschen durch Eiseneckers ›Kasten‹ (17. Juni); gescheiterte Quecksilberwandlung an den Niagarafällen (18. Juni). Diese Handlungsballung brachte mit sich, daß Fürst Iraklis und die Großen des maurischen Reiches am 17. Juni abends sowohl in der Alhambra, wie auch bei der Abendgesellschaft im Madrider Königsschloß sind. Außerdem ist der 18. Juni, an dem das englische Parlament tagt, ein Sonntag. Ohne größere Eingriffe wäre das nicht zu ändern gewesen und blieb deshalb so stehen. Die Datumsangaben auf S. 166 f.: *17. und 18. August* (wieder 17./18.!) sind jedoch viel zu spät angesetzt (Harder beschloß am 14. Juni, in vier Wochen von seinem Urlaub zurück zu sein!) und wurden in *7. und 8. Juli* geändert (analog S. 170: *August* ➪ *Juli*). Auch auf S. 259 ist die Terminierung vorgezogen worden: *6. zum 7.* (ohne Monatsangabe) ➪ *26. zum 27.* Ebenfalls konnten die Daten des dramatischen Finales stimmiger gemacht werden, wobei sich nicht vermeiden ließ, daß nach wie vor an einigen Textstellen 1 Tag von Modestes Gefangennahme bis zum Brand der Cheopspyramide vergeht, an anderen dagegen vergehen 2.

Zum Schluß seien noch die Schreibweisen der arabischen Namen angesprochen. B hat bereits einige Verbesserungen gegenüber Z: Edem Pascha ➪ Edhem Pascha; Iben Ezer ➪ Ibn Ezer; Abdurhaman ➪ Abdurrhaman; anfangs: Abdul Hafis, später (ab S. 189): Ab dul Hafis ➪ (einheitlich) Abd ul Hafis.

Aus arabistischer Sicht empfehlen sich jedoch weitere Änderungen, ohne daß dabei eine wissenschaftliche Transliteration angestrebt sein wollte. So wurde Fez ➪ Fes; Abd ul Hafis ➪ Abd-ul-Hafis; Altariksaal ➪ Al-Tariq-Saal (S. 292); Halil Rifaat ➪ Chalil Rifaat; Abdurrhaman ➪ Abdurrahman - die letzten beiden Namen übrigens wie Ahmed (›Achmed‹) mit dem Rachen-›ch‹ gesprochen (›Abdurrachman‹). Die etwas türkisch geratenen Namen Edhem Pascha und Midhat Pascha blieben bestehen - hier gab es wahrscheinlich historische Namensvorbilder.

Den wohl nicht authentisch arabischen Namen ›Ezer‹ verwendete auch Robert Kraft in seinem Riesenepos ›Loke Klingsor‹ (geschrieben ca. 1916). Dort heißt eine Person im ersten Lieferungsheft: Rabbi Ebn Ezer. (Als hebräisches Wort bedeutet Ezer: ›Schatz‹.)

Asrael, der Todesbote (S. 313) konnte in der Fachliteratur bisher - auch bei den ›orthographischen Varianten‹ Azrael, Esrael, Ezrael - nicht nachgewiesen werden.

Trotz der exemplarischen Ausführlichkeit dieses Revisionsberichtes muß für Weiteres auf den Materialienband 21 verwiesen werden, in dem man alle Textabweichungen von Belang aufgelistet finden wird.

Sämtliche Seitenangaben beziehen sich - soweit nicht anders angegeben - auf die Bände der Dominik-Jubiläums-Edition.

Die Spiegelung des Historischen im Fiktiven

Die Weltgeschichte wiederholt sich nicht wörtlich, aber sie wiederholt sehr oft ein altes Thema mit freien Variationen heißt es in der ›Macht der Drei‹ (S. 120). Das wurde bei Dominik in seinen ersten vier Romanen zu einem zentralen Bauelement. In der ›Macht der Drei‹ ist es noch nicht handlungstragend (s. Nachbemerkungen zu Bd. 1, S. 442 ff.), in der ›Spur des Dschingis-Khan‹ sind Parallelen zum historischen Mongolensturm unübersehbar, im Roman ›Atlantis‹ wandte Dominik sich - mangels exakter historischer Quellen - mehr dem Magisch-Mythischen zu, um dann im ›Brand der Cheopspyramide‹ vieles deckungsgleich mit der Historie zu komponieren.

Da auch heute noch die Quellenlage nicht widerspruchsfrei ist, läßt sich manchmal nicht genau ausmachen, wo Dominiks schriftstellerische Freiheit begann bzw. wo seine Quellen unpräzise waren.

So heißt es z. B. in der Propyläen-Weltgeschichte zum Zeitraum 710-719: »Die Araber nehmen Septem (das heutige Ceuta) und halten damit die gesamte nordafrikanische Küste. Ein arabischer Heerführer, Tariq, unternimmt einen Beutezug nach Spanien; er besiegt die Westgoten unter König Roderich bei Jerez de la Frontera (19.-25. 7. 711).« (Bd. 5, S. 627)

Diese Abfolge findet sich auch im ›Brand der Cheopspyramide‹: Nachdem die heftig umkämpfte Stadt Ceuta, *der letzte europäische Besitz in Nordafrika*, gefallen ist, beginnt die Landnahme Spaniens (S. 61 f.).

Genaueren historischen Quellen zufolge half der byzantinische Statthalter von Ceuta ca. im April/Mai 711 den Arabern, über die Meerenge zu setzen (der Legende nach, weil der Gotenkönig seine Tochter geschändet hatte). Die Eroberung Ceutas durch die Araber erfolgte erst 715.

In der Historie wird Spanien in rund 3 Jahren erobert, im Roman in 1 Woche. Bei der Wahl dieses neuen Zeitraums mögen die ganz andere Kriegsmaschinerie (Flugzeuge!) und die Daten der oben erwähnten Entscheidungsschlacht (7 Tage!) eine Rolle gespielt haben.

Der Name des damaligen Eroberers, Tariq, (Dominik erwähnt ihn nur im Wort *Al-Tariq-Saal* [S. 292] - in der Originalausgabe *Altariksaal* geschrieben) klingt noch entfernt im Namen des neuen Eroberers, *Iraklis*, an.

Nachdem - historisch - Spanien ganz in maurischer Hand war, begann der Widerstand in den Bergen des Nordens, mit dem Erfolg, daß schon in der Mitte des 8. Jahrhunderts der nördliche Teil der Halbinsel von christlichen Heeren zurückerobert wurde. Im ›Brand der Cheopspyramide‹ schafft Dominik diesmal bewußt k e i n e Parallelität. Gonzales sagt: *»Der Guerillakrieg in den Bergen! Gewiß, unser stolzes Volk wollte sich nicht so widerstandslos ergeben. Aber die Zeiten hatten sich geändert. Was früher einmal möglich war, dem machten die maurischen Flugzeuggeschwader bald den Garaus.«* (S. 118)

Den Namen des neuen Landesherrn wählte Dominik nach historischen Vorbildern: Abdurrahman I. war von 756 bis 788 der erste Emir des maurischen Spaniens, Abdurrahman III. herrschte von 912 bis 961 - er ernannte sich 929 selbst zum Kalifen - und Abdurrahman-al-Ghafiqi war der Anführer d e s Heeres, das im Oktober 732 (nach neueren Datierungen: Oktober 734) von Karl Martell bei Poitiers vernichtend geschlagen wurde, womit - so sieht es die ältere europäische Geschichtsschreibung - die Ausdehnung des arabischen Reiches nach Norden gestoppt war.

Die *Maurenherrschaft*, so wie sie von Dominik im Roman geschildert wird (S. 120), entspricht den historischen Gegebenheiten, die allerdings in den fast 800 Jahren Schwankungen unterworfen waren (z. B. blieb die Gerichtsbarkeit nur zum Teil in spanischen Händen).

Der Name des führenden Rückeroberers im Roman, Antonio Gonzales (er erlebt, vor Cordoba liegend, den siegreichen Angriff der Mauren), mag auf die historische Person Gonzalo de Cordoba (1453-1515), genannt ›El Gran Capitán‹, zurückgehen, der sich schon im Krieg gegen die Mauren hervortat und dann als Reorganisator des Heeres die Grundlagen für die Vormachtstellung der spanischen Infanterie im 16. Jahrhundert schuf.

Dominik läßt Gonzales die Mauren auffordern, als erstes Navarra zu räumen (S. 223), und auch in der Historie war Navarra wohl das erste Gebiet, das den Mauren wieder abgerungen wurde.

Die Rückeroberung Spaniens durch die Christen dauerte mehr als 750 Jahre. Ihren Abschluß fand sie am 2. 1. 1492 mit dem Sieg über Boabdil, den letzten maurischen Herrscher des Königreichs Granada. Mit dem Abziehen des maurischen Heeres *unter vollen Waffen* hat Dominik die Auswanderung der folgenden Jahre zu einem Bild zusammengefaßt (Näheres zur Historie bei der Anmerkung zu S. 310). Dem setzt er die *wie geschlagene Hunde [...] nach der Heimat* fliehenden Heere Abdurrahmans entgegen und nimmt damit die panische Reaktion nach dem Abwurf der ersten realen Atombombe vorweg.

Zum Höhe- und Wendepunkt im Roman läßt Dominik die Ereignisse um die Cheopspyramide werden, einen der bedeutendsten Bauten der Weltgeschichte. Ein Bau, in dem viel Magisch-Mystisches gesehen wird, der die Maße des Universums in sich tragen und aus dem sich die Geschichte der Vergangenheit und der Zukunft ablesen lassen soll. Diesen, man muß wohl sagen, Spekulationen war ein anderer Ingenieur und Schriftsteller, Max Eyth, in seinem Roman von 1902, ›Der Kampf um die Cheopspyramide‹, nachgegangen.

Dominiks Interesse galt der architektonischen Meisterleistung eines genialen Baumeisters, genauer: der äußeren Erscheinungsform dieses Wahrzeichens einer frühen Hochkultur. Von Cheops († 2530 v. Chr.) zwar stufenförmig erbaut, jedoch durch dreieckige Verschalungssteine mit unvorstellbarer Präzision rundum verschlossen, war die Pyramide ein gigantisches steinernes Rätsel, unerklimmbar, mit vier glatten, schrägen Wänden, die jahrtausendelang jeglichem Verfall trotzten.

Spätestens seit dem ersten Drittel des 9. Jahrhunderts, in dem der Kalif al-Mamun, Sohn Harun al-Raschids, einen Tunnel in die Nordwand der Pyramide treiben ließ, um die unendlichen Schätze zu heben, die der Überlieferung nach dort verwahrt sein sollten, war die Cheopspyramide den Einflüssen von Grab- und Steinräubern ausgesetzt. Man trug im Laufe der Jahrhunderte sämtliche Verschalungssteine und die Spitze der Pyramide ab, um das Steinmaterial für Gebäude in Kairo und anderswo zu verwenden. In dieser Form - stufenförmig und mit einer Plattform anstelle der obersten 8 Horizontalschichten - ist sie bis heute (realiter!) erhalten.

Dominik läßt nun, da sich die Atomwerkstatt der Araber im Innern der Cheopspyramide befindet, Eisenecker einen kontrollierten Atombrand entfachen, der das Urgestein zum Schmelzen bringt und die alte Form - 4 glatte Wände - wiederherstellt. Einen Atombrand, wie ihn zu einer Zeit, in der jegliche Aussage über beherrschte Kernenergie bloße Spekulation sein mußte, nur kühne Phantasie erträumen konnte. Durch ihn wird das große Monument des Altertums - rückverwandelt in seine ursprüngliche Gestalt - auch zum Wahrzeichen des aufziehenden Atomzeitalters.

Dortmund, im Dezember 1997

Holger Mühlke

Beim derzeitigen Stand der Dominik-Forschung kann nur ein vorläufiges Werkverzeichnis erstellt werden, das sich auf die Bücher und größeren Erzählungen beschränkt. Es ist davon auszugehen, daß Dominik mehrere Tausend Sachartikel bzw. kürzere Erzählungen für Zeitungen, Zeitschriften und Bücher verfaßt hat, von denen bisher nur ein kleiner Prozentsatz wiedergefunden worden ist.

Die Jahreszahlen kennzeichnen die Entstehung der Texte, soweit sich das noch feststellen ließ. Ansonsten ist das Jahr der Veröffentlichung genannt. Für die Duncker-Romane gilt: im angegebenen Jahr oder früher (gesichert ist das Entstehen aller zwölf Romane zwischen 1910 und 1916). Die Seitenzahlen geben den Umfang der (bzw. - bei den Erzählungen - in den) Bucherstausgaben an.

Sämtliche aufgeführten Erzählungen erschienen in dem Periodikum ›Das Neue Universum‹.

Die Daten von I 7 sowie II 1-8, 10-15, 18, 21 wurden z.T. aus anderen Bibliographien übernommen.

Die in manchen Aufstellungen zu findenden Werke ›Kamerun. Sechs Kriegs- und Friedensjahre in deutschen Tropen‹ (1901) und ›Vom Atlantik zum Tschadsee. Kriegs- und Forschungsfahrten in Kamerun‹ (1908) stammen von einem namensgleichen Vetter des Autors.

I ERZÄHLERISCHE WERKE

1	1902/03	**Technische Märchen**. Steinitz-Verlag, 156 S.
2	1907	**Die Nahrung der Zukunft**. Zukunftserzählung. Union-Verlag, 22 S.
3	1908	**Die Reise zum Mars**. Zukunftserzählung. Union-Verlag, 17 S.
4	1909	**Eine Reise im Jahre 1970**. Zukunftserzählung. Union-Verlag, 18 S. (anonym veröffentlicht)
5	1909	**John Workmann, der Zeitungsboy**. Eine Er-

		zählung aus der amerikanischen Großindustrie. Bd. 1: **Im Reiche des Zeitungsriesen**. Jugendroman. Steinitz-Verlag, 190 S. (Co-Autor: Kurt Matull)
6	1910	**Ein neues Paradies**. Zukunftserzählung. Union-Verlag, 17 S.
7	1910	**Unter Tage verschüttet**. Verlagshaus für Volksliteratur und Kunst, 48 S.
8	1911	**Hundert Jahre Elektrotechnik.** Erzählung. Union-Verlag, 34 S.
9	1911	**Glück auf!** Roman. Carl-Duncker-Verlag, 308 S.
10	1911	**Hochströme**. Roman aus der Elektrizitätsindustrie. Carl-Duncker-Verlag, 322 S. Alternativtitel: **Zu spät!**
11	1912	**Die Madonna mit den Perlen**. Roman. Carl-Duncker-Verlag, 296 S.
12	1912	**Heilige Wasser**. Roman aus dem modernen Ägypten. Carl-Duncker-Verlag, 350 S.
13	1913	**Ein Experiment.** Zukunftserzählung. Union-Verlag, 27 S. (anonym veröffentlicht)
14	1913	**Der eiserne Weg**. Roman. Carl-Duncker-Verlag, 312 S.
15	1913	**Der Sieger**. Automobilroman. Carl-Duncker-Verlag, 278 S.
16	1913	**Der Kreiselkompaß**. Der Roman einer technischen Sensation. Carl-Duncker-Verlag, 280 S. Alternativtitel: **Mister Grey (aus New York)**
17	1913/14	**Zauber des Südens.** Roman. Carl-Duncker-Verlag, 309 S. Alternativtitel: **Alpenglühen**
18	1914	**Versunkenes Land**. Roman. Carl-Duncker-Verlag, 301 S.
19	1915	**Klar zum Gefecht**. Roman. Carl-Duncker-Verlag, 353 S.
20	1915	**Das Eiserne Kreuz.** Kriegsroman. Carl-Duncker-Verlag, 269 S.
21	1916	**Der ›Eiserne Halbmond‹**. Kriegsmarineroman. Carl-Duncker-Verlag, 336 S.

22	1917	**Neuland**. Zukunftserzählung. Union-Verlag, 20 S.
23	1918	**Eine Expedition in den Weltraum**. Zukunftserzählung. Union-Verlag, 26 S.
24	1919	**Schätze der Tiefe**. Zukunftserzählung. Union-Verlag, 14 S.
25	1921	**Zukunftsmusik**. Zukunftserzählung. Union-Verlag, 18 S.
26	1921	**John Workmann, der Zeitungsboy**. Eine Erzählung aus der amerikanischen Großindustrie. Bd. 2: **Wanderjahre im Westen**. Steinitz-Verlag, 144 S.
27	1921	**John Workmann, der Zeitungsboy**. Eine Erzählung aus der amerikanischen Großindustrie. Bd. 3: **Neue Wunder der Großindustrie.** Steinitz-Verlag, 156 S.
28	1921	**Die Macht der Drei**. Ein Roman aus dem Jahre 1955. Scherl-Verlag, 359 S.
29	1922/23	**Die Spur des Dschingis-Khan**. Ein Roman aus dem 21. Jahrhundert. Scherl-Verlag, 313 S.
30	1924/25	**Atlantis**. Roman. Scherl-Verlag, 317 S. Untertitel des Zeitschriftenvorabdrucks: Die Geschichte des sechsten Erdteils.
31	1925	**John Workmann, der Zeitungsboy**. Eine Erzählung aus der amerikanischen Großindustrie. Erste vollständige Ausgabe. Jugendroman. Verlag Koehler & Amelang, 392 S. (Neu der 4. Teil: **Lehr- und Meisterjahre im Süden** [S. 296–392])
32	1925/26	**Der Brand der Cheopspyramide**. Roman. Scherl-Verlag, 295 S.
33	1926/27	**Das Erbe der Uraniden**. Roman. Scherl-Verlag, 321 S.
34	1928	**Klaus im Glück**. Vom Hirtenjungen zum Diamantenkönig. Jugendroman. Verlag Koehler & Amelang, 231 S.
35	1928	**König Laurins Mantel**. Roman. Scherl-Verlag, 304 S. Nachkriegstitel: **Unsichtbare Kräfte**

36	1929/30	**Kautschuk**. Ein Roman aus der Industrie. Scherl-Verlag, 284 S.
37	1929/30	**Moderne Piraten**. Jugendroman. Union-Verlag, 263 S.
38	1930	**Dreißig Jahre später**. Zukunftserzählung. Union-Verlag, 15 S.
39	1930	**Bei der verlorenen Mannschaft**. Erzählung. Union-Verlag, 11 S.
40	1932/33	**Befehl aus dem Dunkel**. Roman. Scherl-Verlag, 377 S.
41	1932/33	**Der Wettflug der Nationen**. Roman. Verlag Koehler & Amelang, 281 S./392 S. (Professor-Eggerth-Serie, Bd. 1)
42	1933	**Professor Belians Tagebuch**. Zukunftserzählung. Union-Verlag, 41 S.
43	1933	**Ein Stern fiel vom Himmel**. Roman. Verlag Koehler & Amelang, 248 S./340 S. (Professor-Eggerth-Serie, Bd. 2)
44	1934	**Ein Freiflug im Jahre 2222**. Zukunftserzählung. Union-Verlag, 24 S.
45	1934	**Das stählerne Geheimnis**. Roman. Scherl-Verlag, 326 S.
46	1934/35	**Atomgewicht 500**. Roman. Scherl-Verlag, 318 S.
47	1937	**Himmelskraft**. Roman. Scherl-Verlag, 306 S.
48	1938	**Lebensstrahlen**. Roman. Scherl-Verlag, 331 S.
49	1939	**Land aus Feuer und Wasser**. Roman. Verlag v. Hase & Koehler, 336 S. (Professor-Eggerth-Serie, Bd. 3)
50	1939/40	**Treibstoff SR**. Roman. Scherl-Verlag, 310 S. (Nachkriegstitel: **Fahrt in den Weltraum/Flug in den Weltraum**)
51	1941	**Geballte Kraft**. Werner von Siemens' Dynamomaschine leitet ein neues Zeitalter ein. Historischer Roman. Limpert-Verlag, 157 S.
52	1938-41	**Vom Schraubstock zum Schreibtisch**. Lebenserinnerungen. Scherl-Verlag, 293 S.
53	1942	**Das ewige Herz**. Meister Peter Henleins Nürnberger Oerlein. Historischer Roman. Limpert-Verlag, 152 S.

54 1943/44 **Wunder des Schmelztiegels**. Johann Friedrich Böttger erfindet das europäische Porzellan. Historischer Roman. Wigankow-Verlag, 143 S.

II SACHLITERATUR

1 1902 **Was muß man von der Dampfmaschine wissen?** Steinitz-Verlag, 127 S.

2 1902-05 **Wissenschaftliche Plaudereien**. Entdeckungen und Erfindungen, Fortschritte der Wissenschaft und Industrie. Steinitz-Verlag, 190 S.

3 1903 **Was muß man von der Dynamomaschine wissen?** Steinitz-Verlag, 111 S.

4 1903 **Was muß man von der Naturlehre wissen?** Steinitz-Verlag, 64 S.

5 1904 **Was muß man von der Organischen Chemie wissen?** Steinitz-Verlag, 80 S.

6 1905 **Kalender für Ingenieure des Maschinenbaus**. 6. Jg., Loewenthal-Verlag, 396 S. (nur Herausgeber)

7 1905 **Kalender für Maschinenbautechniker**. 6. Jg., Loewenthal-Verlag, 396 S. (nur Herausgeber)

8 1905/06 **Das Wernerwerk von Siemens & Halske A.-G., Berlin-Nonnendamm**. Springer-Verlag, 202 S.

9 1908 **Amüsante Wissenschaft**. Belehrende und unterhaltende Experimente für jung und alt. Union-Verlag, 288 S.

10 1908/09 **Ein neues Schnellbahnsystem**. Scherl-Verlag, 116 S. (anonym veröffentlicht)

11 1914 **Das Zeitalter der Elektrizität**. Bd. 1: **Die Kräfte der Natur, ihre Hebung und Verwertung**. Volckmann-Nachfolger-G.m.b.H., 80 S.

12 1915 **Unsere Luftflotte und Flieger**. Arnd-Verlag, 48 S.

13 1921/22 **Im Wunderland der Technik: Meisterstücke und neue Errungenschaften, die unsere Ju-**

		gend kennen sollte. Richard-Bong-Verlag, 365 S., spätere Auflage 388 S.
14	1925	**Das Buch der Chemie: Errungenschaften der Naturerkenntnis**. Richard-Bong-Verlag, 370 S.
15	1925	**Das Buch der Physik: Errungenschaften der Naturerkenntnis**. Richard-Bong-Verlag, 369 S.
16	1925	**Welten, Werke, Wunder**. Ein Buch des Wissens für das deutsche Haus. Universitas Deutsche Verlags-Aktiengesellschaft, 638 S. (nur Herausgeber)
17	1927/28	**Triumphe der Technik**. Richard-Bong-Verlag, 389 S.
18	1928/29	**Das Schaltwerk der Siemens-Schuckertwerke AG, Berlin-Siemensstadt**. Organisation Verlagsgesellschaft m.b.H., 86 S.
19	1929	**Über und unter der Erde**. Technische Rekorde. Richard-Bong-Verlag, 347 S.
20	1929	**Der Werkzeugmaschinenbau. Fritz Werner, Aktiengesellschaft, Berlin**. Organisation Verlagsgesellschaft m.b.H., 80 S.
21	1931	**Ein Besuch im Kabelwerk**. Deutsches Kupfer-Institut e.V.
22	1935/36	**Vistra, das weiße Gold Deutschlands**. Die Geschichte einer weltbewegenden Erfindung. Verlag Koehler & Amelang, 254 S.
23	1938	**Werkzeugmaschinenbau. Fritz Werner, Aktiengesellschaft, Berlin**. Arnd-Verlag, 118 S. (Zweite, erweiterte Auflage von II 20)

Die Dominik-Jubiläums-Edition

1 Die Macht der Drei
2 Atlantis
3 Die Spur des Dschingis-Khan
4 Der Brand der Cheopspyramide
5 Das Erbe der Uraniden
6 König Laurins Mantel
(Nachkriegstitel: Unsichtbare Kräfte)
7 Kautschuk
8 Befehl aus dem Dunkel
9 Der Wettflug der Nationen
10 Ein Stern fiel vom Himmel
11 Land aus Feuer und Wasser
12 Das stählerne Geheimnis
13 Atomgewicht 500
14 Himmelskraft
15 Lebensstrahlen
16 Treibstoff SR
(Nachkriegstitel: Flug in den Weltraum)
17 Moderne Piraten
18 Hochströme
19 Zukunftserzählungen
20 Technische Märchen. Erzählungen II
21 Materialienband zur Dominik-Edition